清华大学文科出版基金
QINGHUADAXUEWENKECHUBANJIJIN

未果之梦迹

《故事新编》的创作及其语言世界

张 芬 著

清华大学出版社
北京

图书在版编目（CIP）数据

未果之梦迹：《故事新编》的创作及其语言世界 / 张芬著 .

北京 : 清华大学出版社，2025. 1. -- ISBN 978-7-302-67895-3

Ⅰ . I210.97

中国国家版本馆 CIP 数据核字第 20256YS997 号

责任编辑：张　莹
封面设计：常雪影
责任校对：王荣静
责任印制：杨　艳

出版发行：清华大学出版社
　　　　　网　　址：https://www.tup.com.cn，https://www.wqxuetang.com
　　　　　地　　址：北京清华大学学研大厦 A 座　　　　　邮　　编：100084
　　　　　社总机：010-83470000　　　　　　　　　　　　邮　　购：010-62786544
　　　　　投稿与读者服务：010-62776969, c-service@tup.tsinghua.edu.cn
　　　　　质量反馈：010-62772015, zhiliang@tup.tsinghua.edu.cn
印　装　者：河北盛世彩捷印刷有限公司
经　　销：全国新华书店
开　　本：170mm × 240mm　　　印　张：15.25　　　字　　数：277 千字
版　　次：2025 年 3 月第 1 版　　　　　　　　　　印　　次：2025 年 3 月第 1 次印刷
定　　价：118.00 元

产品编号：101397-01

李白怎样做诗，怎样耍颠，拿破仑怎样打仗，怎样不睡觉，却不说他们怎样不耍颠，要睡觉。其实，一生中专门耍颠或不睡觉，是一定活不下去的，人之有时能耍颠和不睡觉，就因为倒是有时不耍颠和也睡觉的缘故。然而人们以为这些平凡的都是生活的渣滓，一看也不看。

——鲁迅《"这也是生活"……》(1936)

目　录

第一章

"作为表象的鲁迅"：《故事新编》与文学

竹内好曾经这样评价鲁迅的文学，"作为表象的鲁迅"[①]，虽然表达上极尽曲折，但却时常引人感同：

> 鲁迅不是有体系的思想家。他既没有文学论，也没有文学史（他的主要著作之一《中国小说史略》，是文献考证加作品评价，并不是历史）。他的小说是诗歌式的，评论也是感性的。他在气质上，也和凭借概念来思考缘分甚远。做类推而不做演绎，有直观却无构成。他不擅长以目的和方法来对应世界，也就是缺乏立场这种东西。然而，这又并不是因为他所处的位置暧昧模糊的缘故。对待刺激的反应总是保持一定，这充分显示着他强烈的个性。只是由于他不做自我主张，因而不能对象化地捕捉到他的位置。规定他是什么很难，但规定他不是什么却很容易。[②]
>
> 无论取任何部分，都会触及他的本质，可是无论哪一部分又都不包含他的全部，这样的存在方式不仍然是特殊的形式吗？如果从狭义上讲作家的意思，鲁迅绝不是优秀的作家。他自己比任何人都承认这一点。但是他的生存方式，远比其他诸多优秀作家的作品能打动我的心。[③]

鲁迅曾在 1927 年的《怎么写——夜记之一》中说："写什么是一个问题，怎

---

① 竹内好：《近代的超克》，李冬木、赵京华、孙歌译，生活·读书·新知三联书店，2005，第 143 页。
② 同上，第 146—147 页。
③ 竹内好：《鲁迅入门》，载《从"绝望"开始》，靳丛林编译，生活·读书·新知三联书店，2013，第 148 页。

么写又是一个问题。"①接着他又说："但我想，散文的体裁，其实是大可以随便的，有破绽也不妨。做作的写信和日记，恐怕也还不免有破绽，而一有破绽，便破灭到不可收拾了。与其防破绽，不如忘破绽。"②在写作上（不仅仅是"散文"），一方面，鲁迅生活在汉语突变更新的时代；另一方面，他也自觉地放弃了章法上的过多束缚，通过"忘破绽"的方式实现文体上的自由。宽泛地说，鲁迅的诸样文体，都因其相对不封闭的空间，从而具备了"散文"的特质。这或许是鲁迅创作的特色或者他努力尝试的路径，当然也是他作品的跳跃和难解之处。尤其《故事新编》结集后，研究者甚至很难说清文体的变异和更新及其最后的果实内核，于是，就连"写什么"这个问题也难以解决，更不用说他是"怎么写"出来的了。

关于"写什么"，我们已经能够从鲁迅作品诞生以来对其艺术成就和思想"体系"的分析中找到一些答案。虽然各有不同，然而，基本上自成一说。鲁迅的语言就好比"旅隼"，它带领着作品的意蕴飞翔。至于"如何写"，按照传统的说法，是古老的"作家论"，人们对鲁迅的创作还是充满了敬畏，因为敬畏，难免会赋予其一厢情愿的猜测。这些都容易将鲁迅每在新的时代里树立起新的"镜像"。或者，还有一种更为可怕的态度：因为时代的种种挤压交迫，鲁迅的文学被时而抬高，时而贬低，以至于人们开始面对鲁迅在这个年代看起来跌宕颠簸的文字，表现出了曲解、沉默或者不屑。

王瑶在 1980 年发表过讨论现代文学研究的文章，他认为文学研究须以文学现象为基础，需在一个个生动的文学现象中发掘文学史上的典型。"文学史必须分析具体丰富的文学历史现象，它的规律是渗透到现象之中的，而不是用抽象的概念形式体现的；因此必须找出最能充分反映本质的现象，从文学现象的具体面貌来体现文学的发展规律。"他又举例说鲁迅的文学史研究"善于捕捉带普遍性的能够反映本质意义的典型现象"。③正如竹内好所说，鲁迅的文学史研究并不构成"史"，他的文学也富于"表象性"。因此，要对鲁迅的写作及其文学加以研究，就必须将之放置在众多的历史之中，并且追寻能够把握典型的现象。这是一种用鲁迅的方式来阐释鲁迅及其文学的方法。它不仅能够避免"以论代史"的毛病，而且也避免了所谓"以史代论"的广阔铺写。

基于这样的理解角度，在阐释鲁迅作品的同时，我们也不可能实现一个封闭的体系性阐释，尤其是在面对"如何写"这样一个包含了各种可能性的考察方式时。在思想和文体上都深刻影响了鲁迅的哲人尼采有言："我不信任一切体系构造者

① 鲁迅：《怎么写——夜记之一》，载《鲁迅全集》第 4 卷，人民文学出版社，1981，第 18 页。
② 同上，第 25 页。
③ 王瑶：《关于中国现代文学研究工作的随想——在中国现代文学研究会学术讨论会上的发言》，《中国现代文学研究丛刊》1980 年第 4 期。

并且鄙视他们,构造体系的意志是一种不诚实的表现。"① 对于《故事新编》,我亦打算以敞开的方式寻求解读。这种研究所抵达的不可能是一劳永逸的结论,而是朦胧之中却实在的存在。当然,真正的写作,应该是面向内的。文学研究,尤其是作家研究中的"怎么写",也不过是捕风捉影,衍伸原有作品的空间而已。这点,在普鲁斯特那里可得到些许的印证:

> 我们搜集到有关其人的外在情况、表现在社会上的趣闻轶事、细枝末节都不可能帮助我们理解他在灵感来临时写下的一切,也不会使我们与他内心深处创造天才有所沟通,因为天才的话语是独一无二的,只有在孤独中才向外倾诉。②

> 但是在艺术领域(至少按科学的本义而言),并不存在什么创始者,前驱者之类。因为一切皆在个人之中,任何个人都是以个人为基点去进行艺术或文学求索的;前人的作品并不像在科学领域那样构成为既定的真理由后继者加以利用。在今天,一位天才作家必须一切从头开始,全面创建。他并不一定比荷马更为先进。③

于是通过作品所得到的阐释,常常又可能面临着竹内好这样的无奈和警告:

> 我认为完结了的这个人,是不是意外地并不在那里呢?我本来当初就没打算凭借语言去为鲁迅造型。那是不可能的。告诉我这不可能的,不是别人,正是鲁迅。我只想用语言来为鲁迅定位,用语言来充填鲁迅所在之周围。④

同样,作为企图对鲁迅进行阐释的人,我拟采取的仍然是一种敞开的视角。因为鲁迅的文学似乎强烈地要求我这么去做。在这里,可以借用他的一句关于"革命"的话来面对阐释:"革命无止境,倘使世上真有什么'止于至善',这人间世便同时变了凝固的东西了。"⑤

那么,如何面对和阐释文学、鲁迅文学,乃至鲁迅文学之中最为复杂的《故事新编》,都很具挑战性。从单篇写作到《故事新编》的结集历时很长,它蔓

---

① 尼采:《偶像的黄昏——或怎样用锤子作哲学思考》,周国平译,湖南人民出版社,1987,第8页。
② 皮埃尔·克拉克:《原编者说明》,载普鲁斯特《驳圣伯夫》,王道乾译,上海译文出版社,2007,第306页。
③ 普鲁斯特:《驳圣伯夫》,王道乾译,上海译文出版社,2007,第72页。
④ 竹内好:《近代的超克》,李冬木、赵京华、孙歌译,生活·读书·新知三联书店,2005,第104页。
⑤ 鲁迅:《黄花节的杂感》,载《鲁迅全集》第3卷,人民文学出版社,1981,第410页。

延鲁迅自《狂人日记》发表到他去世的整个作家生涯18年中的13年（1922—1935）。这更加增添了在时空的不断转换中对创作者如何积累、孕育出这样的成果的考察难度。如上所述，我拟将其置于开放性的空间里。用尼采的话说，其力量所在就是它的"超脱性"和"缺陷性"：

> 不看见自己和忘记自己，是受难者的醉心的大乐。那时世界于我好像是醉心的大乐和自我忘却。
>
> 那时世界对于我好像是：——永久矛盾之永久缺陷的标本，——缺陷的造物者的一种醉心的大乐。[1]

鲁迅的文学品格往往是"离奇而芜杂"（《朝花夕拾》序）的，这种"芜杂"常常所暴露出来的思维深度，又使人很容易对其中的哲学部分感兴趣，正如对待尼采文字——在用纯粹哲学的思路加以阐释的情况下，往往丢失了文字中本身的美感所带来的哲学上的张力的暗弱——鲁迅内涵的哲学（或者思想）也不能仅仅地通过某种思维来展示它，丢弃任何一样都不能说是他的文学，反之，也不能说是他的哲学。

除此之外，阅读《故事新编》时，还要注意它在时间上的断裂性，也就是"历史性"。虽然从题材上，它们具有一致的特点，然而，从更深广的层面上说，《故事新编》的八篇小说各有特色，时间上也有明显的"断裂"：其中第三篇《铸剑》（1926）和第四篇《非攻》（1934）相差就有七八年的时间。1933年，鲁迅在自己的英译本短篇小说集的序中就表达了这种心情：

> 但我也久没做短篇小说了。现在的人民更加困苦，我的意思也和以前有些不同，又看见了新的文学的潮流，在这景况中，写新的不能，写旧的又不愿。中国的古书里有一个比喻，说：邯郸的步法是天下闻名的，有人去学，竟没有学好，但又已经忘却了自己原先的步法，于是只好爬回去了。
>
> 我正爬着。但我再想学下去，站起来。[2]

可见，他在这时期一直在自觉尝试培养新的创作思路和方法。从"写新的不能"中不能确定鲁迅希冀的是怎样的"新"；然而，"旧的不愿"显然是指他之前的创作，即小说集《呐喊》《彷徨》和《野草》式的散文，乃至《补天》《奔月》

---

[1] 尼采：《查拉斯图拉如是说》，楚图南译，湖南人民出版社，1987，第29页。
[2] 鲁迅：《英译本〈短篇小说集〉自序》，载《鲁迅全集》第7卷，人民文学出版社，1981，第390页。

《铸剑》那样的作品。而《铸剑》之后的停止,至少是由于社会的某些文学情形撼动了他,或许,"现在的人民更加困苦"是他无法延续之前的几篇古旧题材小说的重要原因?他试图在用一种恰当的方式来开启他的新的写作思路,"学下去,站起来"。竹内好甚至曾认为他的全部的作品都是在探索,而且"都终结于探索阶段,或者说从开始就维持着完成的状态"。[①]

另外,从鲁迅的诸种写作间的关系之中去阅读《故事新编》是一个有趣的切入点。这恰展示了鲁迅开拓现代汉语写作可能性的努力和能力。首先,这"邯郸"的学步,是鲁迅擅长的"拿来主义"精神的展现。体现在行动上,翻译是一大块儿,也是鲁迅研究相对薄弱的一块儿,我在阅读的过程中十分清晰地发现了鲁迅翻译和创作上的互文性甚至同步性,虽然这种"同步"有时看起来极为隐晦和内面;另外,从纵的时间线上说,《故事新编》创作持续了13年,跟鲁迅的现代小说创作(即便是从1913年文言的《怀旧》算起)生命比,几乎占了大半。那么,在这期间,鲁迅的其他创作在文体上与《故事新编》必然存在某种关系。这个视角有意思的地方在于,它有助于揭开《故事新编》创作的同构性,从外围寻求突破这部使"他所构筑的作品世界的协调遭到破坏"[②]的过程性因素。此外,与《故事新编》的强烈的"油滑性"相伴随的是,这部看起来不"协调"的作品,其背后的精神质地,与其他文体(尤其是杂文)相比,更为漫衍。但这种感觉,又与鲁迅的内面的精神存在着某种程度上稳定的一致性。这可以集中落脚在他深受影响的两个中外人物身上:章太炎与尼采,或者,尼采和章太炎。"影响"这个词汇似乎并不合适,也许是基于某种精神根柢上的共呼吸。《故事新编》的诸篇写作,恰在主体严肃性之中渐渐敷衍上一种消解性与建设性伴随的"油滑",这正体现了鲁迅在内外文化世界中的挣扎和创造的努力。这种说法,虽然危险,但至少提供了某种理解鲁迅思想的参照或线索。因此,在本书中,我试图主要从上述三个方面切入《故事新编》的生成,在内外纵横的联系之中,为《故事新编》的写作提供一种氛围。而且,这种"氛围"因为鲁迅的死亡而中止,却并不意味着鲁迅的创作生命终止。

第一节 "现象"与"历史":中日《故事新编》研究解读

鲁迅在前后13年(1922—1935)的时间里写的这八篇"神话、传说及史实的演义",从第一篇《不周山》(后改为《补天》)的发表,到1936年1月应约

---

① 竹内好:《鲁迅入门》,载《从"绝望"开始》,靳丛林编译,生活·读书·新知三联书店,2013,第100页。
② 竹内好:《鲁迅入门》(之七),靳丛林等译,《上海鲁迅研究》2008年第1期,第217页。

结集出版①期间，备受诸种争议。而且，随着鲁迅在此年的逝世，除了序言、书信和零星文章②说明外，他本人直接谈这些作品的文字就很难再找到了。到目前为止，几乎所有现代文学研究者，都曾经，或者正在试图分析和审视鲁迅。《故事新编》这部特殊的小说集，也随着鲁迅研究的发展被不断地阐释，尤其"到20世纪末期成为鲁迅学的一大热点，由此形成一个重要的分支——《故事新编》学"③。

一、"油滑史"及其问题

张梦阳的《中国鲁迅学通史》（2002）是一部庞大的研究鲁迅的参考材料，共分三卷。上卷主要界定"鲁迅学"和"鲁迅学史"，并从宏观上描述了20世纪"作为一种精神文化现象"的"鲁迅学史"；下卷主要从微观上，即从专题学史上来分析，包括《故事新编》学史"的描述；第三卷为索引，按时间和类别编排"鲁迅学"论著资料。从《故事新编》研究上看，下卷第十五章几乎涵盖了自第一篇作品评论④起到90年代的所有研究。不过，总体而言，它将《故事新编》学史称作对"油滑"的阐释史。

有意思的是，关于"油滑"，除了鲁迅用于自评《故事新编》之外，这个词在其他地方也被多次使用。例如，《说胡须》（1924）一节在讲述自己的胡子形状在中国所受的诟病时，起先辩解，后来保持沉默，"我于是连连点头，说道：'嗡，嗡，对啦。'因为我实在比先前似乎油滑得多了"⑤之类。在此，"油滑"代表面对议论，与人相处时的"迂回""世故"。1925年，鲁迅给许广平写信，许广平向他投稿，没有署名，鲁迅要她写一个名字，她要"请先生随便写上一个"，鲁迅不准，认为这是"油滑话"⑥。20世纪30年代鲁迅翻译的法捷耶夫的《毁灭》中，也出现了"油滑"："他的油滑，这性质，她是早已觉到了的，虽然不知道这是什么——这时却特别讨厌地刺戟了她了。"⑦这段写华理亚去探望自己喜爱的美谛克，美谛克因为华理亚的丈夫对他的救命之恩以及各种自己的困扰，开始躲避华理亚。这

---

① 此间赶写了《理水》《出关》《非攻》《采薇》《起死》。结集后由上海文化出版社出版，列为巴金所编的《文学丛刊》之一。
② 如针对当时评论而写的《〈出关〉的"关"》，载《鲁迅全集》第6卷，人民文学出版社，1981，第517-521页。
③ 张梦阳：《中国鲁迅学通史》下册，广东教育出版社，2002，第333页。
④ 1924年1月成仿吾在《创造季刊》上发表《〈呐喊〉的评论》，独推《不周山》，认为它是"全集"中第一篇杰作。
⑤ 鲁迅：《说胡须》，载《鲁迅全集》第1卷，人民文学出版社，1981，第176页。
⑥ 鲁迅、许广平：《鲁迅景宋通信集：〈两地书〉的原信》，湖南人民出版社，1984，第52页。
⑦ 法捷耶夫：《毁灭》，载北京鲁迅博物馆编《鲁迅译文全集》第5卷，福建教育出版社，2008，第352页。

时同伴企什对华理亚开始恭维，期望于华理亚的情欲。自丈夫从矿工变成战士之后，华理亚已经谙熟的就是这种"油滑"。可以看到，上述两处"油滑"都体现了某种气氛，表达随便、不严肃、不认真之类。

另外，在鲁迅的小说中也有用"油滑"这个词的经验。《非攻》中有一段墨子和公输般的对话。这段对话采自《墨子·鲁问》，墨子对公输般说："弗锢以爱则不亲，弗揣以恭则速狎，狎而不亲，则速离。故交相爱，交相恭，犹若相利也。"① 《非攻》中直接采用了这段对话，并几乎将它翻译成了现代汉语，其中的"狎"字就写为"油滑"。可见这里"油滑"的意思是"狎"，是"无爱无恭"，即"亲近而不庄重"之意，和《毁灭》中译文近似。

1932 年鲁迅在《关于翻译的通信》中谈到因翻译对象的不同而采取的不同法子时，对于大众则是：

> 没有法子，现在只好采说书而去其油滑，听闲谈而去其散漫，博取民众的口语而存其比较的大家能懂的字句，成为四不像的白话。这白话得是活的，活的缘故，就因为有些是从活的民众的口头取来，有些是要从此注入活的民众里去。②

这里"油滑"的解释自然是指说书题材中的某些不正经或者刻意漫衍的地方。

除此之外，在鲁迅评议别人的小说中，也曾经使用过"油滑"，即评张天翼 1933 年发表在《小说月报》上的小说《小彼得》③，这篇小说讲述了几个工人杀害大老板家的一只叫作彼得的宠物狗的故事。鲁迅之所以称之为"油滑"，大概是因为作品中充斥着对狗的戏弄：让狗吃狗屎、吃药使其呕吐，最后打出脑浆。小说写得残忍，虽然带有复仇的快感，但情节上的逼促和阴暗使鲁迅觉得小说过于戏谑和渲染，故称之为"油滑"。

可以看出，在译文、评论、杂文、小说乃至通信中，鲁迅使用的"油滑"具有多面意思，很难就此断定《故事新编》"油滑"作为一种创作手法的具体内涵。一方面，鲁迅认为自己的小说"油滑"，显然有对以上所说的消极含义的担忧；另一方面，它也带有作者某种迂回和犹疑的情绪，毕竟这是他接续之前创作的另一次"革命"。不过，相信作为读者，感受到的也不完全似他所担忧的那样，反

---

① 孙诒让：《墨子间诂》（下），孙启治点校，中华书局，1987，第 480 页。
② 鲁迅：《关于翻译的通信》，载《鲁迅全集》第 4 卷，人民文学出版社，1981，第 384 页。
③ 鲁迅致张天翼信，载《鲁迅全集》第 12 卷，人民文学出版社，1981，第 144 页。

而，这使小说整体给人一种"顾左右而言他"的超然气质。"油滑"也是一种更为宽松的态度和方式，它与其他文体相比，则指向自由，或者说，更加亲昵、轻松。日本学者代田智明这样认为：

> "油滑"虽然以古代为背景，但很明显是直接表现出了对现代的人和事的讽刺和嘲弄。……"油滑"的要素渗透到了作品全集中，这个意义我想是更大的。并且小说还将衣食及俗世间的人际关系等很巧妙地组织在一起。从描写古代的英雄伟人事业的主题性来看的话，如果说这些琐碎的日常生活的叙述，会让人感觉出某些"不合时宜"，不如说从那里酝酿出了一种幽默与悲愁。①

其实，鲁迅的早期小说，似乎已经具备了这种"油滑"质素。《故事新编》之所谓"油滑"，包含了以往许多"油滑"研究者所谈的层面；更重要的是，《故事新编》使用旧题材的小说的特殊性，使"油滑"成为一种填充历史的手段，它未必是诙谐的，但它能够将历史激活，使历史人物成为"行动的人""有故事的人"。这时候与其说它是一种具有后现代性质的破坏力量，不如说是亲昵历史的方式，如《非攻》《理水》庄正的风格，于讽刺之中有尊重，于戏谑之中有温情。所以，"油滑"是知识化的典故与作者的历史和现代情绪之间贴合的缝隙。从这个意义上说，《故事新编》的"油滑"并非一种目的或者特色，而只是它接近历史的方式。

所以，"油滑"不是研究者所认为的毫无建筑的"解构"或"狂欢"，而更多的是梳理和建构，前者不过是其表象。鲁迅所喜爱的传统小说和深深吸引他的古典文学及19世纪的世界优秀小说均呈现了这种委曲自由的因子。诸如魏晋文学中的非指向性、唐传奇中的叙说强大的自觉性，乃至夏目漱石、陀思妥耶夫斯基、果戈理等人的创作，都在为他展示着伟大文学的某种普遍真相。于是，"油滑"实现了这种以诗意为导向的自由之感，同时将现实峻烈的因素导入其中。

唐弢曾在谈论《故事新编》时反对将其简单地归列为"历史小说"，他认为"油滑"也并非消极解构之意，相反，而是一种"战斗的需要"：

> 作为现代文学的开拓者，鲁迅是严肃的，他反对油滑，但他并没有认为在古代的题材里概括了现代生活的细节都是油滑的表现。出于战斗的需要，他这样做了，而且完成了从开手写起到编辑成书，足足经历了十三个年头，

---

① 代田智明：《解读鲁迅——不可思议的小说10篇之谜》，东京大学出版会，2006，第228-229页。

贯串着他思想发展前后两个阶段的这部小说——《故事新编》。正如书名本身所标明的，这是故事的新编，它所描述的基本上都是古人的事情，古代的生活；这也是新编的故事，任何属于传统形式的凝固概念，都不可能约束它，绊住它。因为它代表着一个新的创造。[①]

由此，唐弢也是深刻地意识到《故事新编》在历史中的演变乃至作家利用这种问题表达的意图，像王瑶在现代文学研究中的提示一样，他认为《故事新编》是独一无二的，不可轻易将其归类了事，而是要具体地考察，"任何离开艺术形象的解释都是多余的"[②]。解释《故事新编》的"油滑"也理应如此，说"是什么"并不困难，问题的关键是其产生过程应如何呈现。

实际上，在鲁迅的创作中，"油滑"并非《故事新编》的专利。鲁迅之前的从新诗到小说乃至杂感中也有不少这样的句法。例如，《有趣的消息》(1926)中：

> 况且，未能将坏人"投畀豺虎"于生前，当然也只好口诛笔伐之于身后，孔子一车两马，倦游各国以还，抽出钢笔来作《春秋》，盖亦此志也。[③]

不过，《故事新编》中具备更丰富内容："规矩"而生动的描摹画面、深邃而"严肃"的思想空间、悲悯而细腻的情感特征。例如，1936年鲁迅甫一谢世就有人评论说"他利用着复杂的故事，构成嶙峋交错的诸种形象，在这些形象的每一面，每一边缘，每一角，每一段端末处给以一切的反应，从这反应，可以窥见出鲁迅的泼辣而勇敢的生命"[④]。这样的评论，真是无法说明是围绕着"油滑"而作的。如果说在"文革"之前，《故事新编》的研究多数是基于"油滑"而展开的"纠纷"，那么在此之后，尤其是20世纪90年代之后的《故事新编》研究，可真算是异彩纷呈，所以，整部《故事新编》学史用"油滑"一以贯之，似乎会失掉研究史上很多丰富的内容和展开讨论的可能性。更为危险的是，"油滑"或可说是表现特征，或可说是写作技法，或可说是思想态度，要想深刻地理解它，并不容易。

另外，《故事新编》，尤其是其中诸子的典故部分，实际上虽然采自典籍，但

---

① 唐弢：《故事的新编，新编的故事》，载孟广来、韩日新编《〈故事新编〉研究资料》，山东文艺出版社，1984，第258页。
② 同上，第265页。
③ 鲁迅：《华盖集续编》，载《鲁迅全集》第3卷，人民文学出版社，1981，第201页。
④ 东平：《〈故事新编〉读后记》，《小说家》1936年第1卷第2期。

仍然只是取其中的现象。例如，讲墨子的《非攻》采自《公输》等，而呈现的是墨经中的《非攻》义理；《起死》亦是通过《至乐》以见"齐物论"；等等。如果《故事新编》的研究仅仅是为了将这些现象再次回归原初义理，那就轻觑了文学的复杂性。一方面，这种文学现象产生的丰富性需要被描述出来；另一方面，在历史的视野之中前后联系的文学因素需要被联接起来。

20 世纪的研究者不再仅仅纠缠于"油滑"性与作品本身，即便是探讨作品形式问题也力求做到深入。研究也开始走向外围历史框架，如更深地关注《故事新编》的文化境遇、其所具备的古典小说传统气质、在当时历史小说框架中该如何定位、与当代的新历史小说之间的比较等。

《故事新编》作为一个相对独立的文学作品集，具有其丰富的文学特质与创造性。近些年来的研究，多半是在此基础上作理论或者思想史方面的分析：要么借用如巴赫金"复调""狂欢化"理论（严家炎、朱崇科）；要么将鲁迅的文学解读为史学，从文学中透见鲁迅的哲学观、历史观（高远东、廖诗忠）；要么将《故事新编》纳入诸如"重写型"（祝宇红）[1]、"历史小说"（王富仁、姜振昌）、"奇书"（郑家建：《历史向自由的诗意敞开》）的体系之下分析。这对于将鲁迅置入现代思想与文学序列具有重大意义，但就考察作家作品的独异性来说，都有其笼统和模糊的一面——既不能解答作家在创作过程中将这些复杂的成分如何取舍与转化、如何具象与变形，也不能解答在很细微的历史情景下的作家文学行为。

二、日本《故事新编》研究

在日本的中国现代文学研究中，鲁迅学是唯一较成系统的专题，《故事新编》也在这些年越来越受到广泛的关注。"竹内鲁迅"[2]在日本产生了非常重要的影响，20 世纪 40 年代以后，几乎所有的日本鲁迅研究都以此为起点。在竹内好的《鲁迅》中，他对《故事新编》的评述是十分含混的，他说"我能够感到，哪里谈得上《故事新编》包含在它们（指《呐喊》《野草》之类，作者加）之中，它构成了与它们完全对立的新世界"，"《故事新编》全是失败之作"，接着又说，"然而，《故事新编》的价值在我这里却逐渐增加"，然而又说，"我觉得放弃《故事新编》并不可惜，它是一个多余的蛇足，有没有它都没有关系"。[3] 最后，他以"八分的确信"其毫无价值收场。后来，竹内好在 20 世纪 50 年代写的《鲁迅入门》则对《故事新编》与其他作品进行了不无感性的文体对比，评述内容也有所增加："……与

① 祝宇红：《"故"事如何新"编"——论中国现代"重写型"小说》，北京大学出版社，2010。
② 1943 年 12 月，竹内好写出《鲁迅》一书，后在 1986 年由浙江文艺出版社出版中译本。
③ 竹内好：《关于作品之四》，载《鲁迅》，李心峰译，浙江文艺出版社，1986，第 105 页。

其称为历史小说，不如称为空想小说。"《野草》中具有拒绝阐释的艺术完整性，不明白的东西在不明白中渐渐明白，《故事新编》即使内容和描写很浅显的时候，那种浅显也是虚无缥缈的浅显。"① 为了表达的完整性，他甚至还解释说："我给予《故事新编》评价较低，是因为在鲁迅文学的整体结构中它所占的位置问题。"② 这些都足见竹内好面对《故事新编》时的棘手和不安。后来的日本鲁迅研究者一方面继承竹内好的思维方式，另一方面又往往试图以《故事新编》研究来革新或超越竹内好。其中比较有影响力的有伊藤虎丸《〈故事新编〉之哲学〉序》③，桧山久雄的《鲁迅》（1970 年三省堂出版），木山英雄的《〈故事新编〉译后解说》④，丸尾常喜《复仇与埋葬：关于鲁迅的〈铸剑〉》⑤，代田智明的一系列文章（如《日本的现代批判与鲁迅》）⑥，竹内实的《阿金考》《中国民间故事与鲁迅》⑦，尾崎文昭的《试论鲁迅"多疑"的思维方式》⑧，片山智行的《〈故事新编〉论》⑨，藤井省三的《〈铸剑〉——复仇的文学》⑩，等等。其中的代表人物是代田智明，他认为鲁迅的文学承担了"前现代"和"现代"的思想争执，同时又实现了"越超现代"的全过程。他认为，竹内好等是因为过分信任"现代"，而因此只是批判了现代化过程和应有的状态，而并没有批判现代和现代性本身，进而无法理解《故事新编》的价值。⑪

---

① 竹内好：《鲁迅入门》（之七），靳丛林等译，《上海鲁迅研究》2008 年第 1 期。
② 竹内好：《围绕着对鲁迅的评价》，载《从"绝望"开始》，靳丛林编译，生活·读书·新知三联书店，2013，第 239-240 页。
③ 伊藤虎丸：《〈〈故事新编〉之哲学〉序》，《鲁迅研究月刊》1993 年第 5 期。
④ 木山英雄：《〈故事新编〉译后解说》，刘金才·刘生社译，《鲁迅研究月刊》1988 年第 11 期。，
⑤ 丸尾常喜：《复仇与埋葬：关于鲁迅的〈铸剑〉》，载《"人"与"鬼"的纠葛——鲁迅小说论析》，秦弓译，人民文学出版社，2006。
⑥ 一本讨论鲁迅小说特点，兼及《故事新编》的论著近年在日本出版，即本书所引代田智明《解读鲁迅——不可思议的小说 10 篇之谜》，东京大学出版会，2006。
⑦ 这两篇文章都收在《竹内实文集》第 2 卷《中国现代文学评说》，程麻译，中国文联出版社，2002。他认为，"阿金"这个人物是鲁迅探讨中国社会最根底的现实，也是"革命者"的被革命的主体。同时，《故事新编》中的老子、禹等，是对文学与政治疏离概念的反驳，体现了二者紧密的关系，他们分别是社会主义的反对者和实践者。
⑧ 尾崎文昭：《试论鲁迅的"多疑"思维方式》，《鲁迅研究月刊》1993 年第 1 期。尾崎文昭认为："'多疑'思维方式所选取的表现方法往往倾向于多重性与多义性，要进一步使读者认识到距离，那么，当然会采用戏拟、讽刺、反讽、甚至超现实主义。"
⑨ 片山智行：《故事新编〉论》，《鲁迅研究月刊》2000 年第 8 期。他认为，《故事新编》中贯穿着一种对立的本源形态，那就是实（"行"）与"虚妄"（"名""马马虎虎"）之间的纠葛关系。这也是一种"国民性"问题。
⑩ 藤井省三：《〈铸剑〉——复仇的文学》，《鲁迅研究动态》1988 年第 6 期。作者从象征性和复仇形象上做了分析，认为《铸剑》是演与观众主题上的成立，"黑色人"在抹杀了自我的复仇中做了扬弃。
⑪ "《呐喊》的前期、《野草》、《彷徨》的时期、《故事新编》后半时期这样三个时期。我认为这三个时期仿佛体现了 20 世纪文学整个过程似的：开始于独特的现实主义，通过象征主义和现代主义，直到后现代的表现。"代田智明：《日本的现代批判与鲁迅》，李明君译，《海南师范大学学报》（社科版）2011 年第 6 期。

未果之梦迹
—— 《故事新编》的创作及其语言世界

在日本，实际上最早讨论《故事新编》的不是学者，而是作家，如花田清辉、武田泰淳、驹田信二、佐佐木基一等。他们当中有些人还曾将其改编为话剧演出过，可见《故事新编》对作家的刺激力量远比《呐喊》《彷徨》要高①。以花田清辉为代表的战后作家一反竹内好对《故事新编》的含混看法，并给予了它和鲁迅其他杰作对等的重视。

在花田清辉讨论鲁迅的文章中，有一篇《鲁迅》②，谈论的恰是《故事新编》。他回顾了从战争中到战后十多年内阅读《故事新编》的感受。他说，在战争中，《铸剑》的一种犹如"穷鼠反咬猫"的绝处反抗和《出关》里老子的"舌头和牙齿"的比喻给了他一快意一缓慢的力量。这种力量，显然是对战败在即的日本国民的一种精神上的安慰。他深深折服于《采薇》中的太公望对于"义士"伯夷、叔齐的礼让，这也正体现了战败国的心态。然而，到了战败十多年之后，政治上的绝望和对本国境遇的担忧，使得他转而欣赏那些较为明快的作品。他说："相对于《铸剑》的向内的反抗，我更喜欢《非攻》中征霸的方法；相对于《出关》中悲凉的苦笑，我更喜欢《起死》的酣畅的大乐。"③所以他一改对竹内好对于鲁迅作品中"虚无主义"看法的赞同，转而说："不同时期，强调作品的不同的意味十分必要。"④他分析了当时石川淳、太宰治等人的作品，试图从中找到和《故事新编》的精神契合处。他说，在历史的发展过程之中，鲁迅所走的一条路，恰是感受到了"自己国家的传统重压"，必须走向近代化，赶上"先进的国家"的困难和痛苦。正因为这样，艺术家们才应该在"政治上绝望"的同时，去寻求艺术上的希望。⑤

花田清辉的这种看法，从一个侧面反映了《故事新编》的丰富性。20世纪30年代的鲁迅对于现实政治和历史传统之希望与绝望相交织的感怀，恰是源于对国情的判断，尤其是来自日本的侵略；而十多年之后，日本也同样面临来自别国的类似威胁。有趣的是，日本文人在最糟糕的时候，却要借助于他们国家曾经侵占的国家的文人的感受来安抚自己。丸山升在讨论日本20世纪五六十年代的

---

① 据木山英雄《〈故事新编〉译后解说》一文中说，《文艺》（1974年5月号）登载了花田等人改编的《故事新编》中《非攻》《理水》《出关》《铸剑》等四篇小说的剧本。直至2008年11月3日，日本鸟之剧场剧团在张家港大戏院还演出了改编自鲁迅的最后一部小说集《故事新编》中的话剧《铸剑》。经尾崎文昭先生推荐介绍，日本有以上剧本集。（单行本《戏曲故事新编》，河出书房新社，1975）20世纪90年代中国著名话剧导演林兆华在日本剧社的协助下，也开始改编《故事新编》，并多次将其搬上舞台。
② 花田清辉：《花田清辉著作集》，株式会社未来社（东京），1965，第34-40页。（尚未有中译本，文中所涉译文均为笔者试译。）
③ 同上，第37页。
④ 同上，第38页。
⑤ 同上，第39-40页。

鲁迅研究中,也有这样类似的表达[①]。这些似乎对重新开拓和研究鲁迅文学和政治、民族、国家及其与亚洲国家之间的境遇的关系有着十分微妙的提示作用。

第二节 本 书 框 架

因而,在上述研究成果中,我们看到了《故事新编》本身的历史境遇,看到作为表象的鲁迅文学的张力和丰富性,无论是"油滑"还是什么,其中纷乱丰富的现象背后更本质性的部分都还有待于被更进一步发掘。

《故事新编》研究在当代的延续基本上分为唐弢和王瑶两个脉络。一方面,唐弢认为的《故事新编》是"和杂感呼应作战,从高处着眼,为'现在'抗争"[②],显示了《故事新编》在相应的文学史阶段的定位,但是将之一概地等同于杂文的作用,是对于《故事新编》的现象性的特殊机理有所忽视的体现;另一方面,王瑶曾经敏锐地发现了《故事新编》和中国传统戏曲形式之间的关系,并完成了《故事新编》与其他艺术形式之间关系的勾勒。正如唐弢处理杂文和这部小说集之间关系的研究一样,采用这种研究思路后来也大有人在。那么,同样的问题是,现象的比对和说明之外,如何处理文学的历史性?因此,我更关心的不是"油滑"之如何意味、"表象"之如何丰富,而是这二者背后将之搬向鲁迅的文艺舞台的历史情境、写作环境、文学行为,乃至作者本人的思想轨迹。也就是说,本书对《故事新编》的考察有一条灵魂性的俯瞰式的线索:具有丰富而内面思想的文学者鲁迅,是如何凭借其复杂、漫长的思想变化与生活经验累积,将古旧素材转化为《故事新编》这样一种独特的语言样式的?

遵循以上思路,我主要关注以下几个兴趣点。首先,从整个鲁迅研究的庞大系统看,翻译是研究者最容易忽略的环节,《故事新编》写作的十多年时间,也同时是鲁迅大量翻译外国文学及理论的阶段,如果按照时间表对读,很容易看到它们之间在某种程度上的互文关系。这些翻译对象有的是早就深入鲁迅的内心而未能及时翻译,有的是已然翻译。例如,在鲁迅集中完成《故事新编》最后四篇的 1935 年,也是鲁迅着力完成《死魂灵》翻译的最重要阶段,他在此时从"接受马克思主义"转而开始了这样一项貌似疏离前者的艰巨工程,很让人费解。实际上,仔细窥探他那时的文学灵魂,就能发现鲁迅与《死魂灵》及其作者在创作

---

① "关于鲁迅,戒能孝通说的一些话,在当时像空气一样广为传播。'最近我读鲁迅的小说,感到非常有趣。……日本完全变成了鲁迅笔下的中国'。"丸山升:《日本的鲁迅研究》,靳丛林译,《鲁迅研究月刊》2000 年第 11 期。

② 唐弢:《中国现代文学史》第 2 卷,人民文学出版社,1979,第 133 页。

品格上的某些微妙联结,这恰可以揭示《故事新编》的写作氛围。对翻译以及《故事新编》创作之间的分析,可以找到鲁迅这种间歇很长且相互断裂的"纯文学"作品序列后,其自觉身处的美学时空。可以说,翻译对鲁迅来说是一种自觉或不自觉的自我清理,同时也对其创作产生或多或少的两面作用:是消解,也是促进。甚至可以说,其翻译也是另一种意义上的创作。不过,囿于我作为研究者的外语能力,不可能穷尽作者所依据的日语、德语、俄语等源文本。但整体上,以汉语翻译成果为主要考察对象的研究方式亦不失为一种体察其创作路径的历史性方法。

其次,从文体上说,鲁迅的各种文体尝试虽驳杂斑斓,无论是散文诗、现代小说,还是早期发表在《新青年》上的新诗,都有其艺术特色。那么,研究诸种文体产生的原因及其关系,似乎有助于在一个更加深广而具有联系性的关系中去认识《故事新编》。一般来说,一个作家的内在思想和情愫是独异性的,同样,相对来说,同一个作家在每个阶段又有不同,故建立在这种内在性基础上的表达形式的需要也是多样的。因而,文体的选择和文体的演变,也并不是孤立和偶然的。在两个看起来成熟的文体之间也有作者不断摇曳、偶然性的尝试。《故事新编》在鲁迅的整个文体创造世界里可以说是最后一个,甚或也是最特别的一个,它和前后文体之关系,和当下鲁迅的心境与文学选择之间有着怎样的关系,都是值得探索的。在进入并出离各种文体的考察之后,我发现《故事新编》这一文体已然具备了某种"混杂性"。这种混杂不是堆积,而是形成某种有效的整体空间,鲁迅在其中展示了世相本身的独立性。相比较之前诸种文体,作者的介入也渐渐开始弱化。这一方面是小说本身文体上的开放性所致,但另一方面,各文体之间的相互混响性是十分复杂的,并且,连带着和他的思想变化也有重要的关联。

因此,最后,贯穿于作品始终的,是鲁迅的思想、文学经验与《故事新编》创作之间深厚的关系。凡此种种,都须重新讨论鲁迅的旧学修养、学术实践与《故事新编》的关系。而从思想史意义上,这些考察最终要解决的是《故事新编》中的"诸子观""历史观"如何在近现代思想、文化、历史的大背景之下形成。在这里,我选用了一个与鲁迅精神关系十分密切的近代思想人物作为鲁迅文学内面的参照,即章太炎。围绕着章太炎前后期关于庄学思想的变动,它与《故事新编》的思想世界构成一种什么样的对应关系? 这是我十分感兴趣的地方。与此同时,在外来思想上,给鲁迅以更强的精神力量的,是尼采。虽然在鲁迅一生之中直接谈论尼采的分量不一,甚至看起来前后抵牾,但是,从内面上讲,鲁迅文学与尼采之间也像与庄学思想一样不可拆分。从更高的视野,鲁迅以一种"去道德"的

探讨方式结束了《故事新编》，这种视野是中国的庄子精神所具备的，同时也是
普遍意义上的文学归宿。而从《野草》到《故事新编》，仍能显示出鲁迅被推上
文学舞台的这些显相背后的道德底色和强劲审美力量的来源。

　　从普遍的研究方式上来说，书籍的体系架构非常重要。作者需先列提纲，然
后再像搓麻绳那样，丝丝缕缕地把看起来有价值的问题一并搬进来。这种研究方
法的好处是：严整，细腻。但从作家的创作角度上说，如此长的跨度，以至于将
这一后来形成的集子作为整体讨论，寻求其普遍的解释，似乎都不具备充足的历
史合理性。因此本书并不打算这样。首先，我将围绕以上所思考的问题，同时根
据自己的兴趣导引到具体方面。由此，从小的切口进入，共同引到《故事新编》
的催生过程。这样的切入口，不一定就是工整的体系，而更多是我的兴趣或别人
所很少谈及的问题。当然，这种方式很可能会导致整体内容有些松散。但正如在
本章所强调的，我的写作将只是为鲁迅创作的这最后的小说集提供一点周围的
"空气"的描述。另外，本书的关键词是"关系"。在关系之中，有利于对复杂作
品背后的土壤做说明，虽不一定就能产生必然的因果联系（或许这恰恰是本文所
要暗示的），但至少可以将所能瞥见的创作环境与创作内容互相推动甚或阻碍的
过程呈现给读者。恰是《故事新编》的这种断裂复杂，才使得研究不能盲求统一
的阐释。然而，鲁迅的这种变动，貌似是巨大的颠荡，但作为文学家的鲁迅，他
始终坚守的仍然是文学的基本策略和原则。同时，他保持着创作者该有的热忱和
真诚，他敏感而细腻，加上中国知识分子在特定时代所具备的那种强烈的道德感，
这使他的作品在现代文学中，看来具有某种比较强烈的功利性倾向，甚至有些作
品，还可能因此出现多少"伤害"了"文学"的境况（部分唯美主义者认为的）。
但这恰恰是含有上述"缺陷"的强大的鲁迅文学。

第二章

鲁迅的翻译与《故事新编》创作

鲁迅在书信里一再强调，《故事新编》中只《铸剑》在技术上相对圆熟[1]，其他大多"没有什么可取"[2]，再多说一句，便是为博友人一哂[3]。除一些为研究者所熟知的他对别人的某些"误解"表示愤愤乃至"纠正"外（如《补天》《出关》等），我们直接从他口中已无法得知更深入地理解《故事新编》的信息了。

然而，这部他自称几乎"塞责"[4]的小说集是多年的创作积累，起初是华丽的《补天》，继而是颇具英雄色彩的《铸剑》《奔月》《非攻》《理水》，待到最后，连续的三篇（《采薇》《出关》《起死》），则一任如月光般的静穆邈远。通读下来，我们能感到鲁迅创作风格上的前后变化：从极具个性到悬浮不安，最后从容遁入某种内敛、自由与沉静。到结集为止，这种让他感到新奇和舒服的创作，仿佛到了技艺纯熟的地步。在这里，说"技艺"似乎并非那么贴切，应该说，一种对于远古今世的混杂感受寻得了恰当的表达方式，"使感情、想象和回忆熔合在一起，使古代和现代衔接起来"[5]。

研究者认为鲁迅的文体选择是势所必然，比如："当时，由于环境和条件的

---

① 鲁迅 1936 年 2 月 1 日致黎烈文信："《故事新编》真是'塞责'的东西，除《铸剑》外，都不免油滑，然而有些文人学士，却又不免头痛，此真所谓'有一利必有一弊'，而又'有一弊必有一利'也。"《鲁迅全集》第 13 卷，人民文学出版社，1981，第 299 页。

② 1936 年 2 月 3 日致增田涉信："《故事新编》是根据传说改写的东西，没有什么可取。"《鲁迅全集》第 13 卷，人民文学出版社，1981，第 655 页。

③ 1936 年 7 月 23 日致普实克信："去年印了一本《故事新编》，是用神话和传说做材料的，并不是好作品。现在别封寄呈，以博一笑。"《鲁迅全集》第 13 卷，人民文学出版社，1981，第 663 页。

④ 1935 年 11 月 23 日致邱遇信："《故事新编》还只是一些草稿，现在文化生活出版社要给我付印，正在整理，大约明年二月间，可印成的罢。"《鲁迅全集》第 13 卷，人民文学出版社，1981，第 256 页。

⑤ 夏济安：《鲁迅作品的黑暗面》，载乐黛云编《国外鲁迅研究论集（1960—1981）》，北京大学出版社，1981，第 367 页。

关系，鲁迅不能直接去表现现实生活中的革命英雄，于是只好通过古代的英雄形象来表达这种看法。"① 但这似不足以解释鲁迅同时仍不惧现实而不断以杂文为匕首见世。或者，"凑足八篇"是鲁迅早在厦门期间百无聊赖地寄情个人回忆与历史古籍时预谋已久的事②，到了 1935 年 8 月巴金一句"周先生，编一个集子给我吧"③，便在看似仓促之间，水到渠成。这种说法，似乎也有浅近之嫌。

那么，是否存在某种和《故事新编》相对应的创作情境？

例如，1935 年的鲁迅，除了为"塞责"的最后四篇小说和杂文创作之外，他的时间集中花费在文学翻译上。此选择包含某种焦虑："中国作家的新作，实在稀薄得很，多看并没有好处，其病根：一是对事物太不注意；二是还因为没有好遗产。对于后一层，可见翻译之不可缓。"④ 遍览鲁迅宏富的翻译成果，直可谓他的"第二创作"：一方面，通过阅读，他要体会和学习他所喜爱的这些来自异域、成熟且独具魅力的文学作品，以延续自己的文学生命；另一方面，借助翻译，他要考虑用准确练达而极具魅力的现代语言，来转换他的这种"体会和学习"。

在历史、神话题材的小说方面，鲁迅曾经翻译了日本的菊池宽、芥川龙之介和苏联作家伦支等人的作品。在《竖琴》译文的后记中，他这样评价 19 岁即已依照《旧约·出埃及记》改编小说的伦支："提出和初革命后的俄国相共通的意义来，将圣书中的话和现代的话，巧施调和，用了有弹力的暗示底的文体，加以表现的。"⑤ 这种阅读和翻译的浸入，无不为其创作奠定了视野上的基础。而在 1925 年翻译的德国批评家拉斐勒·开培尔写的《小说的浏览和选择》中，就有他对于"历史小说"的看法：

　　——大概在德国的最优秀的小说家的作品中，是无不含有历史小说的。但这时，所谓"历史底"这概念，还须解释得较为广泛，较自由一点；即不可将历史的意义，只以辽远的过去的事象呀，或是诸侯和将军的生涯中的情节呀，或者是震撼世界的案件呀之类为限。……如你也知道的一样，普通是

---

① 吴中杰、高云：《历史与现实的融合——论〈故事新编〉》，载孟广来、韩日新编《〈故事新编〉研究资料》，山东文艺出版社，1984，第 278 页。
② 鲁迅：《故事新编》序："直到一九二六年的秋天，一个人住在厦门的石屋里，对着大海，翻着古书，四近无生人气，心里空空洞洞。而北京的未名社，却不绝的来信，催促杂志的文章。这时我不愿意想到目前；于是回忆在心里出土了，写了十篇《朝花夕拾》；并且仍旧拾取古代的传说之类，预备足成八则《故事新编》。"《鲁迅全集》第 2 卷，人民文学出版社，1981，第 342 页。
③ 巴金：《鲁迅先生就是这样的一个人》，孟广来、韩日新编：《〈故事新编〉研究资料》，山东文艺出版社，1984，第 64 页。
④ 1935 年 10 月 29 日致萧军信，载《鲁迅全集》第 13 卷，人民文学出版社，1981，第 237 页。
⑤ 鲁迅：《〈竖琴〉后记》，载北京鲁迅博物馆编《鲁迅译文全集》第 6 卷，福建教育出版社，2008，第 81 页。

将小说分类为历史底，传记底，风俗，人文，艺术家和时代小说的。但是，其实，在这些种类之间，也并没有本质底差别：历史小说往往也该是风俗小说，而又是人文小说的事，是明明白白的。[①]

这段话恰和鲁迅的翻译故实构成一个对应的关系。在鲁迅所翻译的历史题材的现代小说中，如菊池宽、芥川龙之介的作品，均从历史的侧面入手，展现别一样的"值得历史底注意的人格"。其后，开培尔还分析了作品内容和内在品格之间的关系，尤其是所谓"教授文学"与持"真理姿态"的文学之间的差别：

> ——大概，凡历史底作品，不论是什么种类，总不得以学究底准备和知识为前提，但最要紧的，是使读者全然不觉察出这事，或者竭力不使觉察出这事，又或者在本文之中，不使感知了这事。——所谓"教授文学"这东西，事实上确是存在的，但我所知道者，却正出于并非教授的人们之手。使人感到困倦和无聊者，并非作诗的学者，而是教授的诗人；用了不过是驳杂的备忘录的学识，他们想使读者吃惊，但所成就，却毕竟不过使自己的著作无味而干燥。[②]
>
> ——我之对于世界和社会，不独要知道它的现实照样，还要在那真理的姿态上（即柏拉图之所谓 Idea 的意思）知道它的缘故。而替代了我，来做这事的，则就是比我有着更锐敏的感官和明晰的头脑的诗人和小说家。假使我自己来担任这事，就怕要漏掉大部分，或者不能正确地观察，或者得不到启发和享乐，却反而只经验些不快和一切种类的扫兴的罢。[③]

显然，作者对于文学和"历史底文学"的看法是具有某种内在的精神性的。这里所谓"注意的人格""真理的姿态"等，都在强调作品内部的文学精神，远胜于表面上讲述驳杂的知识或史实。返观鲁迅创作，他虽然在给友朋的信中认为自己的"历史底小说"是"油滑"不足观，但在《故事新编》的出版序言中也对小说所具备的以上诸特性表现出某种自信，他说，于"历史小说"，一是"博考文献，言必有据"，一是"只取一点因由，随意点染"，而《故事新编》"也还是速写居多，……叙事有时也有一点旧书上的根据，有时却不过信口开河"，但却

---

① 拉斐勒·开培尔：《小说的浏览和选择》，载北京鲁迅博物馆编《鲁迅译文全集》第 4 卷，福建教育出版社，2008，第 33 页。
② 同上，第 34 页。
③ 同上，第 35 页。

"并没有将古人写的更死"。[①]

而通过对鲁迅那些更为丰富庞杂的翻译文学的阅读，我们能够很自然地看到鲁迅翻译的内在结构、语言甚至思想精神与《故事新编》如何使用这些古旧的小说素材所呈现的相关性。《故事新编》写作期间的翻译，大致可分为三个时期：前期主要是以所谓主体精神困境为源头的文学作品；其后是苏联左翼文学作品；最后则主要是鲁迅晚年耗费巨大心力翻译的《死魂灵》。

第一节 "直到他在自身中看见神"：《小约翰》与《铸剑》之生成

《铸剑》被认为是《故事新编》中最严正的一篇，也是作者在给别人的信中称是其中写得最认真，也貌似最满意的一篇[②]。如果将《故事新编》作为一个文本体系来看，鲁迅在此前还写了《补天》和《奔月》。而从《补天》（原题为《不周山》）被纳入《呐喊》，可以看出鲁迅当时尚未有以历史题材小说写作"八篇"的系列构思，到厦门后，他才有这一具体想法。

从《奔月》到《铸剑》，呈现了一种明晰的创作方式。《补天》（"唉唉，我从来没有这样无聊过"）里充满创造力但最后走向生命力衰竭的女娲；《奔月》中感到无力回天的失路英雄；《铸剑》中没有世俗的悲仇却走向道德式毁灭的黑色人；等等，这些都初步显示出了鲁迅在历史与文学的缝隙间渗透进了的"自我"。与鲁迅其他体式的作品，如同一时期的《朝花夕拾》，再往前推，是《野草》《彷徨》，均有相通的某些气质：孤独、彷徨、无聊，同时又因是世人眼中的神或英雄（女娲、后羿、黑色人）而更加重了这些情绪，即便是战斗与牺牲，也带有某种无法彻底改变现实的悲剧色彩。

很显然，"复仇"这一主题，在鲁迅作品中并不罕见。少年时鲁迅即自命为戛剑生，憧憬于"向笔海而啸傲兮，倚文冢以淹留"[③]的生活；于日本留学时又从事致力于革新与文艺的翻译和社会活动。在浙江任教时，鲁迅收集和整理了大量历史地理文化史料，《会稽郡故书杂集》序曰："旧闻故事，殆尠孑遗，后之作者，遂不能更理其绪。……十年已后，归于会稽，禹勾践之遗迹故在。……是故序述名德，著其贤能，记注陵泉，传其典实，使后人穆然有思古之情，古作者之

---

① 鲁迅：《故事新编》，人民文学出版社，2006，第2页。

② 袁良骏：《鲁迅为何偏爱〈铸剑〉》，《鲁迅研究月刊》2002年第9期。

③ 鲁迅1900年所作《祭书神文》前有序："上章困敦之岁，贾子祭诗之夕，会稽戛剑生等谨以寒泉冷华，祀书神长恩，而缀之以俚词。"《鲁迅全集》第8卷，人民文学出版社，1981，第472页。

用心至矣！"① 可见他对吴越历史及其士人精神之珍视。直到晚年，鲁迅仍然追怀"会稽乃报仇雪耻之乡，非藏垢纳污之地"② 的鬼魂复仇的故事（《女吊》）。由此来看，取材于吴越故地的复仇故事《铸剑》的创作也就不那么突兀。然而从具体材料上来说，还存有诸多模糊之处。研究者主要是围绕着鲁迅本人的讲述展开分歧。1936 年 2 月 17 日他致徐懋庸的信说："《铸剑》的出典，现在完全忘记了，只记得原文大约二三百字，我是只给铺排，没有改动的，也许是见于唐宋类书或地理志上（那里的'三王冢'条下），不过简直没法查。"③ 1936 年 3 月 28 日他又致增田涉信："但是出处忘记了，因为是取材于幼时读过的书，我想也许是在《吴越春秋》或《越绝书》里面。日本的《中国童话集》之类也有，记得是看见过的。"④ 根据藏书目录，鲁迅所藏的少量杂史著作里就有《吴越春秋》和《越绝书》。⑤ 不过，在《吴越春秋》和《越绝书》里并没有这则故事的完整记载。而在鲁迅南下之前，在北京教授"中国小说史"时整理的《古小说钩沉》中有类似的故事：

> 干将莫邪为楚王作剑，三年而成。剑有雌雄，天下名器也，乃以雌剑献君，藏其雄者。谓其妻曰："吾藏剑在南山之阴，北山之阳；松生石上，剑在其中矣。君若觉，杀我；尔生男，以告之。"及至君觉，杀干将。妻后生男，名赤鼻，告之。赤鼻斫南山之松，不得剑；忽于屋柱中得之。楚王梦一人，眉广三寸，辞欲报仇。购求甚急，乃逃朱兴山中。遇客，欲为之报；乃刎首，将以奉楚王。客令镬煮之，头三日三夜跳，不烂。王往观之，客以雄剑拟王，王头堕镬中；客又自刎。三头悉烂，不可分别，分葬之，名曰"三王冢"。（《列异传》魏曹丕撰 录自《太平御览·三百四十三》）⑥

曹丕的《列异传》现并不留存，以上所收也是其佚文。这样的话就符合了鲁迅第一封信中所说的"唐宋类书"。那么，为什么鲁迅却在第二封信中认为是《吴越春秋》或《越绝书》呢？检索《太平御览》，我找到了这则故事的又一个版本，且标明来自"吴越春秋"，是小说完整故事的后半部分：

> 吴越春秋曰："眉间尺逃楚。入山道，逢一客，客问曰：'子眉间尺乎？'

---

① 鲁迅：《〈会稽郡故书杂集〉序》，载《鲁迅辑录古籍丛编》第 3 卷，人民文学出版社，1999，第 235 页。
② 鲁迅：《女吊》，载《鲁迅全集》第 6 卷，人民文学出版社，1981，第 614 页。
③ 1936 年 2 月 17 日致徐懋庸信，载《鲁迅全集》第 13 卷，人民文学出版社，1981，第 312 页。
④ 1936 年 3 月 28 日致增田涉信，载《鲁迅全集》第 13 卷，人民文学出版社，1981，第 658 页。
⑤ 韦力：《鲁迅古籍藏书漫谈》上册，福建教育出版社，2006，第 67-68 页。
⑥ 鲁迅：《古小说钩沉》，载《鲁迅辑录古籍丛编》第 1 卷，人民文学出版社，1999，第 123-124 页。

答曰：'是也。''吾能为子报仇'。尺曰：'父无分寸之罪，枉被荼毒，君今惠念何所用耶？'客曰：'须子之头，并子之剑。'尺乃与头。客与王，王大赏。即以镬煮其头，七日七夜不烂。客曰：'此头不烂者，王亲临之。'王即看之，客于后以剑斩王头，入镬中，二头相齧，客恐尺不胜，自以剑拟头入镬中，三头相咬，七日后，一时俱烂。乃分葬汝南宜春县，并三冢。"（《太平御览》卷三百六十四）[①]

由此可见，以上宋类书中的两个故事实则同出一源，只有个前后的问题。

另外，鲁迅对增田涉所提到的《中国童话集》，据藤井省三的考证，故事原本仍出于干宝《搜神记·三王墓》，因鲁迅曾整理过《小说备校》中《搜神记》的佚文部分。[②] 由此可见，这则故事在流传上的前后变化，如果同样按照时间顺序考察的话，刘向、曹丕二书很有可能是伪托，应该是《吴越春秋》最早[③]，且鲁迅在回信中说是"《吴越春秋》或《越绝书》"，可见两封信的回答均没有什么错误，很可能是做了一番考虑之后才告知增田涉的。尽管如此，如果单以考察其创作范本来源为目的，似乎就没有多大的意义了。

一、古押衙与《无双传》

问题是，鲁迅何以将此短短二三百字的古文铺成1万多字，且相当华丽？这其中的精神基调是什么？仅是按照历史文献的原意的铺排吗？鲁迅曾在《六朝小说和唐代传奇文有怎样的区别？——答文学社问》（1935）中说过唐传奇文学的特点，他认为是"诗文既滥，人不欲观"的背景下，人们"希图一新耳目"的尝试。同时，它跟六朝小说相比更加渲肆，所谓"神仙人鬼妖物，都可以随便驱使；文笔是精细，曲折的，至于被崇尚简古者所诟病；所叙的事，也大抵具有首尾和波澜，不止一点断片的谈柄；而且作者往往故意显示着这事迹的虚构，以见他想象的才能了"。[④] 这可见唐传奇在"自觉"的文学叙事上所表现出的冲击力。在鲁迅所整理校订的《唐宋传奇集》[⑤]中，有很多侠客义女，如虬髯客、步非烟等，而其中与

---

① 李昉等：《太平御览》，上海商务印书馆，1935，卷360-366。标点为笔者添加。
② 藤井省三：《围绕鲁迅的童话性作品群——〈兔与猫〉〈鸭的喜剧〉〈铸剑〉小论》，载《樱美林大学中国文学论丛》（1987），转引自丸尾常喜：《"人"与"鬼"的纠葛——鲁迅小说论析》，秦弓译，人民文学出版社，2006，第320页。
③ 袁珂：《中国神话史》，重庆出版社，2007，第155页。
④ 鲁迅：《六朝小说和唐代传奇文有怎样的区别？——答文学社问》（1935），载《鲁迅全集》第6卷，人民文学出版社，1981，第322-324页。
⑤ 鲁迅：《〈唐宋传奇集〉序例》："中华民国十有六年九月十日，鲁迅校毕题记。时大夜弥天，璧月澄照，饕蚊遥叹，余在广州。"见《北新周刊》1927年第51、52期合刊。

《铸剑》中的故事有着部分相似性的是《无双传》。这个故事讲述在建中年间，官员刘震的外甥王仙客，从小父亲早死，住在舅舅家，他与舅舅的女儿无双从小青梅竹马。长大之后，因为泾水兵反，仙客与舅家离散，3 年之后，通过仆人塞鸿知道了舅舅已死，惟剩无双被充官为奴。仙客通过赎回无双的丫鬟采苹，与无双通信。无双告知有一叫作古押衙的人可相救。

> （仙客）遂寻访古押衙，则居于村墅。仙客造谒，见古生。生所愿，必力致之，缯綵宝玉之赠，不可胜纪。一年未开口。秩满，闲居于县。古生忽来，谓仙客曰："洪一武夫，年且老，何所用？郎君于某竭分。察郎君之意，将有求于老夫。老夫乃一片有心人也。感郎君之深恩，愿焚身以答效。"仙客泣拜，以实告古生。[1]

于是古押衙协助仙客展开了营救。他令采苹入宫扮作宦人给无双吃了昏死之药，然后以处死之罪从宫里将无双背了出来：

> 古生又曰："暂借塞鸿于舍后掘一坑。"坑稍深，抽刀断塞鸿头于坑中。仙客惊怕。古生曰："郎君莫怕。今日报郎君恩足矣。比闻茅山道士有药术。其药服之者立死，三日却活。某使人专求，得一丸。……老夫为郎君，亦自刎。……"。言讫，举刀。仙客救之，头已落矣。遂并尸盖覆讫。[2]

从这里可以看出，《无双传》中也有一个类似《铸剑》中的侠客形象——古押衙。他也精心布置了一场连同自己的头颅也要砍掉的义举，把无双救出。不同于"黑色人"的是，古押衙与王仙客之间更多是一种知遇的关系：王仙客是慕名而来，尽其所有地对他，不说目的，等他自己被感化并开口，一年之后，这位侠客才有所了悟；而《铸剑》中黑色人与他的协助对象眉间尺，显然没有任何现实的利害关系。在鲁迅所借鉴的史料当中，无论是《吴越春秋》还是《搜神记》，黑色人的原型均称作"客"。从历史上说，"客"最初是春秋战国时期产生的各国王公诸侯间调和、斗争的工具，而后渐渐演变出侠义色彩。这里的古押衙，甚至在更早的荆轲、樊於期等人的故事那里均能呈现这种特质和风格。

到了"黑色人"这里，"客"显然已经更加"无我"，更加变得具有某种抽象

---

① 鲁迅:《鲁迅辑录古籍丛编》第 2 卷，人民文学出版社，1999，第 140 页。
② 同上，第 141 页。

的内涵。他不为任何回报，将自己的生命陨灭于无偿助人的复仇之中，甚至因此在生命终结时带着某种诡异而快慰的微笑。

为何以古典为入口的《铸剑》，却又在出口处迥异于古典？关于此点，分析得较为透彻的是丸尾常喜，他详细地推敲了鲁迅在创作这篇小说前后的社会生活和内心变化[①]。但是，在作品的技术和思想上，鲁迅必定有其他的借鉴。正如丸山升所说的那样，在吸收方面，鲁迅是一个好手[②]。

二、"黑色的形相"与《小约翰》

上述日本将眉间尺的故事归类为"童话"，似乎暗示了这故事必包涵某种质素吸引孩子。在这里，我且不做童话概念或主题的追溯和界定，而拟将鲁迅在《铸剑》写作前后所翻译的两个童话作为考察对象来间接获取这一"质素"：一个是鲁迅在 1922 年翻译成的俄国作家爱罗先珂用日文所创作的三幕剧《桃色的云》。另一个是鲁迅从 1926 年 7 月在北京绵延到 1927 年 5 月在广东所翻译的荷兰作家望·蔼覃的德译本童话《小约翰》[③]。

《桃色的云》是一部充满了浪漫气息和象征意味的童话剧。它将自然万物拟人化，讲述了这些富于意志的年轻生命借着善良（"为爱而开"）的助力，最终战胜了严酷的冬天，开启了春天的门，叫醒了春的少年"桃色的云"的故事。这其中，起到推动作用的是"土拨鼠"这个角色。他不畏艰难，与一切冬和自然之母的严酷的规则和权威抗争。故事中，春子是一个弱美的女子，她牺牲在残冬的脚蹄之下。在死之前，她抱着为春而牺牲了的土拨鼠说："这是，那下面的使者呵，来迎接我的。"[④]鲁迅曾在翻译的序言里说："因为他自己也觉得这一篇更胜于先前的作品，而且想从速赠与中国的青年。"[⑤]并引日本作家秋田雨雀曾在 1921 年读了《桃色的云》之后的感慨："你在这粗粗一看似乎梦幻的故事里，要说给我们日本青年者，似乎也就是这'要有意志'的事罢。"[⑥]有意思的是，深谙自然科学的鲁迅在翻译的后记里还着重完成了对篇中角色"土拨鼠"的生物学考察，并强调它"一遇到太阳光，便看不见东西，不能动弹了。作者在《天明前之歌》的序文上，

---

① 丸尾常喜：《复仇与埋葬——关于鲁迅的〈铸剑〉》，载《"人"与"鬼"的纠葛——鲁迅小说论析》，秦弓译，人民文学出版社，2006，第 314-339 页。

② 丸山升："鲁迅的强韧精神，在自己陈腐古旧之际，能借助一种'突变'突进到新的天地……。"丸山升：《鲁迅·革命·历史——丸山升现代中国文学论集》，王俊文译，北京大学出版社，2005，第 19 页。

③ 鲁迅：《〈小约翰〉引言》，载北京鲁迅博物馆编《鲁迅译文全集》第 3 卷，福建教育出版社，2008，第 5-14 页。

④ 爱罗先珂：《桃色的云》，载北京鲁迅博物馆编《鲁迅译文全集》第 2 卷，福建教育出版社，2008，第 212 页。

⑤ 同上，第 105 页。

⑥ 同上，第 106-107 页。

自说在《桃色的云》的人物中最爱的是土拨鼠，足见这在本书中是一个重要人物了"[①]。爱罗先珂是盲人，而这篇作品可见其爱光明、智慧与勇敢。《桃色的云》中，极可能是作者以土拨鼠自喻，在这里就象征着在黑暗中与青年一起奋斗实现光明理想的悲情英雄。如果转回去再看看《铸剑》的话，那少年眉间尺的复仇，也是借助"使者"完成的。

相较《桃色的云》,《小约翰》则是一部成人童话，鲁迅在《未名丛刊》"提要"上曾称之为"用象征来写实的童话体散文诗"[②]。它表达的不仅是温暖和爱，还蕴有很多黑暗、无助、绝望等悲剧性的因素，如鲁迅说的"人性的矛盾，福祸纠结的悲欢"[③]。鲁迅花费如此巨大的精力来翻译它，可见他对这部童话的偏爱。

这部作品也呈现出了万物的生动性。例如，第一部分写小约翰被一个神秘的叫作"旋儿"的小精灵带入自然界，他变小了，与自然万物融为一体。然而这时，蟋蟀们、兔子、火萤掩饰不住被人类毁坏家园的悲伤。（"富于同情的野兔叹息着，并且用它的右前爪将长耳朵从头上拉过来，并拭干一滴泪。这样的是它的手巾。"[④]）在这个世界中，各样生灵（动物和植物）都过着生动自然的生活，小约翰跟随"旋儿"与大自然混同如一的情形可爱而天然，很有点庄子"夫吹万不同，而使其自己"的意思。然而，其中更为深刻的是，这则童话揭示了人与自然或者未知世界之间的复杂关系。鲁迅在序言中说：

> 人在稚齿，追随"旋儿"，与造化为友。福乎祸乎，稍长而竟求知：怎么样，是什么，为什么？于是招来了智识欲之具象化：小鬼头"将知"；逐渐还遇到科学研究的冷酷的精灵："穿凿"。童年的梦幻撕成粉碎了；科学的研究呢，"所学的一切的开端，是很好的，——只是他钻研得越深，那一切也就越凄凉，越黯淡。"……谁想更进，便得痛苦。为什么呢？原因就在他知道若干，却未曾知道一切，遂终于是"人类"之一，不能和自然合体，以天地之心为心。……直到他在自身中看见神，将径向"人性和他们的悲痛之所在的大城市"时，才明白这书不在人间，惟从两处可以觅得：一是"旋儿"，已失的原与自然合体的混沌，一是"永终"——死，未到的复与自然合体的混沌。而且分明看见，他们俩本是同身……。[⑤]

---

① 爱罗先珂：《桃色的云》，载北京鲁迅博物馆编《鲁迅译文全集》第2卷，福建教育出版社，2008，第216页。
② 刘运峰编：《鲁迅序跋集》（下），山东画报出版社，2004，第526页。
③ 鲁迅：《〈小约翰〉引言》，载北京鲁迅博物馆编《鲁迅译文全集》第3卷，福建教育出版社，2008，第6页。
④ 望·蔼覃：《小约翰》，载北京鲁迅博物馆编《鲁迅译文全集》第3卷，福建教育出版社，2008，第22页。
⑤ 鲁迅：《〈小约翰〉引言》，载北京鲁迅博物馆编《鲁迅译文全集》第3卷，福建教育出版社，2008，第6-7页。

小约翰在经历了一系列寻求未知世界的梦想的波折、父亲的死去等沉重的打击之后，一个"黑色的形相"，即"更进"出现在苦痛而迷惘的他面前：

但在这一时，当约翰将近那神奇的乘具的时候，他一瞥道路的远的那一端。在大火云所围绕的明亮的空间之中，他看见一个小小的黑色的形相。这逐渐大起来了，近来了一个人，静静地在汹涌的火似的水上走。

红炽的波涛在他的脚下起伏，然而他沉静而严正地近来了。

这是一个人，他的脸是苍白的，他的眼睛深而且暗。有这样地深，就如旋儿的眼睛，然而在他的眼光里是无穷的温和的悲痛，为约翰所从来没有在别的眼里见过的。

"你是谁呢？"约翰问，"你是人么？"

"我更进！"他说。

"你是耶稣，你是上帝么？"约翰问。

"不要称道那些名字，"那人说，"先前，它们是纯洁而神圣如教士的法衣，贵重如养人的粒食，然而它们变作傻子的呆衣饰了。不要称道它们，因为它们的意义成为迷惑，它的崇奉成为嘲笑。谁希望认识我，他从自己抛掉那名字，而且听着自己。"

"我认识你，我认识你，"约翰说。

"我是那个，那使你为人们哭的，虽然你不能领会你的眼泪。我是那个，那将爱注入你的胸中的，当你没有懂得你的爱的时候。我和你同在，而你不见我；我触动你的灵魂，而你不识我。"

"为什么我现在才看见你呢？"

"必须许多眼泪来弄亮了见我的眼睛。而且不但为你自己，你却须为我哭，那么，我于你就出现，你也又认识我如一个老朋友了。"

……

于是约翰慢慢地将眼睛从旋儿的招着的形相上移开。并且向那严正的人伸出手去。并且和他的同伴，他逆着凛冽的夜风，上了走向那大而黑暗的都市，即人性和他们的悲痛之所在的艰难的路。[①]

再看看《眉间尺》中同样也失去父亲的眉间尺和黑色人的对话：

---

① 望·蔼覃：《小约翰》，载北京鲁迅博物馆编《鲁迅译文全集》第3卷，福建教育出版社，2008，第103-104页。

　　眉间尺浑身一颤，中了魔似的，立即跟着他走；后来是飞奔。他站定了喘息许多时，才明白已经到了杉树林边。后面远处有银白的条纹，是月亮已从那边出现；前面却仅有两点磷火一般的那黑色人的眼光。

　　"你怎么认识我？……"他极其惶骇地问。

　　"哈哈！我一向认识你。"那人的声音说。

　　……

　　"那么，你同情于我们孤儿寡妇？……"

　　"唉，孩子，你再不要提这些受了污辱的名称。"他严冷地说，"仗义，同情，那些东西，先前曾经干净过，现在却都成了放鬼债的资本。我的心里全没有你所谓的那些。我只不过要给你报仇！"

　　……

　　"但你为什么给我去报仇的呢？你认识我的父亲么？"

　　"我一向认识你的父亲，也如一向认识你一样。但我要报仇，却并不为此。聪明的孩子，告诉你罢。你还不知道么，我怎么地善于报仇。你的就是我的；他也就是我。我的魂灵上是有这么多的，人我所加的伤，我已经憎恶了我自己！"[1]

　　从文学者的身份上讲，无论是爱罗先珂还是望·蔼覃，都有吸引鲁迅注意的地方。前者为解剖师的儿子，对医学和生物有着天然的敏感，再加上盲诗人的气质，这也是《桃色的云》中的形象如此丰富的原因，他与鲁迅曾经在一起的亲密生活至少部分是建立在此基础之上的。而后者本就是医生，显然他也将科学知识文学化了。同样，考察鲁迅一生的文学作品和社会生活，很难将之与生物学分离。

　　然而，从内容上讲，《桃色的云》是一个非常纯美的故事，其中土拨鼠完全扮演了一个为爱和美牺牲的角色。《小约翰》则不然，它展开的却是人类的普遍苦恼。这种痛苦来自两方面：一是大自然的诅咒；二是人自身的局限性。而"更进"也是在"必须许多眼泪来弄亮了见我的眼睛"之后，才给予助力的使者。最后，小约翰在面临着天堂般的永恒世界和充满痛苦的人间时选择了后者。在《铸剑》中，眉间尺也最终选择了复仇。然而，从象征意义上讲，前者似乎代表着对整个人类选择的思考：没有天堂，只有自身的神明。按照鲁迅的解释，这个"神"又不是给小约翰带来一劳永逸的解决之法的"神仙"，而是一个能够让他痛苦并在

---

① 鲁迅：《铸剑》，载《鲁迅全集》第2卷，人民文学出版社，1981，第425-426页。

一切历练和追寻之后彻底认清自身内在的灵魂。那么,《铸剑》中的黑色人,是神还是人呢? 上述两则相似的对话中显示"黑色人"是青年的佐佑者、"使者"、导引者,但同时也可以说是其(眉间尺)深处的灵魂:

> 至于黑色人的形象,则是人性中潜在的可能性,人类的精神的化身,艺术层次上的自我。他是眉间尺灵魂的本质,也是王内心萦绕不去而又早被他杀死了的幽灵。为命运驱使的这三个人终于在大金鼎的滚水中汇合了,一场你死我活的咬啮展示出灵魂内在的战争图像。[1]

鲁迅对典故的超越性阐释也在这里彻底表现出来。这时候的"客"已经被阐释为一个人的以内在精神为对象的自我审视,而不再是具象的社会身份。正因如此,在《铸剑》中也包含了某种和另外两则童话(《桃色的云》《小约翰》)一样的带有象征意义的部分。

三、同情 自由 牺牲

除此之外,以上《小约翰》和《铸剑》的两则对话中还有一些微妙的共同的细节。比如,《小约翰》中小约翰叩问"黑色的形相"是否是上帝或耶稣,《铸剑》中眉间尺则叩问黑色人是否是在"同情"他。很显然,上帝和同情、悲悯是紧紧联系在一起的。然而,望·蔼覃和鲁迅都在文本中拒斥了这种早已僵化了的带有垂直感的权威,有一种对于个体独立性的尊重和期待,即他们应当依靠自身的意志来践行使命。这在鲁迅所熟悉的尼采思想中(《查拉图斯特拉如是说》)早就有体现。至于如何践行,这在二者看来是统一的,即选择充满悲苦和多难的具有行动力的人间生活。在《过客》中也有这样的句子:

> 倘使我得到了谁的布施,我就要像兀鹰看见死尸一样,在四近徘徊,祝愿她的灭亡,给我亲自看见;或者咒诅她以外的一切全部灭亡,连我自己,因为我就应该得到咒诅。[2]

这段话恰恰在《铸剑》之中获得了某种解说,然而,黑色人并未得到如何的"布施",这种自觉的向死的善与《过客》有着极其相似的地方。后来鲁迅在写给

---

① 残雪:《艺术复仇——读〈铸剑〉》,《书屋》1999 年第 1 期。
② 鲁迅:《过客》,载《鲁迅全集》第 2 卷,人民文学出版社,1981,第 192 页。

许广平的信中又说："同我有关的活着，我就不放心，死了，我就安心。"《铸剑》中同他"有关"的又是什么呢？除了自己需要赡养或交接的亲或友之外，还有一种自觉的道德感，只不过这种道德感至纯和如此紧迫，以至于表现出以自我毁灭为目的的痛快。用鲁迅自己的话说，是"个人的无治主义"和"人道主义"的两种思想"消长起伏"①。而这种"起伏"，在《铸剑》中最终都得到解脱。

有意思的是，竹内好那里也有类似评价鲁迅的话：

> 使文学成为可能的，是某种自觉。正像使宗教者成为可能的是对于罪的自觉一样，某种自觉是必要的。正像通过这种自觉，宗教者看到了神一样，他使语言找到了自由。不再被语言所支配，而反过来处在支配语言的位置上。可以说，他创造了自身的神。……他不断地从自我生成深处喷涌而出，喷涌而出的他却总是他。就是说，这是本源性的他。我是把这个他叫做文学者的。②

而鲁迅在《铸剑》中的表现，是这种双重自觉：一方面，鲁迅虽无宗教信仰，却有道德的自觉；另一方面，这又是文学的自觉的运化与"喷涌"。正如在《补天》中女娲的形象所带给我们的暗示那样。

或者，与此相关，在这里有必要讨论一下《铸剑》和尼采之间的关系。张钊贻在《鲁迅：中国"温和"的尼采》中曾说：

> 按照尼采解释，自我牺牲并不意味着是利他主义的行为，其实是个人"权力意志"经过伪装的表现，鲁迅也许并不知道尼采对自我牺牲的看法。③

其实，在鲁迅的作品之中，从《野草》到《铸剑》，通过以上分析我们恰恰看到了鲁迅文学的这种表现方式。而张所说的尼采的"自我牺牲"观，我们在尼采的《偶像的黄昏》之中能够瞥见，或者，也可以将之作为《铸剑》中的内在精髓的注脚：

> 人们把这叫做"献身"；人们把他的毫不利己、把他为一种信念、一个伟大事业和一个祖国所做的牺牲称赞为"英雄主义"：这全是误解……他溢出，他泛滥，他消耗自己，他不爱惜自己，——厄运般地、灾难性地、不由

---

① 鲁迅、许广平：《鲁迅景宋通信集：〈两地书〉的原信》，湖南人民出版社，1984，第69页。
② 竹内好：《近代的超克》，李冬木、赵京华、孙歌译，生活·读书·新知三联书店，2005，第107-108页。
③ 张钊贻：《鲁迅：中国"温和"的尼采》，北京大学出版社，2011，第348页。

自主地，如同河水决堤是不由自主的一样。但是，由于人们对这些炸药感激之至，于是，人们也对他们给予了很多回报，例如一种高尚的道德……这的确是人类的感恩方式：人们误解了他们的恩人。[①]

这就揭示了在《铸剑》中，黑色人的善是意志的表象，而非意志是善的表象。当然，我们无从知道鲁迅是否在这里自觉化用了尼采的"自我牺牲"理论，但可以肯定的是，鲁迅在生活和生命的体悟中，觉察到了这一有趣的真相。

四、"用象征来写实的童话体散文诗"

接下来我们可以找到两组对比：一组是《桃色的云》中的土拨鼠，与《小约翰》中的黑暗的人；还有一组则是"客"的典故（《吴越春秋》中的"三王冢"与《无双传》中的古押衙）。这些都是《铸剑》中黑色人的影子。在这个运化过程中，我们看到了鲁迅的阅读整理和他的翻译可能带给《铸剑》的原料和某种超越性。而这种超越性成为它迥异于通常的历史、神话题材小说的独特现代气质。从这里我们可以看出鲁迅如何将"古典的"和"翻译的"经验转化为一种冷飕飕的创造性表达。这使得那些曾经"尔丽文明，点缀幽独"的古代文献完成了素材上的有力转换和精神上的激越。

当然，除此之外，我们可能还不难发现，江口涣的《峡谷的夜》以及菊池宽《复仇的话》这两篇鲁迅20世纪20年代初翻译的小说从气氛到内容上与《铸剑》之间的微妙关系。《峡谷的夜》讲述了民间一个女人不堪丈夫背叛和小儿夭折而发疯的故事。其凛冽的气象颇合《铸剑》中黑色人见到眉间尺的野外场景。《复仇的话》则讲述了这样一段奇遇：一个故去的武士的儿子成人之后遵从母命前去为父亲报仇，最终却在旅店碰到一个盲人按摩师，而此人正是他的仇家。正如南部修太郎对菊池宽的总结："这就因为他们的恶的性格或丑的感情，愈是深锐的显露出来时，那藏在背后的更深更锐的活动著的他们的质素可爱的人间性，打动了我的缘故，引近了我的缘故。"[②]鲁迅因此发抒评论说：

> 他的创作，是竭力的要掘出人间性的真实来。一得真实，他却又怃然的发了感慨，所以他的思想是近于厌世的，但又时时凝视著遥远的黎明，于是

---

① 尼采：《偶像的黄昏——或怎样用锤子从事哲学》，李超杰译，商务印书馆，2009，第114页。
② 南部修太郎：《菊池宽论》（《新潮》一七四号），载北京鲁迅博物馆编《鲁迅译文全集》第2卷，福建教育出版社，2008，第99页。

又不失为奋斗者。①

当我们将这一议论放在无论是《小约翰》还是《铸剑》上，似乎均无任何偏颇。可见，这一时期，鲁迅一直试图在内（整理国故）外（翻译）环境的影响之下，瞥见当时社会和自身中的萎靡和倾颓，来实现他无论是外在还是内心的激越性变革的愿望。

正如许多研究者所言，鲁迅在 20 年代的翻译《苦闷的象征》对《补天》的创作中意象世界的铺展有着呼应之处，《小约翰》等的翻译也与《铸剑》的创作带有某种精神上的连接性。当然，这种比对并非为追求"严丝合缝"，它却让我们认识到翻译给他的创作开拓的空间。因此，《铸剑》虽为小说，但似乎也可以像鲁迅在《未名丛刊》提要中界定《小约翰》一样，不仅仅这个作品的故事原型是日本文学中编选的"童话"，且它自身，是更深广的意义上，"用象征来写实的童话体散文诗"②。

1926 年前后，可谓鲁迅人生的转折期，"三·一八"惨案带去的震惊和痛苦时时在他的一系列文章中吐露，自己的无聊与哀愁，对待外界的愤怒和绝望，都让他转而从体内寻找一种更为强悍的力量来自我支撑。《淡淡的血痕中》中他说："叛逆的猛士出于人间；他屹立着，洞见一切已改的和现有的废墟和荒坟，记得一切深广和久远的苦痛，正视一切重叠淤积的凝血，深知一切已死，方生，将生和未生。他看透了造化的把戏；他将要起来使人类苏生，或者使人类灭尽，这些造物主的良民们。"③这猛士恰恰是在《铸剑》中的热身的变体。我们通过阅读大概同一时期的作品，很能够感受到鲁迅将多少的情感渗透其中。失去青年的悲恸、数年来的失望和绝望以及时时刻刻意识到的自身存在，鲁迅在这个时期甚至敢于写《朝花夕拾》，这里面装着他以前一直都没有以文字告人的保姆、老友甚至父亲，这些切近着他的生存、命运，甚至呼吸的人，纷纷地以某种苍凉温暖的笔触出现在他的文字里。可见，他卸下包袱，在擦拭灵魂的利剑。小说中，父亲的祭于剑，眉间尺的饲于狼，黑色人的死于斗，凝结于一处的最终的大牺牲与大胜利，这种力量的聚合，暗示着某种漫长人生路途上的长久的喘息。《铸剑》中这种激越的情怀表达，如同祭奠的挽歌，又如同凯旋的战歌，让鲁迅坚持"弄文学""活

① 南部修太郎：《菊池宽论》（《新潮》一七四号），载北京鲁迅博物馆编《鲁迅译文全集》第 2 卷，福建教育出版社，2008，第 99 页。
② 刘运峰编：《鲁迅序跋集》（下），山东画报出版社，2004，第 526 页。
③ 鲁迅：《淡淡的血痕中》，《鲁迅全集》第 2 卷，人民文学出版社，1981，第 221-222 页。

下去"。①

总之,《小约翰》之外,我们还看到了这样复杂而痛苦的写作氛围。于是,《小约翰》《铸剑》关于青年与生命主题的翻译和写作,是他将自己对于青年的安慰,同时也是自己作为"未亡"之人"苟活"下去的痛苦(《纪念刘和珍君》)在其中得到纾解和壮大的体现。

第二节　从"无治者"文学到"左翼文学"的翻译:
兼谈《故事新编》的创作

我们知道,20 世纪 30 年代鲁迅开始将大量的精力用在写作和介绍有助于"左翼"成长的作品中。其中,最明显的标志,就是他的杂文。我们能够从他的杂文创作中看到鲜明的由战斗性引领着的独特话语方式。但是,相对而言,这一时期,鲁迅其他的创作和翻译要复杂得多,有时候,二者甚至会构成一种看起来相互掣肘的关系。1930 年 3 月,梁实秋质问左翼文学翻译家能否拿出点"货色"来时,鲁迅就毫不退让地举出了三种作品,其中两种是他参与和独立翻译的苏联左翼文学(卢那察尔斯基的《解放了的董·吉诃德》和法捷耶夫的《毁灭》),他认为它们是"在中国这十一年,就并无可以和这些相比的作品"。②鲁迅对待这两种文学的态度是怎样的? 如果,我们将眼光放得再远一点,在鲁迅漫长的俄、苏文学翻译生涯中,是否存在着某种连贯性? 而这与他的文学创作,尤其是《故事新编》是否有什么样的关系?

一、"无治者"阿尔志跋绥夫与《故事新编》中 20 世纪 20 年代作品

早在 20 世纪 20 年代,鲁迅就翻译过他所爱的"主张坚实而热烈"的片上伸的三篇文章。其中,《阶级艺术问题》(1922)提倡无产阶级文学之必要在全体自由,而非独霸文坛,另外一篇译文《否定的文学》(1923)则专谈俄国文学,片上伸认为俄国文学"发源于否定":

> 俄国的文学,是这否定之力和矜持之心的表白;是为了求生,而将趋死者的巡历地狱的记录。在那色调上,自然添上一种峻严苦涩之痕,原是不得已的事。虽在出自阴惨幽暗的深谷,走向无边际的旷野的时候,也在广远的

---

① 鲁迅:《致李秉中》(1926 年 6 月 17 日),载《鲁迅全集》第 11 卷,人民文学出版社,1981,第 468 页。
② 鲁迅:《二心集·"硬译"与"文学的阶级性"》,载《鲁迅全集》第 4 卷,人民文学出版社,1981,第 207 页。

欢喜中，北方的白日下，看见无影的小鬼的跳跃，听到风靡的万千草莽的无声的呻吟。这就无非为了求生，而死而又趋死，死而又趋死的无抵抗的抵抗的模样。俄国的求生之力，就有这样地深，这样地壮，这样地丰饶。①

同时，片上伸又引用了《圣经》里的话，"在坠地亡身的一粒麦子中所含的力，总有一时要出现的"②，可见这一文艺观的确如鲁迅所说"坚实而热烈"。鲁迅在翻译序言中说，在俄国十月革命之后，片上伸仍然坚持以自己的方式来观察俄国的文学。这也正是鲁迅面对着当时"革命文学"的"蹋了'文学是宣传'的梯子而爬进唯心的城堡"③的隐忧而发出的反诘。如果谈及20年代的《补天》《奔月》《铸剑》的写作，我们从鲁迅的译文看来看去的话，或许可以将目光投放在他所翻译的阿尔志跋绥夫身上。而关于鲁迅本人与阿尔志跋绥夫的文学乃至思想关系，我们已经能够从相关的研究成果中看到。④而且研究的重心似乎也在清理鲁迅思想的内在统一性上。例如，有作者认为鲁迅之于无政府主义思想是"彻底的革命民主主义思想"和否定一切的"悲观主义"之间的关系。⑤正误与否这里姑且不论，我们可以继续将这一层关系放回到最初的历史文本，即鲁迅同一时期的创作和翻译上。

阿尔志跋绥夫（1878—1927）是俄罗斯白银时期重要的作家，死亡（自杀）和欲望是其书写的母题，他的作品中无政府主义、个人主义、怀疑主义气息浓厚，从世纪末苦闷与感伤到新时代的变革的动荡在其作品中均有鲜明的痕迹，其充满绝望色调的作品也饱受同时代争议。他最负盛名的作品《萨宁》（1902）、《工人绥惠略夫》（1907）都受到了鲁迅的密切关注乃至翻译。20年代，鲁迅翻译的是他的两个短篇《幸福》《医生》和一个中篇小说《工人绥惠略夫》以及散文《巴什庚之死》。《幸福》《医生》逼真而又偏至，带有强烈的虚无主义倾向。鲁迅曾解释自己为何译《工人绥惠略夫》：

> 为什么那时偏要挑中这一篇呢？那意思，我现在有点记不真切了。大概，觉得民国以前，以后，我们也有许多改革者，境遇和绥惠略夫很相像，所以借借他人的酒杯罢。然而昨晚上一看，岂但那时，譬如其中的改革者的被迫，

---

① 片上伸：《否定的文学》，载北京鲁迅博物馆编《鲁迅译文全集》第4卷，福建教育出版社，2008，第127页。
② 同上，第130页。
③ 鲁迅：《〈壁下译丛〉小引》，载北京鲁迅博物馆编《鲁迅译文全集》第4卷，福建教育出版社，2008，第5页。
④ 闻敏：《鲁迅与阿尔志跋绥夫》，《俄罗斯文艺》2000年第2期。
⑤ 汪晖：《略论"黄金世界"的性质——鲁迅与阿尔志跋绥夫观点的比较分析》，《鲁迅研究》1984年第2期。

代表者的吃苦，便是现在，——便是将来，便是几十年以后，我想，还要有许多改革者的境遇和他相像的。[1]

1926 年北新书局的《彷徨》的书页最后，在《未名丛刊》提要中，他又指出在印的《工人绥惠略夫》是"描写革命失败后社会心情的小说。或者遁入人道主义，或者激成虚无思想，沉痛深刻，是用心血写就的"。[2] 这同样可见他对作品中这种角色在社会不断演进中所付出的变革的努力的徒劳所带来的悲剧意味的感喟。

创作上，他在《头发的故事》（1920）、《娜拉走后怎样》（1924）中均谈及阿尔志跋绥夫及其小说《工人绥惠略夫》中"梦想将来的黄金世界"的言论。[3] 在1925 年 3 月 18 日给许广平的信中，他认同中国教育存在的僵硬和戕害青年的一面，而理想的"要适如其分，发展各各的个性"的"黄金世界"还未到来，"要彻底毁坏这种大势的，就容易变成'个人无政府主义者'，绥惠略夫就是。这一类人物的运命，在现在，——也许虽在将来，是要救群众，而反被群众所迫害，终至于成了单身，忿激之余，一转而仇视一切，无论对谁都开枪，自己也归于毁灭"。[4] 可见这时鲁迅对他的"个人无政府主义"的自我毁灭之力还是充满单方面的同情的。在 1926 年 5 月所写《二十四孝图》中，鲁迅讲述了阿尔志跋绥夫和一个少女的对话。其中阿尔志跋绥夫有这样激烈的言论："惟有在人生的事实这本身中寻出欢喜者，可以活下去。倘若在那里什么也看不见，他们其实倒不如死。"[5] 鲁迅发抒议论，恰是要改变当时自认还不如"阴间"的人世间，而获得一种自由和"欢喜"。

上述密切的提及，均可体现这一时期鲁迅对阿尔志跋绥夫的热情和兴趣，包括对他在人生哲学上激进的、带有理想主义色彩的表达的深刻同情和理解。实际上，更深一层，这也许是鲁迅在新文化运动乃至革命或改革失败之后对他的一种同道式的理解以及由此带来的心灵上的慰藉。

当然，除了翻译与议论，已有研究也给我们提示了一条与此相关的创作线索。孙玉石等研究者提示我们《复仇》等带有抽象意义的《野草》篇章背后也连贯着阿尔志跋绥夫式的哲学。[6] 这为上文中提到的真正的彻底的复仇题材的创作（《铸

---

① 鲁迅：《华盖集续编·记谈话》（1926），载《鲁迅全集》第 3 卷，人民文学出版社，1981，第 356-357 页。
② 刘运峰编：《鲁迅序跋集》（下），山东画报出版社，2004，第 524 页。
③ 鲁迅：《记谈话》，载《鲁迅全集》第 1 卷，人民文学出版社，1981，第 160、465 页。
④ 鲁迅、许广平：《鲁迅景宋通信集：〈两地书〉的原信》，湖南人民出版社，1984，第 11-12 页。
⑤ 鲁迅：《朝花夕拾·二十四孝图》，载《鲁迅全集》第 2 卷，人民文学出版社，1981，第 253 页。
⑥ 孙玉石：《现实的与哲学的——鲁迅〈野草〉重释》，北京大学出版社，2010，第 66 页。

剑》）提供了蓄积能量般的热身。《铸剑》之后，这层蓄积的"无治"的能量达到了顶点，也为鲁迅作为一个个体意志者面对外在所做出的坚毅的选择打下了基础。

1921 年 4 月，在《工人绥惠略夫》的译本后记里，鲁迅着重点评了阿尔志跋绥夫 1902 年创作的长篇小说《赛宁》。该小说直到 1930 年前后才相继出了几个中译本。① 他认为《赛宁》的全部内容"自然也是无治的个人主义或可以说是个人的无治主义"。然而，鲁迅并没有像当时许多批评家那样，强调阿尔志跋绥夫的这一代表作的消极影响，反而从历史发展的脉络出发，认为《赛宁》展示了"十九世纪末的俄国，思潮最为勃兴，中心是个人主义；这思潮渐渐酿成社会运动，终于现出一九〇五年的革命"。② 而实际上，在 1923 年，阿尔志跋绥夫及其《赛宁》就因为思想的消极而被驱逐出国。③

关于《赛宁》，在鲁迅的藏书中，有潘训 1930 年译本《沙宁》。④ 就作品而言，《沙宁》底色仍然是虚无主义，贯穿于其中的是：人生毫无意义，只有沐浴在天然的欲望中才是真实的。正如鲁迅所说："阿尔志跋绥夫的著作是厌世的，主我的；而且每每带着肉的气息。"⑤ 小说主人公郁里和沙宁分别是理想和颓废两个极端。沙宁认为人类进展到一定时刻，开始弃绝本能的生活而作茧自缚，而郁里即是这一生活状态的牺牲品。结尾沙宁因为人是可厌的，于是跳下火车走向旷野："遗他的行囊在他的背后，从脚板跳下去。"⑥

小说中的气氛的确充满了鲁迅所说的"肉的气息"：夏季的躁动不安，雨的花、灌木和昆虫，每个男人似乎都无法抵挡的"擎起底胳膊"和阳光照射的"丰圆的成熟的胸"⑦。而女人，郁里和沙宁的两个妹妹丽丽和丽苔，她们面对欲望显得既单纯又虚伪：既展现纯洁的娇艳，又渴望蜂蝶的采引，她们在这种"新奇的颤栗"⑧之中纠结，在局促而狭隘的贵族女性的伦理圈套里周旋。整个故事笼罩着做作、暧昧和虚无的气氛。沙宁只是以嘲讽的眼睛观照周围的世界。他未能违背自己的天性，诱奸了郁里的恋人西纳。而郁里似乎是个天生的抑郁症患者，他对人类充满了悲悯和同情，对事物的意义的要求极其严苛和明确，最后却在绝望之中选择

---

① 由郑振铎、伍光建、潘训等根据康纳安的英译本转译过来。后又有 1934 年邱涛生译述本（中学生书局）、1935 年周作民译本（启明书局）。

② 鲁迅：《译了〈工人绥惠略夫〉之后》，载北京鲁迅博物馆编《鲁迅译文全集》第 1 卷，福建教育出版社，2008，第 138 页。

③ 德·斯·米尔斯基：《俄国文学史》，刘文飞译，商务印书馆，2020，第 529 页。

④ 本段引文亦参照潘训译本《沙宁》（光华书局，1930）。

⑤ 鲁迅：《〈幸福〉译后记》，载北京鲁迅博物馆编《鲁迅译文全集》第 1 卷，福建教育出版社，2008，第 258 页。

⑥ 阿尔志跋绥夫：《沙宁》，潘训译，光华书局，1930，第 526 页。

⑦ 同上，第 21、260 页。

⑧ 同上，第 37 页。

了自杀。

由厌世而及的颓唐和意义的消解而至的虚无，似乎是鲁迅一度喜欢的主题，不过表现得时而明艳，时而隐晦。这类小说与鲁迅多次提及的法朗士的《黛依丝》一样，生动的形象、真诚的思想与意义的纷争都在吸引着他的眼光。《沙宁》的文字精致、生动，虽思想灰暗但却弥漫着一股勃勃的生机。从这一点看来，或许我们能够在1925年鲁迅给《京报副刊》"青年必读书"的回应中找到它对这样的文学积极意义上的暗示："中国书虽有劝人入世的话，也多是僵尸的乐观；外国书即使是颓唐和厌世的，但却是活人的颓唐和厌世。"①正如鲁迅评阿尔志跋绥夫的作品《幸福》：

> 现在有几位批评家很说写实主义可厌了，不厌事实而厌写出，实在是一件万分古怪的事，人们每因为偶然见"夜茶馆的明灯在面前辉煌"便忘却了雪地上的毒打，这也正是使有血的文人趋向厌世的主我的一种原因。②

鲁迅的眼里，无论是"写实主义"的《幸福》《医生》，还是发抒内心的《工人绥惠略夫》，都是作者阿志跋绥夫对现代生活的真实书写。尽管他独特而真实的内心结构映照着的是别一种的厌世而黑暗的世界，并为鲁迅所激赏着。这种直接的内心独白似乎在鲁迅1926年翻译的他的带有自我经验色彩的《巴什庚之死》中找到最直接的体验：人生不过是虚无，死亡无所不在，而美才是"全世界的肯定"。③

有意思的是，鲁迅在评价《工人绥惠略夫》的时候这样连带着说《沙宁》："赛宁的议论，也不过一个败绩的颓唐的强者的不圆满的辩解。阿尔志跋绥夫也知道，赛宁只是现代人的一面，于是又写出一个别一面的绥惠略夫来，而更为重要。"④也就是《沙宁》展现的是"无治主义者"的败绩的颓唐；而《工人绥惠略夫》则表现的是对敌人和群众都绝望之后的斗争的勃发和燃烧。而对更关心社会变革等宏观线条的鲁迅来说，后者显然对国人更具启发性。

《工人绥惠略夫》创作于1909年，这部小说描述了绥惠略夫的思想和生活以

---

① 鲁迅：《青年必读书——应〈京报副刊〉的征求》，载《鲁迅全集》第3卷，人民文学出版社，1981版，第12页。
② 鲁迅：《〈幸福〉译后记》，载北京鲁迅博物馆编《鲁迅译文全集》第1卷，福建教育出版社，2008，第258-259页。
③ 阿尔志跋绥夫：《巴什庚之死》，载北京鲁迅博物馆编《鲁迅译文全集》第8卷，福建教育出版社，2008，第167页。
④ 鲁迅：《译了〈工人绥惠略夫〉之后》，载北京鲁迅博物馆编《鲁迅译文全集》第1卷，福建教育出版社，2008，第138页。

及他周围穷苦的劳动人民和知识分子的窘态。如同在《沙宁》(《赛宁》)中一样，阿尔志跋绥夫在这里塑造了两种类型的青年：绥惠略夫和亚拉舍夫。和沙宁、郁里一样，他们一个暗峻、一个温和，且最终或死亡，或离开。从这两部小说可以看出，阿尔志跋绥夫在思想根底里是十分纠结和矛盾的：他习惯将自己对于人世的这些纠结，分配在这两个相对决断的人身上。

这不能不让人想起鲁迅在随后创作的第一篇神话题材的小说《补天》(《不周山》)。《补天》中的虚无、欲望乃至对大自然风景的色调描写，都在某种氛围下暗合了前引小说的意境。女娲之慵懒，之无聊，之颓唐和同时强大的生命力，都透着一种虚无的情绪的催生和涌动。女娲身下所出现的那些煞有介事的古衣冠的小人们，正如沙宁对于欲望的首肯之外所嘲讽的文明的脆弱和其中可笑的人们。而女娲的无聊与神采也对应着绥惠略夫的内在的矛盾。

> "唉唉，我从来没有这样的无聊过！"伊想着，猛然间站立起来了，擎上那非常圆满而精力洋溢的臂膊，向天打一个欠伸，天空便突然失了色，化为神异的肉红……(《补天》)[1]

> "……但进步是不虚的。从那边，从光明的将来里，已经向我们伸出感谢和祝福的手来，这手便是幸福的和自由的人间界的，是我们的孩子我们的事业的！……"
>
> "呸，多么讨厌。你岂不怕，你的庄严的将来太有尸气么？"绥惠略夫问，又冲出短短的笑来。
>
> ——我和自己争！坏够了！他想。(《工人绥惠略夫》)[2]

小说中的绥惠略夫在复仇和毁灭之前，他的另一个"我"在诘问他了。也就是他不是一开始就是这样的颓唐，而是历尽了牺牲与徒劳之后的消歇，然而，另一面的有着雄心和希望的过往还在纠结着他。《补天》中的女娲在"造人"之前的"无聊"，到了"造人"之后仍旧感到"唉，唉，从来没有这样的无聊过"。可以看到她的创造的起始原本是虚无，而到了"造人"之后仍旧是虚无。只不过，贯穿她的情绪始终的，有一种不自觉的对人类善意的牺牲精神。如果从表现性或色调上说，《补天》尤其立象以尽意，可谓是《故事新编》中最绚烂的一个。正如鲁

① 鲁迅：《补天》，载《鲁迅全集》第 2 卷，人民文学出版社，1981，第 345 页。
② 阿尔志跋绥夫：《工人绥惠略夫》，载北京鲁迅博物馆编《鲁迅译文全集》第 1 卷，福建教育出版社，2008，第 192 页。

迅评价《沙宁》是一个"描写现代生活的作家"①的作品一样,《补天》无论在画面还是在语言上都被烙上了浓重的现代意味。

《补天》之后,《铸剑》乃至《奔月》中都有对"自身之神"的描述以及一个英雄失路的"败绩的颓唐的强者"的角色。这大概是鲁迅在20年代创作的核心表达。这种带有强烈虚无色彩的作品,并非没有"战斗力",相反,在一定程度上体现了主体精神的浓烈。

当然,与鲁迅所感受并相对照着的中国的人群环境,有一种看起来与上述相似的本土化的"虚无党"是鲁迅所反感的。在一篇探讨国民性的《马上支日记》(1926)中,他说:

> 中国人先前听到俄国的"虚无党"三个字,便吓得屁滚尿流,不下于现在之所谓"赤化"。其实是何尝有这么一个"党";只是"虚无主义者"或"虚无思想"却是有的,是都介涅夫(I.Turgeniev)给创立出来的名目,指不信神,不信宗教,否定一切传统和权威,要复归那出于自由意志的生活的人物而言。但是,这样的人物,从中国人看来也就已经可恶了。然而看看中国的一些人……只要看他们的善于变化,毫无特操,是什么也不信从的,但总要摆出和内心两样的架子来。……将这种特别人物,另称为"做戏的虚无党"或"体面的虚无党"以示区别罢,虽然这个形容词和下面的名词万万联不起来。②

很显然,这与鲁迅在境遇上所同情和文学上加以称赏的阿尔志跋绥夫相区别,因为后者是建立在强烈的怀疑和批判精神上的,并非中国人中"善于变化""毫无特操"的"虚无党"。

20世纪20年代,鲁迅所写作的《补天》《奔月》《铸剑》,都带有极强的主体意志的满溢所带来的牺牲色彩,女娲和后羿在人世的困境,不是因为遇到了同等的对手和敌人,而恰恰从生命力或能量的角度缺少同等的存在:女娲带着厌倦/恶看着衣冠小人,孤独的英雄后羿与世俗的嫦娥之间也不再是能沟通的眷侣关系。如果这里体现的还是正面的尘世的"大主角"的牺牲或失落,到了《铸剑》,这种存在则转向了眉间尺身后的暗影,黑色人不再在身份上介入人世的凡庸和纷

---

① "他的作风,也并非因为'写实主义大盛之后,进而唯我',却只是时代的肖像:我们不要忘记他是描写现代生活的作家。"鲁迅:《〈幸福〉译后记》,载北京鲁迅博物馆编《鲁迅译文全集》第1卷,福建教育出版社,2008,第258页。

② 鲁迅:《马上支日记》,载《鲁迅全集》第3卷,人民文学出版社,1981,第327-328页。

扰（不同于典故中的侠客），而是走向了一种复仇（道德）的纯粹性。正如前文所说，这种纯粹性或牺牲背后，并非为获取报偿或名声，而有一种极强的生命力量的超载状态。与阿尔志跋绥夫显然不同，鲁迅的这种虚无状态，因其作为一个有极强责任的现代士人，无论如何都以伦理自觉的方式呈现（尽管他可能厌恶与格格不入于他所牺牲的对象）意志满溢的状态，而前者走向了个人主义的、破坏的、欲望的、无政府主义的一面。但对鲁迅来说，促成这种两种后果的出发点是有相似之处的，或者，更简洁地说，它们不过是一体两面。

潘训曾在《沙宁》译本序中称沙宁是"小资产阶级知识分子底反动的个人主义底辩护"①，在与《沙宁》同一年（1930）出版的画室（冯雪峰）所翻译的苏联文论家伏洛夫斯基《社会的作家论》里②，第一部分专门谈论文学上的虚无主义。他将屠格涅夫的《父与子》与阿尔志跋绥夫的《萨宁》中的主人公"巴扎洛夫"和"沙宁"进行比照并指出，二者虽都持虚无主义的主张，但分别代表了不同的方向。巴扎洛夫是平民的进步的代表，而沙宁则是消极的、有害的典型。

> ……沙宁是"做出来"的东西了。……沙宁是社会底不合理的存在，和那无用的多余物的典型有关系；而巴扎洛夫却是必用的，即在社会发展的经济方则上也寻得到理解。
>
> 但是，虚无主义的价值并不是绝对的东西，只有和时代与地方之具体的条件相对立的那方式，才是实在地决定了它底价值的东西：即是，在某个历史瞬间里是有益的，进步的，美好的东西，但在其次的瞬间就成为应该拒绝的，反动的，有害的东西了。③

相较鲁迅之划分萨宁和绥惠略夫，这里的苏联文艺家主要从人物形象背后的经济、社会的合理性出发，实际上是将其纳入左翼文艺理论与批评的立场来看待阿尔志跋绥夫。1930年以后，在《萌芽》《十字街头》等刊物上，大量左翼文艺作品及其批评被介绍进来。这部《社会的作家论》正是在"左联"成立之后的翻译浪潮之中面世的。而鲁迅是这"翻译潮"的重要力量。伏洛夫斯基对于阿尔志跋绥夫和屠格涅夫的比较，显然影响了中国左翼文学界。30年代鲁迅写了大量对"虚无党"的"无可无不可"的态度的批判或论争的杂文。对于阿尔志跋绥夫，相比较之前的同情理解，鲁迅也有了较为明确的反思。他指出《沙宁》不过是革

---

① 阿尔志跋绥夫：《沙宁》，潘训译，光华书局，1930，第2页。
② 伏洛夫斯基：《社会的作家论》，画室（冯雪峰）译，光华书局，1930。
③ 同上，第9-10页。

命低潮时期的堕落在文学上的表现。①1932 年，他在一篇专论俄国文学的文章中，将阿尔志跋绥夫列为"绝望和荒唐"的序列，并推崇柯罗连科、高尔基的作品。②在 1935 年 3 月写文章批评狂飙社时，他又说"沙宁""以一无所信为名，无所不为为实"。③这种态度上的微妙变化则体现了鲁迅思想上的跌宕。

那么，这种"虚无"是否正如鲁迅所说"无所不为"？如前所见，并非如此，这里有着鲁迅的某种道德的自觉（这似乎是认识"虚无主义"文学的一个重要关卡），他似乎在这时更急于抛弃过往的这个带有沉闷的"无治"色彩的自己，而朝向一个更为光明的方向去。实际上，鲁迅的早期反抗性极为明显的作品中也有"无政府主义"的影子。例如，瞿秋白就曾指出《狂人日记》的某种无政府主义色彩④。这种看似决绝的抛弃，恰是其内部的真实力量所趋，鲁迅本人正卷入沙宁和郁里的双重情绪世界，但他并未选择二者虚无的两端态度（或逃避或自杀），而是直接面对并且参与战斗。其战斗的形式，即是对新的左翼力量的文学及其理论的介入和吸收。这时候鲁迅对阿尔志跋绥夫文学评价的天平，也悄然地转向了某种更能够给他带来社会变革期待的一边。这可以从上文冯雪峰的译文中找到答案，也许鲁迅也意识到"虚无主义"一时一地的积极性，随着这"某个历史瞬间"的变化渐渐消散，他必须做出新的抉择。

然而，阿尔志跋绥夫的实况是，他既不见容于沙俄，亦未讨好于苏联，他对群体道德和世界观不信任，掺杂着人道和虚无。对鲁迅来说，翻译此种文学及其世界的展开似乎更切近于他早期的心境，很显然，这并非意味着支持社会实践意义上的虚无主义或无政府主义的团体或流派。由此可见鲁迅在 20 世纪二三十年代的创作"分野"。不过，这与他后来渴望的理想世界之间到底有着一种什么样的关系？鲁迅真的就按照伏洛夫斯基所说的代表"平民阶级"前进的明晰的理路来展开他的《故事新编》创作了吗？日本学者伊藤虎丸就曾给出了这样看起来似乎有道理的判断：

《非攻》和《理水》以下的作品，也就成了说明鲁迅作为小说家所接受

① 鲁迅：《〈艺术论〉译序》，载北京鲁迅博物馆编《鲁迅译文全集》第 5 卷，福建教育出版社，2008，第 149 页。
② 鲁迅：《祝中俄文字之交》，载《鲁迅全集》第 4 卷，人民文学出版社，1981，第 461 页。
③ 鲁迅：《〈中国新文学大系〉小说二集序》，载《鲁迅全集》第 6 卷，人民文学出版社，1981，第 254 页。
④ "在《新青年》兴起时代，鲁迅的《狂人日记》和陈独秀的论文，是拼命攻击一切偶像的。而且达到了极端无政府主义色彩的程度，可是很快的转到别一个步骤：这一步骤，便是根据着联合战线的那面旗帜而转的……"瞿秋白：《中国的经济发展和社会阶级》，载《瞿秋白文集》第 6 卷，人民文学出版社，1996，第 754 页。

的马克思主义是怎样的一种"主义"的惟一材料。①

二、夏伯阳、《铁流》与《理水》

在苏联20世纪20年代的左翼激进文学艺术社团"拉普"中成长起来的三个作家富尔曼诺夫、绥拉凯摩维支、法捷耶夫，他们的作品分别为《恰达耶夫》（1923）《铁流》（1924）《毁灭》（1927），它们共同形成整个苏联建设初期带有"史诗性"的代表作。这些作品很快在30年代传至中国。在早期的论文学与革命关系的文章和讲演中，鲁迅曾一再提及，写作"革命文学"的人多有革命经验，真正的"革命文学"必须是诞生在革命之后。②这种说法无疑在这些苏联立国初期出现的以革命经验为基础的文艺作品中得到应验。鲁迅敦促曹靖华翻译《铁流》，③自己则通过日译本，参照德英译本翻译了《毁灭》。据鲁迅《铁流》编校后记，这三个作品均已列入当时神州国光社苏俄文艺书籍的出版计划。1931年2月，鲁迅写信给韦素园，附上《毁灭》译本，并慰安病中的韦素园说："中国的做人虽然很难，我的敌人（鬼鬼祟祟的）也太多，但我若存在一日，终当为文艺尽力，试看新的文艺和在压制者保护之下的狗屁文艺，谁先成为烟埃。"④可见鲁迅当时译介苏联文学作品的反抗目的。鲁迅对于苏联文学的接受方式，也一并随着他对于苏联认识的变化和对中国未来可能性的思考而逐渐清晰。例如，1934年3月15日在《答国际文学社问》中，他就针对提问者提出的苏联的存在对他的思想和创作有什么影响回答道：

> 先前，旧社会的腐败，我是觉到了的，我希望这新的社会的起来，但不知道这"新"的该是什么；而且也不知道"新的"起来以后，是否一定就好。待到十月革命后，我才知道这"新的"社会的创造者是无产阶级，但因为资本主义各国的反宣传，对于十月革命还有些冷淡，并且怀疑。现在苏联的存在和成功，使我确切的相信无产阶级社会一定要出现，不但完全扫除了怀疑，而且增加许多勇气了。但在创作上，则因为我不在革命的漩涡中心，而且久不能到各处去考察，所以我大约仍然只能暴露旧社会的坏处。⑤

① 伊藤虎丸:《鲁迅与日本人——亚洲的近代与"个"的思想》,李冬木译,河北教育出版社,2000,第156页。
② 鲁迅:《而已集·革命时代的文学——四月八日在黄埔军官学校讲》,载《鲁迅全集》第3卷,人民文学出版社,1981,第420页。
③ 鲁迅:《集外集拾遗·〈铁流〉编校后记》,《鲁迅全集》第7卷,人民文学出版社,1981,第366-368页。
④ 鲁迅:《致韦素园》,载《鲁迅全集》第12卷,人民文学出版社,1981,第36页。
⑤ 鲁迅:《答国际文学社问》,载《鲁迅全集》第6卷,人民文学出版社,1981,第18页。

这段话可作为鲁迅这一时期思想轨迹和创作特质的重要注脚。但对于"无产阶级社会一定要出现"的信心是否意味着，他这时候在思想体系、文学创作乃至文学翻译上倾于一个明晰的线索？ 1930 年，鲁迅"重译"苏联文艺论集《文艺政策》时即一再重申他在《"硬译"与"文学的阶级性"》中已经说明了的，别人将他的这类翻译称为"转向""投降"是"只看名目，连想也不肯一想"的可笑说法。他称他的翻译行为是解剖自我和顺便赠与对手的刀俎，随时准备让双方都接受批判和质疑，这个行为终归还是"个人主义"的。① 那么，除了这些文艺论文集之外，鲁迅在 20 世纪 30 年代所致力出版的这些苏联文艺作品，是否仍然是将中国当时的文艺和思想（包括他自身的在内）送上被解剖的刀俎和烹煮的容器呢？

上述富尔曼诺夫的小说《恰达耶夫》（1923）在 30 年代上海文艺界，由被改编的电影《夏伯阳》（此电影由列宁格勒电影制片厂 1934 年出品发行）所替代。夏伯阳也成为了当时有名的带有反叛意味的银幕形象。1935 年，鲁迅在苏联领事馆两度观看这部电影，在信文中也多次提及。至于小说原作，似乎直到 1936 年才有中文翻译。② 相比小说，电影结构紧凑，情节布局也有所简化，褒扬了无产阶级战士的英勇无畏，对知识分子的软弱无能则一再批判。在鲁迅藏书中，还有富尔曼诺夫著、小宫山明敏译的《红色亲卫队》（东京铁塔书院，1931 年）。在苏联短篇小说集《一天的工作》翻译后记中，附录了鲁迅对富尔曼诺夫《自传》中的内容：

> "只有火焰似的热情，而政治的经验很少，就使我先成了最大限度派，后来，又成了无政府派，当时觉得新的理想世界，可以用无治主义的炸弹去建设，大家都自由，什么都自由！"

后来，富尔曼诺夫在孚龙兹（Frunze）的启发下将"无政府主义的幻想都扑灭了"。③ 富尔曼诺夫的这种精神轨迹颇值得深思，"无治主义"为何往往是革命建设者的前奏或后果呢？ 而他的小说《恰达耶夫》主人公身上也带有同样的色调：

---

① 鲁迅:《〈文艺政策〉后记》，载《鲁迅全集》第 10 卷，人民文学出版社，1981，第 307-308 页。
② 李甘翻译于 1936 年《世界动态》（一卷一期、二期），小说名仍译为《夏伯阳》。与此同时，刊物上还有记载鲁迅逝世的悼念文章，鲁迅应没有来得及阅读中译本。
③ 鲁迅:《〈一天的工作〉后记》，载北京鲁迅博物馆编《鲁迅译文全集》第 6 卷，福建教育出版社，2008，第 330 页。

> 恰巴耶夫曾经同无政府主义者一起厮混过，当然时间很短，加上他们是农民出身，生性剽悍，行为不羁，办事不讲计划，自由散漫——这一切都使他沾染上了无政府主义作风和游击习气。①

> 他们的面孔黝黑、严肃，很威武，嗓音粗重而浑厚，动作笨拙而粗犷，说起话来，东一榔头，西一棒子，但是很有力，很中肯。②

> 他也看不起知识分子，他不喜欢知识分子，主要因为他们只会夸夸其谈，不肯干实际需要的具体工作。他恰巴耶夫是很乐意干这种工作的，而且是实干的行家。也有一些知识分子，能做点事情，但他认为这是凤毛麟角。③

这些简洁鲜明的描写和讲述，迥异于阿尔志跋绥夫作品中弥漫的那种颓废、绚丽和绝望。《恰达耶夫》显示了对无产阶级出身的战士的认可：首先是最为坚定的工人阶级，纺织工人、钢铁工人、钳工，等等；其次则是恰达耶夫所代表的具有一定的无政府主义习气、个性粗鲁且"政治觉悟不高"的农民阶级；最后是知识分子，他们胆小、懦弱、行动力差。鲁迅在这个苏联故事中应感受到了昂扬振奋的健康精神。这种始于文学又终于文学的国家（苏联）想象使得他一方面趋于勇猛颓唐（对中国现实），另一方面又充满了浓厚的理想主义色彩（对中国未来）。《故事新编》中也可见零散的作者对这种脚踏实地的朴素气质的偏爱和欣赏。同时，类似的褒贬在他的晚期杂文中也是随处可见的。在《理水》中，鲁迅描写了大量文化界和政治界无聊、腐化和堕落等各种积习的场景，但仅用寥寥数笔，便勾勒出在历史运行的偏狭之处闪出的几道黑色亮光：

> 禹便一径跨到席上，在上面坐下，大约是大模大样，或者生了鹤膝风罢，并不屈膝而坐，却伸开了两脚，把大脚底对着大员们，又不穿袜子，满脚底都是栗子一般的老茧。随员们就分坐在他的左右。
> 只见一排黑瘦的乞丐似的东西，不动，不言，不笑，像铁铸的一样。④

相对于《补天》《铸剑》《奔月》，这时鲁迅笔下的主角已经不是颓唐、强悍和总是孤军奋战的尼采式英雄，《理水》中的大禹有了分坐在左右的"同事"。他们一道，为着整个"群"的安危冲破了（知识分子、文人、政客等代表的）传统陋俗和慵懒的精神机制。在这里，鲁迅似乎也像富尔曼诺夫一样，尤其讽刺了知

---

① 富尔曼诺夫：《恰巴耶夫》，郑泽生等译，外国文学出版社，1981，第118页。
② 同上，第63页。
③ 同上，第130页。
④ 鲁迅：《理水》，载《鲁迅全集》第2卷，人民文学出版社，1981，第381页。

识分子的在社会变革面前的无能为力、依附逃避、自欺欺人。而作品中的"民众"，也已经不单单是启蒙者眼中的阿 Q 式的愚昧、无知、自大，反而，他们相应成为不需要知识便能冲破历史迷雾的朴素而有力的生存者。

在这里，《理水》征于历史实际发展的趋势，粗言之，也合于左翼思想所寻求的变革道路。但细分之，其含蓄性使我们很难将其划定为某一类型的左翼小说。张钊贻发现，《理水》中带有反讽意味的结尾[①]，体现了大众对于精英的某种"专制"性的侵入[②]，这显然仍是主体意志的哲学思路，有别于伊藤虎丸对其"马克思主义"气氛的解读。而事实上是，鲁迅在后期那些带有强烈行动力的小说如《非攻》《理水》中均充满了这种摇曳着"无治主义"的颓唐与刚健，同时又闪烁着几丝企求光明的复杂空间，换言之，上述两种思路似乎都不够恰切。

在苏联，《恰巴耶夫》出了第三版之时，卢那察尔斯基将它细致地跟《铁流》作了比较和分析（《关于〈恰巴耶夫〉》，初刊于 1925 年第 1 期《十月》杂志）。他认为二者在领导性和人民性以及队伍的成熟性上是相似的。但是与绥拉凯摩维支更重"革命群像"的《铁流》相比，《恰巴耶夫》则更显示出作家富尔曼诺夫自己参与其中的愿望。[③]实际上，在《故事新编》中思想或叙事脉络的关节点的《理水》中，也有这种"革命形象"的影子，如黑色而坚定的领导者郭如鹤之于少言寡语的行动者大禹。但对读《恰巴耶夫》《铁流》，鲁迅似乎发现了后者的不足。1935 年 6 月，鲁迅回信胡风说：

> 《铁流》之令人觉得有点空，我看是因为作者那时并未在场的缘故，虽然后来调查了一通，究竟和亲历不同，记得有人称之为"诗"，其故可想。……曹的译笔固然力薄，但大约不至于就根本的使它变成欠切实。看看德译本，虽然句子较为精炼，大体上也还是差不多。[④]

不过，对于这部作品，鲁迅虽然表达了对其"空洞"的不满，但他还是联合了曹靖华、史铁儿（瞿秋白）来翻译，自己则承担编校工作，并将这一作品纳入了新俄文学的翻译绍介的努力中[⑤]。他声称这部小说和《毁灭》"虽然粗制，却并非滥造，

---

① 即："幸而禹爷自从回京以后，态度也改变一点了：吃喝不考究，但做起祭祀和法事来，是阔绰的；衣服很随便，但上朝和拜客时候的穿著，是要漂亮的。所以市面仍旧不很受影响，不多久，商人们就又说禹爷的行为真该学，皋爷的新法令也很不错；终于太平到连百兽都会跳舞，凤凰也飞来凑热闹了。"
② 张钊贻：《尼采与鲁迅思想发展》，青文书屋出版，1987，第 96 页。
③ 卢那察尔斯基：《论文学》，蒋路译，人民文学出版社，1978，第 416-418 页。
④ 鲁迅：《1935 年 6 月 28 日致胡风信》，载《鲁迅全集》第 13 卷，人民文学出版社，1981，第 159 页。
⑤ 见 1931 年《〈铁流〉编校后记》中列举的《现代文艺丛书》之《浮士德与城》《被解放的董·吉诃德》《铁流》《毁灭》等 10 种。《鲁迅全集》第 7 卷，人民文学出版社，1981，第 365 页。

铁的人物和血的战斗,实在够使描写多愁善病的才子和千娇百媚的佳人的所谓'美文',在这面前淡到毫无踪影"。至于《毁灭》的翻译工作,则被他全力承担。他甚至"像亲生的儿子一般爱他,并且由他想到儿子的儿子"。① 鉴于上文中鲁迅所说的他的苏联文艺翻译都首先是为解剖自己的"个人主义",此又可见他对《毁灭》之偏爱。

三、《毁灭》的翻译和表现力

尽管《故事新编》中写在 20 世纪 30 年代的篇目中带有上述苏联文学中这些鲜明的人物的某些若有若无的影子,但相较富尔曼诺夫等人的作品,《理水》里的含蓄、讽刺乃至一些读起来带有解构性质的处理是十分复杂的,加之像绥拉凯摩维支一样"不在漩涡的中心""未在场",鲁迅不愿意进行"空"的书写。这也暗示了作为文学者,作为尊重自己感知与经验的作家,鲁迅的文学会朝着不同的方向发展。

《毁灭》(1926)是 1930 年前后鲁迅依照日译本,参德、英译本完整翻译的一部长篇小说。鲁迅对这部小说的评价并不多。除了自己的两篇附记之外,他还翻译了藏原惟人和苏联的文艺理论家 V. 弗里契的评论文章作为说明和序言。藏原惟人认为这部小说接续《一周间》(1922)、《铁流》(1924)、《水门汀》(1925)等,"代表着苏联无产阶级文学的最近的发展的东西",并且"常常看重那人物的意识下的方面的"。② 而被鲁迅引之以《毁灭》代序的弗里契《关于新人的故事》则认为,法捷耶夫的主要成功"在于指示我们——可以说在我们文艺中是最先的——其所描写的人不是有规律的,抽象而合理的,乃是有机的,如活的动物一样,具有他各种本来的,自觉与不自觉的传统及其偏向"③,同时,弗里契指出主人公莱奋生是作者热情歌颂的"新人":

> 能够不以自己的生活为生活,而以集团的共同生活为生活,这种能力便是"真实的英雄"底根本特性,在这一点上看来,这位游击队长便是他所热烈梦想的新人。④

而鲁迅本人,则在翻译的中段(1930 年 2 月)还为小说中游击队最终"溃灭"的过程和事实积极辩护说:

---

① 鲁迅:《关于翻译的通信》,载《鲁迅全集》第 4 卷,人民文学出版社,1981,第 385 页。
② 藏原惟人:《关于〈毁灭〉》,载北京鲁迅博物馆编《鲁迅译文全集》第 5 卷,福建教育出版社,2008,第 242、246 页。
③ 弗里契:《代序》,载北京鲁迅博物馆编《鲁迅译文全集》第 5 卷,福建教育出版社,2008,第 248 页。
④ 同上,第 252 页。

……倘若一切都四平八稳，势如破竹，便无所谓革命，无所谓战斗。……革命有血，有污秽，但有婴孩。这"溃灭"正是新生之前的一滴血，是实际战斗者献给现代人们的大教训。……所以只要有新生的婴孩，"溃灭"便是"新生"的一部分。中国的革命文学家和批评家常在要求描写完美的革命，完全的革命人，意见固然高超完善之极了，但他们也因此终于是乌托邦主义者。①

这一评价很容易让人想起 20 年代鲁迅所翻译的"主张坚实而热烈"的片上伸的"否定的文学"。继而，他从社会功利性角度谈及《毁灭》的启发："倘要十分了解，恐怕就非实际的革命者不可，至少，是懂些革命的意义，于社会有广大的了解，更至少，则非研究唯物的文学史和文艺理论不可了。"②可见鲁迅在克服自身局限性之外的好奇探求，而这种探求又是其内在思想世界中改革社会及国民性的驱力使然。他在 1931 年上海三闲书屋出版的《毁灭》单行本的《译文后记》中，除对这部小说的历史沿革、翻译进程的叙述外，还着重从阶层尤其对知识分子的角色分析来理解这部小说。他延续着弗里契的评论，重点分析了美谛克和莱奋生两个形象，一个是知识分子，一个是革命者。前者犹疑，后者坚定，前者缺乏行动力，后者扎实地进行革命实践。对于美谛克，他说：

> 解剖最深刻的，恐怕要算对于外来的知识分子——首先自然是高中学生美谛克了。他反对毒死病人，而并无更好的计谋，反对劫粮，而仍吃劫来的猪肉（因为肚子饿）。他以为别人都办得不对，但自己也无办法，也觉得自己不行，而别人却更不行。于是，这不行的他，也就成为高尚，成为孤独了。③

相信这一对知识分子形象的反思，是带有鲁迅在数十年的实践场上的经验的切肤之痛的。而且，苏联 20 年代的这些左翼小说还有一个共同点：知识分子和宗教人士一样，其犹疑不定和软弱无能，受到了嘲讽，因为它们深深地妨碍了"革命"。鲁迅似乎也对自己所属群体（甚至可能包括他自己）当时所扮演的社会角色持悲观态度，表现在《理水》《采薇》《出关》《起死》等中，常以普遍性的"油滑"熔化其中。

---

① 鲁迅：《〈毁灭〉第二部一至三章译者附记》，载北京鲁迅博物馆编《鲁迅译文全集》第 5 卷，福建教育出版社，2008，第 414-415 页。
② 同上，第 415 页。
③ 鲁迅：《译后记》，载北京鲁迅博物馆编《鲁迅译文全集》第 5 卷，福建教育出版社，2008，第 408 页。

最后，鲁迅从写作者的角度总结说：

> 以上是译完复看之后，留存下来的印象。遗漏的可说之点，自然还很不少的。因为文艺上和实践上的宝玉，其中随在皆是，不但泰茄的景色，夜袭的情形，非身历者不能描写，即开枪和调马之术，书中但以烘托美谛克的受窘者，也都是得于实际的经验，绝非幻想的文人所能著笔的。①

可见，鲁迅之深深地折服于作品，体现在作者因为经验和天才所形成的高超的写作技艺，以及与此密切相关的有关革命的艰辛和苦难。更为重要的，如上所说，是作家历史的经验：

> 我有一次告诉亚历山大·亚历山德罗维奇，在他的作品当中我最喜欢《毁灭》——这是一个25岁的青年写的第一部长篇小说。他答道："当然，《毁灭》是我经历过的事情。当然，认识到自己的责任有时能使写作的水平有所提高，但有时也束缚人的手脚……"②

> 法捷耶夫年纪很轻的时候就参加了远东游击队，尔后又参加镇压喀琅施塔得叛乱。他17岁入党，20岁被赤塔的党组织选为代表出席了第十次代表大会。对他来说，托洛茨基或"工人反对派"都不是《简明教程》的篇页，而是活生生的回忆。在某些作家的一生中，政治斗争不过是几个月或几年的激情。对于法捷耶夫而言，政治却是他毕生的事业。③

> 法捷耶夫自一九二四年到一九二六年在罗斯托夫工作的这一段时间，由于从事宣传和党务工作，他真正深入到人民生活的底层，经常访问工厂、农村，到党的基层组织中去；同顿巴斯的矿工，迈科普的石油工人，以及农村和小镇的居民接触。他写日记，把展示在眼前的生活"深处"的情景记录下来，并从生活的真实中观察革命后新人的成长，正是在这时候，他开始写作给他带来巨大声誉的优秀作品《毁灭》。④

---

① 鲁迅：《译后记》，载北京鲁迅博物馆编《鲁迅译文全集》第5卷，福建教育出版社，2008，第411页。
② 爱伦堡：《人·岁月·生活》，冯南江等译，海南出版社，2008，第492页。
③ 同上，第494页。
④ 关引光：《法捷耶夫和他的创作》，北京出版社，1986，第83页。

或许通过法捷耶夫本人的讲述，印证了战斗生活给他带来的无可替代的文学经验。而这种亲历与考察的从容，在鲁迅这里只能无奈和旁观了。相比较而言，作为创作者，鲁迅以及中国一些左翼作家对这种性质的作品，只能是旁观，用他自己的话说，"不在革命的漩涡中心，而且久不能到各处去考察，所以我大约仍然只能暴露旧社会的坏处"①。早在 1927 年 4 月 8 日黄埔军官学校演讲时，他就曾经说过："现在的文学家都是读书人，如果工人农民不解放，工人农民的思想，仍然是读书人的思想，必待工人农民得到真正的解放，然后才有真正的平民文学。"②一方面，面临着直接革命经验的匮乏，工农发展并未成熟壮大；另一方面，正如上文所述，中国现代小说的步履过快，相比较苏联与古典传统仍显得隔膜和疏离，要迈出更大的步伐，难免会陷入空想。然而，在《故事新编》中，鲁迅却尽力体现这种属于切身的体验和所处时代的复杂性，又将时代文化氛围里感受到的知识分子以及"人民"具象地描述出来。这种描述，当然附载了鲁迅对于未来的文学式渴望，同时也体现了他对属于自己的真正现实的直接面对。

关于法捷耶夫写作《毁灭》的叙述中，他还谈到这一过程中出现的一些意想不到的事情：文艺本身的逻辑进展和他的人物写作的事先安排之间的矛盾：

> 法捷耶夫写道："随着小说的发展，这一个或那一个人物似乎就自己开始对原来的构思修改起来，在形象发展的过程中逻辑本身似乎也随之出现了。"（转引自法捷耶夫：《我怎样写作〈毁灭〉》，《文学教学》，一九五〇年，第二期，第二三页。）③

> 例如在《毁灭》中，按照我最初的构思，美谛克的结局本应当是自杀。但后来他办不到这件事，却落一个不是自杀而是叛变的下场。……当有了这种情形，在你自己没有懂得："这是主人公改正了我"之前，起先你会觉得奇怪，甚至想抵抗它。④

这些恰恰可以印证法捷耶夫写作的以上诸样品质。从小说本身来看，《毁灭》以一个袭击队乃至它所属的环境的全体作为书写对象。其主线情节十分简练，但却写得广大而深沉，充满了遥远而又切近、生动而又真实的蹒跚细节和欢美语调。如果把它放在俄苏文学的长远谱系中，它既有托尔斯泰的对各种人性完全的温柔

① 鲁迅：《答国际文学社问》，载《鲁迅全集》第 6 卷，人民文学出版社，1981，第 18 页。
② 鲁迅：《革命时代的文学》，载《鲁迅全集》第 3 卷，人民文学出版社，1981，第 422 页。
③ 节林斯基：《法捷耶夫评传》，殷钟崃译，人民文学出版社，1959，第 34 页。
④ 法捷耶夫：《论作家的劳动》，载《第二次全苏青年作家代表会议报告及发言集》，刘辽逸等译，中国青年出版社，1955，第 4 页。

与同情，同时又伏着一个野性而真实的果戈理式的线索。作者尽情地呈现着他年轻而任性的诗一样的笔调，展现自然万物（包括人）的感知所构成的翕张与流动。各人生存在那样的世界，自觉或不自觉地，因命运而隐隐作痛。天地悲悯的充塞，仇人的握手言和，一切戏谑与纷乱的悲伤都聚拢在一起，绽放或弥散着绝望与悲情的雨雾。

这个在旷野、乡村和矿区中行走的队伍，所呈现的不仅仅是在战斗的热情中殉身的单纯的牺牲精神，而且能够让读者时刻感触那残忍的"溃灭"的过程，步步紧逼，悲凉而伤感。这种面临着溃灭的苦痛和笑谑，渗透在每一对象的细节上，感伤而动人，天然而真实，如其中作为矿工的传令兵木罗式加偷瓜的场景，以及两个不起眼的小人物老人毕加、伤兵弗洛罗夫的细节：

> 大肚子的甜瓜，好容易总算在芬芳的苦蓬丛中成熟，而吓鸦草人则宛如濒死的鸟儿一般。
>
> "你……你……在这里干什么呀？……"略勃支用了很严厉和痛苦的眼光，向木罗式加一瞥，发出带着受气和发抖的声音，说。他没有从手里放下那抖得很利害的渔网来。而那些鱼，则仿佛沸腾的不可以言语形容时候的心脏一样，在脚边乱跳。[1]

> 他（美谛克）慕毕加。但老人是铺着睡衣，将柔软的帽子当作枕头，在林边的树下呼呼地睡着。从圆的，发光的秃处，后光似的，透明的银色的头发，向四面散开。[2]

> 弗洛罗夫已经病得很久，久到将周围的人们的同情都汲尽了。在他们的不能省的爱护和挂念中，他听到了"你究竟什么时候才死呢？"这一个永是存在的疑问。然而他不愿意死。对于"生"的他的执迷的这分明的盲目，就像墓石一样，将大家压着了。[3]

在鲁迅所翻译的藏原惟人和弗里契的评论中，我们能够看到两个批评家都认为《毁灭》"缺少情节的趣味"，而在人物描写及其心理刻画上获得成功。[4] 这是

---

[1] 法捷耶夫：《毁灭》，载北京鲁迅博物馆编《鲁迅译文全集》第 5 卷，福建教育出版社，2008，第 269 页。
[2] 同上，第 274 页。
[3] 同上，第 314 页。
[4] 同上，第 247 页。

俄国文学传统深深置入左翼文学作品中的直观体现。然而，这正是《毁灭》特别的地方：它以这种广泛的革命斗争情节上的缺少，换取另一种意义上的文学特质的成功。

关于此点，我们能够在同时代的翻译作品中看到一二。《北斗》刊物上曾经译介过法捷耶夫的《创作方法论》，他响应当时的苏联文坛关于普罗文学的本质和发展路线的争论，强调要通过艺术的直观来展现某种必然性的本质的东西。[①]或可以说，法捷耶夫这一自觉，正是《毁灭》（作为普罗小说）更具备表现力的因由。鲁迅在对《毁灭》的评论中说：

> 这和现在世间通行的主角无不超绝，事业无不圆满的小说一比较，实在是一部令人扫兴的书。平和的改革家之在静待神人一般的先驱，君子一般的大众者，其实就是为了惩于世间有这样的事实。[②]

藏原惟人说法捷耶夫的这部小说是"描写着真正的大众，同时他还对于类型和个人的问题，给以美妙的解决"。[③] 这些特质显然摈弃了一般意义上的左翼小说的弊病，并且在虽携带阶级属性的人物塑造上，也给予某种丰满而真实的呈现。例如，莱奋生掩饰着战争年代给他带来的家庭创伤，随时克服着在革命道路上可能出现的迷惘和失落，他整体地、全然地沉静着，以一种坚定的信念，跟随着自己的队伍走向"毁灭"。美谛克在战争面前总是露出知识分子的各种复杂的哀愁。他无法接受战时一切的残酷：死亡、饥饿以及欺瞒和强迫，甚至尊严的伤害。而生存的需求又让他在踌躇之中展现着更多无用而复杂的痛苦。虽然作品以革命背景起锚，但并未以此为正面的主线，甚至包括在爱情面前表露出悲欣交集的矿工木罗式加的妻子华理亚那样的人物，也展现出了她完整的精神世界。正如藏原惟人所说："在这作品里，没有可以指为主人公的人，若强求之，那大约不能不说，主人公就是袭击队本身了。"[④] 这种敏锐的观察力，也给鲁迅的翻译工作提供了视野上的参考和助力，或者在此之前，他们在对这部小说的认知上就不谋而合。

对读《毁灭》和鲁迅所同样关心的夏伯阳的文本，便很容易分辨出这种绵延而深沉的气质。像《铁流》的批评者涅拉陀夫所说的那样，左翼小说不应该写具

① 法捷耶夫：《创作方法论》，何丹仁（冯雪峰）译，《北斗》1931 年第 1 卷第 3 期。
② 鲁迅：《〈毁灭〉译文后记》，载北京鲁迅博物馆编《鲁迅译文全集》第 5 卷，福建教育出版，2008，第 410 页。
③ 藏原惟人：《关于〈毁灭〉》，载北京鲁迅博物馆编《鲁迅译文全集》第 5 卷，福建教育出版社，2008，第 247 页。
④ 同上，第 243 页。

体人的心理，而应该展现集体的力量的美感①，《毁灭》却展现了更广大的可能。在当时翻译出的苏联文艺评论那里，通常会将《毁灭》纳入无产阶级意识形态之中进行评价，反而缺少像藏原惟人这样从形式、语言和结构等方面进行详细剖析的评论。或者，这也是在文学史观念里，具有高度艺术性的《毁灭》会逐渐地被淹没在相对类型化的苏联左翼小说之中的原因？

（一）散文特质

在 20 世纪 20 年代初期和中期，苏维埃文学发展的标志就是为塑造新的正面人物形象而斗争。②作家爱伦堡曾在他对一个时代看起来很真诚的反省和回忆的《人·岁月·生活》里，谈到 20 世纪 20 年代苏联文学的鼎盛时期，即包括法捷耶夫《毁灭》创作时期在内，他称之为"散文时代"③。这里"散文"该如何界定？一般，在欧洲，最早除了韵文（诗歌）以外的文体，都可称作"散文"。这种划分，一方面是指文体而言，另一方面是指文章的行文。如果是指行文，那么《毁灭》中细枝末节的描述和抒情的成分，则的确由此表现出了鲜艳而忧伤的颜色。这些长篇都在一个广阔的背景下作了带有作者主体回忆性的漫长的叙述。就这些苏联小说来看，已经成熟的现代小说技法是其深厚的底色，正如《毁灭》中所说的那样，"他自从成了被称为先驱者的莱奋生以来，历年所积的层，是很坚固地，很深邃地——而且于他是很有意义地——横亘着了"④。在一定程度上讲，莱奋生也代表着文学上的苏联，他们在深厚的基底上发生了从容的转变，俄国小说复调式的思想丰富性，为这种充塞于苏联小说中的复杂性作了必要的准备。

竹内好在后来的文字中也认为《故事新编》体现了鲁迅的文学"由诗到散文"的倾向，"至少散文形式的充实，是以前任何作品都没有的，让人觉得有一种质的飞跃"。⑤很显然，这里所谓"散文"，与鲁迅《野草》《朝花夕拾》并非同一个概念，而是如上所述，糅合了多种文体和思想元素在内的小说世界。

苏联文学中的这种散文质素，或许给鲁迅提供了某种写作上的可能性的伸展。除此之外，他还翻译了富尔曼诺夫的短篇《革命的英雄们》，作品语言轻快，"英雄们"状态生动、凶猛。他们是"敲边鼓"的别动队，对正式的红军、白军都无兴趣参与，捣乱一番就消失，保持着纯朴和野性。作者不断地在第一人称和第三

① 涅拉陀夫：《序言》（瞿秋白译）："自然界的描写，并没有那种深沉的个人的细腻的主观观察的色调。自然界的描写，也是从群众迎受方面着笔的。自然界的神气很年轻、很新鲜，能够给那克服一切、战胜一切的人以深刻的快乐。"绥拉菲摩维支：《铁流》，曹靖华译，人民文学出版社，1973，第 42 页。
② 节林斯基：《法捷耶夫评传》，殷钟崍译，人民文学出版社，1959，第 28 页。
③ 爱伦堡：《人·岁月·生活》，冯南江等译，海南出版社，2008，第 386 页。
④ 法捷耶夫：《毁灭》，载北京鲁迅博物馆编《鲁迅译文全集》第 5 卷，福建教育出版社，2008，第 363 页。
⑤ 竹内好：《鲁迅入门》（之七），靳丛林等译，《上海鲁迅研究》2008 年第 1 期，第 217 页。

人称之间交替转换：前者为其真实性，后者则为旁观的全面性。鲁迅应该从这样的文学中感受到了生命和创作的活力。这里不妨看一下小说中一些貌似无关紧要的细节：

> 几处街角上有哨兵在打盹，用了渴睡的眼望着飞驰的介涅，好像以为他是从前线跑来的传令。居民也睡得很熟。不过偶或看见弯腰曲背的哥萨克老婆子，提了水桶跐着脚趾走到井边去。（《革命的英雄们》）①

> 当眉间尺肿着眼眶，头也不回的跨出门外，穿着青衣，背着青剑，迈开大步，径奔城中的时候，东方还没有露出阳光。杉树林的每一片叶尖，都挂着露珠，其中隐藏着夜气。但是待到走到树林的那一头，露珠里却闪出各样的光辉，渐渐幻成晓色了。远望前面，便依稀看见灰黑色的城墙和雉堞。
> 和挑葱卖菜的一同混入城里，街市上已经很热闹。男人们一排一排的呆站着；女人们也时时从门里探出头来。她们大半也肿着眼眶；蓬着头；黄黄的脸，连脂粉也不及涂抹。（《铸剑》）②

> 街道上的行人还不多；所遇见的不过是睡眼惺忪的女人，在井边打水。将近郊外，太阳已经高升，走路的也多起来了，虽然大抵昂着头，得意洋洋的，但一看见他们，却还是照例让路。树木也多起来了，不知名的落叶树上，已经吐着新芽，一望好像灰绿的轻烟，其间夹着松柏，在蒙胧中仍然显得很苍翠。（《采薇》）③

《故事新编》中，有大量类似景色的描述，那些"在路上"的先哲或孤独者，常常是一清早在熹微蒙昧之中出发。鲁迅在《朝花夕拾》"小引"中谈道：对于过去，大半都忘记，留下来的是"离奇而芜杂"的记忆，而这一"只剩了回忆的时候"是人生涯"无聊"的象征④，而《故事新编》则倒映着他对知识的缅怀，于是有了对原始生活的反顾，在充满苍凉而悲悯的笔触之中，能够看到晨景的日复一日，看到由食物的寻找、烹饪所消蚀的时间、阳光，以及黑夜。这些景致造成

---

① 富尔曼诺夫：《革命的英雄们》，载北京鲁迅博物馆编《鲁迅译文全集》第6卷，福建教育出版社，2008，第300页。
② 鲁迅：《铸剑》，载《鲁迅全集》第2卷，人民文学出版社，1981，第422页。
③ 鲁迅：《采薇》，载《鲁迅全集》第2卷，人民文学出版社，1981，第402页。
④ 鲁迅：《〈朝花夕拾〉小引》，载《鲁迅全集》第2卷，人民文学出版社，1981，第229页。

了《故事新编》中的某种荒漠感，而铺陈在这灰纸之上的，有华丽而激越的刚烈，如《铸剑》，也有老态而慵懒的悲情，如《采薇》。这种文学的视野（广大而深邃）让鲁迅忘记了现实生活，仿佛是他疲惫时期的梦境，但仍然带着现实的痕迹，但这现实似乎已经不那么重要了，于是它们不再像早期小说或《野草》之中活生生的苦痛和梦魇那样，这里只有放松。这里的嘲讽和同情是一体两面，而非仅仅憎恶、敌视，虽然，现实具象上，对他来说，不该宽恕的，"一个都不宽恕"。

很显然，鲁迅对阿尔志跋绥夫和富尔曼诺夫作品的翻译，与鲁迅同期创作的《故事新编》中的诸篇，有着某种互文性，《故事新编》也渐渐从华丽颓唐走进了一种刚劲有力的朴素风格之中。而且，在思想上也存一条明显的发展轨迹：走出自我的牢笼而进入大众的事业当中去，或可说，这是中国社会历史发展对于嗅觉敏锐的鲁迅的一次思想上的挑战和激励。顺着这种思路，到了《理水》，读者似乎很容易想象之后的篇章该如何演绎下去。然而，其中的这些"侧面描写"的"正面人物"，在整部作品之中，相对于那些复杂背景之下的"庸众"，反而来得造作、刻板一些。《理水》恰是在当时左翼氛围中所产生的迥异于相对贫弱的左翼小说的作品。很显然，《理水》之后的走向更是一种"散文"式的铺陈，这当然也是令纠缠于寻找内在斗争世界的竹内好错愕的重要原因。

（二）一场关于翻译的讨论：瞿秋白《论翻译》与鲁迅

鲁迅的《毁灭》译本在文学界产生了很大反响，一时间成为左翼小说写作的范本。例如，善于把握作品复杂气质的李健吾就曾于 1935 年将后来萧军所写的《八月的乡村》与《毁灭》进行过比对[①]，虽然鲁迅并不认为在结构和人物描写上《八月的乡村》能够和《毁灭》相比。[②] 围绕《毁灭》的复杂世界，之后还有快餐式的改编[③]，甚至还出现了抄袭现象[④]。左翼刊物《萌芽》上载不少《毁灭》的译文和评论，《十字街头》则成为当时联系现实讨论《毁灭》战斗性的重要阵地。[⑤] 单以翻译为角度的，是 JK（瞿秋白）分作两个部分发表在《十字街头》写给鲁迅的《论翻译》。他认为鲁迅之译《毁灭》是"中国普罗文学者的重要任务之一"，

---

① 李健吾：《咀华集·咀华二集》，复旦大学出版社，2005，第 108 页。
② 鲁迅：《田军作〈八月的乡村〉序》，载《鲁迅全集》第 6 卷，人民文学出版社，1981，第 287 页。
③ 鲁迅 1933 年 9 月 29 日致胡今虚信中，提及有人将其改编为《轻薄桃花》，并拟请鲁迅作序跋。这是国内首次将苏联小说改编为电影剧本的尝试。另外，同年，由左翼大众文学委员会编印的"大众文艺"丛书第二种，何谷天（周文）改编的《毁灭》和《铁流》的"大众本"由光华书局出版。《鲁迅全集》第 12 卷，人民文学出版社，1981，第 227 页。
④ 鲁迅《刀"式"辩》中提及杨昌溪《鸭绿江畔》的开头就是拙劣地抄袭《毁灭》的开头。鲁迅：《刀"式"辩》，载《鲁迅全集》第 5 卷，人民文学出版社，1981，第 466 页。
⑤ 例如，Smakin（瞿秋白）《满洲的"毁灭"》，从政治的角度指出满洲的毁灭，就像莱奋生部队的毁灭一样，带去新的战斗精神。"莱奋生的部队不过是其中之一。"见《十字街头》1932 年第 3 期。

它的重要作用在于"帮助中国创造出新的中国的现代言语"。他批评了严复的"译须信达雅，文必夏殷周"和赵景深所谓"宁错而务顺，毋拗而仅信"的翻译观，指出翻译应当达到"绝对的正确和绝对的白话，就是朗诵起来可以懂得的"。而"最近出版的《毁灭》，可以说，这是做到了'正确'，还是没有做到'绝对的白话'"。"翻译要用绝对的白话，并不就不能够'保存原作的精神'，固然，这是很困难，很费功夫的。……不但翻译，就是自己的作品也是一样，现在的文学家，哲学家，政论家，以及一切普通人，要想表现现在中国已经有的新的关系新的现象，新的事物，新的观念，就差不多人人都要做'仓颉'。……"[1]自这封信的上半段可以看出，瞿秋白对翻译提出的两个原则：绝对的正确和绝对的白话。他说鲁迅译的《毁灭》仍然是只"准确"而不"白话"，需要进一步"克服"。那么，鲁迅的翻能否真正克服瞿秋白所说的这个"困难"，就是一个并非可有可无的问题。

有意思的是，这一矛盾似乎能够体现在鲁迅的《毁灭》的译笔和在这同一期的末尾出现的署名"阿二"所作新诗谣《好东西歌》《公民科歌》[2]上。为什么这么说呢？

第二期的《论翻译（续）》，瞿秋白通过俄文的原作，对鲁迅翻译的《毁灭》中的弗里契的序文进行了比对。他认为《毁灭》的翻译也不够精确，"容忍着'多少的不顺'（就是不用口头上的白话），反而要多少丧失原作的精神"。[3]鲁迅将瞿秋白的这封信同意发表在《十字街头》上，其理由不难想见：第一，对于翻译的阶级性，鲁迅是默认的；第二，关于直译和硬译，鲁迅想看到对自己的批判；第三，还是看看"专家"的意见，瞿秋白可是一个真正懂得俄文并能做流畅的翻译，且娴熟地掌握左翼文艺理论的人。而鲁迅虽为左翼文学核心力量，但他仍首先是忠实于艺术的文学家，他的古典文化修养和他早期的翻译习惯都未能使他跳出这种"魅影"而实现一种单纯、利落的文笔，何况这种文笔是否能够通过"克服"完成"准确"在他那里还是一个问题，如其他的翻译作品《小约翰》等。《毁灭》的译笔苍凉、跌宕、遒劲，同时描摹写景的笔法上又陷入一种明丽绚烂的极端美，这使作品本身并不仅仅传达了瞿秋白及其他左翼青年所直接期望看到的便于大众接受的普罗文学的革命精神，同时，翻译后这部汉语文学的表象，尤其是在经过鲁迅一番推敲拣择之后，更显得含义委曲，这自然"扰乱"了瞿秋白等的明快期待。当然，也许在这里，包括和同一期《公民科歌》的歌谣对读，可以揣测，鲁迅翻译《毁灭》

---

① J.K.（瞿秋白）:《论翻译》,《十字街头》1931年第1期。

② 集中在1931—1932年，鲁迅在《十字街头》上共发表过四篇白话歌谣，另有《南京民谣》《"言辞争执"歌》。鲁迅:《集外集拾遗》，载《鲁迅全集》第7卷，人民文学出版社，1981，第376-379页。

③ J.K.（瞿秋白）:《论翻译（续）》,《十字街头》1931年第2期。

的目的并非直接为大众文学添砖加瓦，正如他自己在 30 年代一开始回应别人说他"转向"那样，首要还在于他自己的文学品味的需求：这个在法捷耶夫尚未被纪律所约束的时期 ① 的作品，很得他的内心。而通过他写的两篇序言或附记可知，这部作品从内涵上打动他的，尤其还在于对知识分子的批判，他着实是先拿它来"煮自己的肉"。

不过，有趣的是，如上文所说，鲁迅翻译的《毁灭》出版之后，为了迎合市场，大量的抄袭和改编出现，"轻薄桃花"一名对"毁灭"的替换，暗含了迎合当时市民要求的倾向。瞿秋白从白话流畅的角度对《毁灭》翻译提出新的要求，也恰恰是在摈除娱乐化、精英化外，从表达方式上在真正的大众化传播方面给出的革新期待。

很显然，直到翻译《死魂灵》时，鲁迅也没有改变这种译法，但他又深知瞿秋白的优势和使命。鲁迅曾经在《中流》中为瞿秋白的文艺论文翻译集《海上述林》中打广告曰"信而且达，并世无两" ②，承认其译文"顺"而且"信"。并说，这部书的出版，是为了友朋，也为了他自己。③ 可见，他非常支持瞿秋白的翻译。

针对瞿秋白的分析和评价，鲁迅后来在《文学月报》中发表了自己的复信（1931 年 12 月），他认为翻译有其客观的过程，没有完美的标准，然严复与赵景深在翻译上有"虎狗之差"，不可归为一类，因为严的翻译查采过"汉晋六朝翻译佛经的方法"。鲁迅认为中国的读者群多样，不必采用统一译法，应各有应对，且最终愿意为并不"精密"的汉语句法和文法"吃苦"，即"装进异样的句法去，古的，外省外府的，外国的，后来便可以据为己有"。而这也是他采取"直译"的重要原因。④ 由此，鲁迅是一个坚持自身翻译个性，同时又能跳出看自身翻译的实际功用之不足的翻译者。也就是说，从大众需求的角度看鲁迅的文学翻译上的"缺陷"，或者是因为他的汉语文学的修养和自觉探求。对他来说，很难避免的挑战是，除了内容上的"信"且"顺"外，要不要形式，要不要美？何况精微复杂的形式本身就蕴含着丰富的思想的张力。

如同他在文学上的完善的书写诉求一样，汉语也仍然是需要丰富和改善的，这在鲁迅和瞿秋白的通信中已经详细地讨论过，鲁迅的回信也表明了这种态度（据说这种态度跟藏原惟人的态度很相近 ⑤，但它似乎也应该是鲁迅的必然选

---

① 爱伦堡认为法捷耶夫后来的创作的艰难，体现了他"过去的游记队员和一名遵守纪律的士兵之间的矛盾"。爱伦堡：《人·岁月·生活》，冯南江等译，海南出版社，2008，第 494 页。

② 鲁迅：《〈海上述林〉（上卷）出版》，《中流》1936 年第 1 卷第 6 期。

③ 黄源：《鲁迅先生》，载《鲁迅回忆录》（二集），上海文艺出版社，1979，第 119 页。

④ 鲁迅：《论翻译——答 J.K.〈论翻译〉》，《文学月报》1932 年第 1 卷第 1 号。

⑤ 徐秀慧：《左翼文本的文化翻译与现代性——鲁迅与瞿秋白的左翼文学理论翻译初探》，《河南师范大学学报》2013 年第 9 期。

择，作为一个带有强烈的道德气质的文学家，他必须时时地跳出自己，但又切实地认识到自己的存在的坚固性）。很显然，语言革新是文学创作和翻译极为重要的一环，法捷耶夫在《论作家的劳动》中强调，要吸收前人（托尔斯泰）和民间的语言（列斯科夫），加以贴近时代地努力创造。[①] 当然，法捷耶夫本人的文艺批评思想还认为：现实也可以美，美也可以现实。[②] 俄国现实主义文学的这种追求，或也是鲁迅有以致力的某种文学底线吧。尽管鲁迅这种在瞿秋白结合当时形势看起来执拗的翻译方式，是习惯于简明通顺的白话的大众很难接受的。1931 年 10 月 27 日鲁迅在致曹靖华信中说：

> 近因校《铁流》，看看德译本，知道删去不少，从别国文重译，是很不可靠的。《毁灭》我有英德日三种译本，有几处竟三种译本都不同。这事情很使我气馁。但这一部书我总要译成它，算是聊胜于无之作。

可见他在翻译实践上坚持原汁原味的严谨（毋宁说这是一种文学上的坚守）、务实和自谦的心态。

很有意思的是，正如上文所说，与此同时，为了大众文艺的迫切需要，《毁灭》和《铁流》一样，也有了改编缩减的大众本，从十几万字改编为几万字的作品，广为流播。[③] 这一改编行动以温州的胡今虚和上海的何谷天（周文）为代表，为了迎合大众市民的需要，《毁灭》的名目也相应改成了《轻薄桃花》《碧血桃花》等，在审美接受上，这恰恰印证了鲁迅所说的翻译层次上的矛盾。一方面，知识分子需要在创作上与大众结合，走大众化的道路；另一方面，自身的翻译习惯和翻译眼光也在某种程度上坚定不移。从已有的材料来看，通过鲁迅对胡今虚和周文删削改编自己译作的行为的支持[④]，便很可以知道他对"大众化"和自我选择之间复杂而清晰的态度。

（三）"新的人类"——未完成的探索

谈到这里，很容易让人回溯鲁迅早期留日期间涉及"战争"的文言译（迦尔

---

① 法捷耶夫：《论作家的劳动》，《第二次全苏青年作家代表会议报告及发言集》，刘辽逸等译，青年出版社，1955，第 6-8 页。

② "俄国的现实主义用不着在'不美的现实'和'不现实的美'之间抉择。从普士庚起，浪漫主义原则就是俄国的批判性的现实主义特征。"法捷耶夫：《苏联文学批评的任务》，刘辽逸等译，上海三联书店，1951，第 18 页。

③ 胡今虚：《介绍·推荐·批评——序〈轻薄桃花〉并评何谷天的〈毁灭〉大众本》，《出版消息》1933 年第 24 期。

④ 何谷天：《毁灭》（大众本），光华书局，1933。

洵的《四日》）述（《斯巴达克之魂》）。两个作品刚柔、明暗并存的战争气味，或许给了青年周树人对现实的"革命"某种充满期待又矛盾的意味。而对 20 世纪 30 年代的中国左翼作家来说，理想的革命现实无法到达，故而，相对于苏联式"真枪实弹"且负载着集体理想的文学来说，这里只能是一片有待实践的空白。即便是才华特出和文笔老到的鲁迅，也同样面临着这一问题。因此，鲁迅主张作家们"能写什么，就写什么。不必趋时，自然更不必硬造一个突变式的英雄，自称'革命文学'；但也不可苟安于这一点，没有改革，以致沉没了自己——也就消灭了对于时代的助力和贡献"。①这从一个侧面可见鲁迅对作者能够根据亲历快意写作《毁灭》的清醒态度。

仰赖经典，直逼现实生活，是《故事新编》的最大特色，如一向被用来和左翼文学作为关系探讨的《非攻》《理水》。在《墨子》中，自《耕柱》至《公输》篇，主要记录墨子的言论行事，颇近论语体。《公输》一篇记事则较为完备，鲁迅化此篇为小说，同时兼《耕柱》《贵义》《鲁问》诸篇，取名《非攻》，然后严格地按照历史考察，串联点染，以此事项来阐释墨经中的《非攻》义理，所谓"国家务夺侵凌，则语之兼爱、非攻"②，此禹墨精神，与其后所写另外一篇《理水》构成中国传统一外一内的家国精神。这实际上表征了鲁迅作为一个深谙传统的知识者在国家面临着内忧外患时的文学表现。两篇小说都十分着力地呈现了行动积极的、带有拯救精神的实践者形象。20 世纪 30 年代的洪荒、贫瘠，乃至外敌入侵使得此二篇构成鲁迅内心感到急迫的写照。《非攻》《理水》一偏刚毅、练达而遒劲，一重讽刺，嬉笑并戏谑；前者借古警今，后者则借历史以纾解家国的灾难与危机。但正如上文所说，鲁迅并没有构建一个根据左翼思想所统领的叙事体系，一如"散文"《毁灭》。严家炎在为纪念鲁迅诞辰 100 周年所作的文章《思想家的深思熟虑——谈鲁迅对社会主义文学的观察和思考》中说，鲁迅的这一态度体现了"对于作家，应该允许他们在实践中去解决某些思想认识和感情上的问题；而不是等他们把思想问题解决好了之后再允许他们去实践"。③这也正是鲁迅对 30 年代的革命文学翻译和创作环境的判断，以及由此而来的文学实践上的自觉选择。

从《铁流》《夏伯阳》《毁灭》这三部跟鲁迅关系相对亲密的苏联小说中可以看到，鲁迅对于实践的亲历所造成的文学写作，以及对写作中真实呈现经验上的坎坷、文学上的技法和美感，更为重视。而在这三部小说之中，相对能够给他更

---

① 鲁迅：《关于小说题材的通信》（1931 年 12 月 25 日），《十字街头》1932 年第 3 期。

② 孙诒让：《墨子间诂》，孙启治点校，中华书局，1987，第 476 页。

③ 严家炎：《思想家的深思熟虑——谈鲁迅对社会主义文学的观察和思考》，载《论鲁迅的复调小说》，上海教育出版社，2002，第 200 页。

为完满的答复的，应是《毁灭》。在《毁灭》发表之后，法捷耶夫一度承担着"以'值得称赞'的面貌出现在读者面前"[1]的压力。然而，盛名之下，他被委以重任，承担了大量的社会工作，面临着无法摆脱的"文学和社会工作负担之间的矛盾"[2]，并且得到了高尔基的告诫：如果不从这些事务之中解脱出来，将面临才能的"毁灭"。事实也证明，随着法捷耶夫政治身份的提升，在他和大批作家的书简中，能够看到他对文学的真诚的尊重以及那些基于文学和革命事业之上的情谊，尽管，他仍然未能摆脱上述双重身份的矛盾。他渴望进入民众的实践，渴望有足够独立自由的空间去写作。已经成型的新制度吸引了大批包括他在内的新人才（其他同样如拉普作家绥拉菲摩维支等），而尚未成为胜利者的中国无产阶级左翼世界的群体在创作上仍然是一盘散沙，至少对于鲁迅本人来说，他是孤独的。对他来说，周围要么是敌人，纷扰而无文艺的斗争能量的敌人；要么是盲目崇拜或利用，不能进行真诚、对等交流的学生、后辈。这样一来，鲁迅与瞿秋白的友谊，虽不是纯然的文艺家之间的友谊，但仍显出"同志"般的弥足珍贵。

可以说，从法捷耶夫的创作一开始都在苏联意识形态的语境之中，而鲁迅所尊崇的目标是文学的体制和"新的人类"的革新，他始终没有将政治意识形态当成他的目标，而只是当作改进人类的一种手段。他相信没有终止斗争的世界，于是甚至讨厌某些左翼文学中所描写的带有乌托邦性质的没有缺陷的英雄和教养者。而法捷耶夫写出了著名的带有俄罗斯文学传统的优秀作品，但同时，沿着这条胜利之路，法捷耶夫逐渐走向了另外一种，也是他奉为生命的文学上的死亡之路。

20 世纪 20 年代的文学成就昭示着苏联的革命文学的阶段性完成，其标志是十月革命。而这一建设时期的革命文学的发生，让小说进入了一个新的"散文"时代。鲁迅作为 30 年代无论是大众的"革命文学"还是"平民文学"都尚未实现的中国环境下的作家，必然具有他所难以脱离的时代性及其任务。正如法捷耶夫在《论作家的劳动》中所说，艺术（写作）一样，是人类的一种特别的劳动，它需要技术的训练、语言的吸收、情感的传达、结构的揣摩、本质的把握等，在写作中，所有先验的思维存在都必须让位于行进着的人物和场景，乃至精神的流动。[3]在苏联评论家那里，《毁灭》之中暗含着"新人"[4]，但它虽然昭示着一种

---

① 法捷耶夫：《法捷耶夫文学书简》，李必莹译，安徽文艺出版社，1988，第 17 页。
② 同上，第 18 页。
③ 法捷耶夫：《论作家的劳动》，载《第二次全苏青年作家代表会议报告及发言集》，刘辽逸等译，中国青年出版社，1955，第 1-4 页。
④ "法捷耶夫的小说标题为《毁灭》，因为他书中所描写的是游击队败亡的故事，但是又可以换一个标题为：新人诞生的诗。" V. 弗里契：《关于"新人"的故事》（代序），载北京鲁迅博物馆编《鲁迅译文全集》第 5 卷《毁灭》，福建教育出版社，2008，第 249 页。

"新的人类"，但仍然是"未完成的人"，因为那些人群，大多是在蒙昧之中被推上革命的洪流和舞台：农民、矿工、知识分子，乃至坚定的领导人和服从者，且这里的领导人也是在时时地克服生存的困境和战争形势所带来的恐慌和艰辛。

而鲁迅翻译《毁灭》之后，也仍然在后记中说到他自己并不知道多少法捷耶夫的详细身份。[①] 这使我们大可以猜测甚至断定他的这种选择并非有意于作家的身份，而是钟情于作品中带有黎明气息的熹微乃至毁灭的诗意。《毁灭》中的国民性格是进行中的、缺陷的，带有自觉和不自觉的惨重的牺牲的，是真实的大众的性格。《故事新编》中也是这样显示着彼时期的国民的众生相，同样未完成，同样充满了生机。鲁迅死后，法捷耶夫这样评价过，他说鲁迅是大众语言的操练者，是揭露出国民性格的讽刺派作家。他是民族的，所以也属于世界的读者。[②] 从这个角度，《毁灭》及其介绍的翻译，一方面，为鲁迅提供了自省的空间，即以美谛克为代表的知识分子在变革与行动的年代的脆弱性带给他的"自我烹煮"。另一方面，他也在《毁灭》中看到了这种带有极强不完满甚至毁灭性的存在世界也是变革链条一环的启示性，那就是，他自己的文学行为，包括《故事新编》之内的创作，也是在这样一个急剧变革环境下的精神写实，除了知识分子的脆弱性、虚伪性，还有更多其他人群自觉的日常与精神世界。这些也能够参与到新时代的发展进程，而不是作为一个止步不前的文学家的有限表达。正是在这种自省和自我确认的反复审视中，鲁迅完成了 20 世纪 30 年代自身状态的调整。

《毁灭》诞生之后，文艺评论家们各自从不同的角度解读它，更多的苏联评论家是在左翼意识形态的笼罩之下评定这个在特殊土壤里成长出来的作品，他们甚至在其中看到了某些"自然主义""浪漫主义"流行的元素，并加以批判或表示遗憾；[③] 而鲁迅却在《毁灭》的翻译后记中专门抽出了其中关于知识分子的描写。这种"抽取"是鲁迅对自身所属的群体的关注，表现在他的《故事新编》之中，也几乎都以脆弱无奈乃至被嘲讽笑谑的形象表现出来。这在鲁迅的杂文中也是一个鲜明而毫不留情的批判主题。当然，和法捷耶夫一样，《故事新编》呈现的不仅仅有知识分子，还有农民、政治家、士兵、工匠、文人等。这种人群世象的呈现，相比较前期的作品的确摆脱了主体的困惑和其他人物的某些类型化特点。但从所谓的时代"先进性"上来说，《故事新编》相比较《毁灭》，仍然是逊色的。《毁灭》

---

① "作者法捷耶夫（Alexandr Alexandrovitch Fadeev）的事迹，除《自传》中所有的之外，我一无所知。仅由英文译文《毁灭》小序中，知道他现在是无产者作家联盟的裁决团体中的一员。"鲁迅：《〈毁灭〉后记》，载《鲁迅全集》第 10 卷，人民文学出版社，1981，第 332 页。

② 法捷耶夫：《论鲁迅》，《人民日报》1949 年 10 月 19 日。

③ "法捷耶夫的《毁灭》，许多批评家都说是在莱夫·托尔斯泰的诸作品的影响之下写成的。"藏原惟人：《关于〈毁灭〉》，载北京鲁迅博物馆编《鲁迅译文全集》第 5 卷，福建教育出版社，2008，第 246 页。

是用了年轻的天真烂漫的笔调重写了一段具有史诗性质的革命段落，用藏原惟人的话说，饱含了作者对每个阶层人物的爱，而且在亲切生动的描摹之外，他们自身的意识也在自主的行动下行进着，是一种"无产阶级的写实主义"。[①]而《故事新编》中的此种质素则是凝重的，带有某种期许的刻意。虽然，相比较孤独而带有革新愿望的上海文坛来说，它是激进并且充满探索性的。根源上，"在场"与"不在场"构成了它们"此起彼伏"的重要原因。

鲁迅在一两个月间完成了《故事新编》中的最后四篇，可见他写作中的这诸种成分也并不是全然刻意的。实际上，苏俄文学带给《故事新编》的写作期待似乎还不如他所计划的长篇多。比如：传说他受《铁流》《毁灭》影响，所试图通过他人（陈赓）的解说来描摹的关于长征的长篇小说；[②]又据说他读了高尔基的《萨姆金的一生》所期待自己能够清算式地讲述几代知识分子的长篇写作。[③]这些都在他忙碌和疲累之中有意无意地破产了。除了那一时期鲁迅所编校的小说翻译和画集、有针对性的辛辣的杂文之外，《故事新编》就成为他探索"新的人类"之路的最后表象了。

从文学的角度上说，"无治主义"引向一种自由和破灭，这种自由和破灭在建设性的生活中可能受到了空想的阻碍。但是作为文艺，破灭的存在反而更有利于用全不执着或"陷入"的视角来渲染，从而使作者获得了一种技艺和思想上的自由。阿尔志跋绥夫、富尔曼诺夫、法捷耶夫等人通过这种"无治理"的泼辣演进，实现了迈向理想和光明的坚实之路，尽管它在现实实践中是曲折、漫长和不够成熟的，甚至是在"溃灭"中完成的。在文学上，它们则被埋在另一种所谓更简单的理想主义下的暗影中，这种暗影带着俄罗斯文学中固有的"否定"和反思的色彩，有别于单纯的理想主义或者革命乌托邦小说。总之，从因为黑暗和虚无笼罩而备受批判的无治主义小说，到充满了广大而深邃、失败和牺牲意味浓厚的"溃败"进程的《毁灭》，都显示了俄罗斯文学传统的内在力量，包括它身上所具备的残酷的真实性。它们恰恰能够疏解鲁迅对当时中国形势和自身选择的压力和孤独。这也是鲁迅由阿尔志跋绥夫而至于"小约翰"，甚而貌似进入左翼文艺，最后却仍然自虐式地致力于翻译充满了黑暗、虚无、笑谑、悲伤的民族灵魂的书写者果戈理作品的原因。文艺跟历史一样，必然是包举宇内的，但是又"在而不在"

---

① 藏原惟人：《关于〈毁灭〉》，载北京鲁迅博物馆编《鲁迅译文全集》第5卷，福建教育出版社，2008，第246-247页。

② 张佳邻：《陈赓将军和鲁迅先生的一次会见》，《新观察》1956年第20期。

③ 雪峰：《鲁迅先生计划而未完成的著作》，载《过来的时代：鲁迅论及其他》，生活·读书·新知三联书店，2014，第32-33页。

"离而不离"。

从对阿尔志跋绥夫的翻译到法捷耶夫的《毁灭》，乃至去世前还在汲汲于翻译的《死魂灵》，这些都体现了鲁迅身上一贯坚持的作为作家的基本属性：但凡是文学中生动的人的世界他都不吝翻译和尝试去描述，表现在理论上，便是他时常不断地跳出自己来吸纳和解剖对手，从而形成了自己复杂的思想，这些最终都构成他更高意义上的文学的表象世界。

鲁迅是用文学来思考世界和他自己的，他的思想凝结的痛苦和深度也被他的对于自己的诚实和自省，甚至解剖刀一样的屠人之外的细细自剖给冲淡了，但是也由此形成了一种表象上的广度，而这些都是以一种文学的实践（无论是翻译、整理还是创作）形成的。作为一个文人，鲁迅吸纳了时代思想和理论的复杂性，但又始终地保持着高度的警惕和文学上的敏锐及鉴赏力。从这个意义上说，作为文学家的鲁迅的广度和力度要超越于他作为思想家的深度。但由于历史时代和个人境遇、本身特质，这种力度和广度始终自觉或不自觉地带着强烈的道德性，所以使得他的文学世界显得很是悬浮不安。这种"不安"，恰使他成为竹内好口中的"失败者"。"否定的文学"的力量是不可估量的，而作为"失败者鲁迅"的力量，也是不可估量的。

（四）尾声"夏伯阳与虚空"

20世纪90年代，苏联解体之后，俄罗斯作家维克多·佩列文所写的《夏伯阳与虚空》重塑了夏伯阳的形象。这位深受中国佛道思想影响的作家，对夏伯阳的故事进行了现代性的解构。他一反作品中凸显的阶级意识和战斗精神，改写和戏仿了这部小说，颠覆了公众的"认知神话"。夏伯阳在这里成了一个叫做虚空的精神病人。他穿梭在大街和精神病院，说着一切都已破灭，唯有虚空是实的疯话和梦呓。阿尔志跋绥夫的个人的"无治主义"仿佛在这里重新蔓延：

> 我突然强烈地感到自己在这个冰天雪地的世界里是那么孤独和无助，这个世界的居民总想把我送到豌豆街，或是用含混而诱人的话语来扰乱我的心。明天早上，我想，我得往自己的脑门上开一枪。在我彻底坠入毫无知觉的黑暗深渊之前，我见到的最后的东西是覆盖着白雪的街心花园的栏杆——汽车转弯时，它近在咫尺，紧挨着窗户。[1]

拿过去的英雄形象来戏仿和嘲讽，暗含着作者的某种理想主义破灭之后的伤

---

[1] 维克多·佩列文：《夏伯阳与虚空》，郑体武译，上海译文出版社，2004，第80页。

痕。鲁迅曾经想要写过一篇关于中国红军的小说，写成类似《铁流》那样[①]，读者显然从《理水》中能够模糊地看到这样的意愿。但《理水》以下，似乎再也看不到大禹之类的英雄人物，更多的是在一种廓大的空间中，各色人等在不同的立场中建立关联。这一写作方式，与《夏伯阳与虚空》那种尖锐而挑衅的后现代文风相比，更为平静和内敛，但同样实现了对之前《理水》之中企图用作者主观的愿力来建立强大典型的努力的放弃。从所谓"群众形象"的角度来说，《非攻》《理水》等篇，已经渐渐地从之前小说中的对立形象的相对单一，走向了多样化的趋势，如同决堤的洪流，在千岩万壑间奔走。如前所述，在已有的研究成果中，裸眼观察《故事新编》的话，人们往往容易将之拉到后现代"狂欢化"之中——正如日本作家将之纳入"前现代"的语境之中一样 ——但作为一个现实主义者，一方面，鲁迅通过文学的翻译补充和持续了自身文学创作的探索，另一方面，他具有独特个性的翻译语言也对源文本进行了再创造。所以，在《故事新编》戏仿的表皮之下具有强大包容性的对现实的凝重而深邃的思考，很显然，它是有别于单纯而"一无所信"的"虚空"者夏伯阳之类的"后现代"典型的。

四、《解放了的董·吉诃德》与《采薇》

（一）鲁迅与《解放了的董·吉诃德》的翻译过程

《解放了的董·吉诃德》是卢那察尔斯基（Lunacharski）根据西班牙塞万提斯《堂吉诃德》中的经典人物和情节所改写的讽喻现实之作。1922 年剧本在苏联印行，在中国最早由鲁迅根据德、日译本翻译，在《北斗》（1931 年 11 月 20 日）上发表了第一场，后来因为鲁迅发现了德、日译本的删节问题，又找到了俄文原本。于是，由易嘉（瞿秋白）接下来翻译了第三、四场，仍发表在《北斗》。后《北斗》被禁，瞿秋白则继续翻译完成。1933 年 10 月 28 日在单行本译出之后，鲁迅在其出版后记中说，这是"不可以言语形容"的高兴，"和我的旧译颇不同，而且注解详明，是一部极可信任的本子"，并且感叹说"中国又多一部好书，这是极可庆幸的"[②]。加之，此时，距离卢那察尔斯基病逝不到两个月，他的亲近的"战友"瞿秋白，也在被国民党通缉之中。这部作品的出版，对鲁迅来说，弥足珍贵。

鲁迅在这本书的开头介绍了卢那察尔斯基的生平。这篇介绍译自日本翻译家尾濑敬止，1926 年作，原为 1930 年出版的柔石根据英译本翻译的剧本《浮士德

---

① 冯雪峰：《回忆鲁迅》，载《一九二八至一九三六年的鲁迅：冯雪峰回忆鲁迅全编》，上海文化出版社，2009，第 115-116 页。

② 鲁迅：《后记》，载卢那察尔斯基：《解放了的董·吉诃德》，易嘉（瞿秋白）译，上海联华书局，1934，第 160-163 页。

与城》①的作者小传。据说 1926 年，"《解放了的唐吉诃德》在日本上演。这是苏
联戏剧首次在日本公演"②。通过该序文，可以知道，这部戏剧出自卢那察尔斯基
的《戏曲集》，其中还有不少根据 17 世纪的历史题材所改编的戏剧作品③。尾濑敬
止指出：

> 但在这里，有应当注意的事，是他的思想，每系于取现代为中心的中世
> 纪以至辽远的未来的。而那思索的线索，所以常采于中世纪者，就因为他太
> 通晓了意太利和法兰西的缘故。④
>
> 卢那卡尔斯基寻求着无产者艺术，然而单是描写了他们的生活环境的东
> 西，是不行的。必须是更其内面底，悲剧底，而且未来底的，才好。而这样
> 的艺术，则一定是象征底（Symbolic）的东西。……卢那卡尔斯基说，却是
> 在最高限度上的规则底，急进底的。⑤

尾濑敬止认为，从思想上看，这种依照古典形式所造就的"象征性"，可谓
是最高限度的规则的激进的典范，是能书写革命的俄罗斯这样"非常哲学底而又
象征底的诗的黄金时代"的。

从《浮士德与城》的译本后记⑥中可知，一直到后来，中国文坛 20 世纪 30
年代对卢那察尔斯基的翻译，也更多的是文艺理论与批评方面，而文学作品方面，
到《解放了的董·吉诃德》，一共也就两部。鲁迅认为他的理论和创作之间也构
成了"印证"关系，且这两部剧作都是根据古典文献中的典型人物演绎出来，它
们密切地结合作者本人所焦灼的社会政治问题，同时具有高度的艺术性。在后记
中，鲁迅还引了这样一段话：

> 其次为《浮士德与城》，是俄国革命程序的预想，终在一九一六年改

---

① 卢那卡尔斯基：《浮士德与城》，柔石译，神州国光社，1930。

② 卢那卡尔斯基：《艺术及其最新形式》，郭家申译，百花文艺出版社，1998，第 605 页。

③ 例如，《王的理发师》，是"用十七世纪封建时代的一个王叫作克柳惠尔来做主角的七幕诗剧"。尾濑
敬止：《〈浮士德与城〉作者小传》，载北京鲁迅博物馆编《鲁迅译文全集》第 8 卷，福建教育出版社，
2008，第 430 页。

④ 尾濑敬止：《〈浮士德与城〉作者小传》，载北京鲁迅博物馆编《鲁迅译文全集》第 8 卷，福建教育出版社，
2008，第 431 页。

⑤ 同上，第 433 页。

⑥ "Lunacharski 的文字，在中国，翻译要算比较地多的了。《艺术论》（并包括《实证美学的基础》，大
江书铺版）之外，有《艺术之社会的基础》（雪峰译，水沫书店版），有《文艺与批评》（鲁迅译，水
沫书店版），有《霍善斯坦因论》（鲁迅译，光华书局版）等，其中所说，可作含在这《浮士德与城》
里的思想的印证之处，是随时可以得到的。"鲁迅：《后记》，载卢那卡尔斯基《浮士德与城》，柔石译，
神州国光社，1930，第 231 页。

定，初稿则成于一九〇八年。……于是他试着写历史剧 Oliver Cromwell 和 Thomas Campanella；然后又回到喜剧去，一九二一年成《宰相和铜匠》及 《被解放的堂·吉诃德》。后一种是一九一六年开手的……①

    《浮士德与城》与《被解放的堂·吉诃德》具有诗剧上的严肃性，而同时《被解放的堂·吉诃德》中所延续的创作风格则是喜剧。在卢那察尔斯基所有文学作品之中，鲁迅只亲自动手翻译了《被解放的堂·吉诃德》，可见他对这部作品的偏重。

    有意思的是，鲁迅在《浮士德与城》这部作品的前后序记中，分别采用了尾濑敬止和英译者的评价。尾濑敬止的评价是站在"卢那卡尔斯基"对于象征性悲剧的理解和他的天赋创作上：虽然是写旧的崩坏，但都表明了真正的现实。这种象征性的、悲剧的、有方向性的对于过去的崩坏的告别，也同时是现实中革命的俄国。而英国译者则倾向于认为"卢那卡尔斯基"是"复故"的，鲁迅认为这种看法忽视了"卢那卡尔斯基"所认为的继往开来的前后关系，与"世纪末的颓唐人"相区别的是，"卢那卡尔斯基"的作品有明确的方向，不是落入经验主义的，有未来新阶级从中汲取能量的倾向。② 而且，卢那察尔斯基是以写作哲学论文起家的，所以他的作品中充满了哲理性，加之后来的革命经验，他的革命文学作品中包含了某种强烈的思辨性。这点对一直不愿意被单一理论固封的鲁迅来说更具有吸引力。

    《浮士德与城》的素材，用作者的话说是被"Faust 的第二部的长篇所启发出来的"。③ 而《被解放的堂·吉诃德》是根据原著上部第 22 章——"堂吉诃德释放了一伙倒霉人，正被押送到不愿去的地方去"④。只是在此基础上，作者将人物关系修改，置放到更为贴近当前现实革命的情景下。在人物上，有着"恶的深思的外貌"的梅菲斯托也很像《解放了的董·吉诃德》中的那个极端恶的化身谟尔却；浮士德的女儿浮士蒂娜的形象也类似于国公的女儿斯德拉。它们都在讲述：过往的历史人物和遗踪在时代的变革和演进中所发展的命运。初步了解了卢那察尔斯基戏剧的创作脉络，或许有助于更深层地拎出这一笔调较为轻松的喜剧的质地来。

（二）以喜剧来传达：吉诃德与伯夷、叔齐兄弟

    《解放了的董·吉诃德》是另一种意义上的讽刺剧。它展现了为人们所熟知的文艺批评造诣之外，作者卢那察尔斯基精湛的文学修养和语言才能。正如高尔

---

① 鲁迅：《后记》，载卢那卡尔斯基：《浮士德与城》，柔石译，神州国光社，1930，第 228 页。
② 鲁迅：《〈浮士德与城〉后记》，载《鲁迅全集》第 7 卷，人民文学出版社，1981，第 356 页。
③ 同上，第 354 页。
④ 塞万提斯：《堂吉诃德》（上），杨绛译，人民文学出版社，1987，第 166 页。

基对他说的那样：“作为一位语言艺术家，您能驾驭语言，只要您愿意这样做。”①作品仍然是以塞万提斯《堂吉诃德》中的两个主人公为主线，但充实在两人周围的显然是一群现代人。这群人大致可以分为“革命者”和“反革命者”。这些在鲁迅所翻译的第一场中也能看到。（相较瞿秋白的接续翻译，鲁迅的翻译泼辣、轻熟、简练、有力。）为有助于对这部戏剧作品的细致理解，依《解放了的董·吉诃德》译本，内容归纳如下：

第一场：写四个士兵押送了三个革命者去行刑，路上碰到了董·吉诃德和他的随从山嘉，董·吉诃德以善和正义的名义在他们当中搅和一通，放掉了三个革命者，四个兵士只好打算押送这一对“历史人物”给国公交差。

第二场：董·吉诃德会见了国公和他的宠男谟尔却，后者嘲笑董·吉诃德天真可笑，而吉诃德则讲述了神的旨意以及他对于正直和善良的倾慕。于是国公和谟尔却打算把他们留下来，继续玩弄这个“道学家，这个傻瓜的圣人”。

第三、四场：国公令黑人亚菲利坚挑战，吉诃德被打败，并被逮捕。这时他获得国公的善良的侄女斯德拉的同情。

第五场：而董·吉诃德在狱中沉睡做梦。斯德拉提了篮子来看他，给他吻，使他的情欲复苏。城内发生了骚乱，逃走的革命者推翻国公的统治。

第六场：吉诃德与争取平民自由的革命者、工人阶级的代表德里戈的对话。董·吉诃德认为革命者是在以暴制暴。

第七场：国公、谟尔却等人被捕。而吉诃德受了斯德拉的请求，开始试图营救国公及其随从。

第八场：谟尔却与国公等人在监狱寻求逃脱的办法。国公企图通过诉说自己祖辈和自己的罪过来赎回生命，遭到了谟尔却的嘲笑。斯德拉与董·吉诃德按照计划来到监狱解救他们，给他们吃了昏死三天的药。

第九场：董·吉诃德、斯德拉、山嘉三人到坟墓去解救。国公诸人被医生救走，山嘉去告发之后带来大兵，结果抓到的只有吉诃德。

尾声：谟尔却的荒淫和暴政，连同斯德拉也成了他的玩弄对象和牺牲品。吉诃德和革命领袖的话别。山嘉跟从吉诃德离去。

从革命者的被捕到董·吉诃德的出现，有一种穿越历史的镜面感，整个故事

---

① 转引自《卢那察尔斯基论文学·译后记》，蒋路译，人民文学出版社，1978，第632页。

也符合塞万提斯作品中的两人性格逻辑，同时，也具有某种合乎情理的现代性质。和《浮士德与城》不同，支撑这部喜剧的对话极为幽默风趣。

众所周知，鲁迅当年在革命文学论争中，因为冷静深邃的对于文学革命性质的批判性把握，被革命文学观激进澎湃的李初梨称为"中国文坛上的老骑士"，对他的"无视斗争的重要性及其实践性"的"人道主义"进行讥讽[1]，这些多少都能对应到《解放了的董·吉诃德》里栩栩如生的对话和辩论。

1928年4月，鲁迅在《语丝》上公开发表的一篇给一个受其文字的"革命性"影响甚深的青年的信中就说，很多的"革命者""问目的不问手段"，这是许多人用来谋生的口实，他说："苏俄的学艺教育人民委员卢那卡尔斯基所作的《被解放的吉诃德先生》里，将这手段使一个公爵使用，可见也是贵族的东西，堂皇冠冕。"[2] 这封信写得极为真诚，像是在剖析自己的文字之路如何与社会政治的革命发生关系，首先，从实际的功效上，他并不认为自己称得上是个革命者，因为革命的流血牺牲是他所不忍的；其次，就是对于自身的定位，他认为应该走渐进的"顺手的改革""无论大小"的道路，然这条道路要建立在谋生的基础之上；最后，他告诫这位青年，那些"革命者"和"反革命者"之类的界定，多半基于文字，而文字，是不可靠的。一方面，不认为自己是政治上的革命家，另一方面，国民的进步的内在渴求，又要求他在文人谋生的基础上"顺手的改革"，这都说明了鲁迅对于身处的社会政治环境的警惕敏感和脚踏实地。两个月后，在新出版的《奔流》第一卷第一期发表的第一篇文章即郁达夫从德语译的屠格涅夫（I.Turgenjew）的《Hamlet 和 Don Quichotte》。这篇文章从作品出发，十分细腻地比读了这两大世界文学人物身上的人性的和哲学的层面，很显然，作者对堂吉诃德身上"轻快明朗，质朴而多感"的人性成分也给予了赞扬[3]。这些都或可有助于解释鲁迅当时所身置的"堂吉诃德"文学接受氛围。

在1929年鲁迅翻译卢那察尔斯基的艺术批评[4]时，他似乎更加深化了这一思考，开始将目光放置在作者所似乎揶揄的"吉诃德"身上：

---

① 李初梨：《请看我们中国的 Don Quixote 的乱舞——答鲁迅〈"醉眼"中的朦胧〉》："'武器的艺术'也就成为变成 Don 鲁迅醉眼朦胧中的敌人了。"见《文化批判》1928 年第 4 号。

② 鲁迅：《通信（并 Y 来信）》，载《鲁迅全集》第 4 卷，人民文学出版社，1981，第 100 页。

③ 《Hamlet 和 Don Quichotte》："我们想到'堂克蓄德'这几个字的时候，只会想到一位滑稽家的身上去——'堂克蓄德'当成普通名词 Don-Quichotterie 用的时候，我们只作'荒唐愚钝'的意思解释，殊不知真正的意思，我们却应该当作一个高尚的自己牺牲的象征（Ein Symbol hochere Selbstaufoperung）"。见《奔流》1928 年第 1 卷第 1 期。

④ 卢那察尔斯基：《文艺与批评·托尔斯泰与马克斯》，载北京鲁迅博物馆编《鲁迅译文全集》第 4 卷，福建教育出版社，2008，第 305-331 页。

那么，在也可以看作这演说的戏曲化的《被解放了的堂吉诃德》里，作者虽在揶揄人道主义者，托尔斯泰主义的化身吉诃德老爷，却决不怀着恶意的。作者以可怜的人道主义的侠客堂吉诃德为革命的魔障，然而并不想杀了他来祭革命的军旗。我们在这里，能够看见卢那卡尔斯基的很多的人性和宽大。[①]

鲁迅在本刊编校后记中说，中国尚未有完整的《堂吉诃德》的翻译，而对于书中的主人公堂吉诃德也是道听途说。他说，"中国现在也有人嚷什么'Don Quixote'了，但因为实在没有看过这一部书，所以和实际是一点不对的"[②]。从这里可以看出鲁迅之对于国人舶来西方文学而不加认真理解的厌恶，也算是对之前有人拿他作譬的回应。

19世纪俄国很多大作家都注意到了堂吉诃德这一文学形象的不朽的社会价值和艺术价值。在对它的引介和评价方面包括普希金、果戈理、屠格涅夫、别林斯基、高尔基等等。高尔基称堂吉诃德是"真实事实的极自然而必要的夸张"[③]。而卢那察尔斯基本人曾经在《西欧文学史》[④]中讲述过他对堂吉诃德的看法：

> 西万提斯，具有异常高贵性格的一个人，实在地，他本身就是一位唐吉诃德，他认为一个人必须能为人类而牺牲自己才当得起人的名称，他是他那时代的资产阶级的最好代表之一，……不幸得很，世界压根儿就不是那样。[⑤]

> ……被蛮荒的法律所统治着的这个世界内是没有理想主义者存在的余地的。……唐吉诃德和桑曹潘撒必须继续在这世界内窒息着，直到开始将社会主义付诸实行的时候。当那个日子到来的时候，许多热心的乌托邦主义者的堂吉诃德们，梦想家们都可以得到机会将他们的英雄浪漫主义用于革命工作上；他们将不再是幻想的骑士，而将成为现实生活中的一个真正有用的劳

---

① 鲁迅：《〈文艺与批评〉译者附记》（1929年10月1日），载《鲁迅全集》第10卷，人民文学出版社，1981，第301页。

② 鲁迅：《集外集·〈奔流〉编校后记（一）》，载《鲁迅全集》第7卷，人民文学出版社，1981，第157-158页。

③ 转引自李嘉译述：《俄国作家论莎士比亚及西万提斯》，《文学月报》1941年第3卷第2、3合期。

④ 发表时间当为十月革命之后，写作《解放了的董·吉诃德》之前。根据是《卢那察尔斯基论文学·译后记》："十月革命胜利……列宁立即任命卢那察尔斯基为人民委员会所属十二个部门之中的教育人民委员会的人民委员（部长）……卢那察尔斯基在这个重要岗位上连续战斗了十二年，……此外又亲自在高等院校讲授本国和西欧文学史。"卢那察尔斯基：《卢那察尔斯基论文学》，蒋路译，人民文学出版社，1978，第630页。

⑤ 李嘉译述：《俄国作家论莎士比亚及西万提斯》，《文学月报》1941年第3卷第2、3合期。

动者……①

卢那察尔斯基显然认为堂吉诃德代表了旧的阶级（资产阶级），他们的那一套令人赞赏的伦理和道德标准不适应于当前的时代需要。即便如此，他们仍然与那些嘲笑他的人相比显得"无限的高贵"，卢那察尔斯基给当时时代中的堂吉诃德的建议则是：革命成功之后，和平到来，将这种"英雄浪漫主义"用于革命工作，当社会主义付诸实现的时候，这些奇思妙想将不再是空想，反有利于"成为现实生活中的一个真正有用的劳动者"。（这恰恰暗合了前文所引剧本结尾处革命者对董·吉诃德所说的一番话："等到我们到了目的地，我们就要脱掉染着血腥的盔甲，那时候，我们来叫你，可怜的董·吉诃德，那时候我们给你说：走进我们争得的篷帐里来罢，来帮助我们的建设。"）卢那察尔斯基的这一看法似乎也和他所创作的《解放了的董·吉诃德》在对堂吉诃德的态度上构成了思想上的某种互文关系。

而鲁迅之支持瞿秋白翻译这个剧本，是同情堂吉诃德还是通过对"堂吉诃德"的批判实现对自身的反省？或二者兼而有之？ 1928 年 4 月，与李初梨《文化批判》同期发表的彭康的《"除掉"鲁迅的"除掉"》则从"奥伏赫变"（Aufheben）辞义的追溯讥讽鲁迅在革命理论上的"无知"。这篇文章读起来论证充足，想必鲁迅因此有所触动：即便当时的中国并非具有"客观条件已经成熟""一般革命的民众也在急迫的要求"的革命情势②，也会使他对自己一直以来的对革命理论的无视表示自省。

对于鲁迅的"革命文学"论争到后来 20 世纪 30 年代以左联为核心所展开的论争的前后变化，一直是研究者热爱讨论的问题。很显然，鲁迅在思想的变动上也并非一个随意趋时之人，他必须对其有所拣择和消化，这种态度决定于他的独立精神以及与外界一直从未隔绝的开放性。这两个时期，无论是批判革命文学的不"文学"，还是批判革命文学的不"革命"，都基于他对文学随着时代变化所给予的深刻质疑和修缮。

鲁迅也是知道当时的欧洲作家是如何非难苏联的。在译后记中他说道：

原书以一九二二年印行，正是十月革命胜利后六年，世界上盛行着反对者的种种谣诼，竭力企图中伤的时候，崇精神的，爱自由的，讲人道的，大

---

① 李嘉译述：《俄国作家论莎士比亚及西万提斯》，《文学月报》1941 年第 3 卷第 2、3 合期。
② 鲁迅：《集外集·〈奔流〉编校后记（一）》，载《鲁迅全集》第 7 卷，人民文学出版社，1981，第 157-158 页。

抵不平于党人的专横，以为革命不但不能复兴人间，倒是得了地狱。这剧本便是给与这些论者们的总答案。吉诃德即由许多非议十月革命的思想家，文学家所合成的。其中自然有梅垒什珂夫斯基（Merzhkovsky），有托尔斯泰派；也有罗曼罗兰，爱因斯坦因（Einstein）。我还疑心连高尔基也在内，那时他正为种种人们奔走，使他们出国，帮他们安身，听说还至于因此和当局者相冲突。[①]

接着鲁迅将看到的国内新闻历数"革命者"罪行的新闻和言论，指出他们和董·吉诃德似的文人十分相似，甚至有过之而无不及。而德国的法西斯主义正是"谟尔却"之流的体现。这剧本，用鲁迅的话说，是针对当时的知识阶级对苏联的"专制压迫"不满引发的。鲁迅认为"董·吉诃德"似的知识分子，一开始赞成正义的革命，为之做出牺牲，后来当革命者夺得政权之后，他又认为革命者是另一种变相的压迫。《解放了的董·吉诃德》第九场董·吉诃德的梦境恰体现了这种思考：

> 我那次做梦，仿佛我在红云堆里，站在一个光华耀眼的审判官眼前。雷声轰隆轰隆的响着，那人的威严的声音给我讲着："你敢自己以为是正直的吗？你没有了解你的时代责任。你那种腐败的正直——他正是这样说的，——你那种腐败的正直，只会产生死灭——正是当代伟大的幸福的创造者的死灭。"[②]

这篇翻译后记写于1933年10月，恰可以看出鲁迅前后的态度变化，1928年1月，在他对多年来的政治生活极其警惕的境地之下，他的那篇鞭辟入里的演讲稿《文艺与政治的歧途》中，还曾经对"人道主义"境地下的托尔斯泰表示理解和同情，他认为文艺家永远走在时代的前列，永远要求变革和进步，因而也往往处于被政治当局和革命者利用和压制的处境之中。很显然，这时他并不认为政治和文艺能够比翼双飞。

然而，尽管如此的前后变化，在这篇序言中，鲁迅仍认为董·吉诃德的抱打不平是合理的。尤其是在中国的语境中，那些旁观者的嘲讽也是不必要的。[③]在《解放了的董·吉诃德》中亦能体现这种态度上的纠结。第六场中，吉诃德对争取平民自由的革命者德里戈说：

---

① 鲁迅：《译后记》，载卢那察尔斯基《解放了的董·吉诃德》，易嘉（瞿秋白）译，上海联华书局，1934，第160-161页。
② 卢那察尔斯基：《解放了的董·吉诃德》，易嘉（瞿秋白）译，上海联华书局，1934，第137页。
③ 同上，第160页。

我赞成你们，也反对你们，我是不是拥护国公和他的专制呢？我是不是认为富人的统治是老天爷决定的，是不能够动摇的呢？假使这种坏的秩序，值得肃清一下，像我们这样的地球，也的确要肃清一下，因此要推翻这种秩序，那么，我自然只会高兴；可是，有一个条件，即是这种秩序不要推翻到了地狱里去，而要把它的地位让给天堂。①

还有结尾处"先进阶级"的革命者与董·吉诃德的对话：

巴勒塔萨：唉，董·吉诃德，你不够做饥荒的流血的共和国的国民；这种共和国的领导者，要求民众的怒潮无论怎样也要得到胜利，他们要领导着民众，经过赤尔谟海，经过大沙漠，经过残酷的战斗，达到自己的目的地。可是，等到我们到了目的地，我们就要脱掉染着血腥的盔甲，那时候，我们来叫你，可怜的董·吉诃德，那时候我们给你说：走进我们争得的篷帐里来罢，来帮助我们的建设。那时候，你胸口呼吸起来要多么舒畅；四周围的情形，叫你看起来，又是多么自然呵。噢咿，那时候，你才是真正解放的董·吉诃德。可是，那时候，你想必还要皱着眉头，记起经过的事情，记起许多恐怖的事实，虽则这种事实，你是没有经过的。唉，你不能够了解我们是在出着代价——不出这种代价是不能够跑进那样世界的，而只有那样的世界里，真正解放的董·吉诃德才可以找着和谐和光明。

吉诃德：我是这样想的：他们跑进了伟大的事业的海洋里去游泳了。那是很容易迷路的，很容易使自己和别人都在痛苦里面沉醉着，因为我知道：就是做着好事，最直接的好事，人也会种下极大的恶的种子。你们的信仰，和我的是不同，可是我们人本来又能够做什么呢？我现在什么都不知道。我真正成了瞎子了。②

……

吉诃德：不要，我走好了。我不能够答应你说：我明天就一定不把你们的牺牲品藏在我的床底下。而我又怎么能够知道，这不是第二个谟尔却呢？③

到这里，作品将革命者和吉诃德的真诚都鲜明地表述出来了。并且，对于吉诃德而言，许多革命流血的事实是他所"没有经过的"。这种为平民的自由的革

---

① 卢那察尔斯基：《解放了的董·吉诃德》，易嘉（瞿秋白）译，上海联华书局，1934，第98页。
② 同上，第152页。
③ 同上，第153页。

命者所指摘的特点，恰能够返照出鲁迅对于革命的态度来。一方面，他曾经不无无奈地、半带戏谑地自我界定为作为知识分子和文人的小资产阶级；另一方面，向往根本性的变革和时代的进步又是他所期许的。这种真诚的文学描述不仅仅给鲁迅带来对于经典重读的欣赏，也许更多是思想的冲击。用他自己的话说，"又滑稽，又深刻"[①]。再顺着翻译去观察鲁迅的作品，我们很容易想到卢那察尔斯基戏仿手法下的堂吉诃德及其伙伴，与鲁迅1935年12月所"戏仿"的伯夷、叔齐，它们之间似乎有着某种奇妙的关系。

在经历了从1928年以来的革命文学论战之后，鲁迅不断地被裹挟在知识分子和文人的论争之中，同时，他不忘记做自我剖析。而《采薇》可谓是这许多年来对自己、对他者的批判。这场"清算"，甚至没有让这个国家任何一个参与历史的现代人逃脱。

从源流上讲，伯夷、叔齐的形象已成为中国文化思想史中的经典意象，在《庄子》《论语》《孟子》《史记》等典籍中都能找到他们的身影，甚至在美术史中也有演绎和刻画[②]。较近的文学，清艾衲居士的《豆棚闲话》中，就有《首阳山叔齐变节》，讲述了伯夷、叔齐"上山"之后的芸芸众生，此文带有鲜明的传统话本小说气质。1922年郭沫若还将这一典型添以其他角色，改造为带有西方浪漫主义气质的戏剧《孤竹君之二子》。1925年，章太炎考察过这二位历史人物，将其作为"自释迦以前，未有过于"[③]的鲜明的民族自立的模范。鲁迅的《采薇》，从故事结构上看，也基本延自《史记》，但细节、人物、气氛则与其大相径庭，《采薇》可以说是鲁迅眼中之历史，也是鲁迅眼中之现实。

相比老师章太炎，在《采薇》中，鲁迅对伯夷、叔齐的情感则带有十分复杂的意味。在文学作品中，如前所述，无论是堂吉诃德式的被驱逐的人道主义者，还是如这二位般没落的贵族伦理的坚守者，都表现出了道德纯粹者在现实面前的困境和遭遇。《采薇》似乎也并没有就此指证给读者伯夷、叔齐二兄弟为"失败者"，或周王朝才是合理正确的。这一点，鲁迅在1934年3月的杂文中就很尖刻地看出了新旧王朝纯然进化的观念破绽：

> 虽是那王道的祖师而且专家的周朝，当讨伐之初，也有伯夷和叔齐扣马而谏，非拖开不可；纣的军队也加反抗，非使他们的血流到漂杵不可。接着是殷民又造了反，虽然特别称之曰"顽民"，从王道天下的人民中除开，但总之，

---

① 鲁迅《〈文艺连丛〉——的开头和现在》，载《鲁迅全集》第7卷，人民文学出版社，1981，第460页。
② 王小峰：《药草、高士与仙境：李唐采薇图新解》，《文艺研究》2012年第10期。
③ 章太炎：《文录续编·伯夷叔齐种族考》，《章太炎全集》第5卷，上海人民出版社，1985，第88页。

似乎究竟有了一种什么破绽似的。①

在卢那察尔斯基那里，虽然吉诃德和山嘉并没有死掉，只是离开，但仍然摆脱不了伯夷、叔齐二兄弟般悲剧的命运。他们共同的无用和死亡，带来了腐朽的贵族道德的悲剧力量。《解放了的董·吉诃德》结尾的叩问："我又怎么能够知道，这不是第二个谟尔却呢？"恰恰暗示了"革命"的无法终止和占上风的"王道"可能的虚伪。

这两部发源于古典题材的现代作品共同构筑了讽刺文学中的某种特色：在具象中超越，实现多重意义。由此，如果对《采薇》意义的解读，仅止于对革命家的讴歌或者对僵化儒学的讽刺，都难以解开作品背后更深层次的面纱。可以说，《采薇》和 20 世纪 30 年代堂吉诃德话题高峰期②的相关作品《解放了的董·吉诃德》一样，都表现出了鲁迅所称赏的那种文学该有的对世俗意义追寻之外的尊重和宽容。

（三）敞开的结尾

在这里，我想稍微追溯一下堂吉诃德在现代文学视野中的作用。近代日本大量书籍的译介传播，使鲁迅曾经得到《堂吉诃德》的德语译作以及他所青睐的翻译家、评论家片上伸等人的日语译本乃至插图单印本③。这都显示了鲁迅一直以来对这个人物的关注。

钱理群在《丰富的痛苦》中谈到堂吉诃德在欧洲的传播和东渐。他认为鲁迅之强调译本中董·吉诃德的人道主义态度的软弱性恰是现实的要求。④然而，正如上文所说，鲁迅一方面表现出这样的态度，另一方面，在《采薇》中，武王伐纣这样一个"其命维新"的历史事件，却给了一向反对武力、希望依靠仁政的伯夷、叔齐二兄弟以沉重的打击。

　　　　桑丘朋友，你该知道，天叫我生在这个铁的时代，是要我恢复金子的时

---

① 鲁迅：《关于中国的两三件事》，载《鲁迅全集》第 6 卷，人民文学出版社，1981，第 10 页。
② "1930 年代，中国出现了堂吉诃德热。"钱理群《丰富的痛苦——吉诃德与哈姆雷特的东移》，生活·读书·新知三联书店，2015，第 226 页。
③ 1908 年，鲁迅购于东京日本桥的丸善书店。从德国邮寄过来的文学书籍，即德国莱克朗氏万有文库本的《堂吉诃德》德译本（64 开平装本）。鲁迅一直珍藏着这个版本，而且 20 世纪二三十年代还搜集了日本岛村抱月、片上伸合译，大正四年东京植株书院再版的《堂吉诃德》精装本（二册）以及法国著名画家陀莱的插图单印本《机敏高贵的曼却人堂吉诃德生平事迹画集》（共 120 幅，1925 年德国慕尼黑约瑟夫·米勒出版社出版），并且同时收藏了塞万提斯另一部长篇小说《埃斯特拉马杜拉的嫉妒的卡里扎莱斯》。姚锡佩：《周氏兄弟的堂吉诃德观：源流及变异——关于理想和人道的思考之一》，载《鲁迅研究资料》第 22 辑，中国文联出版公司，1989，第 325 页。
④ 钱理群：《丰富的痛苦——堂吉诃德与哈姆雷特的东移》，生活·读书·新知三联书店，2015，第 239 页。

代，一般人所谓黄金时代。各种奇事险遇、丰功伟绩，都是特地留给我的。①

> 在百静中，不提防叔齐却拖着伯夷直扑上去，钻过几个马头，拉住了周王的马嚼子，直着脖子嚷起来道："老子死了不葬，倒来用兵，说得上'孝'吗？臣子想要杀主子，说得上'仁'吗？……"②

于是他们也像堂吉诃德和他的随从桑丘一样，开始了漫游的生活。二位非常敏感，对新的变革充满了恐惧和怀疑。正如堂吉诃德，他们都依靠一种似乎亘古不变的纯粹（或僵化）的伦理来践行他们的残生。鲁迅的这一戏仿精神与卢那察尔斯基相比似乎有过之而无不及。但是，鉴于文体的不同，他并没有像卢那察尔斯基一样在小说中赋予他们太多的对话，包括大量的说理和虔诚的独白，而是津津有味地描写了两个可怜巴巴的手无缚鸡之力、胃口又不好、还怕冷的，已经住在养老堂里饱食终日但却为过去的操守所迫的老汉。然后，在漫游中，现实和历史，逐渐把他们两个视信仰如同性命的人逼到了死角。鲁迅在《采薇》中也借用御用文人小丙君来嘲讽他们。二兄弟为自己的信条殉难之后，首阳村的人们开始请"有文化"的小丙君来写墓碑，而后者拒绝，并嘲讽他们"不肯安分守己，'为艺术而艺术'""即使放开文学不谈，他们撇下祖业，也不是什么孝子，到这里又讥讪朝政，更不像一个良民"。③

而在这里，御用文人小丙君与伯夷、叔齐又构成了一种鲜明的对比。知识者内部的这种截然不同的窘境，恰暗示了中国当时颇有意味的道德文化。在鲁迅的第一篇小说《怀旧》（1913）中，他就开始从中国稳定的乡村结构之中发现了知识者与庶民体系的严密和腐化，一场"入侵"所引发的恐慌使他们的精神结构图穷而匕见。我们亦能找到这样自以为是、绵延不绝的典型"秃先生"（仰圣兄）：

> 先生能处任何时世，而使己身无几微之痏，故虽自盘古开辟天地后，代有战争杀伐治乱兴衰，而仰圣先生一家，独不殉难而亡，亦未从贼而死，绵绵至今，犹巍然拥皋比为予顽弟子讲七十而从心所欲不逾矩。若由今日天演家言之，或曰由宗祖之遗传；顾自我言之，则非从读书得来，必不有是。④

---

① 塞万提斯：《堂吉诃德》（上），杨绛译，人民文学出版社，1987，第 144 页。
② 鲁迅：《采薇》，载《鲁迅全集》第 2 卷，人民文学出版社，1981，第 397 页。
③ 同上，第 411 页。
④ 鲁迅：《怀旧》，载《鲁迅全集》第 7 卷，人民文学出版社，1981，第 218 页。

这"宗祖之遗传"恰是需诟病的历代知识分子的集体病症，而"非从读书得来"恰暗示了一种知识者所独有的逃避和虚伪。相比较小丙君与仰圣兄的所谓"顺时势"、无信仰、无坚持；伯夷、叔齐拥有着一个极端甚而腐化的道德逻辑，反而表现出了真实的悲剧力量。

正如鲁迅在译后记中所描述的那样："一般的旁观者和嘲笑之类。"也正如卢那察尔斯基的《解放了的董·吉诃德》的结尾，董·吉诃德并没有屈服于革命者的言论而是选择了离开，《采薇》也有着这样因信念而决绝，从而让人读来伤心的结尾。尽管这象征了一种悲剧，但是这种悲剧的力量，似乎给了作品一种敞开的结尾：胜利和失败是判然分明的吗？革命或维新后的时代是走向了"好的秩序"还是走进了"地狱"？

因此，尽管钱理群说，卢那察尔斯基和鲁迅都因"时代的需要"而在"革命立场"上做出了自己的明智选择，但这两部独立的文学作品似乎又都绽放了一种在世界观和社会抉择上无际涯的永恒性。

（四）反封建还是反虚伪：阿金与《采薇》

《解放了的董·吉诃德》的翻译，花费了从 1931 年 11 月开始登载，一直到 1933 年 10 月写完后记为止，历时两年左右的时间。想必鲁迅也像是为其他的左翼小说如《铁流》《毁灭》一样，为此剧作耗去不少的心力。相比这一项庞大的左翼文学的翻译工作，不能不说鲁迅这一时期看起来十分微薄的小说创作在文体乃至思想内核上从翻译中得到或多或少的共鸣。在这两年当中，鲁迅还曾发表一篇杂文《中华民国的新"堂·吉诃德"们》：

> 不错，中外古今的小说太多了，里面有"舆榇"，有"截指"，有"哭秦廷"，有"对天立誓"。耳濡目染，诚然也不免来抬棺材，砍指头，哭孙陵，宣誓出发的。然而五四运动时胡适之博士讲文学革命的时候，就已经要"不用古典"，现在在行为上，似乎更可不用了。①

鲁迅讽刺以胡适为代表的知识分子是不具备像堂吉诃德那样的理想主义色调的不合作品质的所谓"中庸主义"者，并对他们的一些虚伪、做作，表面柔和而实际上不作为和不下关键性判断的行为进行抨击。在这种急迫性中，对外界敏感、责任感深厚的鲁迅自然会以一个文学者的职责来约束和要求自己。在这个方面，他似乎比当时 20 世纪 30 年代中国文坛的任何一个作家都深刻地痛苦把握着。仔

---

① 鲁迅：《中华民国的新"堂·吉诃德"们》，载《鲁迅全集》第 4 卷，人民文学出版社，1981，第 352 页。

细揣摩《采薇》深意，这篇杂文可算其注脚之一。

而当时的左翼文艺批评家胡风给出的则是另一番解释，据他晚年回忆，1934 年 7 月 15 日发表在《中华日报·星期专论》上的为"悼念"瞿秋白而作的对于《解放了的董·吉诃德》的批评，区分了"革命的人道主义"和董·吉诃德"糊涂的人道主义"[1]。这篇文章十分鲜明地指出了革命紧迫性，认为伟大的不是"良心"，而是"'良心'世界的实现的行动"，知识分子必须"与大众合流"，"得到最高的融合"。很显然，在明晰的论述线条之中，胡风站在代表着"大众"和"斗争力"的革命的工人阶级一边[2]。这种建设意义上的解释，即堂吉诃德这样一个人物经过人道主义、而进入无产阶级的合流，显然与 1933 年鲁迅在译作后记中说的类似。然而，鲁迅并没有继续推进、建设，使之成为一个阶级理念的文学参照，这应该是他和当时的左翼文艺理论家间的差异。钱理群在《丰富的痛苦——堂吉诃德与哈姆雷特的东移》中这样写道：

> 尽管堂吉诃德本人的态度十分严肃、认真，甚至有几分虔诚；作者的叙述语调还算平静，但读者却能感觉到一种调侃、戏谑的味道。就在这或严肃或平淡或戏谑的模仿中，骑士小说自身的荒诞所造成的灾难性后果，也都暴露无余、不攻自破了。[3]

这一看法似乎也直可印照《采薇》中这对拿儒家贵族伦理武装的"真吉诃德"兄弟漫游的故事。塞万提斯曾经写过试图将堂吉诃德和他的忠实随从奔到中国这个古老而遥远的国家[4]，虽然没能达成心愿，却由卢那察尔斯基将他们置入了革命氛围中的俄罗斯土地上。虽然，中国的革命文学家们，并没有将这一典型嫁接到中国的现实环境之中，然鲁迅对中国自身的贵族文化典型的深刻把握应该让他从这部"续作"中找到了某种启示和共鸣。

有趣的是，竹内实在《阿金考》中结合鲁迅晚期杂文《阿金》（1935 年 3 月）以及《采薇》中的阿金形象，认为鲁迅文字里的这个"阿金"是发生了变化的：《采薇》中的阿金是从"鲁迅最讨厌"（《阿金》）到后来的"给予了肯定的、带有

---

① 胡风：《胡风回忆录》，人民文学出版社，1993，第 41 页。
② 胡风：《堂吉诃德的解放》，载《胡风全集》第 2 卷，湖北人民出版社，1999，第 191-196 页。
③ 钱理群：《丰富的痛苦——堂吉诃德与哈姆雷特的东移》，北京大学出版社，2007，第 11 页。
④ 《献辞》："最急着等堂吉诃德去的是中国的大皇帝。他一个月前特派专人送来一封中文信，要求我——或者竟可说是恳求我把堂吉诃德送到中国去……"塞万提斯：《堂吉诃德》（下），杨绛译，人民文学出版社，1987，第 1 页。

反封建色彩的阿金"。[1] 因为，阿金在小说中起到了直接促使他们死亡和在他们死后散播吃鹿肉而死的谣言的作用。竹内实的这种论述，前提是伯夷、叔齐兄弟首先是革命思想的反面，即"封建代表"，他们的信念，也是"封建伦理"的体现。

不过，《采薇》中食鹿肉的片段并非鲁迅全部杜撰，典故出于刘向《列士传》。原文是：

> 时有王糜子往难之，曰："虽不食我周粟，而食我周木，何也？"伯夷兄弟遂绝食。七日，天遣白鹿乳之。经由数日，叔齐腹中私曰："得此鹿完啖之，岂不快哉！"于是鹿知其心，不复来下。伯夷兄弟俱饿死也。[2]

鲁迅对此种说法作了修改，在小说中将"王糜子"放置在阿金这个他晚年专门撰文将其漫画化[3]的文学人物身上，加之前文分析，或可见鲁迅对伯夷、叔齐二兄弟态度。因此，很难说，阿金是完全带有"肯定"色彩的。竹内实应是像很多研究家一样，太想坐实《故事新编》和左翼文学和革命理论的关系了吧？

就这两部作品而言，它们都将一个纯粹的个体放入复杂的现代环境之中，遭受非议与磨难，体会更多的存在困境。鲁迅对卢那察尔斯基充满好感的原因，很可能是后者文字并无僵化之感。卢那察尔斯基将自己的生命、文化体验投注到对于理想社会的希冀之上，因而其文学意涵也是多层次的。他看到了各个阶层在社会变革之时或之后所面临的挑战，以及这种环境如何给他们提供良好的共同前进的土壤。他深知文学的独特属性，并小心翼翼地维护着"有产者"的尊严，时刻防止着"左翼病"的"新的邪路"。这早在他 1924 年"关于对文艺的党的政策"方面的发言中就能够看出。[4] 相较于卢那察尔斯基，鲁迅似乎在文本中更多面对的是主人公生存的困境与存在困境的相互矛盾，至少这是他和同时作为文艺理论家的卢那察尔斯基之间的一个分疏：有意无意地淡化了后者所看重的意识形态上的评判与建设。作为一个敏锐的文学者，鲁迅对于异国苏联的想象首先来自文学

---

[1] 竹内实：《阿金考》，载孟广来、韩日新编：《〈故事新编〉研究资料》，山东文艺出版社，1984，第543-544 页。

[2] 孟广来、韩日新编：《〈故事新编〉研究资料》，山东文艺出版社，1984 年，第 105 页。

[3] 鲁迅：《且介亭杂文》附记，载《鲁迅全集》第 6 卷，人民文学出版社，1981，第 213 页。

[4] "我害怕——在文学上，我们有陷在'左翼病'的新的邪路里的危险。我们不能不将巨大的小资产者的国度，带着和我们一同走，而这事，则只有仗着同情，战术底地获得他，这才做得到。我们的急躁的一切征候，会吓得艺术家和学者从我们跑开。这一点，我们是应该明确地理解的。符拉迪弥尔·伊立支（列宁）直白地说过——只有发疯的共产主义者，以为在俄国的共产主义，可以单靠共产主义者之手来实现。"藏原惟人、外村史郎辑译：《文艺政策》，载北京鲁迅博物馆编《鲁迅译文全集》第 5 卷，福建教育出版社，2008，第 95 页。

世界，当然，归根结底，是基于他对国民改革的必要性认知，这种内驱力要他去寻求范本，最终，他通过信任好友瞿秋白及其翻译的文学与理论世界[①]，来信任一个国家的文化及其政体。对于己国，鲁迅的文字里似乎有一种更坚决的东西，忍不住让其死灭，并赋予其世俗批判的无意义。卢那察尔斯基则将堂吉诃德剔除到了对立的阶级社会群体之外，而鲁迅让伯夷、叔齐兄弟二人死于喧闹之中，不给出路。一方面，这是历史典型的内涵所致；另一方面，这个结尾别具匠心——正如《理水》最后让大禹走向了日常的君主做派，他似乎比卢那察尔斯基更为亲近自己笔下的主人公（后者着力于思想的论辩和观念的清理），总是将可能的理想之路、完美之境扼杀。

从 1928 年到 1934 年鲁迅对堂吉诃德看法的前后变化，说明了他对"群众"的洪流保有足够的警惕和距离感。而《采薇》正是在此历练基础之上清醒地对世象描绘的图景。然而，当这种"群众"的洪流成为一种希望的幻象之后，鲁迅眼前所见的是一个个活生生的人，他看到了知识分子的虚伪和投机，也因此，反而对那旧道德的追殉者（人道主义？封建结构？）给予了尊敬和同情。作为一个对人性洞察力敏锐并要求人的质地至真至纯的文学家，他常这样反诘：你们虚伪投机成那样，还配谈别的？他要他们揭掉身上的面具，爽然登上他的解剖台（可能包括自己在内）。他许多文字的基调都是这样，即不去信任与描写将来的"黄金世界"，而是目下的渐进的可能的"改造"。

作为文学家，鲁迅和卢那察尔斯基都自觉地践行其文学者身份（或者文学形式），这促使他们走向政治视野之外的另一面（或者说更广大的一面）。身处复杂的文化环境中，在文学和政治乃至道德的多重"真"与"力"的要求之下，《采薇》表现出了它的复杂性。它与《解放了的董·吉诃德》一起，折射出了两位作者各自所属的时代和国家交错的社会及阶级关系。

顺便提及，《查拉斯图拉如是说》中曾描述过二王逃离自己的国家到旷野的细节，逃离的原因恰恰是自己的国家"那里的一切（'礼仪''好社会''高贵'，笔者加）虚伪而腐烂"[②]，"一切都是污秽的闯入的狗，他们镀饰了棕叶"[③]。与《采薇》中的二兄弟相比，前者不过是用逃离而反其虚伪腐朽，后者不过是用腐朽的固执而反其崩坏罢了。二者其实都在着眼于至纯的政治道德。从现实的角度上来说，即便显得"迂腐"和"知其不可而为之"，但看客们（旁观者与嘲讽者）的

[①] 鲁迅对瞿秋白的信赖很大一部分来自对后者俄文翻译水平之高的敬佩，冯雪峰就曾在回忆鲁迅时认为："在当时国内的文艺界是找不出第二个可与秋白同志比较的。"冯雪峰：《一九二八至一九三六年的鲁迅：冯雪峰回忆鲁迅全编》，上海文化出版社，2009，第 137 页。

[②] 尼采：《查拉斯图拉如是说》，楚图南译，湖南人民出版社，1987，第 305 页。

[③] 同上，第 306 页。

确是不配对他们指手画脚的。

由此，正如《毁灭》，鲁迅之促成《解放了的董·吉诃德》的翻译和出版，其背后仍暗含着他的自省与自我确认，同时，这两本书的翻译其实也被纳入到了同时期的杂文论战中。鲁迅于译本后记中提出了堂吉诃德及其随从身上基于现实的局限性，同时，也指出他们要比旁观者与嘲讽者更为可贵。而在《采薇》的书写中，我们能更明显地感觉到，与其说鲁迅是对伯夷兄弟的集中火力的批评，不如说是对其外在世界中的人群更加糟糕品性的呈现，无论是当政者、知识分子、村女，还是盗贼。也就是说，"去伪存真"可能是对鲁迅来说面对社会变革话题时所要首先解决的问题。

第三节 "几乎无事的悲剧"：《死魂灵》翻译和 《故事新编》创作

一、鲁迅与果戈理

在鲁迅谢世的前一晚，有一个很平常又充满了迫切感的生活细节：他让许广平给他拿新出的《译文》，因为上面有一则广告登载了《死魂灵》第二部的消息，他接过眼镜，将目录仔细看了一遍，才放下心来。[①] 在鲁迅充满激烈的战斗气息的晚年生活中，《死魂灵》的艰苦翻译给了我们怎样的增进对鲁迅认识的视野呢？

竹内好有几次提及鲁迅和果戈理的共同之处："显示了闭塞社会中有生命力的作家的共通命运。"[②] 他尤其认为《死魂灵》的翻译和《故事新编》最后几篇的创作，代表了某种"从批评之场转向创作之场"，"而且那是包含评论在内的更高一级的创作之场"，"那已经不是混沌的自我表现，而是由以社会为媒介的个人的问题意识贯穿起来了，所以它是人民性的、发展性的。不过因为尚在萌芽状态，鲁迅就失去了肉体，所以从艺术的完美程度上看，还远不如初期的作品"。[③] 如上所说，20 世纪 30 年代鲁迅的文学翻译和创作，摆脱了过去有些"自我表现"式的特征，正如读者可以从《补天》《奔月》《铸剑》到《理水》《非攻》《采薇》等的阅读过程当中看到的这种内在转变。不管怎样，可以肯定的是，与此同时期的翻译也构成了混同在他文学生命中的某种内在的精神力量。所以，反之，弄清楚鲁迅的翻译，对于理解他的创作，也应具有重要的意义。

---

① 许广平：《鲁迅回忆录（二）》，上海文艺出版社，1979，第 36 页。
② 竹内好：《〈阿 Q 正传〉的世界性》，载《从"绝望"开始》，靳丛林编译，生活·读书·新知三联书店，2013，第 215 页。
③ 竹内好：《鲁迅入门》，载《从"绝望"开始》，靳丛林编译，生活·读书·新知三联书店，2013，第 97-98 页。

19 世纪以来的丰富的俄国文学给了鲁迅深厚的文学营养。普希金、托尔斯泰、陀思妥耶夫斯基、契诃夫、迦尔洵、安德烈耶夫、高尔基、法捷耶夫等，都曾多次在他的文字中出现。以"转移性情，改造社会"为指归的最初文学事业的尝试《域外小说集》，其中翻译最多的也是俄国作品。综观鲁迅的译作，俄苏文学及其文艺批评占了他整个译作一半以上。[①]

1936 年 2 月，鲁迅致信夏传经："凡编译的，惟《引玉集》，《小约翰》，《死魂灵》三种尚佳，别的皆较旧，失了时效，或不足观，其实是不必看的。"[②] 除《引玉集》是他与瞿秋白合作编成的苏联木刻选集外，后二者均为鲁迅亲力。研究过鲁迅对于《小约翰》《死魂灵》漫长的关注和翻译过程[③] 的读者会发现，鲁迅对这两部作品有着跨越"时效"的偏爱。

作为一个极具现代品格的作家，一方面鲁迅"出力"于"中国有益"的"打杂"[④]，另一方面自然有其品格和气质倾向所引导下的"文学行为"的自觉选择。例如，他早期受到俄国革命思潮冲击后所翻译的"同路人"文学《竖琴》，讲述了革命时代前后人们的生存状况：青年男女、庄园主、军人、政客、市民、儿童等的复杂和动荡的生存境遇。对理想的怀疑与对矛盾的呈现始终是这些文学的独特品质。在 1929 年 1 月《十月》的翻译序言中鲁迅说：

> 这回来译他一种中篇，观念比那《农夫》是前进一点，但还是"非革命"的，我想，它的生命，是在照着所能写的写：真实。我译这篇的本意，既非恐怕自己没落，也非鼓吹别人革命，不过给读者看那时那地的情形，算是一种一时的稗史，这是可以请有产无产阶级文学家们大家放心的。[⑤]

《十月》里描述兄弟两个因为不同的选择（社会革命党和布尔什维克）各自履行着自己的"革命事业"，由于派别斗争，以至于乡邻之间相互残杀，因此革命纵容了人性中暴虐的一面。最终，在一片废墟中，一度勇敢作战的主人公伊凡见到邻

---

① 雷纳特·兰德伯格：《鲁迅与俄国文学》，王家平、穆小琳译，《鲁迅研究月刊》1993 年第 9 期。
② 1936 年 2 月 19 日致夏传经信，载《鲁迅全集》第 13 卷，人民文学出版社，1981，第 314 页。
③ 见《鲁迅翻译文学研究》第四章《鲁迅文学翻译文本分析》中第二节《鲁迅中期翻译文本比较分析——荷兰作家望·蔼覃的成人童话〈小约翰〉》与第三节《鲁迅晚年翻译文本比较分析——俄国作家果戈理的文学名著〈死魂灵〉》。吴钧：《鲁迅翻译文学研究》，齐鲁书社，2009，第 130-176 页。
④ 1935 年 10 月 4 日致萧军信："至于我的先前受人愚弄呢，那自然；但也不是第一次了，不过在他们还未露出原形，他们做事好像还于中国有益的时候，我是出力的。这是我历来做事的主意，根柢即在总账问题。"《鲁迅全集》第 13 卷，人民文学出版社，1981，第 226 页。
⑤ 鲁迅：《〈十月〉首二节译者附记》，载北京鲁迅博物馆编《鲁迅译文全集》第 6 卷，福建教育出版社，2008，第 221 页。

人和自己兄弟的死，意识到了自己的"错误"，选择了自杀。可以说，这是一篇对暴力进行反思的小说，它更关注的是一切外在性的基础："俄国、人、人性"[①]。

不过，倘若参照鲁迅"转向"说的思维定势，鲁迅与果戈理的关系就很耐人寻味。他从不讳言他自认"艺术上不应该"的"逼促"[②]的第一篇现代小说《狂人日记》与果戈理关系，相比果戈理那篇描写精神畸形的小公务员生活的同名短篇小说，他认为自己的作品将话题放置在更广阔的社会背景里，"比果戈理的忧愤深广"[③]，并有效地赋予中国现代文学以"革命实绩"。这也"恢复"了他最初对于文学的"信仰"[④]。饶有兴味的是，近 20 年过去了，鲁迅又"回到"了果戈理，他开始翻译这个在当时外来思想潮流中看似并不激进（甚至有些腐朽）的 19 世纪的长篇小说《死魂灵》。即便当时已经有不少人翻译了果戈理的中短篇和戏剧[⑤]，但鲁迅是还策动当时的出版界友人拟重新翻译果戈理的选集[⑥]。

正如尼采之于鲁迅，果戈理也一定有什么东西，吸引了当时的这位翻译家几近绵延一生的注意。追溯起来，早在《摩罗诗力说》中就有："俄之无声，激响在焉。俄如孺子，而非喑人；俄如伏流，而非古井。十九世纪前叶，果有鄂戈理（N. Gogol）者起，以不可见之泪痕悲色，振其邦人。"[⑦]周作人在谈到鲁迅创作《阿Q正传》背景时，也认为果戈理很受他青睐：

> 他所最受影响的却是果戈理，《死魂灵》还居第二位，第一重要的还是短篇小说，《狂人日记》，《两个伊凡尼支打架》，以及喜剧《巡按》等。波兰作家最重要的是显克微支，……用滑稽的笔法写阴惨的事迹，这是果戈理与

① 《竖琴》集中的《劳苦的人们》作者雅各武莱夫（Aleksandr Inkovlev）十月革命后，经过了苦闷，最终为"绥拉比翁的兄弟们"之一个，他的自传云："俄罗斯和人类和人性，已成为我的宗教了。"鲁迅：《〈竖琴〉后记》，载北京鲁迅博物馆编《鲁迅译文全集》第 6 卷，福建教育出版社，2008，第 83 页。
② 鲁迅：《对于〈新潮〉一部分的意见》（1919 年 4 月 16 日），载《鲁迅全集》第 7 卷，人民文学出版社，1981，第 226 页。
③ 1935 年 3 月鲁迅《〈中国新文学大系〉小说二集序》："在这里发表了创作的短篇小说的，是鲁迅。……算是显示了'文学革命'的实绩，……然而这激动，却是向来怠慢了绍介欧洲大陆文学的缘故。一八三四年倾，俄国的果戈理（N.Gogol）就已经写了《狂人日记》……。但后起的《狂人日记》意在暴露家族制度和礼教的弊害，却比果戈理的忧愤深广，也不如尼采的超人的渺茫。"《鲁迅全集》第 6 卷，人民文学出版社，1981，第 238 页。
④ 竹内好在 1943 年的《鲁迅》一书中这样说："我猜想鲁迅在《狂人日记》发表前的沉默期间，对其生活道路有决定性的事，是对其文学恢复信仰。"转引自藤井省三：《鲁迅比较研究》，陈福康编译，上海外语教育出版社，1997，第 63 页。
⑤ 当时已有出版的李秉之、韩侍桁、顾民元等人译的小说和戏剧。1935 年 2 月 9 日致孟十还信，载《鲁迅全集》第 13 卷，人民文学出版社，1981，第 54 页。
⑥ 1935 年 2 月 3 日致黄源信："译文社出起书来，我想译果戈理的选集，当与孟十还君商量一下，大家动手。有许多是有人译过的，但好不管。"《鲁迅全集》第 13 卷，人民文学出版社，1981，第 40 页。
⑦ 鲁迅：《摩罗诗力说》，载《鲁迅全集》第 1 卷，人民文学出版社，1981，第 64 页。

显克微支二人得意的事,《阿 Q 正传》的成功其原因一部分亦在于此,此盖为但能热骂的人所不及知者也。①

《狂人日记》是果戈理所创作的小公务员的精神扭曲而写实的生活。《两个伊凡》是近于喜剧的短篇小说,讲述两个都叫做伊凡的地主本是好朋友,因为一场财产纠纷而产生口角,于是两人对簿公堂,直到垂垂老矣,仍然在无聊地打着官司。故事充满了荒诞和嘲讽的气息。②

1934 年下半年,面临文网的严密和文坛的一片乌烟瘴气,鲁迅开始着手果戈理的翻译工作,所译果戈理《鼻子》和立野信之《果戈理私观》同时发表在《译文》月刊创刊号上③。为避文网,他一面对孟十环说:"以后的译文,不能常是绍介 Gogol,……我看先生以后最好是译《我怎样写作》,检查既不至于怎样出毛病,而读者也有益处。"然而,另一面,在同一封信里他又忍不住说:"果戈理虽然古了,他的文才可真不错。日前得到德译的一部全集,看了一下,才知道《鼻子》有着译错的地方。我想,中国其实也该有一部选集……不过现在即使有了不等饭吃的译者,却未必有肯出版的书坊。现在虽是一个平常的小梦,也很难实现。"④第三天又朝孟发牢骚说:"计划的译选集,在我自己,现在只是一个梦而已。……现在的一切书店,比以前更不如,他们除想立刻发财外,什么也不想,即使订了合同,也可以翻脸不算的。"总之,自鲁迅 1935—1936 年的书信可知,"选集"的"梦"曲曲折折地伴随着鲁迅在翻译果戈理《死魂灵》的始终。

1935 年年初,他开始以"德人 Otto Buek 译编的全部"⑤为底本,参照日译本,决计译所拟想之选集里小说部分的最大部头《死魂灵》,然后是因郑振铎的《世界文库》催要,而愈加紧翻译。翻译过程中,鲁迅给胡风的信中说:

> 近这几天因为赶译《死魂灵》,弄得昏头昏脑,我以前太小看ゴンコリ了,以为容易译的,不料很难,他的讽刺是千锤百炼的。其中虽无摩登名词(那时连电灯也没有),却有十八世纪的菜单,十八世纪的打牌,真是十分棘

---

① 周作人:《关于鲁迅》,载周作人、周建人《年少沧桑——兄弟忆鲁迅(一)》,河北教育出版社,2001,第 246 页。

② 这部鲁迅"最受影响"的短篇小说《两个伊凡》,亦曾经拟入他的翻译计划,曾经预定为"朝花小集之三",为朝花社出版,终未译出。沈鹏年辑《鲁迅研究资料编目》,上海文艺出版社,1958,第 197 页。

③ 1934 年 9 月 16 日《译文》月刊第 1 卷第 1 期。《鼻子》译者附记:"他的巨著《死掉的农奴》,除中国外,较为文明的国度多有翻译本,日本还有三种,现在又正在出他的全集。"

④ 见 1934 年 12 月 4 日致孟十还信。《鲁迅全集》第 12 卷,人民文学出版社,1981,第 579 页。

⑤ 柏林普罗皮勒出版社 1920 年出版、奥托·布克(Otto Buek)编的《果戈理全集》中的《死魂灵》德译本。《死魂灵》第二部第一章译者附记:"现在所用的底本,仍是德人 Otto Buek 译编的全部。"北京鲁迅博物馆编《鲁迅译文全集》第 7 卷,福建教育出版社,2008,第 309 页。

手。上田的译本并不坏，但常和德译本不同之处，细想起来，好像他错的居多，翻译真也不易。①

译果戈理，颇以为苦，每译两章，好像生一场病。德译本很清楚，有趣，但变成中文，而且还省去一点形容词，却仍旧累坠，无聊，连自己也要摇头，不愿再看。翻译也非易事。②

到了《死魂灵》一年多的漫长的翻译出版结束之后，不满于中国新文学出版界冷淡插画事业的鲁迅③，于死前几个月还自费出了当时在中国所能看到的最全的《死魂灵一百图》④。

二、果戈理的《死魂灵》及其创作过程

由此，除了鲁迅所佩服和曾经"小看"的果戈理"可真不错"的"文才"和"千锤百炼"的"讽刺"之外，要想进一步弄清《死魂灵》与病事交杂的鲁迅晚年的关系，似乎也只能从果戈理和他的这部未完的长篇巨著去找了。

19 世纪作家果戈理早年以用轻快而讽刺的笔调描写小俄罗斯的《狄康卡近乡夜话》而闻名，之后，又写了相当多的短篇和为人所熟知的讽刺喜剧《钦差大臣》。1835 年，26 岁的果戈理的创作风格在他的一系列文学实践之后渐趋成熟⑤，于是开始着手写《死魂灵》，这场延续了 16 年的写作是被这样记录的：

从一八三五年，他写这作品的第一页草稿起，到一八五二年，死从他手里把笔掣去了的时候止。在这十六年中：他用六年：一八三五至一八四一年——这之间，他自然还写另外的诗，——来完成那第一部。其余的十年，就完全化在续写他的作品的尝试上了。⑥

---

① 1935 年 5 月 17 日致胡风信。《鲁迅全集》第 13 卷，人民文学出版社，1981，第 129 页。
② 1935 年 6 月 28 日致胡风信。《鲁迅全集》第 13 卷，人民文学出版社，1981，第 159 页。
③ 1935 年 5 月 22 日致孟十还信："所以我以为插图不但有趣，且有益；不过出版家因为成本贵，不大赞成，所以近来很少插本。历史演义（会堂出版的）颇注意于此，帮他销路不少，然而我们的'新文学家'不留心。"《鲁迅全集》第 13 卷，人民文学出版社，1981，第 134 页。
④ 俄国画家阿庚于 1847 年完成，培尔那斯基刻版。鲁迅于 1936 年 7 月以三闲书屋名义自费印行。
⑤ 内斯妥尔·珂德略来夫斯基《〈死魂灵〉序》中认为果戈理的创作有个渐变的过程，即"幻想的浪漫的倾向和他的锋利而诚实的人生观察的强有力的天禀之间"在早期作品中有着不可调和的矛盾，"但写实的描写艺术，果戈理却从他那有名的笑剧《巡按使》（一八三六年），这才达到真正的本色的完成"。北京鲁迅博物馆编《鲁迅译文全集》第 7 卷，福建教育出版社，2008，第 8、10 页。
⑥ 内斯妥尔·珂德略来夫斯基：《〈死魂灵〉序》，载北京鲁迅博物馆编《鲁迅译文全集》第 7 卷，福建教育出版社，2008，第 14 页。

《死魂灵》第一部以投机主义者乞乞可夫的行踪为线索，描写了他所经过的地主和将军们的庄园，他同这些财产的所有者以买死农奴的名籍来企图获取大量的政府贴补而大发横财。最后，在一片流言蜚语中，他不得不在一个风雨如晦的夜晚逃走。在鲁迅的眼里，小说显现出"他有特别的才能，来发见实际生活的一切可怜，猥琐，肤浅，污秽和平庸，而且到处看出它的存在"①。《死魂灵》第二部残章，以一个思想和行为酷似作者本人——33岁的想要写"俄国社会和历史"的"无聊人"——为主线，其中乞乞可夫仍旧圆滑，通过欺骗的手段成为一个殷实稳重的小地主。最后，故事在乞乞可夫拜访"空虚主义"者柏拉图的两个能干务实的地主兄姊中结束。鲁迅对这些残卷的翻译似乎也渐渐熟练，但翻译《死魂灵》的顺序是：第一部——序言——第二部残卷。可见，他对第一部完整性的欣赏。

果戈理从起先写作《死魂灵》起，就认定自己要写的将是一部可歌可泣的"长诗"。"用所有的光明和黑暗的两方面，显出在俄国的政治生活和社会生活的一切五花八门来。果戈理要在这里使旧的史诗复活在新的形式上；所以他故意把自己的小说来比荷马的歌唱——一篇韵语，也就是一篇诗。"②

> 他认为所有戏剧和叙事作品中最伟大、最丰富、最全面的是史诗，史诗："包括的不是某些特点，而是整个时代，在这个时代中，人物以当时人类所持有的思想、信仰甚至认识的方式进行活动。整个世界围绕着主人公本身在更广大的领域显示出来，而且不只是一些个别的人物，而是整个民族，常常许多民族都聚集在史诗当中。"③

这自然是果戈理对于"长诗"的想象。内斯妥尔·珂德略来夫斯基这样引用他的话说：

> "上帝创造了我，"果戈理曾经说，"他对我并没有隐瞒我的使命。我的出世，全不是为了要在文学史上划出一个时期来。我的职务还要简单而切近：就是要各人思索，而不是我独自首先来思索。我的范围是魂灵，是人生的强大的，坚实的东西。所以我的事务和创作，也应该强大和坚实。"④

---

① 内斯妥尔·珂德略来夫斯基：《〈死魂灵〉序》，载北京鲁迅博物馆编《鲁迅译文全集》第7卷，福建教育出版社，2008，第7页。
② 同上，第14页。
③ 米·赫拉普钦科：《尼古拉·果戈理》，刘逢祺，张捷译，上海译文出版社，2001，第487页。
④ 内斯妥尔·珂德略来夫斯基：《〈死魂灵〉序》，载北京鲁迅博物馆编《鲁迅译文全集》第7卷，福建教育出版社，2008，第15页。

这多少体现了果戈理的艺术观，虽然前者用了"史诗"的口吻去描述，然它们的共同点似乎是一致的，即"呈现"事实的全部真相,远比某一个道德的"引导"重要。这种观点，可以从鲁迅所说的"旧式文人"的"一大套议论里"——果戈理忍不住突然在《死魂灵》第七章中生发的他对于自身创作境遇的大段感慨——中看出一二：

> 大家都拍着手追随他的踪迹，欢呼着围住他的戎车。人们称他为伟大的世界的诗人。……但和这相反，敢将随时可见，却被漠视的一切：络住人生的无谓的可怕的污泥，以及布满在艰难的，而且常是荒凉的世路上的严冷灭裂的平凡性格的深处，全都显现出来，用了不倦的雕刀，加以有力的刻划，使它分明地，凸出地放在人们的眼前的作者，那运道可是完全两样了！①

> ……因为当时的审判，是不知道高尚的欢喜的笑，等于高尚的抒情底的感动，和市场小丑的搔痒，是有天渊之别的。当时的审判并不知道这些，对于被侮辱的诗人，一切就都变成了骂詈和谴责：他不同意，不回答，不附和，像一个无家的游子，孤另另的站在空街上。他的事业是艰难的，他觉得他的孤独是苦楚的。②

这段在小说中看似突兀的段落，体现出果戈理用广大的笔幅呈现真实的生活，尤其是用他所擅长的讽刺天才，以暴露他所见的那些俄国人乃至整个人性，从而做到对早年所具备的轻快的浪漫主义情怀的延续。完成某种"高尚的欢喜的笑""高尚的抒情的感动"，似乎成了果戈理《死魂灵》创作的孤独宿命。

然而，果戈理的最后十年生活在创作的挫折和不断的自我否定之中。1847年，在《与友人书简选》中，他自我袒露了对《死魂灵》存在的叙述缺陷和宗教道德缺失的忏悔，引起了当时社会文化界的骚动③。正如他在早期的《彼得堡故事》中短篇《肖像》里所描写的年轻画家那样：因为怀疑表达庸俗主题作品的艺术性，而堕落到华丽虚假的天地，最终葬送自己所擅长的吸收现实丰富、活泼与真实的才能。④第一部再版序文里也有他的类似焦虑：

① 果戈理：《死魂灵》，载北京鲁迅博物馆编《鲁迅译文全集》第7卷，福建教育出版社，2008，第134页。
② 同上，第35页。
③ 伊·伊·帕纳耶夫曾回忆说："后来他谈起自己，让我们大家感到，他那本著名的《书信选》是在发病的时候写成的，本不应出版，但是出版了，他感到非常后悔。他仿佛在我们面前替自己辩白似的。"屠格涅夫等：《回忆果戈理》，蓝英年译，东方出版社，2008，第41页。
④ 果戈理：《肖像》，载《彼得堡故事》，满涛译，人民文学出版社，1957，第64-119页。

在你面前的书，大约你也已经看过那第一版，是描写着从俄国中间提了出来的人的。他在我们这俄罗斯的祖国旅行，遇见了许多种类，各种身份，高贵的和普通的人物。他从中选择主角，在显示俄国人的恶德和缺失之点，比特长和美德还要多；而环绕他周围的一切人，也选取其照见我们的缺点和弱点，好的人物和性格，是要到第二部里这才提出的。[①]

然而，对于果戈理的最后十年续作"好的人物和性格"的失败，众说纷纭。或许这在一则回忆1851年秋的记录里可见端倪。

"该不是《死魂灵》第二卷吧？"博江斯基问道，向我使了个眼色。

"对啦……有时写一点。"果戈理很不乐意地说。"可是毫无进展，有的字得用钳子往外夹。"

"什么妨碍您呢？您这儿这样舒服，这样安静。"

"天气呀，害人的气候呀！不由得让人想起意大利，想起罗马，那儿写起来顺手得多，一点不费劲儿。我本打算冬天到克里米亚去找符·马·克尼亚热维奇，到那儿去写……"[②]

将一切归咎为天气，似乎表现出果戈理对创作《死魂灵》第二部瓶颈状态的失落。《死魂灵》第一部是在罗马等地游历养病时候完成的。他于1842年夏第四次游历欧洲，倾心于《死魂灵》第二部的创作，这时欧洲风起云涌的革命浪潮刺激了他对自己作品思想性的怀疑。在病情十分严重的情况下，他的创作步履维艰，六年之后，他甚至由那不勒斯上耶路撒冷朝圣，同年4月他回到了祖国，在病痛中苦苦支撑着《死魂灵》第二部创作活动的同时，他也选择了完全地追随圣教。1848年年底：

他这时更加怀疑自己的作品，不过是从另外一个角度——宗教的角度来怀疑了。他想象那里面也许含有有害于读者道德的东西。将会刺激他们，影响他们的情绪。在这种思想的支配下，临终前的一个礼拜他对主人亚·彼·托尔斯泰说，"我快死了，请你把这个笔记本拿到菲拉列特总主教那儿去，请

① 果戈理：《作者告读者》（1846年《死魂灵》第一部第二版序文），载北京鲁迅博物馆编《鲁迅译文全集》第7卷，福建教育出版社，2008，第235页。
② 格·彼·丹尼列夫斯基：《我所认识的果戈理》，载屠格涅夫等《回忆果戈理》，蓝英年译，东方出版社，2008，第115页。

他读一遍，然后按照他的意愿出版。"①

可见，为写《死魂灵》之外"一个小时也不愿意朝上帝多要"的果戈理②对于创作出现枯竭的犹疑和痛苦。"为了写他的书所需要的东西"而去耶路撒冷朝圣，也像"一个不孕的女人在中世纪教堂的黑暗中乞求圣母马利亚赐给她一个孩子"③一样没有结果。另外，果戈理很早就患有一种"抑郁性神经病"④，1849—1850年他病情恶化，常常"神经严重失调""内心悲伤"⑤，尤其是作品内部思想性的压力，铸成了创作的阻力。

总之，无论是天气、疾病，还是深刻的对宗教道德的忏悔意识，甚至是曾对果戈理赞赏有加的别林斯基当时所指责的他远离祖国缺乏对于本民族真实的现实素材的把握⑥，……一直到死，果戈理都没能找到写作带给自己心灵上的安宁。终于，他把写在笔记本上的第二部遗稿在精神恍惚中付之一炬。

三、真实的世界："几乎无事的悲剧"

1935年8月，鲁迅发表在《文学》月刊的署名为"旁"的一篇《几乎无事的悲剧》，可算是明确的对《死魂灵》及其艺术特征的议论。这时候第一部已经翻译到了一半，其中，乞乞可夫拜访五个典型人物（玛尼罗夫、彼得洛夫娜、罗士特莱夫、梭巴开维支、泼留希金）的篇幅都已经在"汗流浃背"中翻译完毕。文章中，鲁迅以罗士特莱夫的形象为例再三强调了果戈理的创作特色：

> 那创作出来的脚色，可真生动极了，直到现在，纵使时代不同，国度不同，也还使我们像遇见了有些熟识的人物。讽刺本领，在这里不及谈，单说那独特之处，尤其是用平常事，平常话，深刻的显出当时地主的无聊生活。

针对小说中罗士特莱夫奢侈豪华而近于无聊的生活中的一个细节，即命令乞乞可夫摸他豢养的小狗的"冰冷的鼻头"以及察看他那头"瞎了眼的母狗"，鲁

---

① 尼·瓦·贝格：《回忆尼·瓦·果戈理》，载屠格涅夫等《回忆果戈理》，蓝英年译，东方出版社，2008，第188页。
② 柯罗连柯：《文学回忆录》，转引自程正民《果戈理：气质、生命力和创作》，《俄罗斯文艺》1989年第6期。
③ 纳博科夫：《俄罗斯文学讲稿》，丁骏、王建开译，上海三联书店，2015，第49页。
④ 程正民：《果戈理：气质、生命力和创作》，《俄罗斯文艺》1989年第6期。
⑤ 维·魏列萨耶夫：《生活中的果戈理》，周启超、吴晓都译，安徽文艺出版社，1996，第677-678页。
⑥ 别林斯基1847年7月15日致果戈理信："这并不是因为您这人就不是一个会思索的人，而是因为您这么多年来已习惯于从您那美妙的远方来看俄国；可是，众所周知，再没有比从远方看事物——在这种状态下，我们愿把事物看成什么样子便可以看出什么样子——更为轻松的了……"维·魏列萨耶夫：《生活中的果戈理》，安徽文艺出版社，1999，第343页。

迅议论说：

> 这时罗士特莱夫没有说谎，他表扬着瞎了眼的母狗，看起来，也确是瞎了眼的母狗。这和大家有什么关系呢，然而，世界上有一些人，却确是嚷闹，表扬，夸示着这一类事，又竭力证实着这一类事，算是忙人和诚实人，在过了他的整一世。
>
> 这些极平常的，或者简直近于没有事情的悲剧，正如无声的言语一样，非由诗人画出它的形象来，是很不容易觉察的。然而人们灭亡于英雄的特别的悲剧者少，消磨于极平常的，或者简直近于没有事情的悲剧者却多。

鲁迅感到这种生动而又无聊的生活是如此接近于真实，以至于即便跨越时空也是令人感到如此熟悉和亲切。他说"含泪的微笑"在俄罗斯的本土已经被"健康的笑"替代，然而于"别的地方，仍然有用"，其中还藏着中国社会的许多"活人的影子"。于是，"倘传到了和作者地位不同的读者的脸上，也就成为健康：这是《死魂灵》的伟大处，也正是作者的悲哀处"。①

在这之前，鲁迅在1935年5月"答文学社"的《什么是"讽刺"》中谈到对讽刺的看法，可见与上述观点存在的一致性：

> "讽刺"的生命是真实，不必是曾有的实事，但必须是会有的实情。所以它不是"捏造"，也不是"诬蔑"；既不是"揭发阴私"，又不是专记骇人听闻的所谓"奇闻"或"怪现状"。它所写的事情是公然的，也是常见的，平时是谁都不以为奇的，而且自然是谁都毫不注意的。不过这事情在那时已经不合理，可笑，可鄙，甚而至于可恶。但这么行下来了，习惯了，虽在大庭广众之间，谁也不觉得奇怪；现在给它特别一提，就动人。②
>
> 然而这材料，假如到了斯惠夫德（J.Swift）或果戈理（N.Gogol）的手里，我看是准可以成为出色的讽刺作品的。在或一时代的社会里，事情越平常，就越普遍，也就愈合于作讽刺。
>
> ……
>
> 如果貌似讽刺的作品，而毫无善意，也毫无热情，只使读者觉得一切世事，一无足取，也一无可为，那就并非讽刺了，这便是所谓"冷嘲"。③

---

① 鲁迅：《几乎无事的悲剧》，载《鲁迅全集》第6卷，人民文学出版社，1981，第370-371页。
② 鲁迅：《且介亭杂文二集·什么是"讽刺"》，载《鲁迅全集》第6卷，人民文学出版社，1981，第328页。
③ 同上，第329页。

鲁迅强调真实是讽刺的生命，且对象是一些不被注意的病态的社会里的人们司空见惯的凡常的生存状态，其内在又休现着"善意和热情"。由此可见鲁迅对果戈理的艺术创作态度的肯定，即用充满热情的笔调来暴露或者呈现各个阶段各种人的平凡甚至琐屑无聊的真实生活，"要各人思索，而不是首先我来思索"的"人生的真实"。可见，这时候，鲁迅仍然是在坚持早在1929年所翻译的苏联"同路人"文学时所依据的"真实"标准。对于果戈理《死魂灵》的第二部创作，鲁迅在翻译过程中也有议论：

> 果戈理（N.Gogol）的《死魂灵》第一部，中国已有译本，这里无需多说了。其实，只要第一部也就足够，以后的两部——《炼狱》和《天堂》已不是作者的力量所能达到了。果然，第二部完成后，他竟连自己也不相信了自己，在临终前烧掉，世上就只剩下残存的五章，描写出来的人物，积极者偏远逊于没落者：在讽刺作家果戈理，真是无可奈何的事。①

> 其实，这一部书，单是第一部就已经足够的，果戈理的运命所限，就在讽刺他本身所属的一流人物。所以他描写没落人物，依然栩栩如生，一到创造他之所谓好人，就没有生气。例如这第二章，将军贝德理锡且夫是丑角，所以和乞乞可夫相遇，还是活跃纸上，笔力不让第一部；而乌理尼加是作者理想上的好女子，他使尽力气，要写得她动人，却反而并不活动，也不像真实，甚至过于矫揉造作，比起先前所写的两位漂亮太太来，真是差得太远了。②

鲁迅将果戈理没能如愿完成长诗《死魂灵》归于他的长于讽刺而短于歌颂：讽刺才华铸就了《死魂灵》第一部的伟大的艺术成果；而他偏偏要在第二部以后放弃自己艺术的长处选择描写和雨煦风的"好人"。借讽刺以展示"好人"的笔法，似乎是果戈理力有不逮的。鲁迅甚至在书信里决断地说："他临死之前，将全稿烧掉，是有自知之明的。"③而对于果戈理的创作，除了钦敬与遗憾之外，鲁迅还是对他本人及其创作抱以理解之同情：

> 当在译K氏序时，又看见了《译文》终刊号上耿济之先生的后记，他

---

① 鲁迅：《〈死魂灵〉第二部第一章译者附记》，载北京鲁迅博物馆编《鲁迅译文全集》第7卷，福建教育出版社，2008，第309页。

② 鲁迅：《〈死魂灵〉第二部第二章译者附记》，载北京鲁迅博物馆编《鲁迅译文全集》第7卷，福建教育出版社，2008，第310页。

③ 鲁迅：《致曹白》（1936年5月4日），载《鲁迅全集》第13卷，人民文学出版社，1981，第369页。

> 说 G 的一生，是在恭维官场……试看 G 氏死时候的模样，岂是谄媚的人能做得出来的。我因此颇感慨中国之评论人，大抵特别严酷，应该多译点别国人的评传，给大家看看。①

> G 是老实的，所以他会发狂。你看我们这里的聪明人罢。都吃得笑眯眯，白胖胖，今天买标金，明天讲孔子……②

这"同情"应缘自果戈理作为一个写作者的忠于真实的创作态度；也来自对作家的知人论世。而且，古往今来的文学世界中，"发狂"比"笑眯眯"诚实多了。当然，同时，作者应该别有一种惺惺相惜。

由此，鲁迅之从《死魂灵》居于果戈理作品的"第二"（前引周作人语）转向"第一"的评价变化背后，是有其艺术态度上的转变的：《两个伊凡》等短篇与《死魂灵》都体现了果戈理所独具的那种讽刺才能，但前者展开的世界显然是比较单一的，而《死魂灵》的世界则是一个从城市到乡下各个阶层参与的"狂欢"世界。相应的是，与短篇中轻松而令人伤感的笔调相比，后者显得更加沉郁与滑稽，是"含泪的微笑"。

有意思的是，鲁迅对于《死魂灵》的批评，完全没有借助于当时任何流行的理论，而是用一个作家所具备的独特感知力直接传达对《死魂灵》怀着敬意与钦佩的真切"读后感"。他惊叹的果戈理的"文才"，不仅仅是"讽刺"，也还有更为深广的层面，即他所说的貌似十分含糊且并不处于审美层面的"无聊"。然而，这种敏锐的观察虽然不属于那个 20 世纪 30 年代文学评论（理论）世界的话语系列，但恰恰是后来同样作为作家的批评家常常说到的"庸人"的世界。深谙俄罗斯文学的纳博科夫曾这样说："果戈理风格的纹理中所存在的缝隙和黑洞暗示着生命本身之纹理中存在的缺陷"，"这个世界就是存在本身，它排斥任何可能毁灭它的东西，因此，任何改革、任何斗争、任何道德目标或努力都是完全的徒劳，就好比要改变一颗恒星的轨迹。"③也即，果戈理文学的实质不是直接的道德上的讽刺批判，不是呈现客观镜像中的现实，而是表现人性中的"缝隙"和"缺陷"。"无聊"作为人类实存的纷乱现象，绵延到不同的时空，也常常使文学蒙上了一种令人惊奇和叹息的悲剧色彩。

---

① 鲁迅：《致孟十还》（1935 年 10 月 20 日），载《鲁迅全集》第 13 卷，人民文学出版社，1981，第 232 页。
② 鲁迅：《致萧军》（1935 年 10 月 29 日），载《鲁迅全集》第 13 卷，人民文学出版社，1981，第 238 页。
③ 纳博科夫：《俄罗斯文学讲稿》，丁骏、王建开译，上海三联书店，2015，第 58 页。

四、《死魂灵》与《故事新编》创作

如上所述，果戈理是一个善于讽刺的文学家，他尤其善于描写平常人之琐屑的生活。在鲁迅眼里，这"悲剧"内含着果戈理真实的灵魂和天才的讽刺，又如此切近于中国的现实生活。那么，鲁迅对《死魂灵》的文学旨趣和文学批评到底与《故事新编》的创作有什么样的关系呢？

《故事新编》也是备受争议之作。正如之前所分析到的，诸篇按照写作时间的演进是渐入化境的。就 1935 年 11 月、12 月创作的最后四篇（《理水》《出关》《采薇》《起死》）来说，《理水》延续了之前的英雄人物形象，塑造了"铁铸一般"的实干家的大禹。但这时候，对大禹的侧面描写中已经有各种喧嚣的元素在内部穿梭。而到了最后三篇，则是作者将明确的主旨隐遁，各种声音都出来了。此时不再有刻意讴歌的英雄，而是真实喧嚷的各色人群。而且，各人的生活都被庸常与亲切化了，连不同凡响的"经典人物"也为生活或生存所困厄，并且，从这"古事记"里，又完全可以看到现代人的影子。鲁迅是在一种什么样的心境里完成了这种"转换"的呢？在 1935 年的信件中，他这样说：

> 一个人活到五六十岁，在中国实在做不出什么事来（但，英雄除外），古人之想成仙，或者也是不得已的。①
>
> 弟一切如常，惟琐事太多，颇以为苦，借笔墨为生活，亦非乐事，然亦别无可为。②
>
> 弟一切如常，惟琐事太多，颇以为苦，所遇所闻，多非乐事，故心绪亦颇不舒服。③
>
> 我如常，但速老耳，有几种译作不能不做，亦一苦事。④
>
> 敝寓如常，可释远念，令人心悲之事自然也不少，但也悲不了许多。⑤
>
> 知所遇与我当时无异，十余年来无进步，还是好的，我怕是至少是办事更颟顸，房子更破旧了。⑥
>
> 近来谣言大炽，四近居人，大抵迁徙，景物颇已寂寥，上海人已是惊弓之鸟，固不可诋为"庸人自扰"。但谣言则其实大抵无根，所以我没有动，

① 鲁迅：《致曹聚仁》（1935 年 4 月 10 日），载《鲁迅全集》第 13 卷，人民文学出版社，1981，第 107 页。
② 鲁迅：《致邵文熔》（1935 年 5 月 22 日），载《鲁迅全集》第 13 卷，人民文学出版社，1981，第 131 页。
③ 鲁迅：《致曹靖华》（1935 年 5 月 22 日），载《鲁迅全集》第 13 卷，人民文学出版社，1981，第 132 页。
④ 鲁迅：《致李霁野》（1935 年 6 月 16 日），载《鲁迅全集》第 13 卷，人民文学出版社，1981，第 150 页。
⑤ 鲁迅：《致台静农》（1935 年 6 月 24 日），载《鲁迅全集》第 13 卷，人民文学出版社，1981，第 156 页。
⑥ 鲁迅：《致台静农》（1935 年 9 月 20 日），载《鲁迅全集》第 13 卷，人民文学出版社，1981，第 219 页。

观仓皇奔走之状，黯然而已。①

上海亦曾大迁避，或谓将被征，或谓将征彼，纷纷奔窜，汽车价曾至十倍，今已稍定，而邻人十去其六七，入夜阒寂，如居乡村，盖亦"闲适"之一境，惜又不似"人间世"耳。②

也许，晚年的鲁迅在这部带有暮气而生动的世界里看到了中国濒危的真相，但似乎又无话可说。由此可见他暮年苍凉的心境，这种心绪还可以从他当时给杨霁云写的一幅明末项圣谟《大树风号图》的题诗中体谅③。

风号大树中天立，日薄西山四海孤。

短策且随时旦暮，不堪回首望菰蒲。

在这种"无聊""心悲""黯然"又"悲不了许多"的颓唐之境中，果戈理文学中的那种败坏无聊的影影绰绰反而显得真实、亲切和鲜活。这也是他少年时所说的这个大国的文艺特质——"俄如伏流，而非古井"④。而所谓"刨坏祖坟"的《故事新编》也是对旧文化的变异与发展，最后几篇似乎在这种"穿越"当中也完成了他最后的纯粹的创作经验。

被鲁迅引为知己的瞿秋白，曾在《〈鲁迅杂感选集〉序言》将鲁迅置入他所娴熟的无产阶级理论系统，他深刻地剖析了在当时社会文化背景下的鲁迅作品的价值。这篇著名的文章中有两句貌似游弋出"体系"之外的解人之话：

鲁迅是竭力暴露黑暗的，他的讽刺和幽默，是最热烈最严正的对于人生的态度。⑤

第四，是反虚伪的精神。这是鲁迅——文学家的鲁迅，思想家的鲁迅的最主要的精神。⑥

《故事新编》一方面是对传统的继承，另一方面其讽刺又迥异于晚清以来谴责小说中的成熟顽固的旧思想。从《理水》到《出关》《采薇》《起死》，是逐渐

---

① 鲁迅：《致台静农》（1935年11月15日），载《鲁迅全集》第13卷，人民文学出版社，1981，第249页。
② 鲁迅：《致台静农》（1935年12月3日），载《鲁迅全集》第13卷，人民文学出版社，1981，第260页。
③ 李国华：《鲁迅旧诗的菰蒲之思》，《中国现代文学研究丛刊》2014年第1期。
④ 鲁迅：《摩罗诗力说》，载《鲁迅全集》第1卷，人民文学出版社，1981，第64页。
⑤ 瞿秋白：《〈鲁迅杂感选集〉序言》，载《鲁迅杂感选集》，青光书局，1933，第22页。
⑥ 同上，第24页。

喜于描述作品中人物的琐屑的生活：经典中复活的人物骤而成为平凡生活的真实的人。恰恰是这种"几乎无事的悲剧"使作品通过对凡俗生活的点化生成某种强大、牢固、实在的东西，进而产生了一种具有吸引力的真实。

值得一提的是，果戈理在处理乞乞科夫、罗士特莱夫、泼留希金等人的"卑劣"形象时游刃有余，而当面临真正的道德者（"好人"）的时候，却无从下笔。正如鲁迅对他的第二部《死魂灵》的写作遭挫的原因分析一样，他直面了同时代的尼采提出的课题：疲弱而腐朽的道德者在个体生命力或者生命意志面前往往败于鲜活的罪人或者疯子。渐趋僵化的社会规范与宗教道德的塑造使得"好人""贵族"只有一种可怜的扁平类型。

而在这方面，鲁迅具备不同的文学环境，一方面即便多少仰赖于先秦原典中原本就富有的外在形象和哲学精神，但他还是别出心裁地塑造出了墨子（到楚国，衣褐短小，穿着像鹐鹒）、大禹（漆黑的苦工，有着一个泼妇一样的老婆）、老子（靠讲经吃饭，其实什么也不想说）、伯夷和叔齐（尽管无论如何为了吃饭小心翼翼，还是在一个山头背离了他们的生存信念）、庄子（陷入生死一齐的悖论中不能自拔）这些鲜活无奈的"经典"形象，剥离了当时无论是从形象还是思想上都被传播得渐趋僵化的外壳。他们不再是"正面"的堂皇的被矗立的偶像，而是卡在生存和信念之间，左右踌躇，捉襟见肘。这就使得作品带有强烈的"无聊"色彩，然而，这"无聊"并非世俗意义上的，而是包含了各种存在，即这种存在的整体"它排斥任何毁灭它的东西"，哪怕是其中一个令人啼笑皆非或伤感的部分。

对果戈理来说，他的作品是"虚假的混沌组成的"[①]，所以一旦极具创造性的才华散尽，续作便不能像少年时期通过写信向母亲索要素材写《狄康卡近乡夜话》[②]那样生趣自如。身处宗教传统国度的果戈理，所企图延续的长篇，告终于他内心的道德神往。宗教精神在他生命力逐渐衰竭时的不断召唤，迫使他最后无法完成续作的"长诗"。

1935 年 9 月，由陈望道翻译发表在《译文》终刊号上的冈泽秀虎的评论《果戈理和杜思退益夫斯基》曾这样比较果戈理与普希金、托尔斯泰、莱蒙托夫之间的差异性，他指出果戈理"典型的知识的眼界特别有限"，"他的原始性（幼稚）

---

① "果戈理的世界是由虚假的混沌组成的，而人类的本质恰恰可以从这种虚假的混沌中非理性地提炼出来。"纳博科夫：《俄罗斯文学讲稿》，丁骏、王建开译，上海三联书店，2015，第 57 页。

② 1829 年 4 月 30 日，为写《狄康卡近乡夜话》果戈理给母亲的信道："您有敏锐的观察力，您知道许多我们小俄罗斯的风俗和习惯，因此，我知道您一定不会拒绝在我们的来往书信中把这些材料告诉我。这在我是非常、非常需要的。在下一封信里，我盼望您能寄给我关于乡村教堂差役的全身服装的描写，从上衣到靴子……还有如今已婚妇女和庄稼汉所穿的衣服的名称。"果戈理：《果戈理书信选（上）》，满涛译，《文艺理论研究》1984 年第 2 期。

却和两人（指普希金和托尔斯泰，笔者加）截然不同"，"在动物的典型中间，这崩溃自显化为向着人性的完全的荒芜"：

> 这类原始的东西的主宰就是他的第一个特殊性，它老是显现在他对于喜剧和滑稽的东西的偏爱上。……他的叙述的调子不是平静的，也不是平匀的，它是热烈的，好像暴风雨模样的。他的文章是复杂的抒情的奔流，常常搁着咏叹，撒着冗谈，有时甚至流入插科打诨，但仍升作庄重的抒情诗。……而他的体式就成了一种杂色的混合。[①]

　　冈泽秀虎认识到了果戈理的独特之处，即其喜剧性和抒情性。《故事新编》中人物的"原始性"和"人性荒芜"感，也集中体现于所谓"油滑"和"油滑"之上所呈现的喜剧性中；不同的是，鲁迅在这最后几篇作品中的抒情，基本上隐遁在最暗处，更不用说《死魂灵》那样插入带有绵长的咏叹调似的独白了。巴赫金曾经在"史诗与长篇小说"的描述中这样谈到了果戈理的创作特性：

> 果戈理本来设想以《神曲》作为自己史诗的形式，觉得这一体式能体现他的作品的伟大，可结果他写出的是梅尼普讽刺。他一旦进去就无法走出亲昵交往的范围，也无法把保持距离的正面形象引入这一范围之中。长篇史诗里那些保持一定距离的形象，无论如何也无法与亲昵交往中的形象在同一个描绘领域中相遇。……果戈理丢失了俄国，也就是说丢失了理解和描绘俄国所需要的角度，在记忆和亲昵交往两者之间迷了路（说得白一点，他没能在望远镜上拉开相应的距离）。[②]

　　《死魂灵》并不能算是严格意义上的"史"，因为他衍生了太多的细节赘余，不足以成为同时代或后来的读者观察那个时代的重要参考，巴赫金的评价也极为准确，是"亲昵"在其中"作祟"，这种"亲昵"表现为作者用充满了热情的笔触描写了一些"丰富而诡异的细节"[③]，这些"诡异的细节"上又浮泛了"无聊"的泡沫。而"史"需要事件的确凿，"正面的形象"，时间的稳定，理性的强度，但在那儿却是一片纷繁往复的混响。但是，从横向的意义上看，果戈理的作品中又体现了灵魂的强度，某种熟悉而随处可见的亲切氛围以及人类大多数情况下不

---

① 陈望道：《果戈理和杜思退益夫斯基》，载《陈望道文集》第4卷，上海人民出版社，1990，第201-202页。
② 巴赫金：《史诗与长篇小说》，载《巴赫金全集》第3卷，钱中文译，河北教育出版社，2009，第523页。
③ 纳博科夫：《俄罗斯文学讲稿》，丁骏、王建开译，上海三联书店，2015，第16页。

在所谓的庄严之境下的人性中的"缺陷",这些也足以印刻在俄罗斯乃至人类的灵魂史之中。因此,果戈理创造了独属于他自己的"亲昵世界"的俄罗斯史诗。

如果考察《故事新编》创作的初衷和最终达成的效果,鲁迅似乎也面临着以上与果戈理同样的创作宿命。只不过,他所借助的"典故"背后本身还有中国文化中某些普遍的道德预设,一旦将其置入日常生活环境中去,它们也具有同样的永恒性。从这个意义上,它们又是各具艺术特色的"史诗"。这种"亲昵"的方式虽然离正当意义上的富于"正面形象"的"史诗"还很远,但二者未必"丢失"了自己的民族国家,他们只是将自己的文学放在更为广大或永恒的空间和意义上来呈现。

第四节　本 章 小 结

鲁迅生在 19 世纪的末端,不是太近,也不是太远于世界文艺(尤其是俄罗斯文艺)的辉煌时期。19 世纪的文学的辉煌和现代艺术的生长,恰为他的巨大的文艺热情和兴趣提供了土壤。在鲁迅的翻译历程之中,有很多作品是他拟翻译而未能实现的(这些散见于当时一些报纸杂志的广告之中)。例如,挪威作家汉姆生的中篇小说《维多利亚》,是一部具有现代特色的心理因素的小说,可见鲁迅对于新的表现主义的文学手法的关注。还有,法国画家高更的带有游记(在塔希提岛居住三年)性质的小说《诺阿,诺阿》,鲁迅曾对其中展现的原始人群的任性之美加以赞叹,并且尝试翻译它的念头一直延续到 20 世纪 30 年代。1933 年他给增田涉的书信中也提及找寻德文本的事情。他在 1933 年 3 月出版的《萧伯纳在上海》页底《文艺连丛》的广告中称此作品说:

> 里面写着所谓"文明人"的没落,和纯真的野蛮人被这没落的"文明人"所毒害的情形,并及岛上的人情风俗,神话等。译的是一个无名的人,但译笔却并不在有名的人物之下。[①]

的确,这部小说中对人的原始性或曰完整性的召唤,使文明、知识或科学,在高更的议论中,被赋予一层反思色彩。反对一切文明人内心的虚伪乃至优越感,回归质朴与审美,似乎对晚年的鲁迅来说也尤为重要。

---

① 见 1933 年 5 月野草书屋出版的《不走正路的安得伦》卷末《文艺连丛》。《鲁迅全集》第 7 卷,人民文学出版社,1981,第 460 页。

总之，鲁迅在 30 年代对自己所参与的左翼小说翻译做了审慎的拣择，这些作品并非刻板地按照历史的实践而书写的革命文学，而是在时空的跌宕之中，试图去挖掘人内部更为深刻曲折部分的杰作。鲁迅经历了早期的无政府主义文学的代表阿尔志跋绥夫的洗礼，他甚至在 1928 年前后仍然认同"自由和平等不能并求，也不能并得"①，可见他对现实世界的冷酷把握和清醒认识。20 世纪 30 年代前后的左翼文学及其理论的翻译，似乎给人以充分的理由相信鲁迅之"向左转"。但正如竹内好所说："相对他顽强的恪守自我来说，思想进步实在仅仅是第二义的。"②一方面，他认识到时代紧迫之时，文学所能做的极为微薄，但这也必须是文学的必然宿命；另一方面，他还是始终坚守着文学本身的复杂性和开放性。对苏联小说的译介，与其说是鲁迅为了跟上先进的步伐，不如说恰好是一种自我更新的方法，鲁迅恰恰是在这种自我反省和自我确认之中反复拓展自己的文学视野和空间。而《故事新编》通过这些充满了生机（哪怕首先是毁灭性的、破坏性的）的作品的镜像，帮助鲁迅完成自我确认，这使他更相信文学的力量，因为，在后者中，包含了这个时代生动的喧嚣的一切。

连带着以上所见到的鲁迅翻译活动提供的思想空间，《故事新编》呈现世界的方式和当时流行的左翼文化的关系，也许能够从代田智明那里找到一点暗示：

> 《采薇》中这种"油滑"乃是浸透于文本世界全体的，或者可以说是使世界得以成立的某种"感情"吧。……这"意义的生成"也便是其所呈现的一个"世界像"。

《故事新编》文本所提示的对话性达到了与 1920 年代截然不同的层面。叙述已不再作为创作主体内在矛盾的纠葛直接或间接地呈现出来，叙述者本身尽可能变成了空白性的、存在感非常薄弱的东西，……因此，当政者和知识分子（中介的、逃避的、权力性的、帮闲式的等）或者民众（善良的、无知的、恶意的等）其各自的存在，作为存在而相互关联的生动世界即世界本质，是可以通过交织着的滑稽的悲喜剧形式而有机地描绘出来的。站在这种多层面之世界像的创出之上，为了变革和解码既成的世界，主体的劳动和言说带有实践性……假如要归结为老套的但也是重要的结论，或许鲁迅所接受

---

① 鲁迅：《〈思想·山水·人物〉题记》，载北京鲁迅博物馆编《鲁迅译文全集》第 3 卷，福建教育出版社，2008，第 119 页。
② 竹内好：《鲁迅》，载《近代的超克》，李冬木、赵京华、孙歌译，生活·读书·新知三联书店，2005，第 12 页。

的马克思主义也就是这样一种独特的东西吧。[1]

一方面，代田智明肯定了《故事新编》随着时间的演进所具备的"世界全体"的表现气质；另一方面，他也同时补充了伊藤虎丸等人对《故事新编》和马克思主义关系的模糊认识，他将这种关系的核心定位在实践上，即"劳动"和"言说"的实践对于"既成的世界"的解码和变革上。如果说这种变革观念能够成为较为宽泛的无产阶级革命文学话语的话，那么，《故事新编》作为马克思主义文学这样一个结论，或可以说从某种角度能够成立的吧？当然，这种说法，虽然带有现代以来对于马克思主义思想的扩充和变革之后对文学性质提出相对新的解释范畴的嫌疑，但也并非没有旧的源头，竹内好晚年重新阅读《故事新编》时就曾经指出后期的作品充满了"人民"性，并且认为"那是包含评论在内的更高一级的创作之场"。[2]实际上，这显示着《故事新编》在这十几年时间中的微妙分野。李桑牧这样分析《故事新编》和现实主义文学之间的关系：

> 作品中燃烧着的讽刺的火焰，那种企图烧毁现实中的一切腐朽的、黑暗的、丑恶的、虚伪的、倒退的事物，攻击社会反动势力的勇气和力量，竟和果戈理、谢德林等人的讽刺作品具有同等伟大的意义。[3]

如果文学能够与现实之间形成这样的张力关系，那么，无论如何是可以称之为"革命"的。当然，这是鲁迅的宽泛意义上的基于人和他所处的社会的渐进的"革命文学"。正如以上一些文艺评论家所谈到的那样，在新的社会没有到来之前，这种"过渡的文学"具有强烈的革命精神，进一步，当理想破灭，人们不得不面对自己当下所存在的各种各样的问题进行挣扎与反思的时候，这种文学便已经是当下，也同样是终极意义上的文学。在鲁迅那里，新的文学可能永远不会到来，切实的当下的永远的"过渡的文学"似乎才是他所认定的自我选择。或者，与其如此，不如将这一切议论的界域打开，正如当初鲁迅在评价陀思妥耶夫斯基时所说的："在甚深的灵魂中，无所谓'残酷'，更无所谓慈悲，但将这灵魂显示于人的，是'在高的意义上的写实主义者'。"[4]

---

[1] 转引自赵京华：《周氏兄弟与日本》，人民文学出版社，2011，第120-122 页。
[2] 竹内好：《鲁迅入门》（之三），靳丛林等译，《上海鲁迅研究》2007 年第 1 期，第213-214 页。
[3] 李桑牧：《卓越的讽刺文学——〈故事新编〉》，《长江文艺》1954 年第 5 期。
[4] 鲁迅：《集外集·〈穷人〉小引》，载《鲁迅全集》第 7 卷，人民文学出版社，1981，第 104 页。

第三章

鲁迅文体关系与《故事新编》

在鲁迅所有创作中，他最早的写作也不过是如《戛剑生杂记》①《惜花四律》《蒔花杂志》等诗文（1898—1901）一样充满了传统的士人气息，这些作品当然不同于后来的进入现代序列的作品，哪怕和第一篇文言的现代小说《怀旧》相比。然而，文体变化往往并不是一个作家预谋已久，而是真挚地探索并为准确表达的需要。在《鲁迅入门》中，竹内好说：

> 他的作品是丰富多彩的。他做过各种各样的尝试。其中许多尝试都失败了，即使是失败，也有开拓意义。不论是哪次失败，他自己都轻松地把它们丢掉了。……而且，一般来说，观念性和由此而生的难于理解，是他作品的特征。这表明，作为作家他还有很大的不足。他对许多形式都不满足。他的工作就是自己不断地创造各种形式再一个一个地破坏这些形式。②

从现代意义上讲，作为不断进行新体式开拓的鲁迅文学，从早期的文言小说到后来的杂文、历史神话题材小说，在文体上都充满了独特的魅力。甚至是早期发表在《新青年》上的几首白话诗，也与同时代的新诗氛围有着完全不同的特质。也许，这是鲁迅致力于新文学创造的刻意为之的作品。然而，在鲁迅的文体不断地发生变化和调整的过程中，他的内在的文学诉求是这一变化的驱动力。形式的优劣并非在于形式本身，而是在不同的情况下他传达得"准确"与否、"顺手"

---

① "生鲈鱼与新粳米炊熟，鱼须小方块，去骨，加秋油，谓之鲈鱼饭。味甚鲜美，名极雅饬，可入林洪《山家清供》。"鲁迅：《戛剑生杂记》，载《鲁迅全集》第 8 卷，人民文学出版社，1981 年版，第 467-477 页。
② 竹内好：《鲁迅入门》，靳丛林等译，《上海鲁迅研究》2006 年秋季号，第 195 页。

与否。如果抛弃文学创作者的内在诉求直奔形式革新，那么其所成就的作品，在更大的程度上，具有历史性和时效性，但并不一定能经受文学意义上长久的鉴赏和批评的考验。

一个作者的写作与他想要对话的对象有着十分密切的关系。表达本身是一种"倾诉"的行为，不管是自觉还是不自觉，都有一个或多个特定的言说对象。然而，鲁迅从"有对话"到"无对话"的转变，乃至从"主题性"到"故事性"的转化，都体现出他在文学创作上内面的驱动力上的基本变化。《故事新编》作为看起来形式最为复杂的一种文体，显然是因为内在的"准确"的需要而自觉变革从而获得它应该具备的样子。研究者要做的，似乎不是夸赞这种样子如何与众不同，而是尽可能地去发现这一文体的游走过程及其背后涌动的暗潮。

第一节　"无花的蔷薇"：鲁迅的早期白话诗与《野草》

一、《新青年》与鲁迅新诗

鲁迅于 1924 年 12 月 8 日在《语丝》上发表了署名《野草（二—四）》的三篇小作品，分别为《影的告别》《求乞者》《我的失恋》。《我的失恋》是仿东汉张衡《四愁诗》的"拟古的打油诗"。而在此之前，新诗写作之初，"诗人们"一直在从中国相对自由的一些古诗的源头中汲取营养。例如，胡适从白话的视角来重新评估古典诗歌，甚而认为古诗文原本就是当时的白话[①]。然而，从文体上，这《野草》中唯一的"新诗"尽管符合鲁迅自身的创作逻辑[②]，但显然某种意义上是为反"新诗"而作的。[③] 用对方的矛来攻对方之盾，一直是鲁迅在表示不满和对立时习用的策略。然而，除了这种一贯的创作乃"斗争"的体现外，这里不妨换一种视角，即从作家自身创作规律的角度来解读这部散文诗集在文体上的微妙"参差"。

1924 年 12 月 1 日，在《语丝》第三期上登载了徐志摩的译诗《死尸》（波德莱尔作）及诗论："所以诗的真妙之处不在他的字义里，却在他的不可捉摸的

[①] 例如，胡适、顾颉刚等便认为《尚书》和《诗经》都是当时的口语写就，1925 年 8 月 17 日《语丝》第 40 期顾颉刚《〈金滕篇〉今译》中说，此翻译是用现代的白话来翻译古代的白话，并不会侵犯经典的神圣性。

[②] 许寿裳说："这诗挖苦当时那些'阿唷，我活不了啰，失了主宰了！'之类的失恋诗的盛行，故意做一首'由她去罢'收场的东西，开开玩笑。他自己标明为'拟古的新打油诗'，阅读者多以为信口胡诌，觉得有趣而已，殊不知猫头鹰本是他自己所钟爱的，冰糖壶卢是爱吃的，发汗药是常用的，赤练蛇也是爱看的。还是一本正经，没有什么做作。"许寿裳：《挚友的怀念——许寿裳忆鲁迅》，河北教育出版社，2000，第 149 页。

[③] 鲁迅在《〈野草〉英文译本序》中说它是为"讽刺当时盛行的失恋诗"。《鲁迅全集》第 4 卷，人民文学出版社，1981，第 356 页。

音节里；他刺戟着也不是你的皮肤（那本来就太粗太厚！）却是你自己一样不可捉摸的魂灵。"紧接着，鲁迅就在《"音乐"？》（《语丝》第五期，1924 年 12 月 15 日）一文中对徐讽刺道：

> 咦，玲珑零星邦滂砰珉的小雀儿呵，你总依然是不管甚么地方都飞到，而且照例来唧唧啾啾地叫，轻飘飘地跳么？然而这也是音乐呀，只能怨自己的皮粗。
>
> 只要一叫而人们大抵震悚的怪鸱的真的恶声在哪里！？

当时新文化运动所造就的白话文改革成为趋势，中国的由来已久的工整雅正的"已经死了"[1]的诗歌事业逐渐转向了"活"的自由散漫的白话体。一些为革新而革新的创作者便也纷纷涌现出来。即便是发自肺腑，想要发抒的诗情，是否就能很成熟而艺术地表达出来，也是新诗创作初期面临的考验。徐志摩的译诗及其诗论遭到的嘲讽，显然是跟诗歌的音乐性无关，恐怕更多是已 40 多岁的鲁迅对年轻诗人的创作上过于矫饰和内容上流入单薄的强烈不满。后来鲁迅谈《不周山》，"见了一位道学的批评家攻击情诗的文章，心里很不以为然，于是小说里就有一个小人物跑到女娲的两腿之间来"。[2]可以看出，鲁迅之反对"恋爱"诗并非反其情、反其真；而是反其浅、反其伪。1925 年鲁迅写给许广平的信中，有好几处说到新诗，他批评文坛"诗及小说者尚有人""最缺少的是'文明批评'和'社会批评'"。[3]又说，"感情正烈的时候，不宜作诗，否则锋芒太露，能将'诗美'杀掉"[4]。他甚至抱怨《语丝》来稿：

> 先前是虚伪的"花呀""爱呀"的诗，现在是虚伪的"死呀""血呀"的诗。呜呼，头痛极了！[5]

鲁迅对诗的要求非常严格，更为重要的，社会批评性质的文章更有批判力量，而这不宜用诗来表达。因为诗美十分重要，它不应锋芒太露，也不应时效性太强。虽然这一要求与他在 20 世纪 30 年代随着内在情势的变化而写的白话歌吟体有所出入，但从鲁迅更早期写的几首新诗中，可以看出与此相关的一些问题。

---

[1] 胡适在 1921 年教育部办的第三届国语讲习所讲"国语文学史"课程时就公然列出第二讲：古文是何时死的？后收录在他的《白话文学史》中。胡适：《白话文学史》，上海古籍出版社，1999，第 6-11 页。

[2] 鲁迅：《我怎么做起小说来》，载《鲁迅全集》第 4 卷，人民文学出版社，1981，第 513 页。

[3] 鲁迅、许广平：《鲁迅景宋通信集：〈两地书〉的原信》，湖南人民出版社，1984，第 53 页。

[4] 同上，第 91 页。

[5] 同上，第 92 页。

除《野草》中这首"拟古的打油诗"之外，鲁迅正式发表的其他白话诗还有六首。其中 1918 年在《新青年》上署名"唐俟"的就有五首，分别为《梦》《爱之神》《桃花》《他们的花园》《人与时》（见《新青年》4 卷 5 号、5 卷 1 号）。1919 年 4 月 15 日（《新青年》6 卷 4 号）又在此刊上发表了《他》。可见这段时间（1918—1919）是他密集创作新诗的时期。而此时，也正是中国"新诗"的发生期。

正如鲁迅后来自陈，《新青年》"其实是一个议论的刊物，所以创作并不怎样著重，比较旺盛的只有白话诗"①，自 1916 年 2 卷 6 号发表了胡适八首白话诗歌②之后，陆续有其他人的诗歌发表，如沈尹默、刘半农、俞平伯、陈衡哲、沈兼士等等。十年后，周作人在给刘半农《扬鞭集》作序时也曾说：《新青年》总是三天两头有新诗，半农到欧洲后也还时常寄诗来给我看。那时做新诗的人实在不少……。"③

相较《我的失恋》的"打油"，鲁迅的"认真"写新诗，在这时期的《新青年》上也是有迹可循的。1918 年 5 月，《新青年》4 卷 5 号发表有七首诗。其中前三首就是鲁迅（署名唐俟）的《梦》《爱之神》《桃花》，后四首依次为刘半农的《卖萝卜人》、胡适的《"赫贞旦"答叔永》、俞平伯的《春水》、刘半农的《三月廿四夜听雨》。值得注意的是，最后一首诗原文（"我来北地将一年，今日初听一宵雨。若移此雨在江南，故园新笋添几许？"）后附录有"补白"，即周作人谈及鲁迅和自己对此诗的看法：

> "家兄说，'形式旧，思想也平常。我觉得——稍微偏于感情的，伤感的（sentimental）一面，也不大好。'"

由对半农诗歌的评价，可见"家兄"在新诗观上，有两样要求：一则形式，一则思想。（实际上，鲁迅在后来的文学评价标准，常常也基于技艺和思想，也即形式和内容。）刘半农的这首七言诗虽然是用白话，但质地上也是古代文人常说的思乡诗。那么，既然同期发表，鲁迅自己是否实现了他的这种"形神合一"的诗观呢？这里且看上述鲁迅的三首诗歌。第一首是《梦》：

> 很多的梦，趁黄昏起哄。
> 前梦才挤却大前梦时，后梦又赶走了前梦。

---

① 鲁迅：《且介亭杂文二集·〈新文学大系〉二集序》，载《鲁迅全集》第 6 卷，人民文学出版社，1981，第 238 页。
② 分别是《朋友》、《赠朱经农》、《月》（三首）、《他》、《江上》、《孔丘》。见《新青年》1916 年第 2 卷 6 号。
③ 周作人：《〈扬鞭集〉序》，《语丝》1926 年第 82 期。

> 去的前梦黑如墨，在的后梦墨一般黑；
>
> 去的在的仿佛都说："看我真好颜色"；
>
> 颜色许好，暗里不知；
>
> 而且不知道，说话的是谁？
>
> 暗里不知，身热头痛。
>
> 你来你来！明日的梦。

形式上，这首《梦》亦趋白话；内容上，是在写各种迷离恍然的前后之梦让做梦者"身热头痛"。从意味上说，此诗可能暗示着记忆、岁月以及甚深的存在的焦虑。正如《野草》中的大量梦境书写。但此诗在意蕴上并不是传统意义上的。

第二首《爱之神》是一首情诗，似乎又带有某种诙谐和晦暗的色彩：

> 一个小娃子，展开翅子在空中，
>
> 一手搭箭，一手张弓，
>
> 不知怎么一下，一箭射着前胸，
>
> "小娃子先生，谢你胡乱栽培！
>
> 但得告诉我：我应该爱谁？"
>
> 娃子着慌，摇头说，"唉！
>
> 你是还有心胸的人，竟也说这宗话。
>
> 你应该爱谁，我怎么知道。
>
> 总之我的箭是放过了！
>
> 你要是爱谁，便没命的去爱他；
>
> 你要是谁也不爱，也可以没命的去自己死掉。"

若是别个诗人，定叫"小娃子"为"丘比特"了。然而鲁迅拒绝了这样特有的诗阈表达。其中描述的情境也是相当尴尬的：爱神前来光顾却无人可爱。最后爱而不能，又离爱不能存活，只有去"死掉"的份儿了。这让人想起《我的失恋》，想起《起死》中的同样带有符号意义的"庄子"遭到汉子的扯衣襟。可见作者对普遍意义上的诗情上的某种调侃、揶揄、无奈甚至拒绝。第三首《桃花》，也相当有意思：

> 春雨过了，太阳又很好，随便走到园中，

> 桃花开在园西，李花开在园东。
> 我说，"好极了！桃花红，李花白。"
> （没说，桃花不及李花白。）
> 桃花可是生了气，满面涨作"杨妃红"。
> 好小子！真了得！竟能气红了面孔。
> 我的话可并没有得罪你，你怎的便涨红了面孔！
> 唉！花有花道理，我不懂。

　　桃李争艳，作为观赏者顾此失彼，整体可为闲趣，亦未尝不可解作情诗。这又与其他写春天的诗人不同，也是拒绝哀伤与幽怨之类的情感的。但整体上看，这首诗略显无聊，和前两首比，缺乏更深层的内涵。

　　三首而外，同期刘半农的《卖萝卜人》则是一首叙事诗，用写实的手法表达下层社会的困窘，在白话的运用上也流转自然，可算佳作。胡适的《"赫贞旦"答叔永》则古诗痕迹太重，意象也流于陈旧堆砌。俞平伯的《春水》则一样是写春天看到一个沿路的妇人乞讨的故事，思想上不脱古诗中的"讽喻体"。从这一期来看，鲁迅这几首诗歌的结尾，《梦》的一团漆黑、《爱之神》无爱而至于"死掉"、《桃花》的"花有花道理，我不懂"则在诗意的延伸上给予了挫折感，而其他诸人的作品，除了刘半农《卖萝卜人》外，都似乎还处于对古诗的因袭阶段。

　　在此之后，1918 年 7 月，《新青年》5 卷 1 号又发表了包括鲁迅的两首《他们的花园》《人与时》在内的九首诗歌。其余分别是胡适的《四月二十五日夜》《戏孟和》、刘半农的《窗纸》《无聊》、沈尹默的《月》《公园里的"二月兰"》[①]《耕牛》。

　　第一首是《他们的花园》：

> 小娃子，卷螺发，
> 银黄面庞上还有微红，——看他意思是正要活。
> 走出破大门，望见邻家：
> 他们大花园里，有许多好花。
> 用尽小心机，得了一朵百合；
> 又白又光明，像才下的雪。

---

① 原刊文为《公园里"的二月兰"》，标点误。

好生拿了回家，映着面庞，分外添出血色。

苍蝇绕花飞鸣，乱在一屋子里——

"偏爱这不干净花，是糊涂孩子！"

忙看百合花，却已有几点蝇矢。

看不得，舍不得。

瞪眼望天空他更无话可说。

说不出话，想起邻家：

他们大花园里，有许多好花。

　　这首与其说是诗歌，毋宁说是寓言。它所承载的思想含量同样远远超过了它所要表达的诗歌特有的节奏和美感。病态的小孩家里困窘肮脏，即便从邻居那里弄来一朵纯洁无瑕的百合，也被家里的环境沾染上"蝇矢"。这时期，大概只有鲁迅愿意用"蝇矢"入诗吧。他在诗中似乎总有这样一种担忧，就是无论如何美好的东西，最终都要出现对立面，转而变成一种失败或停顿或无间隙的沉默。当然，如果从更具象的角度上来说，这首诗显然是意在揭露社会弊病。第二首《人与时》：

一人说，将来胜过现在。

一人说，现在远不及从前。

一人说，什么？

时道，你们都侮辱我的现在，

从前好的，自己回去。

将来好的，跟我前去。

这什么什么的，

我不和你说什么。

　　这首诗歌，一样富于思辨性。最后一个"这什么什么的"，则表达了对过去、现在和将来的不知所措，既然对于时间不知所以，那么时间自然不会和他"说什么"，而"现在"似乎也变成最可感又最神秘的部分。鲁迅借助"时间"和"三人"的互动，写出了人对时间的三种态度。

　　同期胡适的《四月二十五日夜》，讲述的是诗人一致爱谈的月亮意象。读者可将之拟作自然，也可作恋人。到了《戏孟和》，则纯是打趣，更显单薄。刘半农的《窗纸》写在窗纸上的幻象，富于想象力，但缺乏层次感。《无聊》则在描写春景，意境唯美，语言流畅，但缺乏更广的延伸。沈尹默的《月》又谈月，然而不离古诗之"我歌月徘徊""醉后各分散"。《公园里的"二月兰"》意在反封建，但手法太旧。《耕牛》同样也在表达社会不平，但还是不脱"讽喻体"。所以，从这一期的九首诗歌来看，鲁迅的诗歌依然从内涵上显得较为独特。那么，这里不妨来看看鲁迅的最后一首《他》及与其并行发表在《新青年》1919 年 6 卷 4 号上的诗歌，依次为沈尹默的《生机》《赤裸裸》、胡适的《"应该"有序》《一涵》。《他》位于第三首：

一

"知了"不要叫了，

他在房中睡着；

"知了"叫了，刻刻心头记着。

太阳去了，"知了"住了，——还没有见他，

待打门叫他，——锈铁链子系着。

二

秋风起了，

快吹开那家窗幕。

开了窗幕，会望见他的双靥。

窗幕开了，——一望全是粉墙，

白吹下许多枯叶。

三

大雪下了，扫出路寻他；

这路连到山上，山上都是松柏，

他是花一般，这里如何住得！

不如回去寻去他，——呵！回来还是我的家。

该诗发表于 4 月 15 日，按理说是春天的季节，鲁迅却在这首诗歌里描述了三个季节，夏、秋、冬，唯独少了春。前面那首《他们的花园》，虽然写春天，但并不是人们常见的对春的意象的抒情，而是将"百合"与"蝇矢"并说。这首诗歌似乎借助"春"的缺位表达希望或爱恋的不可得。从意境看来，这首多了一层延伸的空间。同期，胡适的《一涵》和《"应该"有序》，前者又在写月亮意象，

但相对单薄,后者则是为祭人所写的一首情诗,缺乏含蓄;沈尹默的《生机》和《赤裸裸》则太过平常、平淡。

由此,从鲁迅所发表的这六首诗歌的创作环境上看,其新诗起点并不算低,至少在他所重视的内容标准上是有独创性的。但是,从风格上来讲,这六首诗显然与其他人写的新诗有着强烈的差异性。他选择的意象以及所表述情感和思想的方式,都与当时几位代表性诗人大相径庭。他们的诗歌倾向于两种思路:一则表达春天的哀愁,爱情的得失;一则表达对于社会不公等现象的批判与控诉。而鲁迅似乎更善于用诗来抽象思辨,无论是对爱情、时间还是社会问题,他并不着眼于十分明确的具体事物或思想主张。而且,诗的结尾也总是那样峻急,让人感觉到有些思路先行,无形中丧失了美感或意境。日本学者青木正儿在对当时《新青年》的几位诗人进行评价时,也看出了这位名为"唐俟"的"新手诗人"的缺陷:

> 现在的一个事实是,有了白话诗的同行,刘半农、沈尹默、唐俟等也踊跃参加。这些人中,胡适稍有癖好,即以闪现西学新知识而劈新风;沈则可看出站在本国立场上力图摆脱旧习,但往往因了古人而步旧诗之意境之中;刘是最有新式文人气质的,却常常难免遭人非议为肤浅;唐则诗味淡泊,未能入境,就像扒拉茶泡饭一样,往坏了说是索然无味。①

此一判断还是较为公允的。如果对应唐俟的几首诗歌,"未能入境"则体现了鲁迅无法将其思考的精髓化入诗歌文体,所谓"茶泡饭",也正体现其虽然思想独立,但作为诗歌的形式上存在枯涩、逼促的缺陷。当然,这也并非暗示鲁迅不能在一定的诗歌写作训练中获得文学自尊。只是像竹内好所说,鲁迅创造了这种形式之后又很快地"破坏"它,似乎有更适合他的语言等待着他,他的新诗探索在这方面尤其如此。

二、"诗歌之敌":内面的呈现

如上所述,鲁迅的新诗虽然富于个性,但其思想上的理性,遭遇了形式上的局限。实际上,鲁迅并非一个新体诗歌的爱好者②,他早年虽然在《摩罗诗力说》

---

① 青木正儿:《以胡适为中心的潮涌浪旋着的中国文学》,《中国文学》1920年第1卷1-3号,转引自丸山升:《日本的鲁迅研究》,靳丛林译,《鲁迅研究月刊》2000年第11期。

② 鲁迅:《〈集外集〉序言》(1935年3月5日):"我其实是不喜欢做新诗的——但也不喜欢做古诗——只因为那时诗坛寂寞,所以打打边鼓,凑些热闹;待到称为诗人的一出现,就洗手不作了。"《鲁迅全集》第7卷,人民文学出版社,1981,第4页。

中倡导"撄人心"的诗人精神，但其爱读的，还是反映社会变革和追求人类进步的裴多菲等人的诗歌。或可说，中年走向文学之路心中已有千岩万壑沉重的鲁迅，似乎不能也不愿用新诗承载他复杂的内在，单纯的诗情是诱惑不了他的。那么，这是否就意味着他可以直接完全放弃新诗转而进行纯粹小说和散文创作了呢？

仔细观察他在写作新诗环境之外的平行时期的作品，可以发现，这些作品远较他的新诗明朗成熟得多。从1918年到1919年，鲁迅创作了小说《狂人日记》《孔乙己》《药》《明天》，其他的有杂文如《我之节烈观》《我们现在怎样做父亲》，另外还有大量的"随感录"。这些作品显示出鲁迅坚韧的对于旧社会的批判性，也显示出他确信不疑的时代和历史的"进化观"。他似乎仍然坚持认为："尼采式的超人，虽然太觉渺茫，但就世界现有人种的事实看来，却可以确信将来总有尤为高尚尤近圆满的人类出现。"[1] 小说与杂感中的这种理性批判精神，似乎与鲁迅同期所创作的新诗产生矛盾。如前所分析，新诗《梦》《人与时》等显然在意蕴表达上比较疏离、模糊，而在并行的胡适等人的新诗上看到的更多是对希望、爱情、自然、进步的追求。也就是说，相对而言，这时鲁迅小说和杂感表述他对于外在世界的鲜明观点态度乃至评价；而隐的一面，也就是他内心的纠葛或梦境和失落，则是用他的新诗体来表达的。很多学者认为鲁迅前期作品（包括新诗在内）表达带有强烈的革新精神的进化论观[2]，但这似乎并不符合鲁迅的新诗作为独立的文本呈现给读者的事实，当然更有悖于对一个中年文人复杂的人生的体认。

那么，放弃了新诗体的尝试之后，鲁迅是否就遏制住了他"隐"的一面呢？从一个诚实作者的角度，可知情理上不可能，从所经历的一系列外在生活和社会实践则更不可能。他一反过去"但彷徨的人种，是终竟寻不出位置的"[3]的绝然的进化思想，因之后感受到了更加强劲的苦闷感和挫折感。[4] 于是《彷徨》《野草》等自觉而生。《彷徨》多少为虚构情节的小说创作，而《野草》为更加直接的心灵抒发。同时，他也借翻译《桃色的云》《苦闷的象征》《出了象牙之塔》等以纾压，在他所树立的一贯的革命的、批判的战斗性的气质的夹缝中获得喘息。

值得注意的是，在鲁迅写作新诗的时期（1918—1919），他并没有写一首旧体诗。这一方面与他所响应的白话文学革命有关，另一方面，他用新诗也疏解了

---

① 唐俟：《随感录四十一》，《新青年》1919年第6卷1号。

② 如郑心伶：《鲁迅诗浅析》，花山文艺出版社，1985。

③ 鲁迅：《随感录五十四》，载《鲁迅全集》第1卷，人民文学出版社，1981，第345页。

④ 鲁迅在《自选集自序》中说："后来《新青年》的团体散掉了，有的高升，有的退隐，有的前进，我又经验了一回同一战阵中的伙伴还是会这么变化，并且落得一个'作家'的头衔，依然在沙漠里走来走去，不过已经逃不出在散漫的刊物上做文字，叫做随便谈谈。……只因为成了游勇，布不成阵了，所以技术虽然比先前好一些，思路也似乎较无拘束，而战斗的意气却冷得不少。"《鲁迅全集》第4卷，人民文学出版社，1981，第456页。

内心的矛盾和彷徨（也就是，严格地说，鲁迅不是在《彷徨》时"才彷徨的）。而停止新诗写作之后，他陷入了很长的沉寂。回顾一下，从1900年到1912年，鲁迅一直没有停止写旧体诗。到了1913年之后，鲁迅集中于古籍的整理与校勘，甚至是佛经的阅读，这时并没有旧体诗的创作。按他自己的话说，抄古碑生活于他是一种缓解寂寞和压力以及痛苦的方式。到了1918年"出山"之后，鲁迅则开始了新诗体的尝试，也就是两年间，他连续创作的这六首诗。从这个细节可以发现，不管是新还是旧，鲁迅一直在用诗歌这种文体来疏解内在的隐蔽的情感。而且，从他的旧体诗质量上，不难看出这一载体似乎更容易流畅地表达他想表达的东西。然从时代性来看，尤其是在他所主张的"新的形式"和"新的思想"之后，他似乎也在寻找一种言说方式，能够恰到好处地描绘他内心深处那些难以罄尽的思绪、情感或者别的什么说不清的东西。如若不是如此，胡适的《尝试集》足以起到倡导的作用，他何必再来"敲边鼓"呢？

　　鲁迅的新诗创作"戛然而止"，但他所深恶痛绝的那些浅薄的"恋爱诗"，也随着响应新文化改革而如雨后春笋。鲁迅似乎一直对这些诗歌并不喜欢。比如，《新青年》6卷4号中胡适《"应该"有序》为一个为情"吐血而死"的青年曼陀的诗集作序，序以诗的形式呈现：

> 他也许还爱我，——也许还爱我，——
> 　但他总劝我莫再爱他。
> 　他常常怪我；
> 这一天，他眼泪汪汪地望着我，
> 　说道："你如何还想着我？
> 　你想着我又如何对他？
> 　你要是当真爱我，
> 　你应该把爱我的心爱他，
> 　你应该把待我的情待他。"

　　想同期发表诗歌的鲁迅，肯定也见过不止一首这样的诗歌，难免心生厌恶。同样，到了《语丝》创刊之初，他也一如既往，极其讨厌前来投稿的徐志摩等人的诗歌，并撰文嘲讽之，这甚至成了他和"新月派"结怨的"第一步"。① 那么，对于语丝社的几位同仁（如周作人）一度褒扬的刘半农、沈尹默的诗歌，尤其是

---

① 鲁迅：《〈集外集〉序言》（1935年3月5日），载《鲁迅全集》第7卷，人民文学出版社，1981，第4-5页。

在《新青年》上的那些习作，鲁迅的态度自然也是有保留的。鲁迅在 1925 年 1 月 17 日《京报》副刊《文学周刊》第五期的《诗歌之敌》中鲜明地指出：

> 说文学革命之后而文学已有转机，我至今还未明白这话是否真实。但戏曲尚未萌芽，诗歌却已经奄奄一息了，即有几个人偶然呻吟，也如冬花在严风中颤抖。

尽管他反对"道学先生"嘲笑新诗尤其是"抒情诗人"，但也见他对于当时诗坛上年轻诗人们的创作环境表示出的惋惜。

其实，鲁迅这种反对文学消闲和无病呻吟的观点由来已久，在他所翻译的《苦闷的象征》中就有明确的此类艺术观："文艺倘不过是文酒之宴，或者是花鸟风月之乐。或者是给小姐们散闷的韵事，那就不知道，如果是站在文化生活的最高位的人间活动，那么，我以为除了还将那根柢放在生命力的跃进上来作解释之外，没有别的路。"① 而当时的许多新诗作品恰恰是它的反面。到了 1934 年，他还不无感慨地说："我以为一切好诗，到唐已做完，此后倘非能翻出如来掌心之'齐天大圣'，大可不必动手。"② 可见，相较丰厚的旧诗成就，他对于新诗体的近 20 年来的努力成果还是不太敢恭维的。

因而，无论从主观的写作经验，还是客观的诗歌环境上来说，鲁迅对于新诗所能承担的力量还是保持怀疑态度的。直到 1936 年，鲁迅被骗去给白莽的遗诗作序，也还是对新诗保持着某种距离感："我所惆怅的是我简直不懂诗，也没有诗人朋友，偶尔一有，也终至于闹开，不过和白莽没闹，也许是他死得太快了罢。"③

一直到 1936 年斯诺对鲁迅的文学访谈中，他仍然认为，那些"最优秀的诗人"如冰心、胡适、郭沫若，他们的诗作"没有什么可以称道的，都属于创新试验之作"，"中国现代诗歌并不成功"，并且认为"研究中国现代诗人，纯系浪费时间。不管怎么说，他们实在是无关紧要"，甚至不无鄙夷地说，"除了他们自己之外，没有人把他们真当一回事，'唯提笔不能成文者，便作了诗人'"。④ 可见在他的整个创作生涯中，除了一开始看起来作为"敲边鼓"的操弄，他对新诗基本上是以一种旁观者的视角来看待的，并且对新诗的总体成绩并不认可，但他并不是全盘否定新诗，（要不然他在创作早期不会翻译一些其他国家诗人作品，如雪莱、裴多菲、武者

---

① 厨川白村：《苦闷的象征》，载北京鲁迅博物馆编《鲁迅译文全集》第 2 卷，福建教育出版社，2008，第 237 页。
② 鲁迅致杨霁云信，载《鲁迅全集》第 12 卷，人民文学出版社，1981，第 612 页。
③ 鲁迅：《白莽遗诗序》，《文学丛报》1936 年第 1 期。
④ 斯诺、安危：《鲁迅同斯诺谈话整理稿》（1936），《新文学史料》1987 年第 3 期。

小路实笃等人的诗歌。）更多地，应是中国新诗发展之初，其身上所能承载的容量并不足以给他强大吸引力的缘故。

然而，鲁迅的新诗尝试，也恰恰说明了他思想的内面的延伸，而这种"戛然而止"则需要其他新的文体延续。上述新诗尝试之后，鲁迅20世纪30年代的白话诗创作开始走向了"打油"和讽刺之途，他的那些内心隐曲的复杂性的表达，则在文体上走向了另外的探寻。

三、早期新诗、"自言自语"与《野草》

那么作为更为接近诗歌的文体，《野草》和他的早期新诗是否存在着某种内在的联系呢？这里不妨选取几个角度说说。

（一）题材——"爱"

如前所述，《野草》中《我的失恋》是对于"啊呀呀，我要死了"的恋爱诗的讽刺。然而，鲁迅在早期也有意无意地写了带有恋爱内容的诗歌，虽然跟别的同期作品风格相比更加隐晦、特别。但他也并不自称诗人，是要"待到称为诗人的一出现"而已。到了"《野草》时期"，出现了《腊叶》这样的据他说也是写"爱"的散文诗[1]。这篇与《野草》其他的篇章相比较为温良，冲淡中弥漫着生动与绚丽，大概其中也只有《好的故事》可以跟它媲美。

> 他也并非全树通红，最多的是浅绛，有几片则在绯红地上，还带着几团浓绿。一片独有一点蛀孔，镶着乌黑的花边，在红，黄和绿的斑驳中，明眸似的向人凝视。[2]

而如前所分析，鲁迅的新诗习作如《爱之神》等的峻急、理性乃至诙谐，使得诗歌本该有的审美意境大大丧失。同是写"爱"，《蜡叶》的情绪相对就自然、舒畅得多。

（二）意境——"梦"

鲁迅第一首发表在《新青年》上的新诗便是《梦》，而《野草》中从《死火》到《死后》七篇都以"我梦见"开头，即便没有以"梦"作开头的其他篇，从意境上也可以说是表达和梦境相类的感受。比如，《影的告别》开首说"人睡到不知时候的时候，就会有影来告别"，《好的故事》则纯粹是写梦境。从时间上看，鲁

---

① 鲁迅：《〈野草〉英文本序》；《腊叶》是"为爱我者想要保存我而作的"。《鲁迅全集》第4卷，人民文学出版社，1981，第356页。

② 鲁迅：《腊叶》，载《鲁迅全集》第2卷，人民文学出版社，1981，第219页。

迅自 1918 年到 1924 年的"梦"的书写，都是在春季多感的环境下的产物。（如果仔细阅读会发现鲁迅的这些梦境写作的时间多半是从春季开始，从 1918 年 5 月发表在《新青年》上的《梦》，到 1925 年 5 月以"我梦见"开首的《死火》。）而从诗歌和散文诗的体式上，鲁迅写"梦"，前者相对为概括的许多的抽象梦，而后者则多为具体的梦。如果做个假设，把上述的新体诗《梦》当作《野草》的序言，似乎也恰切，如此想来，也不会遭到像那篇"去吧，我的野草，连着我的题辞"的幽愤之序后来被抽除的命运[1]。或可以说，鲁迅七八年前开始积聚着某种情愫在《野草》中终于得以恰如其分的舒展。正如《苦闷的象征》中所说的："人生的大苦患大苦恼，正如在梦中，欲望便打扮改装着出来似的，在文艺作品上，则身上裹了自然和人生的各种事象而出现。"[2]研究者拿《野草》和《苦闷的象征》做互文关系的探讨，认为前者的创作完全是受了后者的启发，这种看法显然忽视了鲁迅早期新诗和《野草》之间的纵向关系。而且，与《新青年》时期的这种幽暗情愫表达不同的是，到了《野草》，鲁迅的创作已经进入不受外界十分影响的"彷徨"阶段，他可以更加自如地书写内心的情感，从这个意义上说，鲁迅不是在《彷徨》时期才"彷徨"的，只不过这时的书写会更加自由一些。

（三）思想——"人与时"

考察《人与时》与《过客》，便会更深刻地体会到鲁迅看待时间和人生的矛盾与复杂态度。《人与时》讲述了对待时间的三种态度，简单乐观的视角下，读者会认为，这是鲁迅号召人们要立足于当下，创造未来。但是从独立的文本出发，我们很难看出哪一种态度是属于作者的。行文也只能表明，他对此主题显示出浓厚的注意力和兴趣。《过客》一开始就交待了"时与人"的背景，给出三种人生状态：小孩，过客，还有老人。而这三个人与《人与时》中的三种状态大致是对应的：

《人与时》（1918）	《过客》（1925）
"一人说，将来胜过现在"	女孩——约十岁，紫发，乌眼珠，白地黑方格长衫。 "不，不，不的，前面有许多许多野百合，野蔷薇，我常常去玩，去看他们的。"
"一人说，现在远不及从前"	老人——约七十岁，白须发，黑长袍。 "前面？前面，是坟。"

---

[1] 鲁迅 1935 年 11 月 23 日给邱遇的信说："《野草》的题词，系书店删去，是无意的漏落，他们常是这么模模胡胡的——还是因为触了当局的忌讳，有意删掉的，我可不知道。"《鲁迅全集》第 13 卷，人民文学出版社，1981，第 256 页。

[2] 厨川白村：《苦闷的象征》，载北京鲁迅博物馆编《鲁迅译文全集》第 2 卷，福建教育出版社，2008，第 239 页。

续表

《人与时》（1918）	《过客》（1925）
"一人说，什么？"	过客——约三四十岁，状态困顿倔强，眼光阴沉，黑须，乱发，黑色短衣裤皆破碎，赤足著破鞋，胁下挂着一个口袋，支着等身的竹杖。 "老丈，你大约是久住在这里的，你可知道前面是怎么一个所在么？"
"时道，你们都侮辱我的现在， 从前好的，自己回去， 将来好的，跟我前去， 这什么什么的， 我不和你说什么。"	"那不行！我只得走。回到那里去，就没一处没有名目，没一处没有地主，没一处没有驱逐和牢笼，没一处没有皮面的笑容，没一处没有眶外的眼泪。我憎恶他们，我不回转去！"

    不难看出，《人与时》这首诗歌同样也具备鲁迅惯有的新诗习作中的幽默的风格，也就是说，无论对过去和未来采取什么态度，那高高在上的"时间"都给予了讽刺，因为它们"侮辱了现在"，"现在"该如何，时间并没有给出明确答案，只是和对那个不知所措的"一人"说"我不和你说什么"。而《过客》也是大体如此的结构，最后，无论前方是老人认为的"坟墓"还是孩子认为的"百合"，"过客"都选择立足当下、继续前行——因为他憎恶身后"没一处"让他自在的理想境地。这两篇作品聚焦了存在与时间的关系，只是后者更具象、意涵更深邃罢了。

    有意思的是，在鲁迅的新诗和《野草》之间，似乎还有一个衔接文体，那就是1919年8月到9月间鲁迅在《国民公报》新文艺栏发表的署名为"神飞"的小品集《自言自语》七小节（第七节后原注"未完"）。文中的自序说，"我"听到一个"天天独坐着"的叫作"陶老头子"的天天"说三话四"，"却有几句略有意思的段落"以及"连我也答复不来"的"昏话"。其中有些常被认为是《野草》中某些篇章的雏形，如《火的冰》（二）之于《死火》，《古城》（三）之于《过客》，《我的兄弟》（七）之于《风筝》。从表现的意境和内容上读者也很容易能找到二者之间的互文关系。至此，线索就更加清晰了，鲁迅在他的主要的六首新诗的尝试之后，深感在表达上的困厄，开始用一种"自言自语"的方式，表达他说也说不清楚、答也答不上来的内心"昏话"，到了《野草》，才可谓真正成熟和流畅起来。

    由此可见，鲁迅在选择文体时并非一下子确立，而是不断地尝试和探索，直到尽可能自洽为止。夏济安在《鲁迅作品的黑暗面》中说："在《野草》这样严肃的散文诗中出现这样一首打油诗（指《我的失恋》，笔者加）正暗含着鲁迅对令人遗憾的白话诗现状的评价。《野草》其余的诗都是真正诗的雏形。充满着强烈感情的形象以奇形怪状的线条在黑暗的闪光中或静止或流动。正如熔化的金属，无法定形。"① 而从纵向线索看,《我的失恋》仿佛又是鲁迅从文体上告别新诗的宣言，同时又成为衔接《野草》普遍文体特征的一种过渡，这样，它在《野草》中的所谓突兀感便能够得到一种内在创作机理或演进上的合理性。可以说,《野草》中那样的复杂形式才是鲁迅为着诗意表达的更"准确"的形式；而且，其中包含着的不安和踌躇的东西，恰恰能够表现出在他早期小说（如《呐喊》）中因社会改革紧迫性所不能承载的更为凝结和复杂的情绪。②

四、骚体翻译、旧诗创作

在写作新诗之前，鲁迅还主要翻译了海涅、裴多菲、伊东干夫、蔼谷虹儿等人的现代诗，较为明显的是将现代诗翻译成骚体。最早的应算是他在日本留学期间翻译的海涅的两首③。又如，在《斯巴达之魂》《红星佚史》中均用骚体作为故事讲述中场的咏叹。（这情形，甚至延续到了《故事新编》（如《铸剑》等）。需要注意的是，早期译作以"旧"的形式，并非在传达"旧"的内容。正如鲁迅的第一篇现代小说并非《狂人日记》而是文言的《怀旧》④。更重要的标准是作品中更为深邃的现代思想。这个，在以同样"周逴"的笔名所创作《红星佚史》的序言中可见一斑：

> 中国近方以说部教道德为桀。……泰西诗多私制。主美。故能出自繇之意。舒其文心。而中国则以典章视诗。演至说部。亦立劝惩为桀极。……读泰西之书。当并函泰西之意。以古目观新制。⑤

"以古目观新制"正是骚体背后现代性（自由、审美等）的呈现。鲁迅用骚体翻译诗歌，到了1925年年初在《语丝》上才逐渐用现代白话翻译了裴多菲的五首⑥，而这时，恰恰是《野草》写作前后，包括他翻译的日本诗歌《我独自行

---

① 夏济安:《鲁迅作品的黑暗面》，载乐黛云编《国外鲁迅研究论集（1960—1981）》，北京大学出版社，1981，第370页。
② "他因为小说不能承载的东西而感到不安，又因为这种不安意识而创作《野草》。"竹内好:《鲁迅入门》，载《从"绝望"开始》，靳丛林编译，生活·读书·新知三联书店，2013，第126页。
③ 周作人:《艺文杂话》,《中华小说界》1914年第2期。
④ 巴人:《鲁迅小说的艺术特点》，载李宗英、张梦阳编《六十年来鲁迅研究论文选》（下），知识产权出版社，2010，第831页。
⑤ 亨利·赖德·哈格德、安德鲁·朗:《红星佚史》，周逴译，商务印书馆，1907。
⑥ 北京鲁迅博物馆编《鲁迅译文全集》第8卷，福建教育出版社，2008，第131页。

走》①，很容易让人想到《过客》。这说明，鲁迅的诗体探索还是有一个敞开吸收和借鉴的过程。

当然，鲁迅短暂的新诗经验跳跃到后来发生了很大的变化。1935 年 9 月 20日鲁迅致蔡斐君信说："诗须有形式，要易记，易懂，易唱，动听，但格式不要太严。要有韵，但不必依旧诗韵，只要顺口就好。"② 这是鲁迅在 20 世纪 30 年代的文艺大众化运动语境下的讨论，他开始注重新诗本身的歌唱、记诵功能。这时他还曾跟着在《十字街头》等刊物写了几首类似的歌诗。不过，这和他早期所说的"时效性"较强的诗相比似乎没有太大的差异。就表现内心隐曲方面，他本人还是习惯于旧体诗。用夏济安的话说："尽管他对旧中国，对中国古书采取拒斥的极端立场，但有时他还是让自己完全屈服于旧诗，屈服于它的朦胧晦涩，屈服于它的传统的重压。他可以使自己适应传统文化的精华，即使在剧烈的社会动乱和政治革命年代，也仍然能从中得到安慰。"③ 虽然，夏济安所认为的采用旧形式就是"屈服于朦胧晦涩"的说法值得商榷，（例如，《怀旧》作为鲁迅用旧的形式反思旧的内容，他的早期文言翻译如嚣俄《哀尘》之宽烈奔放，并未影响作品的现代性，其旧体诗创作也未必是一种"拒斥"或"屈服"传统的表现。）大体上，鲁迅的诗体的演进之路的确是担负起了他深邃而痛苦的内面精神的"安慰"。

五、《故事新编》中的歌与诗

如竹内好所言，鲁迅的写作是从"诗"到"散文"的转变。这里有必要去讨论一下在"散文"世界中的《故事新编》里所使用的歌与诗。第一个是著名的《铸剑》中的三段《哈哈爱兮歌》，它很容易让人想起那部因由远古神话而改编的奇幻小说《红星佚史》中插入的韵文歌辞；第二个是虚写的《非攻》中的"赛湘灵"所唱的《下里巴人》歌；第三个就是《采薇》中通过小丙君之口说出的伯夷和叔齐所作"只有刺，没有花"的诗。

关于《哈哈爱兮歌》的内涵，研究者根据鲁迅的写作环境和上下文都做过详细的探讨④，但作为与小说其他部分融为一体的美学形式，我宁愿相信它的多种可能性，鲁迅 1936 年写给增田涉的信中这样解释：

---

① 伊东干夫：《我独自行走》，载北京鲁迅博物馆编《鲁迅译文全集》第 8 卷，福建教育出版社，2008，第 134 页。
② 1935 年 9 月 20 日致蔡斐君信，载《鲁迅全集》第 13 卷，人民文学出版社，1981，第 220 页。
③ 夏济安：《鲁迅作品的黑暗面》，载乐黛云编《国外鲁迅研究论集（1960—1981）》，北京大学出版社，1981，第 369 页。
④ 高远东：《歌吟中的复仇哲学——〈铸剑〉与〈哈哈爱兮歌〉的相互关系读解》，《鲁迅研究月刊》1992 年第 7 期。

在《铸剑》里，我以为没有什么难懂的地方。但要注意的，是那里面的歌，意思都不明显，因为是奇怪的人和头颅唱出来的歌，我们这种普通人是难以理解的。第三首歌，确是伟丽雄壮，但"堂哉皇哉兮嗳嗳唷"中的"嗳嗳唷"，是用在猥亵小调的声音。①

也就是说，虽然诸家的解释都有其合理之处，但作为小说的一部分，鲁迅仍然认为包括他自己在内（"我们"）的人无法理解，这是具有传奇性或神性而对象化了的不可解的歌吟。至于其中的"嗳嗳唷"之类的在民间歌谣是戏文中常见的没有内涵的拟声词，也不过是在作品中给读者传达一种合理的情绪罢了。从整个早期《故事新编》（20世纪20年代）的创作带有强烈的表现性和浪漫主义气质上来说，这首诗在小说中的存在并不突兀。正如在上一章中谈论到的《铸剑》本带有哲学意味，这首歌依然延续了《野草》以来"诗"的创作的部分，只不过庄谐并存的早期新诗形式自如地消融在《铸剑》的整体诗性中罢了。

而《非攻》中的《下里巴人》歌则是侧面描写，讲墨子到了楚国在集市上打听公输般，却听到赛湘灵的《下里巴人》歌，并见识了群众的热闹：

> 再向中央走是一大块广场，摆着许多摊子，拥挤着许多人，这是闹市，也是十字路口交叉之处。墨子便找着一个好像士人的老头子，打听公输般的寓所，可惜言语不通，缠不明白，正在手掌心上写字给他看，只听得轰的一声，大家都唱了起来，原来是有名的赛湘灵已经开始在唱她的《下里巴人》，所以引得全国中许多人，同声应和了。不一会，连那老士人也在嘴里发出哼哼声，墨子知道他决不会再来看他手心上的字，便只写了半个"公"字，拔步再往远处跑。然而到处都在唱，无隙可乘，许多工夫，大约是那边已经唱完了，这才逐渐显得安静。②

《下里巴人》本为宋玉《对楚王问》中描述的郢中集体相和的歌诗的情状。这段带有对远古楚国的想象，但小说中并未指出歌唱的具体内容。从当时鲁迅所处的情境乃至当时左翼文学盛行的局势，大约是在自觉不自觉地表达这种社会气氛，几乎在同一时期他所翻译的西班牙的巴罗哈的作品《山民牧唱》的一些篇章中也可以看到这些世象的类似描述③。歌唱隐去，作者更着力将民众在作品中显相。不

---

① 1936年3月28日致增田涉信，载《鲁迅全集》第13卷，人民文学出版社，1981，第659页。
② 鲁迅：《非攻》，载《鲁迅全集》第2卷，人民文学出版社，1981，第457-458页。
③ 巴罗哈：《山民牧唱》，载北京鲁迅博物馆编《鲁迅译文全集》第7卷，福建教育出版社，2008，第444-450页。

过，墨子在这个气氛中无法言声，连好不容易找到的看起来像个文化人的"士人"也投入歌唱，不理会他。或许，这首集体的歌恰衬托了墨子的孤独。《下里巴人》这首侧面书写的带有空疏气氛的歌谣，也许表现了鲁迅对空喊口号或章法的不信任，同时，因为侧面描写，似乎也暴露了对民众的真实形象的模糊认识。这种感受，也似乎延续了《铸剑》的情境，只不过与"黑色人"相比，"墨子"相对更具有世俗的力量罢了。

《采薇》中，伯夷、叔齐的诗遭到了小丙君的传播和嘲笑，它只有四行，乍一看下去很像鲁迅早年的新诗，虽然大体意思来自典籍记述，但作者将其化用得"打油"味儿十足：

> 上那西山呀采它的薇菜，
> 强盗来代强盗呀不知道这的不对。
> 神农虞夏一下子过去了，我又那里去呢？
> 唉唉死罢，命里注定的晦气！①

小丙君对这首诗非常愤怒，他认为伯夷叔齐是不肯"安分守己"，不肯"为艺术而艺术"，而且批评说："没有花，只有刺，尚且不可，何况只有骂。即使放开文学不谈，他们撇下祖业，也不是什么孝子，到这里又讥讪朝政，更不像一个良民……"②小丙君的议论正合了当时新诗和文化界的论争，包括"为艺术而艺术"之类的讨论。而"没有花，只有刺"也让人想到鲁迅早期从他所不满足的"新诗"而转向的杂感性质的"无花的蔷薇"③。这是鲁迅的讽刺，在伯夷、叔齐面对伦理的破坏而"慎终追远"乃至"死罢"的迂阔面前，还有人虚伪地凭借"温柔敦厚"的诗歌来换取"永久性"。鲁迅是赞同诗歌的含蓄蕴藉的，但时代似乎不允许，即便作诗也只能像他的杂感那样"没有花，只有刺"。

这个问题涉及鲁迅对待文学的整体看法。早期他称《呐喊》是"遵命文学"，后来的《彷徨》呢，"只因为成了游勇，布不成阵了，所以技术自然比先前好一些，思路也似乎较无拘束，而战斗的意气却冷得不少"④。这里面暗藏着："遵命"意识的过分参与反而伤害了写作的"技术"（形式）和"思路"（内涵）。鲁迅将小丙

---

① 鲁迅：《采薇》，载《鲁迅全集》第 2 卷，人民文学出版社，1981，第 411 页。

② 同上，第 411 页。

③ 《华盖集续编》（1926 年作）中连续有四篇杂感名为《无花的蔷薇》《无花的蔷薇之二》《无花的蔷薇之三》《新的蔷薇——然而还是无花的》，均是讽刺针砭社会人事。《鲁迅全集》第 3 卷，人民文学出版社，1981，第 255、261、286、291 页。

④ 鲁迅：《〈自选集〉自序》，载《鲁迅全集》第 4 卷，人民文学出版社，1981，第 457 页。

君的议论用在这里，实际上是在昭告有些事物也许远比"技术"更重要。因而，暂时的文学和永久性的文学，鲁迅选择前者。当然，鲁迅的文学常常并非表现在二者的决裂式的分布，到了《故事新编》越加成为自然而然的统一体，无须像《呐喊》中的一些作品，作者时常突然站出来"不惮曲笔"。

鲁迅早期对于新诗的态度和看法，都融入自己的《故事新编》创作中去了，或表达情绪，或描写气氛，或用来讽刺，都恰当地构成了小说的重要组成部分。新诗杂感之类的意义在于"无花"，其作为文学干涩之处亦在"无花"。不能不说，除《野草》外，鲁迅在《故事新编》之中才真正实现了诗的深层表达，因其广大的整体性，如竹内好所言是"散文"的。因此，鲁迅的新诗经验未必是成功的，但他将经验和观察到的诗歌对象化，并激活在小说中。

当然，抛开狭义的诗歌文体的参与，《故事新编》的诗性更体现在他所营造的气氛，这种"诗意"是伴随着鲁迅的思想变化而不断生成的。《故事新编》里从早期带有主体强烈气息的浪漫书写到后来视野更为朴拙而广阔的"散文"式的混响，都是另一层更高意义上的诗。

第二节 从无常到女吊:《朝花夕拾》与《故事新编》中的生与死

死亡是一切人生哲学的源头，或者，是后者得以积聚的势能。每当我阅读《故事新编》时，总能感受到鲁迅面对死亡的严峻、快慰和超脱。虽然，这超脱不是具象上的原谅，而是悲悯。在鲁迅病入膏肓之际，有一篇《"这也是生活"……》，记载了他让"自己的女人"开灯好"看来看去的看一下"[1]，这暗含着他面临死亡的温柔和无力，同时也传达了种种事项都与己相关的存在的紧迫感。1936 年 10 月，鲁迅逝世后，大量文学刊物出了纪念专号。与鲁迅有过交往的日本作家鹿地亘也写文章回忆：

> 五天前——十月十七日的下午，那声音才玩笑似地笑着说过："我在《中流》九月号上写的遗嘱你看过没有？"那，我是知道的。不过还没有读过。我是不喜欢活人讲到"死"的话的，所以那时，也只当是我的师友的不好听的玩笑那么听着。我也笑着说："在明治中叶，日本有一个叫斋藤绿雨的文人，发表过死亡的广告。""噢，那是旧事了，那个人马上就死了吗？"他就问我。"不久就死了。当然不是预感的死，好像是偶然的病死。"[2]

---

① 鲁迅：《"这也是生活"……》，载《鲁迅全集》第 6 卷，人民文学出版社，1981，第 601 页。
② 鹿地亘：《鲁迅的回忆》，雨田译，《译文》1936 年第 2 卷第 3 期。

从这个细节，我会深刻地感受到鲁迅对死亡的坦然与焦虑。而在发表"遗嘱"的同时，十月号上的《中流》还发表了一篇风格上承接着鲁迅那温婉又不失戾气的《朝花夕拾》式的回忆性作品《女吊》。

严家炎说，"鲁迅的创作跟'回忆'关系很密切。除了散文集《朝花夕拾》……，《呐喊》《彷徨》中许多小说及《野草》中的一部分散文诗，素材都来源于回忆"[①]。殊不知，从厦门期间立意写作八篇历史、神话题材的小说系列的鲁迅，也同时赋予了这个集子一种更为广大的回忆空间，即立足当下对于历史智识的追溯与回忆。

鲁迅曾在"从记忆中抄出来"的"离奇而芜杂"的《朝花夕拾》的序言中说："文体大概很杂乱，因为是或作或辍，经了九个月之多。环境也不一……"[②] 如果回头看看《故事新编》可能更令读者感到头疼，因为这部作品绵延了"九年"也不止的创作期，《朝花夕拾》印刻着个人经验和体验的影子，《故事新编》则更以一己之力承载历史文化，更显其文体的复杂性。

《朝花夕拾》一共十篇，分别写在两个不同的地方，后五篇是在厦门所写，而前五篇在北京。前五篇作品虽然谈论童年，但其严正性和戾气深厚，而整体风貌仍然落于最后五篇涵泳耐读的从容气质之中。其中，1926 年在京期间流离时所写《无常》，还有鲁迅去世之前不久写的另一篇《女吊》，一方面显示出鲁迅对时局的批判精神，另一方面也体现出他对家乡鬼魅文化中所蕴藏的具象美（如无常之"鬼而人，理而情，可怖而可爱"[③]）的热爱。前后跨度十年所作的这样相等题材的作品，均写在他危难之时。前者是，在外界的作用之下，对世间"公理"表示彻底的失望，于是以儿时所忆的民间神会来自谴谴人；而后者，是在面临自然死亡时写的带有鲜艳色彩的回忆。鲁迅说"至于勾摄生魂的使者的这无常先生，却似乎于古无征，耳所习闻的只有什么'人生无常'之类的话。大概这意思传到中国之后，人们便将他具象化了。这实在是我们中国人的创作"[④]。而《女吊》也同样，鲁迅曾认为它是"单就文艺而言，他们就在戏剧上创造了一个带复仇性的，比别的一切鬼魂更美，更强的鬼魂"[⑤]。二者是绍兴"两种特色的鬼"，无常的白色袍子和女吊的红色衣裳，都是强烈的色彩。在精神情调上，他们分别有一松落、一刚劲的意味。

为什么鲁迅在自己人生面临着死亡的两大特殊的时刻，他转而寻求故乡的鬼魂意象来抒发胸臆？它们到底给鲁迅带来了什么样的力量，让他在这样的时刻半

① 严家炎：《读〈社戏〉》，载《论鲁迅的复调小说》，上海教育出版社，2002，第 19 页。
② 鲁迅：《〈朝花夕拾〉序》，载《鲁迅全集》第 2 卷，人民文学出版社，1981，第 230 页。
③ 鲁迅：《无常》，载《鲁迅全集》第 2 卷，人民文学出版社，1981，第 269 页。
④ 同上，第 269 页。
⑤ 鲁迅：《女吊》，载《鲁迅全集》第 6 卷，人民文学出版社，1981，第 614 页。

开玩笑半认真地讨论着如此诡异的故事。

而鲁迅晚年的小说写作可以显示出与这些散文更为亲密的关系。1935 年，鲁迅创作的最后几篇小说（《出关》《采薇》《起死》），所表现出的温情和怪诞都是如此的自如自在。尤其最后一篇，或在"汉子"的身上看到"无常"的影子，又在"庄子"身上的"道袍"中看到他道貌岸然的辛苦和可笑。鲁迅仿佛已经不喜欢去谈论那些不能够给他带来审美和自由快慰的人世纠葛了，尽管他还通过杂文按照自己的方式明辨是非。于是，他在《女吊》中笑说，"自然，自杀是卑怯的行为，鬼魂报仇更不合于科学，但那些都是愚妇人，连字也不认识，敢请'前进'的文学家和'战斗'的勇士们不要十分生气罢。我真怕你们要变呆鸟"[1]。显然，在鲁迅看来，敢于泼辣自然的生死，要比故作深沉、苟且偷生的人更值得尊敬。在《起死》中，鲁迅将这一"前进""文学家""勇士"形象多少嫁于"庄子"，因而他在质问着一个已经作古的骷髅说"您不知道自杀是弱者的行为吗？"[2] 而这汉子，与游荡人间的哀哭无奈但又自如泼辣的无常、女吊又有什么两样呢？

鲁迅的死总仿佛只呈现着坚韧的生。如果死是生的一部分，那么为什么要在临终妥协，只因为它在时间上是生的一个结点吗？鲁迅选择在死后"我也一个都不宽恕"，恰是以生的姿态去死。至于死后的宗教乃至鬼神，他并不很在意。在临终前写的《我的第一个师父》中，他用包含着温情和戏谑的口吻表现出家乡人泼辣生活的种种细节，生意满膺，毫无保留。所以，他在最后的岁月里，不是想要急于总结功过，或者屈服于死后的世界，而是仍然表达着当下的尊严。

至于《出关》《起死》之类，如果说为否定老庄之空谈和虚无主义，那么自始至终鲁迅并没有抛弃对于文学上的庄子精神的偏爱甚至迷恋[3]。对此，他有其积极的选择。《起死》中的"庄子"自成为艺术形象，便不再是中国古典世界里的庄子，鲁迅化用其中的某些细节，使之成为一个具象的穿着道袍的活生生的人。在一大片荒地和蓬草之间，优游的庄子这样登场：

> 口渴不是玩意儿呀，真不如化为蝴蝶。可是这里也没有花儿呀，……哦，海子在这里了，运气！运气！[4]

接着他和一个死去的汉子之间发生了啼笑皆非的生死纠缠。可见鲁迅对那些

① 鲁迅：《女吊》，载《鲁迅全集》第6卷，人民文学出版社，1981，第617页。
② 鲁迅：《起死》，载《鲁迅全集》第6卷，人民文学出版社，1981，第469页。
③ 郭沫若《庄子与鲁迅》："在最近的复读上，这感觉又加深了一层。因为鲁迅爱用庄子所独有的词汇，爱引庄子的话，爱取《庄子》书中的故事为题材而从事创作，在文辞上赞美过庄子，在思想上也不免有多少庄子的反映，无论是顺是逆。"孟广来、韩日新编《〈故事新编〉研究资料》，山东文艺出版社，1984，第649页。
④ 同②。

将经典中的"庄生梦蝶""方生方死"等情境赋予庸俗化演绎的嘲讽。

> 司命：哈哈！这也不是真心话，你是肚子还没饱就找闲事做。认真不像认真，玩耍又不像玩耍。还是走你的路罢，不要和我来打岔。①

全篇除了表达上述对于庸俗化之后的庄子哲学的嘲讽之外，还有一种和庄子思想相通的东西，即对人事生死的悲悯。尤其结尾，死而复活的汉子揪着巡警要衣服，让人不免唏嘘。

> 汉子——（揪得更紧，）要不然，我不能探亲，也不能做人了。二斤南枣，斤半白糖……你放走了他，我和你拼命……
>
> 巡士——（挣扎着，）不要捣乱了！放手！要不然……要不然……
>
> （说着，一面摸出警笛，狂吹起来。）②

这时，世俗的批判意味也变得无力和飘渺，只有故事本身的可爱好玩。其实，早在1926年，在厦门期间，鲁迅就对庄子的出世思想表示出了无比的欣赏，且与其师章太炎是一脉相承的，他认为儒墨晚于老子，一者崇实，一者尚质，故文辞略之华采；周季渐有繁辞，叙述精妙，文辞美富者，今存《庄子》。

> ……而其文汪洋辟阖，仪态万方，晚周诸子之作，莫能先也。……中国出世之说，至此乃圆备。③

> 庄子晚出，其气独高，不惮抨弹前哲。愤奔走游说之风，故作《让王》以正之。恶智力取攻之事，故作《胠箧》以绝之。其术与老子相同，其心乃与老子绝异。……已与关尹、老聃裂分为二。……其裂分为二者，不欲以老子之权术自污也。④

《故事新编》后期的作品渐趋于彻底打破个别的理想主义，赋予甜美的讽刺乃至同情，这分明就是庄子"以天下为沉浊，不可与庄语"的视野和风度。"不可庄语"，自会"谐出"，于是一系列的"油滑""无事"反而成了"不遣是非，

---

① 鲁迅：《起死》，载《鲁迅全集》第6卷，人民文学出版社，1981，第471页。

② 同上，第479页。

③ 鲁迅：《汉文学史纲要·老庄》，载《鲁迅全集》第9卷，人民文学出版社，1981，第364-366页。

④ 章太炎：《诸子学略说》，载《章太炎讲国学》，东方出版社，2007，第43页。

以与世俗处"的绝好表达。当然，鲁迅这一写作境界，并非意味在世俗的行动之中失去方寸，解决个人存在困境的庄子思维，与借用老庄思想以"精神胜利"、以麻醉于现实"无特操"，完全是两码事。

因此，《故事新编》的题材选择看起来虽极具"功利性"（"刨坏祖坟"），然而，鲁迅却倚靠这种非功利性，复活了一个从未封闭的全新的丰富而喧嚣的世界。它们的意义，一方面遭遇了瓦解的尴尬，另一方面又被鲜活而丰富的细节点燃。与道德探寻的初衷不同，如此则显示出了博大的胸怀。这大概是鲁迅在病事交杂中对深刻而厚重的历史及生存做出的游戏般宣泄吧。自《理水》到《起死》，他陡然将笔调迈向了苍凉静穆，正如他自己在病床上咕哝的那样，一种有关存在的深刻觉醒舒展出了更为阔大的境界："外面的进行着的夜，无穷的远方，无穷的人们，都与我有关。"①或者，从他这篇最后谈生死、疾病与英雄战士的"可歌可泣"的文章中，可见一点他写作《故事新编》的端倪：

> 李白怎样做诗，怎样耍颠，拿破仑怎样打仗，怎样不睡觉，却不说他们怎样不耍颠，要睡觉。其实，一生中专门耍颠或不睡觉，是一定活不下去的，人之有时能耍颠和不睡觉，就因为倒是有时不耍颠和也睡觉的缘故。然而人们以为这些平凡的都是生活的渣滓，一看也不看。
>
> ……
>
> 其实，战士的日常生活，是并不全部可歌可泣的，然而又无不和可歌可泣之部相关联，这才是实际上的战士。②

《故事新编》中充满了如此多的这样的简单的生存，所有的英雄神像都和凡人一样，都要吃饭睡觉，都有日常苦恼，且这些"苦恼"都不是常人所说的"可歌可泣"的苦恼，这才是战士或英雄最真实的全部的人生状态，也是鲁迅在经典人物身上充塞以静穆、苍凉、朴素、亲切之气息，使之充分展现出复古的生机。

第三节　从《呐喊》《彷徨》到《故事新编》

上文提及，鲁迅前期小说创作带有明显的"曲笔"性，一个非常重要的内驱力是"国民性批判"的使命感。关于"国民性"的叙述，除了在鲁迅所观察的农人的乡村和知识分子充斥的城市之外，鲁迅还借助了某种"外在"的眼神来

---

① 鲁迅：《"这也是生活"……》，载《鲁迅全集》第6卷，人民文学出版社，1981，第601页。
② 同上，第600-603页。

观察自身。这就是至今为止，仍然有许多对中国乡村社会深怀眷恋的研究者认为鲁迅对乡村的描述太过刻薄，有违真实。自然，鲁迅的乡村和沈从文、废名的乡村有着明显的差异，无论是诅咒、怜悯还是批判、眷恋，都是在作者"离开"之后建筑的文学空间。

作为带有强烈现实反思色彩的鲁迅文学来说，现实的参照和他者的眼光同样重要。在鲁迅谈到的西方人看待中国的书（即"他者的眼光"）中，有一本美国传教士所写《支那人气质》，这本书在明治时期流行于日本，据说是当时及后来美国和日本了解中国的重要参考，鲁迅曾经在 1933 年期望有人能够翻译出来给国人阅读[①]。而后，他还给同样是基督徒的内山完造写的另一本关于中国人品性的《活中国的姿态》写序，序中，他提及这些外国人所写的对中国人观察得出的情状，需要中国人多加了解和反省。

在《支那人气质》中，作者展露了 19 世纪后期 20 世纪初期中国的贫瘠和落后，当然也自然流露着发达文明国家的优越感。[②] 作者带有幽默和同情气息的笔调里，甚至可以找到看起来和鲁迅国民性批判同调的部分。比如，谈到中国人之间的相互辱骂，侮辱尊严和祖先，而不就事论事（《阿 Q 正传》）；比如中国人在临死之前的喧闹和没有尊严（《父亲》）；还有中国人在议论他人之时的"八卦"特色（"阿金"）；甚至有关于中国人对于人死之后的灵魂问题的讨论（《祝福》）；等等。有研究者甚至认为鲁迅的文学写作，实际上很受这本书的影响。正如美国人之带着好奇、不解、同情的"陌生化"语气，鲁迅小说中也携带一种变异了的文学上的"陌生化"。[③]

我想，这种"陌生"并不是鲁迅照搬了西方或日本的视角，而是在他们的文字之中找到了某种共鸣。这种"陌生"视角并不是别人赋予他的，毋宁说是一种现代视角。鲁迅生活在 19 世纪到 20 世纪过渡的 50 多年中，也是世界文学积累、勃发最令人震惊的时期，他能够看到伟大的世界文学的某些共同之处，无论是日本文学的冷峻、唯美、压抑，还是俄罗斯文学中的细致、广大、沉郁，都让他知晓真正的文学恰恰是对所有的人间世象露出惊奇坦率的神色。正如他后期着力翻译的《死魂灵》一样，果戈理的创作核心并不是在揭露俄罗斯国民的现实世界，或带着某种强烈的道德使命感加以批判，而是将之"陌生化"，从而显露出腐朽的"人国"土壤上开出的野花，作家所亲眼看到的一切都不是"理所当然"[④]。鲁

---

① 1934 年 3 月 29 日致陶亢德信，载《鲁迅全集》第 13 卷，人民文学出版社，1981，第 245-246 页。
② 明恩溥：《中国人的文明和陋习》，李向辰译，陕西人民出版社，2013。
③ 李冬木：《鲁迅怎样"看"到阿金？——兼谈鲁迅与〈支那人气质〉关系的一项考察》，《鲁迅研究月刊》2007 年第 7 期。
④ "我认为真正的艺术家不会对任何事情抱理所当然的态度。"弗拉基米尔·纳博科夫：《俄罗斯文学讲稿》，丁骏、王建开译，上海三联书店，2015，第 114 页。

迅也不例外。

当然，和果戈理《死魂灵》第一部不同的是，《呐喊》内部蕴含了强大道德即社会改革的期许。鲁迅对于"国民性"的批判，带有具体的实在感，到了后来，他似乎不满足于这种带有"曲笔"特色，而是不露声色地让人们沉浸在时代的表象世界之中，从中提取更为混乱同时更为丰富的质素。从《呐喊》到《彷徨》再到《故事新编》，即使在小说集内部，其文体也在发生着某种鲜明的跳跃性。

在《呐喊》中，从《狂人日记》到《不周山》（即《补天》），几乎已经体现了鲁迅在文体上的摇荡：即从不惜"曲笔"呐喊、暴露旧社会弊病，到《阿Q正传》，它几乎将这种变革年代民众蒙昧的众生相揭露得足够成熟，再这样写下去，"呐喊"似乎已经无路可走。因而《端午节》之后的作品，可看出《彷徨》的痕迹（《端午节》）、《朝花夕拾》的痕迹（《社戏》）以及《故事新编》（《不周山》）的痕迹。在《呐喊》自序中，鲁迅暴露了他在小说书写时的内在"摇荡"。鲁迅这时内心蕴藉着的自身的和关于时代、社会的愁苦与伤痕，是不足以单靠外在的揭露社会的病苦全部排除出去的。因此，他仍然要复归于自身，一如《野草》《彷徨》中咏叹调般的顾影自怜。由此，《阿Q正传》作为《呐喊》内涵的集大成或终结，又暗示并开启了另一层"油滑"带来的空间上的舒展。正如上文所说，它们也蕴含了鲁迅新的文体的可能性。当《彷徨》和《野草》让鲁迅内心深处的灵魂得以充分地舒展、舞蹈之后，它渐渐地走向新的平稳的状态，对他者与自我的近距离观察都足以令他厌倦，一种带有历史记忆和距离感的新书写就自然而然产生了。《不周山》（《补天》）作为《呐喊》的终结，同时也成为这种新的平稳状态（《故事新编》）的起点，它尽当地呈现了《铸剑》《奔月》中一样的革新者的苍劲和孤绝，乃至于后来，其他诸篇慢慢脱离单一的道德与灵魂挣扎，染上了某种静穆和自由的色彩。

一、《呐喊》自序中的矛盾

1922年底，42岁的鲁迅为自《狂人日记》到《不周山》15篇小说的结集作序。序言呈现了一个度过青春年华同时又是中年新锐作家的个体的矛盾状态。一方面，他为新文化运动"呐喊"着；另一方面，他自陈是为"慰藉"像他曾经那样"寂寞"的人们而作小说。为什么要"慰藉"别人呢？他说是因为他曾经感受到同样的"寂寞"。那么，在他看来，这"寂寞"又是什么呢？他回忆说自己在青年时候办过刊物，试图做文艺的事业，但最后都夭折了。因此，这是一种"生人并无反应，既非赞同，也无反对"的"寂寞"。[①]留学时，他就意料到自己将走向不一样的路径——

① 鲁迅:《〈呐喊〉自序》，载《鲁迅全集》第1卷，人民文学出版社，1981，第417页。

在当时的流行趋势，即发展物质和政体之外另辟蹊径——改变人心的"立人"理想①。这一理想，在他归国十年之后，面临一次次失望时，逐渐飘渺。正是如此十年，他从一个持有"维新的信仰"②的主体，变成了一个客体，一个热心的旁观者。尽管在行动和实践上，他是参与者。

因此，待到新的变革到来时，虽然作为重要的一员，但他内心深处似乎仍然保持着疏离的状态。这种疏离根源于他年轻时"做过许多梦"，而这些"梦"慢慢地破灭或忘却，他渐渐在教育部佥事的职位中慢慢沉沦下去（这时，这些积蓄的时光和沉沦的能量，尚不能被确认转化为什么），这体现在《新青年》上其同时发表的新的白话诗，暴露出了梦境的复杂乃至署名为"唐俟"（即"俟堂"，待死堂）的颓唐与疏离。

《狂人日记》的创作，虽然后来鲁迅自陈写得太"逼促"，但这也可以说是一种"慰藉"他者的旁证。③但这"第一篇白话小说"似乎也暴露了他写作中最原始和最根底的精神结构，那就是，一种来自外界的黑暗给个体带来的道德重压。这种近乎精神变态式的对外界的敏感反应（"吃人"的全面感受），恰恰体现了鲁迅在狂人身上寄托的深厚的道德责任感。可以看出，这一层质地在鲁迅身上是一直留存的，无论是顾影自怜的魏连殳，还是后来《铸剑》中的黑色人，哪怕是满身虚无，身上也还寄托着某种道德自觉。这个自觉，恰恰是对外界的敏锐感受所赋予的，并且表现在主人公乃至作者身上，成为一种历经沧桑反主为客的主动承担的执拗顽抗。

这种复杂的表达方式，恰恰暗示了在《呐喊》中，必然会滋生和爆发出蓄积在他内心世界里更复杂、更丰富的面向。正如他所说，不少小说用的"曲笔"，是"慰藉"他人的结果。这样看来，《狂人日记》中的"赴某地候补"的病好④、《阿Q正传》中的国民的几近全体的沉沦，才真正可能给他带来一种内心真实情绪上的释放。不管怎样，《呐喊》中这样的国民相写作，整体上还是以暴露为主。到了《彷徨》，笔法之放松，作者似乎是在一种更为自由的心态下写作，"荷戟独彷徨"让他重又回到自己完全的"寂寞"状态。但这时候，他不再是沉默者的"寂寞"，而是能够通过书写来达到的一种带有自怜色彩的彷徨。这时，《呐喊》内部思想的摇曳性也得到了充分的舒展，它们和《野草》一起，构成中国现代士人心境的表达，甚至带有某种屈骚和物哀的意味。这气氛，也恰恰真实地对接了他更

---

① 鲁迅：《文化偏至论》，载《鲁迅全集》第 1 卷，人民文学出版社，1981，第 57 页。
② 鲁迅：《〈呐喊〉自序》，载《鲁迅全集》第 1 卷，人民文学出版社，1981，第 416 页。
③ 鲁迅：《对于〈新潮〉一部分的意见》，《新潮》1919 年第 1 卷第 5 期。
④ 鲁迅：《狂人日记》，载《鲁迅全集》第 1 卷，人民文学出版社，1981，第 422 页。

早之前"唐俟"的心境。

因此,《呐喊》结集的序言,恰恰成为连接这部小说集和后来文体的最佳明证,并且暗示了《呐喊》中这些摇曳的质素必然会将"寂寞"的作者的创作朝向更为丰富、复杂和幽深的方向进散。

二、《不周山》:"一个开始,也是一个收场"

1923 年 8 月,北京新潮社初版了《呐喊》,这时还包含《不周山》,直到 1926 年第三次印刷,由北新书局出版,《不周山》才被抽掉。《不周山》创作于 1922 年冬,鲁迅自述,原是为采用古旧的题材来作小说,用弗洛伊德的学说来讲述人与艺术的起源,因为将一则文坛故事化用在小说里,给人一种"油滑"的印象,因此他说,"我决计不再写这样的小说,当编印《呐喊》时,便将它附在卷末,算是一个开始,也就是一个收场"。[①]

首先,从题材上看,《不周山》在《呐喊》中的确略显突兀,而它又算是《故事新编》中色调最为秾艳的作品。故事采自神话传说,化用《山海经》中的诸多经典碎片,却被赋予了一层"桃色的云"。它将女娲炼石补天的传说和自觉的创造学说结合在一起,成功地缔造了一个丰腴美好的母性形象。[②] 这个形象中显示出一种与《呐喊》其他小说相比更加主体、正向的东西,这在《孤独者》《在酒楼上》表现为一种生命力的迸发、牺牲,乃至消散之感。其次,作品极强的浪漫主义色彩,会让人联想到《野草》、译文(《苦闷的象征》《桃色的云》等)乃至《呐喊》中的精神质素,从而孕育了一种新的文体能量。它扰乱了《呐喊》的统一性,同时又成为新的文体的开始。后来,鲁迅创作的第二篇《铸剑》、第三篇《奔月》,重新拾起了过去的写旧题材的念头(也即到 1926 年第三次印刷《呐喊》之后)。从女娲到黑色人再到后羿,这三种形象都被灌注了一种自我牺牲精神:一方面带有很强的道德色彩,但在另一方面,其背后又充斥着带有象征色彩的游戏感。

《补天》的"游戏感"体现在女娲创造之后的牺牲,一种更为阔大的世界及其认识论,从而化解掉了她所创造的世界内部的意义纷争,带有极强的哲学色彩,或可以大胆地说,这部小说带有科幻色彩,因为它基于朴素的科学认知和想象(《山海经》),又从精神意志上赋予女娲一种带有决定论色彩的神明气质。而这一世界,随后渐渐地缩小到了个体的身上,转变为《铸剑》里的黑色人的选择,就变成了

---

① 鲁迅:《〈故事新编〉序》,载《鲁迅全集》第 2 卷,人民文学出版社,1981,第 341 页。

② 有趣的是,《呐喊》初版是周作人编"新潮文艺丛书"中的一部,另外还有鲁迅译《桃色的云》、冰心《春水》、周作人译《我的华鬘》等。陈子善:《〈呐喊〉版本新考》,《中国现代文学研究丛刊》2017 年第 8 期。

没有任何社会身份（一如《过客》中过客所期待的"没有名目"的世界），为世俗世界的仇恨报复而助力，在滑稽而歌唱的氛围之中，完成残忍的复仇，以至于最终消失。而到了《奔月》，呈现出一个从神明到无社会属性的人，再到陷进世俗生活泥潭的传说中的英雄。看起来，英雄或神明接受的日常生活的考验，要比一场战斗或创造更加艰巨。而且，由于他们自身的内在属性，对这种困境的解脱和消化，反而变得更加艰难起来。在这种日常的围困之中，神明与英雄慢慢地被消解了，这预示着众生相的世界再次被展开。

三、《彷徨》与《铸剑》《奔月》

《彷徨》1926 年 8 月由北新书局出版，收录了鲁迅 1924—1925 所作的 11 篇小说，他个人内心的幽微延续着《呐喊》更奔放自由地表达了出来，在小说的序言中，鲁迅借用屈原《离骚》中的句子作为引言：

> 朝发轫于苍梧兮，夕余至于县圃；欲少留此灵琐兮，日忽忽其将暮。
> 吾令羲和弭节兮，望崦嵫而勿迫；路漫漫其修远兮，吾将上下而求索。

《彷徨》的封面设计，是一个即将日落的余晖下，几个影子一样的人端坐在椅子上，他们不再是《过客》中的"我只能走"的样子，而是"上下而求索"的淹留状态。在《孤独者》《在酒楼上》中的自我叠影般的存在中，作者反顾复徊，与此相关的还有《野草》中的《死后》等，也是一种不断地通过书写对死亡的演习来释放灵魂的重压。《不周山》中丰沛的生命力和创造力反而在《彷徨》中显示为一种洒脱的颓唐，和《野草》一样，《彷徨》"技术不算坏"，读者甚至能够从中看出多重审美可能，《肥皂》于写实中思想的摇曳，《示众》的现代变形的神秘性，都给人一种狭小世界中形式的惊喜。在"女娲"化作一片丰腴的腹地之后，颓唐的彷徨的生命在经过一段时间的顾影自怜之后，新的形象接续着"女娲"振作起来，重新成为孤胆英雄。在《故事新编》中，《铸剑》《奔月》逐渐呈现为一个神灵到英雄的日常生活，在历史的漫漫长河中，这些英雄们在日常生存的大路上艰难行走，直至山穷水尽或壮烈牺牲。

四、作为幽灵的存在：从阿 Q 到《起死》

从《怀旧》到《狂人日记》《孔乙己》，这人生中正式的头三篇的文学创作一开始就奠定了鲁迅写作中最典型的题材，即知识分子形象；而另一个群体便是他所熟悉的普遍的农民形象。尽管在《阿 Q 正传》自序传略中，鲁迅告诉外国读者，阶层或人与人之间的隔膜使他所书写的农民形象只是一家之言，等到真正的工农阶层能够书写自己的生活的时候，他的这些表达就可以速朽矣。[1]可见，他早已随时做好了作为"中间物"的准备。然而，在鲁迅所熟悉的这两大形象体系，即知识分子和农民形象，自始至终，都保持着相对的稳定性。知识分子的形象在他那里似乎可分三类，这在一开始的写作中就奠定了的：第一类如《怀旧》之成功的顺应时代的知识分子，有如《理水》中的小丙君；第二类是《狂人日记》之自觉认清时代的知识分子，有如《孤独者》中的失意者；第三类如"孔乙己"这样的牺牲者，这个被丸尾常喜称作"宣告旧社会终结的安魂曲"的作品形象[2]，在后来的《采薇》中以更为令人动容的伯夷、叔齐兄弟成对地出现。

相比较知识分子的丰富和生动，鲁迅在塑造农民形象上亦不遗余力，包括对他们的麻木和愚昧，深感愤懑。在塑造乡村形象近乎登峰造极的《阿Q正传》中，一个富于蒙昧和原始性的农民，他一方面被赋予了"精神胜利法"这一封闭慵懒世界的规则，另一方面，他的身上似乎又蕴含着一种原始的生命的力量。这样，他既在那个世界秩序内部，又因为不在严密的世俗关系之中，可以随时抽身离去。这简直是一种被赋予了象征精神的农民形象的幽灵。而这一形象，在20世纪30年代的书写中短暂地与知识分子形成鲜明的生的对比（如《理水》），带有一定的世俗上的积极色彩之后，又陷入了《起死》那样的表达之中：被复活的汉子仿佛是复活的阿Q一样，从另一个世界醒来，他蒙昧而自如地生活在世俗的世界，依靠本能来挣得朴素的伦理和行动。可以说，到了《起死》，《故事新编》中原本以神话人物或诸子为主体形象原型的书写，转而被"汉子"抢了风头。从某个意义说，这里有一种"绝圣去智"的自由和洒脱，当知识到了最后成为障碍或油滑的借口时，还不如剥离这种"知识障"，回到莽莽苍苍的生命本身。而这时候的农民形象，便变得珍贵起来，就像鲁迅所翻译的《毁灭》中的农民木罗士加，和自然万物应和在一起，随时准备焕发新的可能性。

第四节　"无边的现实主义"：《故事新编》与后期杂文写作

是在激流之中寻求安歇之处写出更多纯粹的小说，还是赤膊上阵以战斗的姿态自存，文学创作正式起步时社会动荡不安而自己已近不惑的鲁迅选择了后者。杂文便是这种情势之下的道德性文学，鲁迅在作品中几乎明确表达了他对于国家、

---

[1]　鲁迅：《俄文译本〈阿Q正传〉序及著者自序传略》，载《鲁迅全集》第7卷，人民文学出版社，1981，第82页。

[2]　丸尾常喜：《耻辱与恢复——〈呐喊〉与〈野草〉》，秦弓、孙丽华编译，北京大学出版社，2009，第87页。

未果之梦迹
——《故事新编》的创作及其语言世界

民族、文化、政治乃至国民性的一切看法。20 世纪 30 年代，他所影响下的那些小报刊（如《十字街头》）甚至满纸激愤地对当局和帝国主义掷以投枪，宣传无产阶级思想和文艺。这种"偏激"，从更深层的意义上说，由鲁迅所具有的那种因为理想和现实之间的巨大差异所带来的痛楚，以至于蔑视和愤恨，正可以得到说明。而这种行文方式及其思想是否也与看起来逐渐"超脱"的《故事新编》有什么关联呢？

与《故事新编》并行，鲁迅的杂感式写作从 20 年代到 30 年代大致可以分为几个部分。第一，关于社会、自我与日常之类，如《坟》等。第二，到了大革命失败以后，鲁迅的杂感开始主要面临世俗的对象，着力于其"向外"的"战斗性"。第三，1927 年到 1928 年左右，其杂文写作主要面对"革命文学"。第四，到了 1928 年的下半年，鲁迅一方面反驳虚伪的脱离大众的革命文学，另一方面积极学习、阅读和翻译，转而又变成了看似激进的一派。中间厦门时期的沉寂，仿佛是猛兽后退，为纵然一跃的蛰伏。

竹内好曾说，"笼统而言，中国文学是从文学革命流向革命文学，再到无产者文学，而伴随着无产者文学的解体又逐渐呈现出一个朝向民族主义的统一倾向的"，并且他认为鲁迅并不是独立在这个文学的历史脉络之外的作家，而是"与中国文坛共同摇摆"。[①]丸山升继承了竹内好，注重从鲁迅的政治履历之中考察其内在精神面："所有问题的存在方式本身就出在政治的场中，'革命'问题作为一条经线贯穿鲁迅的全部。"[②]这样的话，从《故事新编》中推导出杂文中相对理性的分析，甚至认为它是"杂文化的小说""小说体的杂文"[③]，似乎就不是什么问题。但从文体的流动性来说，《故事新编》的催生伴有与之并不完全一致的复杂性。作为与中国文坛"共同摇摆"的文学样式，《故事新编》成为一袭难解的迷雾。竹内好称《故事新编》是文学者鲁迅未果之梦迹，好比是一个"跟全体对立一样展示着一个新的世界"。但他无法对其进行准确地解读：似乎从《非攻》《理水》中找到和《呐喊》《彷徨》接续的部分，但又无法确信其他的篇目的价值。所以，他确信《故事新编》是"失败"的，但还是令他感到"依依不舍，言犹未尽"。[④]而他的后辈伊藤虎丸则从思想变化的角度来寻求对应的解释：

---

① 竹内好：《近代的超克》，李冬木、赵京华、孙歌译，生活·读书·新知三联书店，2005，第 110 页。
② 丸山升：《鲁迅·革命·历史——丸山升现代中国文学论集》，王俊文译，北京大学出版社，2005，第 29 页。
③ 例如，黄景容：《〈故事新编〉——杂文化小说》，《福建论坛》1986 年第 5 期；李明伟：《〈故事新编〉——中国现代杂文小说论》，《人文杂志》1987 年第 5 期。
④ 竹内好：《近代的超克》，李冬木、赵京华、孙歌译，生活·读书·新知三联书店，2005，第 101-103 页。

可以认为鲁迅在思想上和政治上都是支持马克思主义的，但作为作家，他却没留下一篇称得上"普罗文学"的作品。他在被认为接受了马克思主义以后，小说创作也仅有《故事新编》中《非攻》以下5篇。……这就是说，《非攻》和《理水》以下的作品，也就成了说明鲁迅作为小说家所接受的马克思主义是怎样的一种"主义"的惟一材料。①

可是，正如之前分析，除了《非攻》《理水》的显著的人物塑造外，"以下5篇"似乎看不出丝毫是基于"马克思列宁主义学说"及"共产主义的世界观"之上的痕迹。②伊藤虎丸似乎具化了竹内好对鲁迅小说的整体脉络断裂的看法③，更为复杂的是，在不同的时期，鲁迅的杂感、杂文写作伴随着相对纯粹的文学创作。鲁迅一方面用杂感明确表达自己对社会的看法，而《野草》之类则倾向是其内心的独白式的解说，《彷徨》中，鲁迅依然表达的是与他的一贯的战斗性和开放性不一致的迷茫和探索；而后期（20世纪30年代）的杂文写作，除了旧体诗之外，与它形成一种对峙的姿态的，恰是《故事新编》。

一、后期杂文之"杂"

什么是鲁迅眼中的杂文呢？《且介亭杂文》序言中说：

> 其实"杂文"也不是现在的新货色，是"古已有之"的，凡有文章，倘若分类，都有类可归，如果编年，那就只按作成的年月，不管问题，各种都夹在一处，于是成了"杂"。④

这"古已有之"便是指刘勰所言："详夫汉来杂文，名号多品：或典诰誓问，或览略篇章，或曲操弄引，或吟讽谣咏。总括其名，并归杂文之区。"⑤之前的《准风月谈》《伪自由书》《花边文学》之类不能不说也是这样的文体，鲁迅在这里将自己的文集明确冠以"杂文"，显然是应对当时文坛上对他的批评。根据刘勰看法，

---

① 伊藤虎丸:《鲁迅与日本人——亚洲的近代与"个"的思想》，李冬木译，河北教育出版社，2000，第156页。
② 伊藤虎丸:《〈故事新编〉之哲学序》，载《鲁迅与日本人》，李冬木译，河北教育出版社，2000，第45页。
③ 竹内好认为："和《呐喊》、《彷徨》相对立的，是晚年编为一集的《故事新编》。这种对立似乎不是来自题材和处理方式，而是小说的路子原本不同，我甚至怀疑是否专为抹杀《呐喊》和《彷徨》才写《故事新编》的。"竹内好:《近代的超克》，李冬木、赵京华、孙歌译，生活·读书·新知三联书店，2005，第81页。
④ 鲁迅:《〈且介亭杂文〉序言》，载《鲁迅全集》第6卷，人民文学出版社，1981，第3页。
⑤ 刘勰:《文心雕龙校证》，王利器校笺，上海古籍出版社，1980，第97页。

诸种文体会于一集乃曰"杂",而单篇在体式上似乎是稳定的,也就是说,"杂文"显然是一个总括的概念。鲁迅自己也曾说,随笔是属于杂文类[①],30年代他的六本杂文集中也的确呈现了诸多不同的体式。例如,《半夏小集》很像早期随意点染的杂感集,另有类似《阿金》[②]之于《呐喊》,《忆韦素园君》之于《朝花夕拾》,《秋夜纪游》之于《野草》,等等,至于序文之类也随时可见。但尽管如此,这些"杂文"中仍然大致有一个稳固的思想脉络,即针砭时弊。很显然,它的优势是时效性非常强,另外,鲁迅也深知其"功利性",他在《且介亭杂文二集》后记中总结说:

> 从《新青年》上写《随感录》起,到写这集子里的最末一篇止,共历十八年,单是杂感,约有八十万字。后九年中的所写,比前九年多两倍;而这后九年中,近三年所写的字数,等于前六年。那么,所谓"现在不大写文章",其实也并非确切的核算。[③]

可见,除了翻译和编辑书籍之外,恐怕鲁迅把大量的精力都用在杂文上了。竹内好说:"像周作人与林语堂那样,各自拥有自己立场的批评家也并不少,但像鲁迅那样以论争为媒介打倒对手,自己也生活在对手之中的做法是绝无仅有的,而且今后恐怕也不会有。"[④]可见鲁迅杂文的强烈的对话性和公共性的特质。对于杂文之功用,鲁迅这样说:

> 我是爱读杂文的一个人,而且知道爱读杂文还不只我一个,因为它"言之有物"。我还更乐观于杂文的开展,日见其斑斓。第一是使中国的著作界热闹、活泼;第二是使不是东西之流缩头;第三是使所谓"为艺术而艺术"的作品,在相形之下,立刻显出不死不活相。[⑤]

在这篇写给徐懋庸的杂文集的序言中,鲁迅一反过去对杂文的文学性的怀

① 鲁迅:《徐懋庸作〈打杂集〉序》:"杂文中之一体的随笔,因为有人说它近于英国的 Essay,有些人也就顿首再拜,不敢轻薄。"《鲁迅全集》第 6 卷,人民文学出版社,1981,第 292 页。
② 本篇虽然在杂文的篇目里,但是对阿金这个人物的描写相当精致、细腻,几乎是写实了的。这个女人委琐、无聊,然而又自觉得活得充实、可爱。这是鲁迅感到悲哀的,那就是如果中国全体的女性都如此,那么将来会是什么样子呢?所以他说:"愿阿金不能算是中国女性的标本。"鲁迅在论战之中之对于群众阶层的祖护和爱转而因为他们的这种无聊的甚而是愚昧的生活而感到失望。显然,这种矛盾的心情也能在《故事新编》之中体现出来。鲁迅:《且介亭杂文·阿金》,载《鲁迅全集》第 6 卷,人民文学出版社,1981,第 198-202 页。
③ 鲁迅:《〈且介亭杂文二集〉后记》,载《鲁迅全集》第 6 卷,人民文学出版社,1981,第 451 页。
④ 竹内好:《鲁迅入门》(之五),《上海鲁迅研究》2007 年秋季号,第 212 页。
⑤ 鲁迅:《徐懋庸作〈打杂集〉序》,载《鲁迅全集》第 6 卷,人民文学出版社,1981,第 291-293 页。

疑^①，对杂文的意图和他的杂文写作进行了重新定位：首先，杂文实际上是对文学于时局功利性的一种期许，20年代的《语丝》《莽原》时期，鲁迅就曾经写信朝许广平不无抱怨地谈到所收稿"社会批评"少；其次，他将杂文当作是文学演进中的一种新的有活气的文体，且并不逊色于诗歌或者小说，相反，反而"于大家有益"。另外，鲁迅自述他编集的方法是"凡有文章""按照编年"，可见他更关注的是时间（历史），而不完全指向文体。鲁迅也曾多次在论战中说，要显示论争全部，而不能只看一面^②，这样更能呈现杂文的"史"或现实的性质。从杂文作品中"史"的性质的强调和内容的"于大家有益"的功利性的强调，可以看出鲁迅对这种文体的文学性特质的把握。他那篇对朱光潜"静穆"说的著名批评就是其当时将文学历史化的很好的例子。^③

为什么鲁迅这时如此专心地寻求一种功利意义上的文学，以至于竹内好总觉得他这时期的小说创作（《故事新编》）不足为观呢？显然这与他所处的社会文化环境炭炭可危有直接的关联。鲁迅一方面认识到世局的紧张和文人的无用，另一方面他又积极开辟文学在历史现实的挣扎和战斗上的可能性。自《准风月谈》到《且介亭杂文末编》，可以很明晰地看到，几个大的论争背后鲁迅的社会、历史和哲学态度。

自然，作为小说，多半取材于现实，这些都是多感而敏锐的鲁迅在现实中所发现小说材料的基础。例如，《理水》中相应的"阔人已骑文化去，此地空余文化城"^④的氛围，都体现和他杂文写作时共通的思考：失地而不失文化不过是一种幻想，在民族危亡时刻谈文化与国粹都是滑稽可笑的。1933年4月，他在《中国人的生命圈》中说："虽然一面是别人炸，一面是自己炸，炸手不同，而被炸则一。"^⑤《理水》中呈现了这种"水天一色"的不堪局面，即一面是洪荒，一面是《山海经》中的"神国"投递下来的东西：给文化人的食物，给民众的树皮、草叶和炸弹。这些都可见他用这些荒谬无逻辑的细节表达对于时局的担忧。而至于其中暗讽的

① 1932年12月14日《〈自选集〉序言》中，鲁迅称自己"可以勉强称为创作的，在我至今只有这五种"，也就是指《呐喊》《彷徨》《野草》《朝花夕拾》《故事新编》前半部。可见鲁迅在这一时期对于杂感、杂文之类并不看成是一种独立的创造型文学作品。《鲁迅全集》第4卷，人民文学出版社，1981，第456页。

② 鲁迅：《"题未定草"八》："只是这些敌对是决不肯自承，……也是决不肯任其流传的……于是到了后来，就只剩下一面的文章了，无可对比，当时的抗战之作，就都好像无的放矢，独个人向着空中发疯。"《鲁迅全集》第6卷，人民文学出版社，1981，第432页。

③ 鲁迅在《且介亭杂文二集·"题未定草"六》中同时批评朱光潜所代表的空泛美学上所附着的文人，"徘徊于有无生灭之间的文人，对于人生，既惮扰攘，又怕离去，懒于求生，又不乐死，实有太板，寂绝又太空，疲倦得要休息，而休息又太凄凉，所以又必须有一种抚慰"《鲁迅全集》第6卷，人民文学出版社，1981，第426页。

④ 鲁迅：《崇实》，载《鲁迅全集》第5卷，人民文学出版社，1981，第12页。

⑤ 鲁迅：《中国人的生命圈》载《鲁迅全集》第5卷，人民文学出版社，1981，第99页。

顾颉刚的"疑古思想",鲁迅在《崇实》中也说:"但我们也没有两个北平,而且那地方也比一切现存的古物还要古。禹是一条虫,那时的话我们且不谈罢,至于商周时代,这地方确是已经有了的。为什么倒撇下不管,单搬古物呢?"[①]从这段话可以看出鲁迅对顾颉刚、胡适等知识者的不屑,所谓的纯粹学术追求在民族危亡面前已然毫无意义。那么,这一时期的小说创作与杂文之间是否就能够达到思想和语言上的相互统一的映照呢?

二、硬译与《故事新编》:以鲁迅对卢那察尔斯基的翻译为例

1928 年之前的文艺论争,鲁迅冷静地站在反对青春阳光的"太阳社"和"创造社"一边。为什么一任树敌,成为靶心,是其个性使然,还是太沉溺于自我?按他自己说法,是因为看到当时"革命文学"宣传上的幼稚和成果上的惨淡。到1928 年下半年,一方面,他反驳虚伪的脱离大众的革命文学者:"一切都非依这史观著作不可,自己又不懂,弄得一塌胡涂。"[②]另一方面,他积极学习、阅读和翻译,变被动为主动。《壁下译丛》即是对"革命文学"的直接的回应。鲁迅对此的认真介入,与其对现实环境及因之而起的文化波动的敏感有关。

鲁迅早期的文学事业就背负着强烈的民族使命感。这时系统有致的马列主义哲学,一方面提供了陈旧的文学审美范式所没有的民族远景,另一方面,其内部的明晰的主题也脱颖而出。1930 年,在共产党的"干预"之下,鲁迅与那些和他曾经有论争的团体共同组成了"左联"。此后,他集中精力与"新月派"论争。第一战便是针对梁实秋的《"硬译"与"文学的阶级性"》。不过,"硬译"这样的"技术活",又是如何上升到"阶级"范畴的呢?

1929 年,梁实秋在《新月》二卷 6、7 号合刊分别发表了《文学是有阶级性的吗?》《论鲁迅先生的"硬译"》,对文学和翻译的阶级性进行了质疑和批评。随后,在回应文章《"硬译"与"文学的阶级性"》中,鲁迅强调了硬译对汉语空间的开拓意义,即有利于汉语句法的丰富和开拓,而如果比照了顺爽的译法,则很容易使汉语走向死胡同。[③]他似乎很清楚翻译有一套自身的"进化史":

① 鲁迅:《崇实》,载《鲁迅全集》第 5 卷,人民文学出版社,1981,第 12 页。
② 鲁迅:《致韦素园》(1928 年 7 月 22 日),载《鲁迅全集》第 11 卷,人民文学出版社,1981,第 629 页。
③ 鲁迅:《"硬译"与文学的阶级性》:"日本语和欧美很'不同',但他们逐渐添加了新句法,比起古文来,更宜于翻译而不失原来的精悍的语气,开初自然是须'找寻句法的线索位置',很给了一些人不'愉快'的,但经找寻和习惯,现在已经同化,成为己有了。中国的文法,比日本的古文还要不完备,然而也曾有些变迁,例如《史》《汉》不同于《书经》,现在的白话文不同于《史》《汉》;有添造,例如唐译佛经,元译上谕,当时很有些'文法句法词法'是生造的,一经习用,便不必伸出手指,就懂得了。现在又来了'外国文',许多句子,即也须新造,——说得坏点,就是硬造。据我的经验,这样译来,较之化为几句,更能保存原来的精悍的语气,但因为有待于新造,所以原先的中国文是有缺点的。"《鲁迅全集》第 4 卷,人民文学出版社,1981,第 199-200 页。

　　然而，世间总会有较好的翻译者，能够译成既不曲，也不"硬"或"死"的文章的，那时我的一本当然就被淘汰，我就只要来填这从"无有"到"较好"的空间罢了。[①]

　　这一反击，虽然焦点是翻译技术，到了后来就成了对于"新月派"的整个文学理念的攻击。首先，他认为，阶级文学理论的好处是"明快"，但他并不认为是只要这一家，另外的文学也要存在；其次，他又不完全赞同那些看似懂得无产阶级文学理论的所谓新锐批评家们，如蒋光慈；最后，鲁迅认为梁实秋等人提出的人性的文学论是十分可笑的——上升到人性，不如上升到生物的文学[②]。这实际上是在将文学推向更现实社会的剖面。连带着的，还包括他对当时的翻译工作的马虎的不满[③]。

　　至于为何支持"硬译"的翻译观，恐怕来自鲁迅对这些理论的严肃性认识。同时期，鲁迅也翻译过一些文学作品，后者的确在理解上比较容易一些，而谨严的文艺理论，则需要深入推敲。这似乎也与鲁迅早年的学术积累和学术习惯有着很大的关系。也就是说，他以一种开放的心态来对待理论翻译，在没有更好的方式之前，他宁愿选择类似朴学中的"笨功夫"："为了我自己，和几个以无产阶级文学批评家自居的人，和一部分不图'爽快'，不怕艰难，多少要明白一些这理论的读者。"[④]

　　30 年代，鲁迅在杂文中也多次提及当时中国的翻译。一方面，他对那些不讲求历史、将自身"超脱"的文学观加以批评；另一方面，他也并未放弃文学形式本身的审美性的需要。针对穆木天批评楼适夷的《二十世纪欧洲文学》中说楼氏的一些对于法国文学称赞的按语是不对的看法，一方面，鲁迅解释说："古典的，反动的，观念形态已经很不相同的作品，……倒反可以从中学学描写的本领，作者的努力。"另一方面，他又审慎地提出：

　　　　恰如大块的砒霜，欣赏之余，所得的是知道它杀人的力量和结晶的模样：药物学和矿物学上的知识了。可怕的倒在用有限的砒霜，和在食物中间，使青年不知不觉的吞下去，例如似是而非的所谓"革命文学"，故作激烈的所

① 鲁迅：《"硬译"与"文学的阶级性"》，载《鲁迅全集》第 4 卷，人民文学出版社，1981，第 210 页。
② 同上，第 204 页。
③ 鲁迅：《"硬译"与"文学的阶级性"》："中国曾经大谈达尔文，大谈尼采，到欧战时候，则大骂了他们一通，但达尔文的著作的译本，至今只有一种，尼采的则有半部，学英、德文的学者及文豪都不暇顾及，或不屑顾及，拉倒了。"《鲁迅全集》第 4 卷，人民文学出版社，1981，第 211 页。
④ 鲁迅：《"硬译"与"文学的阶级性"》，载《鲁迅全集》第 4 卷，人民文学出版社，1981，第 209 页。

谓"唯物史观的批评"就是这一类。这倒是应该防备的。①

在鲁迅眼里，无产阶级文艺理论与其说是一种哲理或者行动指南，毋宁说是一种社会科学。例如，此前曾讨论过鲁迅之翻译果戈理，这是他在晚年随着汉语的习惯和审美的需要而做的一些开明而豁达的努力，它与时代的"革命文学"和"无产阶级文艺理论"并无直接的关联。韦漱园所"硬译"的普洛特尼珂夫在《现代文学的共通性》（1927年1月，《莽原》第2卷第1期）中就谈到过更开阔的文学观：

> 社会底进化，生活中的"局势变迁"免不了要随身带着文学中的，亦即它底结构和体裁中的，"局势变迁"。……革命的作家沿着这道路还要更往远处走。他们之间连最有节制的人都决然和旧文学底"姿态"决裂了。……寓言的破毁，英雄的绝迹，代替个人主义等等而对于群众心理加以特别注意。那透入这作品底里去的诗人底社会观和情绪便显为这纯一着的中心。

普洛特尼珂夫认为文学对象应走向群众心理的描摹。通读包括鲁迅当年所译卢那察尔斯基的文章，可以看到这位文艺批评家所着力之处：知识分子的身份的参与的有利性，虽然他们大多数倾向个人主义，但其领悟力仍然是占有优势的；新的革命文学建立在之前的优秀的文化成果之上；社会的、经济的因素所赋予的阶级划分及其所代表的文艺类型；知识分子一方面开始继承前人所有的文艺成果，另一方面要批判地吸收，同时完成更为先进的任务——即代表广大社会实践中的无产阶级文艺。故而，鲁迅要求写作者们只写身边的事，不一定要上前线，去工厂，"包括描写现在中国各种生活和斗争的意识的一切文学"，展现"全部作品中的真实的生活，生龙活虎的战斗，跳动着的脉搏，思想和热情，等等"。②

有趣的是，波德莱尔的《巴黎风光》（1923）的翻译序言中，本雅明根据自己的翻译经验和欧洲已有的翻译理论，提出了自己的带有哲学性质的"翻译者的任务"。他认为那些不确定的内涵反而更为重要，否则翻译的不是文学，而是"信息"，翻译过程中，语言之间是相互成长和变动的过程。继而，他认为翻译就应该是词语与句式的"直译"。他说："由直译所保证的忠实性之所以重要，是因为这样的译作反映出语言互补性的伟大向往。"③这则翻译思想恰恰能够揭开鲁迅之

---

① 鲁迅：《关于翻译（上）》，载《鲁迅全集》第5卷，人民文学出版社，1981，第296页。
② 鲁迅：《论现在我们的文学运动——病中答访问者，O.V. 笔录》（1936），载《鲁迅全集》第6卷，人民文学出版社，1981，第591-592页。
③ 本雅明：《译作者的任务》，载汉娜·阿伦特编《启迪：本雅明文选》，张旭东、王斑译，生活·读书·新知三联书店，2008，第91页。

顽固地坚持文学翻译上的"硬"的深层理由。

后来，鲁迅和瞿秋白掀起了一场关于《毁灭》的翻译讨论。鲁迅的着眼点恰恰是这两点：他深深地知道文学的翻译并不仅仅是在传达文本的内容，即本雅明所说的"信息"，文学的本质恰恰是"信息"之外的东西；文学语言的演进促使翻译语言也应该是敞开的。另外，本雅明怀疑转译的价值，"因为它同原作意义之间的结合是松散的"。[①]鲁迅似乎也意识到这个问题。在别人指责他很多作品都是根据日语、德语转译的时候，他也自觉不够恰当，这从他与英语、俄语、德语等语种的翻译人才的密切交往中就能够体现。

着眼于汉语的开放性，认清文学语言的不确定性的本质，并且以"硬译"的方式开拓可能的语言空间，这大概就是鲁迅贡献给那个时代的翻译实践和翻译哲学。这实际上也体现了他的语言传达的意识和习惯。

《故事新编》也体现了这样一种逐渐走向开放而自由的语言态度。硬译最终指向的是文学和汉语语言本身，是自文学家立场对马克思主义批判性的吸收。这一点同时也体现在上文中一些日本学者如伊藤虎丸等人指出的"后五篇""挪用"马克思主义社会阶级分析框架，然而这个"挪用"所指向的空间，是开阔的。"以下五篇"的确显示出物质生活的重要性，包括劳动者、平民阶层的出现，以及充斥在其中的"群众心理"。这其中，最为有价值的，是它们所呈现的丰富性和可能性，正如"硬译"所传达的常常不是"信息"，而是空间，在写作上，则是汉语文学的实验性开拓。

三、大众语与《故事新编》

早在任职教育部时期，鲁迅就曾经致力于语言文字的改革。1925 年《京报·副刊》还引起过一场对"咬文嚼字"的翻译问题的讨论。他以反对"旧有思想束缚"为出发点，对译笔中出现的中国习俗中的女名和百家姓表示厌恶，招致了一些翻译者的不满，鲁迅至终也未屈服。[②]30 年代，他受瞿秋白等人的译介及其社会语言主张的影响[③]，一度偏激到将汉字与民族存放在势不两立的地步[④]。文字如何在文学之中发挥社会作用，也是鲁迅在这一时期集中思考的问题。他认为，白话并非文言的直译，大众语也并非文言或白话的直译，大众语有其自身的特色。[⑤]

① 本雅明：《译作者的任务》，载汉娜·阿伦特编《启迪：本雅明文选》，张旭东、王斑译，生活·读书·新知三联书店，2008，第 93 页。

② 鲁迅：《咬文嚼字》，载《鲁迅全集》第 7 卷，人民文学出版社，1981，第 59-74 页。

③ 瞿秋白：《新中国文草案》，载《瞿秋白文集》第 3 卷，人民文学出版社，1989，第 423-492 页。

④ 鲁迅：《汉字和拉丁化》："如果大家还要活下去，我想：是只好请汉字来做我们的牺牲了。"《鲁迅全集》第 5 卷，人民文学出版社，1981，第 556 页。

⑤ 鲁迅：《"大雪纷飞"》，载《鲁迅全集》第 5 卷，人民文学出版社，1981，第 552-553 页。

未果之梦迹
——《故事新编》的创作及其语言世界

1934 年署名"华圉"的《门外文坛》可谓是鲁迅致力于中国语言文字改革的认真之作。他将文字变迁、"言文一致"和"大众语"等问题结合起来，呈现了他曾经一度试图致力的《文字变迁史》的大纲，他还探讨了在文化语言出现危机或平衡阶级差异的过程之中，语言文字如何恰当地扮演自己的角色。他一反老师章太炎等文字学家所重视的对于语言文字的原初性和本源性的尊重，而以一种运动的观念来看待文字的变迁，肯定当前大众语改革的合法性。尽管当时有人嘲笑大众语的具体规章的模糊性[①]，鲁迅仍然在具体的事项上做出自己的理解和努力，其中，一个十分突出的问题是方言。

在《花边文学》中，除了时事的批评外，鲁迅直接讨论的核心问题包括"阶级文学"（文学普遍性）、"大众语"、文言、白话以及与此相关的翻译问题。在提倡"大众语"的同时，鲁迅指出，要批判地继承和使用方言，同时运用它来丰富文学语言。他不无严肃地用"妈的"为例，认为它的多种用法，恰体现了方言的匮乏，并且认为要"做更浅显的白话文，采用较普通的方言，姑且算是向大众语去的作品，至于思想，那不消说，该是'进步'的"。[②]而且，在当时，已经有人做了方言写作的尝试，最典型的一个例子就是 1934 年 8 月发表在《中华日报·动向》上的三篇运用"土话"来写的作品及其评论[③]。鲁迅在《门外文谈》中谈到"土话"的作用说：

> 方言土语里，很有些意味深长的话……这于文学，是很有益处的，它可以做得比仅用泛泛的话头的文章更加有意思。……大众，是有文学，要文学的，但决不该为文学做牺牲，要不然，他的荒谬和为了保存汉字，要十分之八的中国人做文盲来殉难的活圣贤就并不两样。所以，我想，启蒙时候用方言，但一面又要渐渐的加入普通的语法和词汇去。先用固有的，是一地方的语文的大众化，加入新的去，是全国的语文的大众化。[④]

《故事新编》中也有方言的使用，如《出关》中老子讲座时的听众说着嘈杂的上海话，《理水》中歌伎唱的《下里巴人》，还有《采薇》中伯夷、叔齐兄弟的

---

① 林语堂：《怎样洗练白话入文》："今日既无人能用以二十字说明大众语是何物，又无人能写一二百字模范大众语，给我们见识见识，只管在云端呐喊，宜乎其为大众之谜也。"见《人间世》（半月刊）1934 年第 13 期。

② 鲁迅：《答曹聚仁先生信》，载《鲁迅全集》第 6 卷，人民文学出版社，1981，第 78 页。

③ 分别是《中华日报·动向》（1934 年 8 月 12 日）的《狭路相逢》《一封上海话的信》《吃官司格人个日记》以及后来 8 月 23 日胡绳的《走向实践的路去——读了三篇用土话写成的文章后》。

④ 鲁迅：《门外文谈》，载《鲁迅全集》第 6 卷，人民文学出版社，1981，第 97-98 页。

北方方言、小穷奇的上海口语等。不过，虽在形式上采用了这些，但这些小说却未在内容上确保能让大众读得懂。也许，鲁迅的大众化意愿和自身写作的自发性是矛盾的。不谙古代掌故，不了解大都市的政治文化氛围，不按察时代的大背景，不抛开又需抓住凡俗的生活，不认识到民族的急迫及个体存在身份危机，是不可能读懂《故事新编》的。说到底，《故事新编》还是知识分子的"高级文学"，这点不必强行曲解。

1930 年，鲁迅在《文艺的大众化》中对"大众化"的情形进行了多角度的分析：一方面他认为"大众化"不应该"迎合大众，媚悦大众"，另一方面，"在现下的教育不平等的社会里，仍当有种种难易不同的文艺，以应各种程度的读者之需"。[①]而且，他对文艺大众化的全面实现有着清醒的认识，即"多作或一定程度的大众化的文艺，也固然是现今的急务。若是大规模的设施，就必须政治之力的帮助"[②]。关于他的"大众化"期待，竹内好这样说：

> 不过他的启蒙并不是像梁启超或是下一时代的胡适式的所"给予"的启蒙，他不是把自己降格为"人民"，而是把自己上升到"人民"的高度。他的启蒙不是妥协，而是与现状的斗争，是自我改造。……虽然他知道，如果模仿梁启超的文体翻译小说就会成功，但他没有那么做，而是选择了"失败"的道路。为了实现他特有的文学行为，从接近政治之中拉出自己，所以他先是逼迫自己陷于政治之中（这一逼迫的终点就是文学），必须走到穷途末路，"失败"的冒险是很有必要的。[③]

在《故事新编》中，这种大众化的"失败"便可以理解了。鲁迅的修养和文学创新的希求使得他的小说没有刻意落于"唱本"的水平（按前文竹内好的说法，好像是为了推翻前面所有的小说创作而写，是一种新的更为复杂的创造性表达），同时，在这些小说中（如《非攻》《理水》等），似乎又很容易看到某种"大众化"的模糊"幻影"，不过，与其说"以下五篇"是马克思主义的唯一材料，不如说，马克思主义不过是小说空间中的其中一抹底色而已。

四、回到"文化革命"：从《杂感选集》到《海上述林》

受瞿秋白等所引进的苏联的文艺史的模式影响，鲁迅在 30 年代开始对建立

---

① 鲁迅：《文艺的大众化》，载《鲁迅全集》第 7 卷，人民文学出版社，1981，第 349 页。
② 同上，第 350 页。
③ 竹内好：《鲁迅入门》，载《从"绝望"开始》，靳丛林编译，生活·读书·新知三联书店，2013，第 29 页。

一套中国文学史的序列表达了浓厚兴趣。这里，他所期许的，是与其早期《中国小说史略》在史观上完全不同的学术工作。[①]鲁迅要在社会史的基础上重新认识和检讨中国文学史，他开始重视对现实有所裨益的文学，并表现出与这类文学家的亲近之感[②]，但很可能因为时间或者精力的不允许[③]，他最终未能完成这一计划，仅在许寿裳等人的回忆中，留有一则文学史的提纲。[④]

在《壁下译丛》中，鲁迅用译文回应了当时"革命文学"派大而空的言论和口号。他一向反对以文学为口号性的宣传工具，认为真正的革命文学所负载的是一种革新的文化观。鲁迅这一观念的实践外化，集中体现在瞿秋白为其编选的《杂感选集》中。在序言里，瞿秋白以其所熟知的苏俄文艺理论，将重点放在阶级革命与社会革命相同一的层面，对鲁迅文学中的严肃而真实的革命精神进行了分析。而鲁迅在 1936 年为当时已牺牲了的瞿秋白编选出的《海上述林》，——为避开政府审查而命名为"科技哲学"，——收录了大量瞿秋白的译文，且多半是文艺批评和文艺理论。其中，《高尔基论文选集》中，有一篇瞿秋白《写在前面》（1932 年 12 月 11 日）的话：

> 高尔基的论文，也和鲁迅的杂感一样，是他自己创作的注解。
> 为着劳动民众奋斗的伟大艺术家，永久是在社会的阶级战线上的。战斗紧张和剧烈的时候，他们来不及把自己的情感，思想，见解镕化到艺术的形象里去，用小说戏剧的体裁表现出来，他们直接向社会说出自己的"心事"，吐露自己的愤怒、憎恶或是赞美。……高尔基的创作是这三四十年之中的俄国历史的反映，而他在每一时期的剧烈事变之中，还给我们许多公开的书信，论文，随感，那就更是正面的，公开的表示他对于事变或是一般的社会现象

---

① 1933 年 12 月 20 日致曹靖华信中说："中国文学概论还是日本盐谷温作的《中国文学史讲话》清楚些，中国有译本。至于史，则我以为可看（一）谢无量：《中国大文学史》，（二）郑振铎：《插图本中国文学史》（已出四本，未完），（三）陆侃如，冯沅君：《中国诗史》（共三本），（四）王国维：《宋元戏曲史》，（五）鲁迅：《中国小说史略》。但这些都不过可看材料，见解却都不正确的。"《鲁迅全集》第 12 卷，人民文学出版社，1981，第 299 页。

② 1934 年冬，鲁迅在内山书店与刘大杰、郁达夫等人会晤谈文学史的编写："杜甫的诗好，文章也就不行"，律诗后人可拟，古体的内容深厚，风力高昂，不可拟的。陶、李在中国文学史上都是头等的人物。陶潜站得稍远一点，李白站得稍高，而杜甫就好像今天还活在我们人堆里似的。《鲁迅年谱》第 4 卷，人民文学出版社，1981，第 158 页。

③ 鲁迅在 1933 年 10 月 21 日致曹靖华信中："我现在校印《被解放的唐·吉诃德》，它兄译的。自己无著作，事繁而心粗，静不下。文学史尚未动手，因此地无参考书，很想回北平用一两年功，但恐怕也未必做得到。那些木刻，我很想在上海选印一本，绍介于中国。"《鲁迅全集》第 12 卷，人民文学出版社，1981，第 42 页。

④ 许寿裳：《亡友鲁迅印象记》，人民文学出版社，1953 年，第 50 页。

的态度。①

如此，如果说鲁迅创作杂文有其一定的具体的历史动因的话，那么将之放在整个世界的格局中看，也许会更清晰。高尔基也曾和鲁迅一样，以杂文的形式面临着国家民族处于艰难时代所必须承担的使命和责任。瞿秋白说：

> 高尔基的这本论文集里，的确反映着新的社会建设过程的，这里，关于智识阶层，关于农民，关于工人，关于妇女，小孩子，关于文学和文化革命，关于叛徒，关于刑事犯……关于一切种种社会现象，都有透辟的见解和深刻的考察。……要知道"战斗"的目的，"战斗"的事实，是整个社会秩序的改变，是几百万群众的新生活的痛苦艰难的产生过程，社会关系的各方面的现象，都在这"战斗"范围之中。
>
> 高尔基的文化革命观点，是和一些"文化的"文学家绝对相反的。他认为文化的基础是劳动，他认为现代的英雄是"群众里的人"。②

除了鲁迅所整理的这些瞿秋白翻译的高尔基的论文之外，回溯既往，早在1928年鲁迅就已经翻译升曙梦的《最近的戈理基》（其时已经有三种译本）：

> 戈理基当作一种独特的现象，和各人相接触，一面深邃地窥伺那内面底本质，竟能够将在那里的独特的东西发见了。契诃夫的世界，大抵是千八百八十年代至九十年代的有些混沌而无色采的智识阶级的世界，但戈理基的世界，则是那时的昏暗的，不为文化之光所照的世界，然而是平民的世界，富有色采，更多血气的。
>
> ……
>
> ……戈理基和敬慕他的劳农大众的邂逅，将成为伟大的文化史底意义的事件，是毫无疑义的罢。③

鲁迅在这里所认识到的高尔基的文学，也是抛弃了包括契诃夫在内的过分自重的知识分子情调而进入平民的大众的视野，从而宣扬一种朴素的力的世界。在1934—1935年间鲁迅又通过日文翻译了高尔基的《俄罗斯的童话》，这部作品通

---

① 瞿秋白：《海上述林》，诸夏怀霜社校印，1936，第267页。
② 同上，第269页。
③ 升曙梦：《最近的戈理基》，载北京鲁迅博物馆编《鲁迅译文全集》第4卷，福建教育出版社，2008，第154-155页。

过夸张和变形中的寓言的方式，展现了革命前后的社会历史世态，讽刺和质疑了各种类型的知识分子——诸如哲学家、诗人、小说家、历史学家，等等——的无所作为。所以鲁迅议论说，"虽说'童话'，其实是从各方面描写俄罗斯国民性的种种相，并非写给孩子们看的"。[①] 这部"童话"虽然是高尔基的作品，但已经具备了某些超现实的质素。

同时，鲁迅也像高尔基一样，在杂文中谈妇女问题、儿童问题、戏剧问题、教科书问题、监狱问题，学生运动等等，致力于在中国"文学和文化革命"上的拾荒的事业。例如，他在最后的杂文集里多次谈到儿童教育书籍的粗劣。[②] 因此，《海上述林》的编选，显示了鲁迅在后期受到瞿秋白和革命时期的苏联文学，尤其是高尔基的文体的影响。另外，这"文化的革命"不同于"战壕里的革命"，是鲁迅和高尔基作为杂文作家的灵魂。

有趣的是，安敏成认为鲁迅的作品，包括杂文，在"但是"的结构中失去了现实主义的意义[③]，相反，正是这种不断的消解和破坏，才使作品在文学意义上实现了某种程度上的中和混沌。不过，丸山升针对鲁迅杂文的风格，给出的是更为积极的解释：

> 正因为鲁迅悉知中国现实的沉重，所以他从不轻易相信能够真正动摇中国沉重现实的力量可以简单地产生，从此意义上，鲁迅的思想确实不是单纯的乐观主义。而且，因为深深知道改变现实的不易，知晓除了依靠现有的力量对它加以培育之外别无他途，所以鲁迅思想中包含了超越幻想及作为其反面的绝望的因素，这和卑俗意义上的悲观主义完全不同。[④]

也就是说，尽管鲁迅晚年确是接受了马克思主义，但他的马克思主义既不同于与他后来分道的周扬、徐懋庸之辈，也不等同于他所信赖的瞿秋白、冯雪峰、胡风等人，在这些年轻的马克思主义者们看来，他简直就是前马克思主义甚或是非马克思主义。他对马克思主义的理解本身就有这样的广度，所以一旦跳出了路线论、运动论这些框架，就连很多马克思主义者的缺点以及幼稚都作为人性的多

---

① 鲁迅：《〈俄罗斯童话〉小引》，载北京鲁迅博物馆编《鲁迅译文全集》第6卷，福建教育出版社，2008，第405页。

② 例如，鲁迅：《从孩子的照相说起》，载《鲁迅全集》第6卷，人民文学出版社，1981，第80-82页。

③ 安敏成认为："鲁迅的小说期望开启的批判意识之门是以转折词'但'为门枢的，读者一旦踏入，便不能再脱身。在幻灭与希望之间，鲁迅展示了又阻碍了他创造的小说实效。他冷酷的反省最终扰乱了西方的小说模式，观察者确定的客观性和读者净化反应的圆满被双双打破。"安敏成：《现实主义的限制——革命时代的中国小说》，姜涛译，北京大学出版社，2011，第81页。

④ 丸山升：《鲁迅·革命·历史——丸山升现代中国文学论集》，王俊文译，北京大学出版社，2005，第201页。

样化而被包容在"丰富性"和"有趣性"里了。① 所以,丸山升说,鲁迅的"革命"不仅仅是"夺取政权","还要变革整个文化",这要更为"全面、深刻"②。而《故事新编》中所表达的带有多层次的反讽、迟疑,乃至嘲弄,恰是这样的丰富性的收纳的包裹。瞿秋白《鲁迅杂感选集》序言中,将鲁迅的杂感做了详细的阶级和社会剖析,他认为"这些早期的革命家"身上也带有某种缺陷:

> 而同时,这些早期的革命作家,反映着封建宗法社会崩溃的过程,时常不是立刻就能够脱离个性主义——怀疑群众的倾向的;他们看得见群众——农民小私有者的群众的自私,盲目,迷信,自欺,甚至于驯服的奴隶性,往往看不见这种群众的"革命可能性",看不见他们的笨拙的守旧的口号背后隐藏着革命的价值。鲁迅的一些杂感里面,往往有这一类的缺点,引起他对革命失败的一时的失望和悲观。③

关于鲁迅作品中的群众形象,好像自从《呐喊》以来并未能获得突破。例如,阿Q的质朴和愚昧并存,在《故事新编》中也不少。鲁迅试图描写的群像除了劳动性、生存、沉默、油滑的表情之外,普遍并无觉醒意识。尽管在《非攻》《理水》中有集体行动与实践上的影影绰绰,但也多是虚写,而且,《非攻》中的行动者,与其说是工农劳动者,毋宁说是士人。可见,在30年代之后,鲁迅作品中的人物形象,仍然未能完全实现描写瞿秋白所说的"革命的可能性"。一方面,这是新文化运动以来鲁迅固有的启蒙精神使然,且这种启蒙正是带着某种精神上的强度和优势,无论在政治上还是在文化上;另一方面,他没有直接的参与群众斗争的经验,无法杜撰出"革命的可能性"。因此,如果从群众的"革命的可能性"中去寻找"以下五篇"的普罗性质的话,那么鲁迅又没能真正地走进"左翼文学"的规范。从这个意义上说,竹内好说的有道理:鲁迅自始至终只是一个启蒙者。

有趣的是,法国的马克思主义文艺批评家罗杰·加洛蒂《论无边的现实主义》对这个问题给予了一个貌似偏激的答案。他在苏联的《外国文学》(1965)上回应了苏联文艺家对他"无原则的现实主义"的批判:一、世界在我之前就存在,在没有我之后也将存在;二、这个世界和我对它的观念不是一成不变的,而是处

---

① 木山英雄:《告别丸山昇》,景慧译,《鲁迅研究月刊》2007年第9期。
② 丸山升:《通过鲁迅的眼睛回顾20世纪的"革命文学"和"社会主义"》,《鲁迅研究月刊》2004年第12期。
③ 瞿秋白:《〈鲁迅杂感选集〉序言》,载《鲁迅杂感选集》,青光书局,1933年,第18-19页。

于经常变革的过程中；三、每一个人对这种变革都负有责任。[①] 书中所举的三个艺术家毕加索、圣琼·佩斯、卡夫卡都对变革的时代有着敏锐把握。所以，作者认为"作为现实主义者，不是提供事物、事件、人物的仿制品或复制品，而是参加一个正在形成的世界的行动，发现它的内在节奏"，这是在面临新的艺术形式时马克思主义者对自身的理论视阈所做出的迅即反应。这么说，《故事新编》也以自己的方式"参与世界的行动"，而无论是与卡夫卡还是毕加索相比，它都是朴素而"比较易懂"[②]的。在鲁迅自己的言谈中也显示出他的这种并不拘囿于任何理论的一以贯之的文化革新的愿望。自然，这也包括他对左翼文学的关注和身体力行。1931 年 2 月 4 日，他在致学生李秉中的信中明确地谈及自己参与左翼文学与其前期启蒙思路的连续性：

> 我旅沪以来，谨慎备至，几于谢绝人世，结舌无言。然以昔曾弄笔，志在革新。故根源未竭，仍为左翼作家联盟之一员。而上海文坛小丑，遂欲趁机陷之以自快慰。造作蛮语，力施中伤，由来久矣。哀其无聊，付之一笑。[③]

这也是鲁迅更广阔的社会变革视野的明证，名目并不重要。然正如他所谈的大众语改革，第一要着则在政治的干预，故左翼文学自然为其文化蓝图之憧憬中的政治期待提供了助力，因为"志在革新。故根源未竭"。用瞿秋白所引高尔基的话说，是"文化革命"。

五、小结："删夷枝叶的人，决定得不到花果"[④]

以上可知，鲁迅的后期杂文开始致力于全面地、历史地看待问题：从讨论文学创作到文学批评，乃至对历史人物，对一种文体的演变、一种学术问题的定位，等等，包括老师章太炎，也被他认为是曾致力一处的专家，并不能回答社会的政治、文化问题。[⑤] 表现在小说创作上，那自然就是将相互联系的因素纳入其中，以最真实的样貌呈现出整体的世界相。

以上根据杂文分写作的几个部分探讨了《故事新编》中包含的革命文学时期

---

① 罗杰·加洛蒂：《论无边的现实主义》，吴岳添译，百花文艺出版社，1998，第 6 页。
② 唐弢：《关于〈故事新编〉（1982）》，《中国现代文学研究丛刊》1983 年第 2 期。
③ 1931 年 2 月 4 日致李秉中信，载《鲁迅全集》第 12 卷，人民文学出版社，1981，第 37 页。
④ 鲁迅：《"这也是生活"……》，载《鲁迅全集》第 6 卷，人民文学出版社，1981，第 601 页。
⑤ 鲁迅：《名人和名言》："其实，专门家除了他的专长之外，许多见识是往往不及博识家或常识者的。太炎先生是革命的先觉，小学的大师，倘谈文献，讲《说文》，当然娓娓可听，但一到攻击现在的白话，便牛头不对马嘴，即其一例。"《鲁迅全集》第 6 卷，人民文学出版社，1981，第 362 页。

的一些主题：大众语、硬译、文化革命，等等。但是，这部小说中的整体思想并不具备这些因素的合力上的方向性。鲁迅晚期杂文强调全面呈现历史现实的一种世界观和历史社会观。《故事新编》用文学呈现这种现实。在谈到革命时期政治和文学的关系时，竹内好和丸山升分别这样说：

> 文学诞生的本源之场，总要被政治所包围。这是为使文学能开花的苛烈的自然条件。娇弱之花没有生长的可能，劲秀之花却可获得长久的生命。我在现代中国文学那里，在鲁迅身上看到了这一点。[①]

> 鲁迅作为一个个体在面对整个革命时的方式是精神式的、文学性的，这在性质上异于部分地只将革命中的文学、精神领域当作问题的看法。[②]

> 若不怕言过其实的话，大概鲁迅是近代史上即便称不上是唯一，也是极少数的一个深刻掌握了从中国文化、中国文明的框架之外看中国的视点的人。[③]

正如中国的绘画一样，在吸收外来的文化与文学之后，鲁迅似乎擅长白描式的写作，他在小说中采用的仍然是散点透视方法，但却极其生动地革新了古人物，这既非因循守旧，也非将整个历史陷入大的"虚空"，而是呈现了一种"强韧精神"，即所谓"在自己陈腐古旧之际，能借助一种'突变'突进到新的天地"[④]。

作为创作者，鲁迅自然地以杂文中的素材构成《故事新编》中的成分，在处置这两部分的写作时，他仍然自觉地将《故事新编》纳入了真正的文学范畴[⑤]，而杂文，则更在于它的历史（现实）功能。在杂文世界中，翻译与大众语均是文学语言形式与启蒙的关系的问题，而在创作中，鲁迅则仍然遵守了文学的真实原则，将历史、现实与其想象的真实糅合起来，从而构筑了迥异于杂文那种目的性较强

---

① 竹内好：《近代的超克》，李冬木、赵京华、孙歌译，生活·读书·新知三联书店，2005，第135页。
② 丸山升：《鲁迅·革命·历史——丸山升现代中国文学论集》，王俊文译，北京大学出版社，2005，第37页。
③ 同上，第316页。
④ 同上，第19页。
⑤ 竹内好认为鲁迅晚年的真正的文学创作意图明显："他晚年的文章，创作意图相当明显。……他好像是有某种新的动向。那种动向究竟是什么？由于他的死我们不得而知。不过，从他躺在死神的病床上，像着魔一样翻译着《死魂灵》，如果把这些也加在一起考虑的话，难道不可以认为那倾向正在从批评之场转向创作之场吗？而且那是包含评论在内的更高一级的创作之场。……不过因为尚在萌芽状态，鲁迅就失去了肉体，所以从艺术完美程度上看，还远不如初期的作品。"竹内好：《鲁迅入门》（之五），《上海鲁迅研究》2007年秋季号，第215页。

的文学品质。因此，如果说《故事新编》与杂文有着密切的文体关系的话，那么这层关系，恰恰是它们之间这种基于文学性的巨大差异。

当然，由于杂文的多样性，不从内容，而从单篇文体的角度来谈它们与《故事新编》的关系，似乎也是一个非常有趣而必要的视角，这大概是我在之后的写作中尝试进一步扩充、完善的吧。

第五节　探索中的尝试：从《杨贵妃》到《故事新编》

如前面几个部分所述，鲁迅的文体探索一直在不确定性之中，现在显现给读者的文字除了一些过渡性痕迹之外，往往是那些成熟的、完成了的甚至已经被经典化了的文体。但实际上，这些文体的生成背后，仿佛是浮现海上的岛屿下更为复杂的暗潮涌动。也就是说，那些未能浮现出来的，甚至未能写出的"文体"，似乎也应该被纳入这样一个"整体的关系"之中来审视。

这里值得提及的是，鲁迅晚年曾试图延续之前的学术和文学路线，萌生写长篇（一部中国文字变迁史、一部长篇小说、一部文学史）的计划。虽然有文学史写作的前期准备，但我们仍能够从他的古小说的辑校和小说批评中，看出他早期的学术写作更重视的是世道人心的变迁和语言艺术的特质。而晚年重拾文学史写作计划，显然与他开始关注社会和经济变迁和文学之间的互动有着密切关系。我们能从鲁迅与许广平、许寿裳、冯雪峰、瞿秋白等的交往中清晰地发现这种联系[1]。尤其在30年代，鲁迅更希望在自己的文学史写作上能够有十分强大的理论基础，或者说，给文学绘上更广阔的理论背景与图案。1930年前后，鲁迅写信给徐梵澄探听德国的花费，并且打听德国是否有用唯物论教文学史的事。[2] 在与冯雪峰的交谈中，鲁迅也多次提到文学史理想的写作方式。冯雪峰在40年代的回忆中，谈及鲁迅指出革命家对文学史的留心，"列宁是真懂文学，而且看重文学的"，并认为革命文学理论家如普列汉诺夫也是博学多识，对文学有广泛涉猎。而且，他认为新的文学史离不开对社会的研究：

> 他曾认为专门治文学的人的话，固然对文学是精，详，但大都是在文学里绕圈子，常常不免钻牛角尖，自己缠不清，总留下了一大堆疑问；而社会科学家的话，自然是过于简单，过于开门见山了，立即指出了什么。他那时

① 马蹄疾：《鲁迅未竟之作〈中国文学史〉探究》，《社会科学辑刊》1981年第5期。
② 徐梵澄：《星花旧影——对鲁迅先生的一些回忆》，载《徐梵澄文集》第4卷，上海三联书店，2006，第370-371页。

屡次说："中国总是需要一部社会发展史。"这也和他想动手写文学史有关系的。

> 他以为尤其弄文学批评，更非先努力于社会科学、社会史的研究不可；于是，再涉猎各种的学说和文艺思想，贯通了世界文艺史，就对于各种的文艺现象都能照出那源流和社会的根柢。[①]

这里可见鲁迅非常重视社会科学和社会史的研究，但也反对纯粹用其来代替文学史的"过于简单"，应有一个更为广阔而复杂的"根柢"来描述文学。关于此点，除了上述我们所能看到的鲁迅对构想中的文学史的零星描述外，还可进一步从他的文学活动中找寻。1932 年 6 月 10 日，瞿秋白给鲁迅的信中也有专门讨论如何用社会政治、经济史的线索来搭建文学史框架的问题。其中瞿秋白专门谈到了鲁迅所赠的《九品中正与六朝门阀》（杨筠如）这本书，提示鲁迅在文学史写作的过程中应该注重阶级斗争和经济社会的发展演变对文学和宗教的影响，从而方可达到对五四运动以来的小说进行"重新估量"的效果。[②]然而，事实是，无论是文字变迁史、基于新社会视角的文学史还是长篇小说，鲁迅都没能通过这一系列新型的视野建构任何一个长篇。

在他这些未完成的计划中，常被人们谈及的还有一部不存在的作品，是关于杨贵妃的。鲁迅选择这样一个题材，想要揭示什么？是唐代的自信的文化体系吸引了他，还是他想要注入新的爱情心理乃至价值观？据说，在关于唐朝的长篇计划破灭之后，鲁迅在后来还曾设想写一个关于中国几代知识分子的长篇。[③]可见鲁迅之对于自己的文体革新并无限定。从人们对杨贵妃题材作品的种种议论来看，这部计划中的作品，相比其他长篇计划，吸引了人们更多的注意。

鲁迅本人留下来的文字没有直接的具体的有关这部作品的构思，但是在他的亲友的回忆那里，有许多关于这部作品情节设置、细节安排，甚至在文体上有些出入（剧本还是小说）的说法。这种随着时间叠加的关于它的创作的猜想，像新历史学中的"层垒说"那样逐次丰富、扑朔迷离。很显然，这个问题至少有助于关注和探索鲁迅的创作可能性，尤其是当联系着鲁迅的文学环境、历史观念、乃

---

① 冯雪峰：《鲁迅回忆录》（二十四），载《一九二八至一九三六年的鲁迅：冯雪峰回忆鲁迅全编》，上海文化出版社，2009，第 50 页。

② 瞿秋白：《关于整理中国文学史的问题》，载《瞿秋白文集》第 3 卷，人民文学出版社，1989，第 75-86 页。

③ "鲁迅先生说道 '那天谈起的写四代知识分子的长篇，曾想了一下，我想从一个读书人的大家庭的衰落写起……' 又加说：'一直写到现在为止，分量可不小。——不过一些事情总得结束一下，也要迁移一个地方才好。'" 冯雪峰：《鲁迅先生计划而未完成的著作》（1937 年 10 月 15 日），载《一九二八至一九三六年的鲁迅：冯雪峰回忆鲁迅全编》，上海文化出版社，2009，第 190-191 页。

至文体脉络的演变来看时。

一、戏剧还是小说

鲁迅这部拟想中的长篇，是戏剧还是小说？从鲁迅 1924 年 7 月去西安考察创作背景起，说法就不一致。

较为早期且与鲁迅关系密切的许寿裳、孙伏园均认为是"戏剧"，甚至还指出了剧目的内容。鲁迅在西安考察期间提供招待的李级仁也认为他要创作的是戏剧。[①] 陈平原认为鲁迅在西安期间对易俗社热烈的关注说明他试图写作的也是戏剧。[②] 鲁迅在西安对易俗社的好感的确令人瞩目。孙伏园给周作人写信谈到这次旅行说："易俗社……是高古的东西，懂得的大抵只有两种人，就是野人和学者。野人能在实际生活上得到受用，学者能用科学眼光来从事解释，于平常人是无与的。"[③] 鲁迅对戏曲一直有直观上的爱好，他在西安的名胜古迹中看到文化的凋零和失落，但这种生机勃勃的在野的"高古"的秦腔的活力却带给他安慰。他给易俗社题名"古调独弹"，正体现了这种惋惜后的欣慰。

然而，还有相当一部分人认为鲁迅要创作的是长篇小说，其中的代表，是与鲁迅后期关系密切的冯雪峰。这篇文章写于 1937 年。[④] 更为贴切的证据，是鲁迅在 1934 年 1 月 11 日致山本初枝的信中明确地说："五六年前我为了写关于唐朝的小说，去过长安"，这似乎是他本人直接承认的计划中的体裁。

看起来，无论是"戏剧"还是"小说"，证据都很确实。不过，考察鲁迅在这十几年写作上的变化，很难说，鲁迅的创作思路没有发生调整。在致山本初枝的信中，鲁迅说的"五六年前"，也就是 1928 年前后。这时鲁迅已完成《铸剑》，按理说，1924 年西安考察期间鲁迅就有创作这种类型作品的打算，为什么却改到了 1928 年前后？ 1935 年鲁迅在《〈故事新编〉序言》中曾经提到他写于1922 年的小说《不周山》是"想从古代和现代都采取题材，来做短篇小说"，后来是因为作品的"油滑"而"对自己很不满""决计不再写这样的小说"，于是将其附录在《呐喊》的卷末（1923 年 8 月北京新潮社初版），"算是一个开始，也就是一个收场"，而到了 1926 年秋天，鲁迅因为"不愿意想到目前"，于是"回

① 李级仁：《谈写〈杨贵妃〉》："鲁迅先生来西安讲学，我任招待，曾两次到他的寝室中去。谈到杨贵妃的生前、死后、坟墓、遗迹等，记得很清楚，说要把她写成戏剧，其中有一幕，是根据诗人李白的清平调，写玄宗与贵妃的月夜赏牡丹。"《鲁迅在西安》，西北大学鲁迅研究室资料组印，1978，第 120 页。
② 陈平原：《长安的失落与重建——以鲁迅的旅行及写作为中心》，《鲁迅研究月刊》2008 年第 10 期。
③ 《鲁迅在西安》，西北大学鲁迅研究室资料组印，1978，第 188 页。
④ 雪峰：《鲁迅先生计划而未完成的著作》，《过来的时代：鲁迅论及其他》，生活·读书·新知三联书店，2014，第 31-32 页。

忆在心里出土，写了十篇《朝华夕拾》；并且仍旧拾取古代的传说之类，预备足成八则《故事新编》"，他接着说：

> 但刚写了《奔月》和《铸剑》——发表的那时题为《眉间尺》，——我便奔向广州，这事又完全搁起了。后来虽然偶尔得到一点题材，作一段速写，却一向不加整理。[①]

也就是说，鲁迅 1926 年才开始重新整理自己的历史、神话题材小说，在之前的 1924 年所试图创作的杨贵妃题材的作品，当时并没有纳入后来的历史小说创作的想法之中。1926 年时，郁达夫在《历史小说论》中也谈到朋友 L 先生（鲁迅）创作的是"小说"[②]。这恰可能是鲁迅试图将《杨贵妃》也纳入自己的将古代传说改编为小说的计划之时。很可能鲁迅对杨贵妃题材作品的写作构想，是有着体裁上的调整变化的：一开始他的确是试图创作出一部历史剧剧本，后来，随着他再一次有意图地写作历史题材小说，于是将这个未完成的剧本的思路纳入新的计划之中。从这个可能成立的假设上说，林辰等人的关于这个作品是小说还是剧本的分歧讨论[③]，则显得带有一定的局限性，他们有可能忽视了作者的创作思路的调整。也就是说，这里并非一个非此即彼的问题，而需要历史地看待。不管怎样，鲁迅虽然没有写出关于杨贵妃题材的剧本或小说，但这个题材在他的脑海里一直在不断地调整或翻腾。

二、历史观念的变革与新的创作思路——菊池宽与陈鸿

鲁迅与外界接触的强度加增之时，往往是其思想的动荡和转折点。但是，就一个作家而言，通过作品反映出来的都是不一样的真实状态，无论是内化于不安灵魂的《野草》还是带有强烈的现实风格的杂文。包括《故事新编》在内，鲁迅善于通过历史语言遗留下来的空间，来探索人们习以为常的东西的悖谬之处，并试图通过这种方式来"激活"历史。

"杨贵妃"这一题材，实际上在现代受到来自历史学、地理学、文学领域的广泛关注。这在陈平原的资料集式的文章[④]中能够确认此背景。鲁迅恰是较早地在这氛围之中构思这一作品的。其中很有意思的一点是，其创作初衷，与鲁迅所

---

① 鲁迅：《〈故事新编〉序》，载《鲁迅全集》第 2 卷，人民文学出版社，1981，第 342 页。
② 郁达夫：《历史小说论》，《创造月刊》1926 年第 1 卷第 2 期。
③ 林辰在《鲁迅赴陕始末》注释 1 中称取"历史剧"一说，载林辰：《鲁迅事迹考》，开明书店，1948，第 28 页。
④ 陈平原：《长安的失落与重建——以鲁迅的旅行及写作为中心》，《鲁迅研究月刊》2008 年第 10 期。

一贯地认为的，"红颜祸国"是对历史上的尤其是宫廷女性的曲解，有着一致性，包括他后来创作的《奔月》，对惯常传说中嫦娥心理的解构，均可显示，他宁愿从现代心理学的角度[①]，以更为文学而真实的一面去重释历史。

（一）菊池宽与《三浦右卫门的最后》

在《三浦右卫门的最后》（1918）这部译自喜用旧题材来写故事的菊池宽的作品身上，鲁迅看到了这位作家的文学中"掘出"的"人间性的真实"：

> 杨太真的遭遇，与这右卫门约略相同，但从当时至今，关于这事的著作虽然多，却并不见和这一篇有相类的命意，这又是什么缘故呢？我也愿意发掘真实，却又望不见黎明，所以不能不爽然，而于此呈作者以真心的赞叹。[②]

这篇文章最早发表在1921年7月的《新青年》上，可见鲁迅此时就有"发掘""杨太真"的愿望。不过，这是怎样一种"真实"呢？《三浦右卫门的最后》讲述了在日本战国时代纷乱的诸侯争霸背景下，一个小近侍三浦右卫门从被织田攻陷的氏康逃离，到了刑部之后，被其主从虐杀以期献给织田。这篇小说来自战国文献，浅景了意据此改编的《犬张子》（1691）给了菊池宽很大的启发，以至于有了"这里也有一个人"之感。小说将一个小人物的悲剧逐渐无声地展开。

> 他是这样的驰名。世间都说他是今川氏的痛疽；说氏康的豪奢游荡的中心就是他；说比义元的时候增加了两三倍的诛求，也全因为他的缘故；说义元恩顾的忠臣接连的斥退了，也全因为他的缘故。今川氏的有心的人们，都诅咒他的名字。他的坏名声，是骏河一国的角落里也统流传。没有听到这坏名声的，恐怕只有他自己了。其实是右卫门本没有什么罪恶，只是右卫门的宠幸和今川氏的颓废，恰在同时，所以简单的世人，便以为其间有着因果关系的了。他其实不过一个孩子气的少年；当他十三岁时，从寄寓在京都西洞院的父母的手里，交给今川家做了小近侍，从此只顺着主人和周围的支使，受动的甘受着，照了自己的意志的事，是一件也没有做的。但是氏康对于他的宠幸，太到了极端，因此便见得他是巧巧的操纵着主人似的了。[③]

---

① 单演义编：《鲁迅在西安》，陕西人民出版社，1981，第15-19页。
② 鲁迅：《〈三浦右卫门的最后〉译者附记》，载《鲁迅全集》第10卷，人民文学出版社，1981，第228-229页。
③ 菊池宽：《三浦右卫门的最后》，载北京鲁迅博物馆编《鲁迅译文全集》第2卷，福建教育出版社，2008，第70页。

鲁迅由这部小说所感发的对于杨太真的理解,显然在这个段落里找到了注脚。但真正的问题却不单是历史观的转变。《三浦右卫门的最后》中还有更多对当时社会各个角落里生存的人群的细致描绘和刻画。尽管讲述了一个悲惨的故事,但作者的气氛烘托显然是渗透到各个层面的,从一开始农民对时局的麻木,到后来田埂上无聊耍闹的小孩用草根吊蝌蚪的游戏,再到右卫门出现,小孩们转移注意力,右卫门被人们发现身份,等等,整个叙事不紧不慢,环环相扣地将右卫门推向悲剧。例如,小说一开头那种漫不经心的铺垫:

> 那田里有一条三尺阔狭的路。沿这路流着一道小沟,沟底满是污泥,在炎暑中,时常沸沸的涌出泡沫。有泥鳅,有蝌蚪,裸体的小孩子五六个成了群,喳喳的嚷着。那是用草做了圈套,钓着蝌蚪的。不美观的红色的小动物一个一个的钓出沟外来,便被摔在泥地上。摔一回,身子的挣扎便弱一点,到后来,便是怎样用力的摔,也毫没有动弹了。于是又拔了新的草,来做新的圈,孩子们的周围,将红肚子横在白灰似的泥土上的丑陋的小动物的死尸,许多匹许多匹的躺着。①

作者用冷峻的笔调描写的这个细节,恰可为将要出场的右卫门的命运的悲惨作一铺垫,预示着有一张"美丽的脸"的少年右卫门如何在后来,像被孩子们玩弄的蝌蚪一样,被那些施弄着暴力和权力的恶的人们杀害。因此,与其说小说在历史观上发生了巨大的改变,毋宁说作者是以一种新的语言和思路呈现了这种改变。鲁迅想必惊叹于菊池宽这方面的写作才华,从而也使他调动着一直以来以新的方式来写历史故事的创作欲。或许,它也可以延伸到包括《故事新编》篇目在内的"重写过去"的创作冲动。

同样,鲁迅回顾中国史的方式,也是透过众多的文献资料而来。他很少专门为了一个小说或者其他作品而去考察其中的历史地理因素。除了早期《会稽古郡杂集》之类的对于浙郡的地理历史稍有涉足之外,其他如《岭表录异》,等等,也不过是通过文献语言而获得新的认知。自然,他唯一一部采自历史、神话题材的小说集《故事新编》,现在看来,也并没有专门为了某一段落而去奔赴"发源地"考察。更多地,他是在散佚的史料和文献当中找到某种写作的空间。

---

① 菊池宽:《三浦右卫门的最后》,载北京鲁迅博物馆编《鲁迅译文全集》第2卷,福建教育出版社,2008,第68页。

未果之梦迹
——《故事新编》的创作及其语言世界

……至今一个字也未能写出。原来还是凭书本来摩想得好。（1934 年致山本初枝的信①）

鲁迅先生说，看这种古迹，好象看梅兰芳扮林黛玉，姜妙香扮贾宝玉，所以本来还打算到马嵬坡去，为避免看后失望起见，终于没有去。（孙伏园《长安道上》②）

鲁迅先生很少与实际社会往还，也少与真正自然接近，许多印象都从白纸黑字得来。在先生给我的几封信中，尝谈到这一点。（孙伏园：《鲁迅先生二三事·杨贵妃》③）

这些句子道出鲁迅创作规律中的某些秘密。现代小说集《呐喊》《彷徨》中的许多作品，都是基于他现实生活的经验，而历史小说则更多地要依靠对历史文献的点染，而且历史（文字的）中的描摹往往已经被千百年之后的现实击碎。鲁迅究竟不是一个历史学家，无论他的文学创作还是学术研究都离不开主观的体认，都带有强烈的情感色彩。他很神往一些"美"的事物，论"真"也是一种情感或心灵上的真实，所以，原本应该十分严肃的长篇历史小说写作就变得十分困难，而另外一些倾注在文字（历史）及现实经验基础上的《故事新编》才脱颖而出。那么，这就可能形成了这样一个过程：甚至有些无意创作的早期历史小说《补天》的烂漫、滑稽的基调——重新整理创作思路考察当时历史剧本（小说）的书写环境（即试图通过《杨贵妃》扭转书写（滑稽？）的情势）的最终失败——辛苦辗转数年之后自然是接续了第一篇的宿命，并且在游戏性和超脱性上有过之而无不及（因为过于慎重，连"滑稽的杨贵妃"也写不出来了）。这样的话，许钦文有个说法显然未足以成立：

鲁迅先生曾经写过《不周山》（《补天》），后来又写了《奔月》和《理水》等，编在《故事新编》的八篇历史小说，都是凭想象写成的，为什么《杨贵妃》不能单凭想象写呢？因为这是有着相当的实际情况可以对照，西安的现象是明明摆在那里的。背景不明白就不写，这是鲁迅先生态度严肃的表现了！④

① 1934 年 1 月 11 日致山本初枝信，《鲁迅全集》第 13 卷，人民文学出版社，1981，第 556 页。
② 单演义编：《鲁迅在西安》，陕西人民出版社，1981，第 81 页。
③ 同上，第 107 页。
④ 单演义编：《鲁迅在西安》，西北大学鲁迅研究室资料组印，1978，第 128 页。

"杨贵妃"这个素材，是在现实中与鲁迅发生直接关系的，除了以上散见于文中的对某些历史定论的批判反思之外，主要通过学术整理。这些学术整理，也即是文献的阅读和梳理，显然也为他的腹稿打了一定的基础。因此，不存在"背景不明白"的问题。而且，菊池宽的这个小说翻译于1921年，恰是鲁迅正开始准备整理《唐宋传奇集》时，这时他也已经开始构思要重新写一篇新的颠覆了过往历史经验意义上的杨贵妃的故事，与其说是时代背景了然与否的问题，毋宁说是鲁迅自己的历史小说创作的理路或惯性，以及他不断耽溺于此的热情逐渐散尽反而无法自由书写的原因。

（二）陈鸿和《长恨歌传》

鲁迅在西安讲学《中国小说史略》第三讲《唐之传奇文》中说："有一个名人叫陈鸿的，他和他的朋友白居易经过安史之乱以后，杨贵妃死了，美人已入黄土，凭吊古事，不胜伤情，于是白居易作了《长恨歌》；而他便做了《长恨歌传》。此传影响到后来，有清人洪升所做《长生殿传奇》，是根据它的。"[1] 此文是鲁迅根据自己所著《中国小说史略》而写的讲稿：

> 陈鸿为文，则辞意慷慨，长于吊古，追怀往事，如不胜情。……在长安时，尝与白居易为友，为《长恨歌》作传，（见《广记》四百八十六）……所作又有《东城老父传》（见《广记》四百八十五），记贾昌于冰火之后，忆念太平盛事，荣华苓落，两相比较，其语甚悲。《长恨歌传》则作于元和初，亦追述开元中杨妃入宫以至死蜀本末，法与《贾昌传》相类。杨妃故事，唐人本所乐道，然鲜有条贯秩然如此传者，又得白居易作歌，故特为世间所知。清洪昇撰《长生殿传奇》，即本此传及歌意也。[2]

鲁迅在自己所整理的《唐宋传奇集》中收录了陈鸿《东城老父传》和《长恨歌传》。这两篇作品，可以说都是通过皇室身边的宠幸的命运变迁来暗示朝代兴衰、世事变幻的悲凉。在《长恨歌传》中，杨贵妃和唐玄宗之间的爱情的确通过文字阅读有些微妙之处：在杨妃入宫被宠幸时，玄宗"奏霓裳羽衣曲以导之；定情之夕，授金钗钿合以固之"。之后是宠爱一身，仙及家眷，及马嵬兵变，安禄山以讨杨氏为辞。玄宗一行入马嵬，六军要严惩杨氏，于是国忠系死盘水，之后杨贵妃在左右军士的胁迫"就死于尺组之下"，"越明年"，"大赦改元，大驾还都。尊

---

① 单演义编：《鲁迅在西安》，陕西人民出版社，1981，第83页。
② 鲁迅：《中国小说史略》，载《鲁迅全集》第9卷，人民文学出版社，1981，第75页。

玄宗为太上皇，就养南宫。自南宫迁西内。时移事去，乐尽悲来"。① 这里需要注意"固"字，"授金钗钿合以固之"，为何要"固"，鲁迅在自己的解释中说，就因为感情出现了问题才要发誓，"在爱情浓烈的时候，哪里会想到来世呢？"② 到了后来，惊魂未定，辗转偏安，直至旧都，才睹物思人，所谓"乐尽悲来"。鲁迅这一分析十分特别而有深意。若真爱无嫌隙，何须等到苟安之后？于是道士通神，见到贵妃之后，贵妃将乞巧盟之以"固"的具体细节回忆如下：

> 玉妃茫然退立，若有所思，徐而言曰："昔天宝十载，侍辇避暑于骊山宫。秋七月，牵牛织女相见之夕，秦人风俗，是夜张锦绣，陈饮食，树瓜华，焚香于庭，号为乞巧。宫掖间尤尚之。时夜殆半，休侍卫于东西厢，独侍上。上凭肩而立，因仰天感牛女事，密相誓心，愿世世为夫妇。言毕，执手各呜咽。此独君王知之耳。"因自悲曰："……或为天，或为人，决再相见，好合如旧。"③

可见，这个传奇中的故事，相对白居易的《长恨歌》充满了想象空间。鲁迅抓住了文本上的这一特点，试图化育出对这个故事的独特的理解，并为自己的小说建构一个新的故事来。唐玄宗和杨贵妃的感情到底发生了什么？王朝的衰落是否必然造成了她的死亡？鲁迅后来跟许寿裳、郁达夫等人谈及自己拟定的情节设置是这样的：

> 朋友 L 先生，从前老和我谈及，说他想把唐玄宗和杨贵妃的事情来做一篇小说。他的意思是：以玄宗之明，哪里看不破安禄山和她的关系？所以七月七日长生殿上，玄宗只以来生为约，实在是心里已经有点厌了，仿佛是在说"我和你今生的爱情是已经完了！"到了马嵬坡下，军士们虽说要杀她，玄宗若对他还有爱情，哪里会不能保全她的生命呢？所以这时候，也许是玄宗授意军士们的。后来到了玄宗老日，重新想起当时行乐的情形，心里才后悔起来了，所以梧桐秋雨，就生出一场大的神经病来。一边道士就用了催眠术来替他医疗，终于他和贵妃相见，便是小说的收场。④

依靠陈鸿《长恨传》的描摹空间，这种理解似乎并不能算是过度阐

---

① 陈鸿：《长恨传》，载《鲁迅辑录古籍丛编》第 2 卷，人民文学出版社，1999，第 103 页。
② 许寿裳：《挚友的怀念——许寿裳忆鲁迅》，河北教育出版社，2000，第 30 页。
③ 陈鸿：《长恨传》，载《鲁迅辑录古籍丛编》第 2 卷，人民文学出版社，1999，第 105 页。
④ 郁达夫：《历史小说论》，《创造月刊》1926 年第 1 卷第 2 期。

释。那么，紧要的问题是，鲁迅为什么在这里强调这样的见解？可以说，鲁迅从这样一个被各种文体（诗、词、传奇、小说）传唱已久的"老故事"的语言里，看到了新的文学表达的生成空间。这种空间，恰是鲁迅对历史人心和现代文学敏锐把握的结果。再加之唐代文化的自信和发达，乃至宫廷权力纷争甚至情感上的奔放，都构成了鲁迅对这些旧文学的遐想的助力。

三、"终于未实现"——"似乎不想实现"

冯雪峰在《鲁迅先生计划而未完成的著作》中说："……他想写它的兴趣反而因此索然了。写这历史小说的计划，应该在一九二四年以前，而终未实现，他似乎不想实现。"[①] 这里面的话涉及两个方面的因素：就是客观上的能力（"终未实现"）和主观上的愿望（"似乎不想实现"）。时过境迁，这部小说总之是没能写出来。现在去探究它的根由，多少有点事后诸葛之意。不过，我比较感兴趣的是，鲁迅为何会将这个小说的写作计划，一直不停地告知别人。单郁达夫就被告知过好几次，可见鲁迅发现这种新的素材和写作的兴趣和欲望，当然，上述计划中体式上的调整和转变，也显示出鲁迅写作它的艰难性。

从内在气质上说，这个作品既异质于《呐喊》《彷徨》，同时，又异质于《故事新编》。鲁迅之所以对《杨贵妃》中止创作，实在是不想为了一个新的文学构想（对旧史观的鞭辟）而去观照贵族或皇朝的历史。历史题材的写作冲动虽然受到了所整理的文学文献、现代文化语境的影响，但是向来喜欢"作祟"的野气题材的鲁迅好像更倾向于更广阔世界的文学样式。《故事新编》几乎没有涉及正史中的爱情的探索委曲情感的小说，他更倾向于用一种油滑的笔法来消解和演绎。那么，《杨贵妃》的"消解"是无法完成的，因为鲁迅最初的设置，受到了新的历史文学观的熏染，试图实现的是一个体式相对严肃的作品，何况是剧本或者（长篇）历史小说。从郁达夫等人的描述中，鲁迅着眼的还是两人的爱情。随着时间的进展，因为时局的变动，鲁迅越来越着眼于更为广阔的复杂的"国民性"题材，哪怕是对其无聊而有力的呈现。这样下来，再提笔，从爱情主题的创作上说，《杨贵妃》就变成了《奔月》也说不定，或者可以说，《奔月》实际上代替了他最初构想的《杨贵妃》，而1925年创作的《伤逝》，可能是它另一边的影子的摇曳？不管怎样，它们都展现了鲁迅对历史中的理想爱情的一种现代解构。

《杨贵妃》的中止创作与《故事新编》的体式有着密切的关系。甚至到了

---

① 冯雪峰：《鲁迅先生计划而未完成的著作》，载《一九二八至一九三六年的鲁迅：冯雪峰回忆鲁迅全编》，上海文化出版社，2009，第190页。

未果之梦迹
——《故事新编》的创作及其语言世界

1934 年 1 月《故事新编》几乎写了一半的时候，鲁迅还告诉山本初枝说，《杨贵妃》的写不出，是因为背景地长安的现状令他失望。一方面，这固然与鲁迅对实地考证的严谨态度有关，但另一方面，也说明他在为自己无法创作长篇小说寻找托词，因为故地虽然"弄人"，但通过文献语言变幻古典形象的能力他还是有的。殊不知，时过境迁，他已经将这一处理古旧素材的计划默默地扭转并编织在《故事新编》之中了。这种体式上的无意识的写作方式，恰恰是对《杨贵妃》未能完成的很好的说明。

李长之说："在这里，可以说发现了鲁迅第一个不能写长篇小说的根由了……他对于人生，是太迫切，太贴近了，他没有那么从容，他一不耐，就愤然而去了，或者躲起来，这都不便利于一个人写小说。"[①] 另外，1924 年，鲁迅到西安，在途上所目睹的生民惨状，也是他无力写这个小说的重要原因。这是很多研究者普遍认为的观点，孙伏园的《长安道上》正可以说明：

> 陕西的物质生活，总算低到极点了，一切日常应用的衣食工具，全须仰给于外省，而精神生活方面，则理学气如此其重，已尽够使我惊叹了；但在甘肃，据云物质的生活还要低降，而理学的空气还要严重哩。夫死守节是极普遍的道德，即十几岁的寡妇也得遵守，而一般苦人的孩子，十几岁还衣不蔽体，这是多么不调和的现象！我劝甘肃人一句话，就是穿衣服，给那些苦孩子们穿衣服。[②]

> 累代的兵乱把陕西人的民族性都弄得沉静和顺了，古迹当然也免不了这同样的灾厄。[③]

孙伏园认为此行是"破坏他想象中的《杨贵妃》的完美"，实际上多少忽视了鲁迅小说创作中十分沉重的文化政治因素。与写作的微渺和人生的虚无相比，他似乎更关注的是所见到的严正的人生真实和苦难，他绝不是那种颠倒生活和艺术关系的唯美派。

因此，无论从作家性情还是外在环境上，鲁迅终未写出这部作品。20 年代的现代小说如《彷徨》之类，多少表达了他思想上内在的矛盾和国民性探索上的延宕，这种延宕也正如作者所说，也因为没有多少的"授命"而在"技术上"并不是很坏。然而，自身境遇和中国现实的沉重一时间都压在了他的头顶。虽然在

---

① 李长之：《鲁迅批判》，北京出版社，2003，第 142 页。
② 单演义编：《鲁迅在西安》，西北大学鲁迅研究室资料组印，1978，第 181 页。
③ 同上，第 183 页。

厦门的时候，关于写古的意念重新抬头，但那已经是经过蛰伏和压抑久了的绵密思考，它也逐渐在时间的演进中被蒙上了历史、社会风潮的波动的色彩，如何用严肃的笔调将王朝里的爱情题材作为自己写作长篇的方向，这对他来说的确越来越是一个很大的挑战。因为从这类小说创作开始，他就已经习惯了戏谑、调侃和讽刺，在这样重重的重压之下，他也很自然地滑入了《故事新编》式的历史小说创作，或者说，用写作后者来代替前者所带给他的有关历史的情绪和气味。

第六节　本 章 小 结

在《故事新编》的序言中，鲁迅曾经对历史题材的小说做了两种划分。即，一种是教授小说，另外一种是"随意点染"之作。[①] 历来的研究者似乎倾向于将其划分到后一类之中。实际上，《故事新编》应该是二者的结合。对鲁迅而言，文学是语言变革的一部分。政治家是从眼前的政治任务出发，文学家从文学的根本任务出发，其核心仍然是对语言变革的努力尝试。

鲁迅身上有一种学术的严谨性与本身自由的冲突，完全用巴赫金的狂欢（见第一章研究综述）、日本的狂言[②]（钱模样）之类比附和结构《故事新编》，往往失去比得到的要多。其中对历史沿革的考索、对汉语言改造的努力，也是贯穿于其整个文字实践的重要部分，它甚至超越了社会政治想象。在瞿秋白那里，"大众化"是具体的政治任务，而对鲁迅来说，则是要将它纳入更大的语言变革的课题之中，他允许存在的可能性越多，读者群也更复杂。这是他充分认识到个体的微小作用和变革的复杂性、长远性的体现。

处在变革时代的鲁迅，面对的是文学定义的整体变化、语言文字的整体变革，他既是清醒的参与者，又是评价者。而且，这种评价和实践并非泾渭分明。他并不能自外于这种评价和实践。他不断寻找一种能够实现变革的东西，晚年真正能承载他的这种语言实践达到某种自由度的，反而是《故事新编》，在一定程度上，它达到了文体与时代的相宜结合。

虽然被有意无意地归类、结集，但鲁迅的文体上的界限意识并不严格。而从文学文体的意义上讲，他所偏好仍在小说。这从他的整理旧文学和翻译外国文学的实践中能看到。《古小说钩沉》中称小说为"不可观"之人实是"墨守故言，此其持萌芽以度柯叶"，且称小说"在文林，有如舜华，足以丽尔文明，点缀幽独，

---

① 鲁迅：《〈故事新编〉序》，载《鲁迅全集》第 2 卷，人民文学出版社，1981，第 342 页。
② 钱模样：《〈起死〉艺术样式探源：与巴罗哈〈少年别〉、日本"狂言"的比较》，《南通师专学报》（社会科学版）1990 年第 1 期。

盖不第为广视听之具而止"。① 最后之"汗流浃背"地翻译《死魂灵》亦是这一明证。不过,鲁迅对《故事新编》的某种外在的"不自信",多少源自鲁迅对于文学乃至文人本身功能和意义上的焦灼(在这一点上,具备对话对象并参与战斗的杂文写作,显然给了鲁迅某种持续的外在生命力)。然而,恰恰是《故事新编》,实现了诸种文体的混响,其思想和形式上的自由开放,使得它可以称作是叙事的"诗歌",也可是叙事的《野草》,更或是"叙事的杂文",甚至在鲁迅所写的有限的三本小说集之中,《故事新编》那里能找到对前二者(《呐喊》《彷徨》)的观照和回应。当然,《故事新编》的写作也确信了鲁迅在面对历史时是采取像日本历史小说那样的严肃演绎还是自创一格的诙谐短章,读者至少在尝试失败的"杨贵妃"等作品那里获得暗示。

这种"混响"带来的开放性,也可以在一个有名的文学"公案"中找到一点痕迹。例如,关于小说《出关》,邱韵铎 1936 年 2 月 11 日在《时事新报》上发表了《〈海燕〉读后记》的评价。这篇在鲁迅看来显然是"误读"的文章这样说道:

> 至于读了之后留在脑子里的影子,就只是一个全身心都浸淫着孤独感的老人的身影。我真切地感觉着读者是会堕入孤独和悲哀去,跟着我们的作者。要是这样,那么,这篇小说的意义,就要无形地减弱了。

鲁迅那篇著名的回应文章《〈出关〉的"关"》表示了对这种将作品中的人物对号入座的看法的厌恶,并且指出小说中对老子的态度是为破解"徒作大言的空谈家"。② 当然,这点是合于他的老师章太炎《诸子学论略》中对于孔子和老子的批判态度的。

> 看所有的批评,其中有两种,是把我原是小小的作品,缩小得更小,或者简直封闭了。
> 一种,是以为《出关》是在攻击某一个人。
> 还有一种,是以为《出关》乃是作者的自况,自况总得占点上风,所以我就是其中的老子。
> 那么,却是我的文字坏,不够分明的传出"本意"的缘故。
> 他起了有利于老子的心思,于是不禁写了"巨大无比"的抽象的封条,

---

① 鲁迅:《〈古小说钩沉〉序》,载《鲁迅辑录古籍丛编》第 1 卷,人民文学出版社,1999,第 3-4 页。
② 鲁迅:《〈出关〉的"关"》,《作家(月刊)》1936 年第 1 卷第 2 期。

将我的无利于老子的具象的作品封闭了。

写作者和读者对应地去谈自己作品本意的互动，按道理自然是作家本人的解释更可信一些。但是这里似乎有一个问题摆在读者面前：为什么邱韵铎等人会发表如此这般的议论呢？而且，从这篇"读后感"的整个行文来看似乎是合理的。竹内好也认为，对老子的"这种嘲笑更像作者的自嘲。作者的解说并不能打消我们从作品中获得的印象"。[①] 因此，作品一旦脱离了母体，它的解读可能性便是无限的。用鲁迅自己的话说，应当是不"封闭"的。

显然，引起鲁迅不得不站出来解释自己作品的，恰不是因为"文字坏"，而是它本身的丰富的可能性。即便"本意"是讽刺"大言空谈"的道家在凡俗生活中所面临的尴尬，然而，读者却能够从中看到太多老子作为一个平凡人的琐碎生活。这些琐碎冲淡了鲁迅的批判的"本意"，诸如开头两段几乎完全重复的文字，讲述了老子的守静和无聊；诸如欢喜着生活的喧嚷的众人：关尹喜、巡警、学生、书记和账房先生，以及夹杂着各种方言的声音和议论。这些人物无聊而近于可爱，几乎要分散了作者文章中所说的想要达到的批判意味。

鲁迅在《出关》中打开了一个世界，一个颠覆了老子思想却没有否定老子生活的世界。其中鲜活的细节，让读者很难从中找到鲜明的思想内核，找到那个时代评论家所亟须的政治社会文化立场的宣示。从 1922 年一开始的只是想借助古代题材的媒介写作，到 1935 年年底天然自如的《起死》的完成，这 13 年间，《故事新编》自然地成为了鲁迅文体尝试与变迁的晴雨表。

---

① 竹内好：《鲁迅入门》，载《从"绝望"开始》，靳丛林编译，生活·读书·新知三联书店，2013，第 144 页。

第四章

"稳定地烛照着一切":《故事新编》的哲学

第一节　尼采与《故事新编》

众所周知，鲁迅和尼采之间有着十分密切的关系。文化背景上，二者都呈现出面临古典与现代夹缝中的焦虑和思考。前者表现在他的开放而生机勃勃的哲学论著当中，而后者体现在一系列的顿挫遒劲的文学作品中。如果说，尼采的作品同时是文学的话，那么经由鲁迅的语言来探讨其中存在的思想哲学也不是没有根据。

鲁迅在很早就翻译过尼采的作品，并且曾经提出"尼采式的超人，虽然太觉渺茫，但就世界现有人种的事实看来，却可以确信将来总有尤为高尚尤近圆满的人类出现"，并用带有尼采式样的语言说"随喜赞美这炬火或太阳；因为他照了人类,连我都在内"[①]。此类话语通常被研究者认为只在鲁迅早年起作用。竹内好的著作《鲁迅》强调鲁迅思想内部的复杂性，即作为文学者（哲学）的鲁迅和作为革命者（和启蒙者）的鲁迅的相互存在。他挖掘鲁迅思想的内面精神，同时又通过作为文学者的表象（文学）来证实鲁迅是一个启蒙者。汪晖在他的《反抗绝望：鲁迅及其文学世界》之中着重指出了早期鲁迅如何受到尼采思想的影响，即启蒙理性和西方生命哲学之间的矛盾。[②]同样，在对鲁迅思想阶段进行划分之时，许多研究者也倾向于将鲁迅的早期思想跟尼采结合起来。而对于30年代的思想，人们更多地通过他写的大量的杂文去总结，或者说，认为他和尼采本质上有一个决裂的过程。

鲁迅20年代写作的《故事新编》中的小说与尼采的思想也有着十分亲密的

---

① 鲁迅:《随感录四十一》，载《鲁迅全集》第1卷，人民文学出版社，1981，第325页。
② 汪晖:《反抗绝望：鲁迅及其文学世界》，生活·读书·新知三联书店，2008。

关系,同时,这也能够从他所翻译的"带有尼采式的强者的色彩"①的阿尔志跋绥夫身上间接看到。那么,鲁迅是否在到了30年代之后仍然沾染尼采思想的底色?在《故事新编》中,我能感受到的是,一种持续在其内部的精神气质的播散,也就是,《故事新编》在呈现尼采的精神方面,不再仅仅是我们所熟知的关于"生命哲学"中的那种主体存在的焦虑问题。

在进行具体的分析之前,我打算使用一个德国作家萨弗兰斯基的《尼采思想传记》作为尼采解读的主要依据,因为对于尼采,虽然我曾经花费了好几年痴迷地阅读,但时过境迁,至今也只在"得意忘言"的地步。而更重要的是,萨弗兰斯基的解读,很能引起我对尼采理解的共鸣。这里的引用,也有一部分致敬(自然也有偷懒)的意思吧。

一、尼采的历史观和《故事新编》

鲁迅在 1933 年 3 月 5 日的《我怎样做起小说来》中说他创作《不周山》(《补天》)的初衷是"在描写性的发动和创造,以至衰亡"。②"以至衰亡"实际上暗示着强大的饱满的生命力。这个绚烂的世界创造的过程,同时是中国人对最原初历史神秘想象的源头。女娲形象是被连接在原初世界的产生的神话之中的一条线索,正如一切神话的源头中所表现的那种冷漠和天真。在《山海经》等古典的文言传说中,强调的是世界在纷乱和矛盾运动中的成形,《补天》则抽取了这段女娲的创造过程,使作品中的生命力有了清晰的爆发过程,并且以至衰竭。如前所述,《补天》试图连接两个对鲁迅来说关系密切的人物,尼采和弗洛伊德。像尼采一样,《补天》体现出将自己与世界对立起来的孤独与荒野之王般的高傲之感③。《非攻》中有一段出典于《墨子·耕柱》:

> 子夏之徒问于墨子曰:"君子有斗乎?"子墨子曰:"君子无斗。"子夏之徒曰:"狗狶犹有斗恶有士而无斗矣?"子墨子曰:"伤矣哉!言则称于汤文,行则譬喻狗狶,伤矣哉!"④

---

① 鲁迅:《译了〈工人绥惠略夫〉之后》,载北京鲁迅博物馆编《鲁迅译文全集》第1卷,福建教育出版社,2008,第139页。
② 鲁迅:《我怎样做起小说来》,载《鲁迅全集》第4卷,人民文学出版社,1981,第513页。
③ "狮子的意志自愿如此:饥饿、凶猛、孤独、无神。""在沙漠中,永远居住真实者,自由思想家,旷野的王;但城市里却居住着饲养得很好的知名的智者——一群负载的驴子。"尼采:《查拉斯图拉如是说》,楚图南译,湖南人民出版社,1987,第122页。
④ 孙诒让:《墨子间诂》,孙启治点校,中华书局,2001,第482-483页。

未果之梦迹
——《故事新编》的创作及其语言世界

在墨子那里，不轻易斗，不轻易贬低和抬高，这些都显示出作为君子主体者的尊严。在鲁迅的斗争哲学中亦可见，他对强劲的敌手具有斗争的热忱，又常因为自己没有像样的敌手感到无聊，所谓"独战"的寂寞 [①]。尼采选择"超人"的意志构筑精神强体，鲁迅显然也如此。他不满于世界中一切存在的名目化、体制化。作为独行者，他憎恶"没有一处没有名目""没有一处没有牢笼"的世界（《过客》）。身置这样的不自由之中，他又极为警惕被其同化，这在鲁迅的语言中，表现为对国家、对智者（知识分子）、对其中的奴性的强烈抨击。他反思社会和历史中的藏垢纳污，一方面让青年人学会在复杂的社会斗争中进行"壕堑战"，另一方面，自己则参与到与任何所见的有害于构建人的主体的缺陷的斗争中。

1932 年 8 月 15 日，鲁迅在致台静农信中说："我曾于《小说月报》上见其（郑振铎，笔者加）关于小说者数章，诚哉滔滔不已，然此乃文学史资料长编，非'史'也。但倘有具史识者，资以为史，亦可用耳。" [②] 鲁迅对郑振铎文学史著作的这一批评，可见他对"史"背后史观的要求，对"史识"的重视。作为一个善于思辨的文学者，鲁迅的史观，却是很复杂的。对中国的古代史，他所关心更多是毫无正统史观的杂史笔记之类。与其说他以此树立自己的历史认识，毋宁说他对其中的哲理意趣、社会反思的兴趣要大于正统的历史研究。到了 30 年代，他利用对社会学、经济学等各个因素来重新观察中国的历史，并且还试图在此基础上完成自己的文学史未果。而《故事新编》这唯一通过历史、神话传说"演绎"的作品，应当也涵盖了鲁迅对于中国历史的一种思维方式吧？

从鲁迅在 1935 年 11 月底作"治水"，接着，到 12 月底，他写完了《故事新编》的最后三篇《采薇》《出关》《起死》。在 1935 年 12 月 3 日夜间，鲁迅给增田涉写信说："目前正以神话作题材写短篇小说，成绩也怕等于零。" [③] 这里含有两点：其一，12 月，他作的这三篇都是古已有之的人物，鲁迅称之为"神话"，肯定有其内在的用意，也就是除了女娲、后羿、嫦娥外，另外的先秦诸子，也可能是他口中的"神话"；其二，如果不是谦虚，"成绩也怕等于零"，显示出他对《故事新编》的艺术水平或者对其读者反馈，还是存疑的。从来没有停止对自己的怀疑，但是仍然不会因此随便成为别人，鲁迅的这种独立性也一直表现在创作上。不然，从一开始的《不周山》，他就该停止自己这类题材的创作。同时，这一阶段，可说是鲁迅"复古"的阶段，包括翻译 19 世纪上半期的果戈理，与增田涉合作翻译自己的中国小说研究成果。

---

① 1934 年 12 月 6 日致萧军萧红信，载《鲁迅全集》第 12 卷，人民文学出版社，1981，第 584-586 页。

② 1932 年 8 月 15 日致台静农信，载《鲁迅全集》第 12 卷，人民文学出版社，1981，第 102 页。

③ 1935 年 12 月 3 日致增田涉信，载《鲁迅全集》第 13 卷，人民文学出版社，1981，第 650 页。

早在《摩罗诗力说》中，鲁迅即以尼采为中介探寻文明和古旧蛮荒文化的"野气"之间的关系，提示后者对前者孕育作用：

> 尼佉（Fr. Nietzsche）不恶野人，谓中有新力，言亦确凿不可移。盖文明之朕，固孕于蛮荒，野人狂猛其形，而隐曜即伏于内。文明如华，蛮野如蕾，文明如实，蛮野如华，上征在是，希望亦在是。①

《故事新编》中所表现出来的蛮荒与行动力，恰是鲁迅依靠古旧的题材来激活民族文化精神的体现。20年代创作的《补天》《奔月》《铸剑》之类，都可认为是一种和尼采的强力意志相类似的作品。它所述说的是"主体"作为生命能量的一种释放和消解。当然，这其中包含着同样来自尼采精神内部的至善的道德倾向。这三篇小说的共同之处都是通过一个具有"超人"气质的神明力量来完成某种具有超越性的道德使命。然而，越往后写，当其道德界域越来越模糊的时候，我们能够看到一种貌似中间状态的思考。这就是萨弗兰斯基所说的一种尼采的奥德赛式的焦虑：

> 尼采在奥德赛命运的棘手的情境中找到这个象征，这毫不奇怪。为了能聆听塞壬的歌唱，但又不必走向自身的毁灭，奥德赛让人把自己绑在桅杆上。奥德赛体现了狄俄尼索斯的智慧。他听见了可怕的事物，但是，为了保存自身，他认可文化的束缚。②

文化作为一种过往的历史的不断革新成果横亘在世人的面前。鲁迅恰恰在这种焦虑之中完成了对历史的演绎。大禹犹如一个被放逐的英雄，经历了三年的筚路蓝缕的勇猛生涯，同时又承继着祖先留下来的规训意志，最后，他消失在众人的庆典之中。这正可以显示鲁迅对于尼采上述精神的回应和思考。然而，鲁迅的作品又远非仅仅为了时下目的演绎历史，他也警示了将历史知识化的危险：

> 在悲剧之书中他已经写道："永不知足的现代文化那可怕的和历史的需要，把无数其他文化聚集在自己周围，耗尽心力的认知愿望，这一切要是不表明神话的损失，神话家园和神话母腹的损失，那么它还能表明什么呢？"③

---

① 鲁迅：《摩罗诗力说》，载《鲁迅全集》第1卷，人民文学出版社，1981，第64页。
② 吕迪格尔·萨弗兰斯基：《尼采思想传记》，卫茂平译，华东师范大学出版社，2010，第80页。
③ 同上，第91页。

未果之梦迹
——《故事新编》的创作及其语言世界

鲁迅和顾颉刚的交恶，研究者往往从他们的治学路径或者人际交往，甚至地方主义的层面出发来解读这个民国公案。鲁迅虽然也在书信中一再称顾颉刚是一个弄权排挤的人，但我们很少能找到直接的证据。但很难否认的是，鲁迅似乎从与他认识不久，就极为讨厌这位历史研究新秀。这当然与鲁迅厌恶顾颉刚对胡适及其所开辟的实证的史学研究方法的继承有关。顾颉刚之将疑古思想放大到"禹是一条虫"的结论，似乎失去了中国传统文化或说中国历史法则之中的审美、哲学或神话因素。鲁迅曾经在 1934 年 7 月 6 日致郑振铎信中批评顾颉刚说："其实他是有破坏而无建设的，只要看他的《古史辨》，已将古史'辨'成没有，自己也不再有路可走，只好又用老手段了。"[①] 在鲁迅看来，顾颉刚所忽视了的，恰恰是这种最珍贵的被"'辨'成没有"的那部分"历史"，它是民族活力的根源，而不是所谓"耗尽心力的认知"。在《不合时宜的沉思》中，尼采认为这种"耗尽心力的认知"是一种"时代精神"。他指责这种精神："用一种尘世的协调，一种解围之神、亦即机器和熔炉之神，取代一种形而上学的安慰。"[②] "现代人最后随身拖拽着一大堆无法消化的知识石块，这些石块然后不时厉害地在身体内嘎嘎作响。"[③] 因此，"人们必须把历史的原则倒过来反对历史。借助历史的知识道破历史学的权力"[④]。从反知识中获得新知才是尼采或鲁迅希望看到的真相。

实际上，这种"反历史的历史观"可以打破知识的权力，通过这种颠倒的方式重新观察和革新历史。《出关》中，鲁迅通过老子对孔子的问话，实现了对儒家文化的破解。然而，鲁迅不仅对老子这种精神进行演绎，更让人震惊的地方就在于，他将老子思想也给"格"掉了，那就是：圣人老子的"绝圣弃智"最终也未能逃离被无知与客套恭维和因为吃饭而低头讲学写出五千言的被迫重担。从这个意义上说，整个《故事新编》越到后来，仿佛都从更加深层意义上实现了"绝圣弃智"的再演绎。因此，某种意义上，《故事新编》在跟知识分子对话，且鲁迅自己，也是这一对话群体中的一员；这也是他给予知识化的历史睿智地一刺。

如果将视野放大，其实在鲁迅的早期小说中就有此类反思。在利用乡村的革命题材所写成的小说《阿 Q 正传》的序言（1921）之中，鲁迅也写出了这种类似宣言的句子：

> 我所能聊以自慰的，是还有一个"阿"字非常正确，绝无附会假借的缺

---

① 1934 年 7 月 6 日致郑振铎信，载《鲁迅全集》第 12 卷，人民文学出版社，1981，第 477 页。
② 吕迪格尔·萨弗兰斯基：《尼采思想传记》，卫茂平译，华东师范大学出版社，2010，第 114 页。
③ 同上，第 130 页。
④ 同上，第 135 页。

点，颇可以就正于通人。至于其余，却都非浅学所能穿凿，只希望有"历史癖和考据癖"的胡适之先生的门人们，将来或者能够寻出许多新端绪来，但是我这《阿Q正传》到那时却又怕早经消失了。①

这段话表达出鲁迅对于正史考据得以流传的不屑，反之，对历史中沉淀下来的名不见经传的时时刻刻在"速朽"的"几乎无事的悲剧"表达出了一种沉迷与考据的兴趣。这是一种绝大的讽刺，也是重建一种新型历史的野心。萨弗兰斯基说："把知识的针刺转向知识自身——这在尼采那里意味着：知识不再误认为，自己是针对这可怕事物的保护装置。超越自身的知识，不仅觉察到自己的界限，而且还觉察到迷惑和眩晕感。"②这样可知，为什么在鲁迅的眼睛里，即便是非神话题材的小说，也可被他称作"神话"的了。在这种历史观下，"神话"本身也是历史的珍贵成分，而知识化的历史则有待被重新建构。

更早地，在他留日期间写的《破恶声论》中，就提到过与此相关的"神思"的珍贵：

> 夫神话之作，本于古民，睹天物之奇觚，则逞神思而施以人化，想出古异，诙诡可观，虽信之失当，而嘲之则大惑也。太古之民，神思如是，为后人者，当若何惊异瑰大之？……夫龙之为物，本吾古民神思所创造，例以动物学，则既自白其愚矣，而华土同人，贩此又何为者？③

而以历史、神话题材写作的《故事新编》，在行文语言中所表现出来的严正性，足以让他的这部小说称之为"历史小说"，也就是说，如果以鲁迅的眼光来看《故事新编》，它是可以很爽然地被称为"历史小说"的。换句话说，称作《故事新编》是否是"历史小说"本身并不重要，关键是找出历史的合理的根据，这样才能避免如唐弢所说的单纯的浅薄的界定的陋习④。

这样看来，对于人们津津乐道甚至刻意强调其断裂性的鲁迅的前后思想阶段

① 鲁迅：《阿Q正传》，载《鲁迅全集》第1卷，人民文学出版社，1981，第489-491页。
② 吕迪格尔·萨弗兰斯基：《尼采思想传记》，卫茂平译，华东师范大学出版社，2010，142页。
③ 鲁迅：《破恶声论》，载《鲁迅全集》第8卷，人民文学出版社，1981，第30-31页。
④ 唐弢说："认为《故事新编》不是历史小说，不合规范，否定小说主要是以古人古事为骨干的这一事实，固然是在世俗的所谓的历史小说里打坐，目光短到离不开自己的脐眼；相反地，力争《故事新编》是历史小说，奉为圭臬，贬低小说运用某些现代生活细节的战斗意义，其实也还是在世俗的所谓的历史小说里推磨，转来转去仍然没有跳出原来的圈子。事实说明这些都不过是形而上学的概念的游戏。"唐弢：《故事的新编，新编的故事》，载孟广来、韩日新编《〈故事新编〉研究资料》，山东文艺出版社，1984，第258页。

的"转变",仍有其缺陷。体现在《故事新编》中,实际也是尼采精神或历史观的一贯展现。

二、物质性的渊默[①] 与《故事新编》

一方面,尼采致力于人的强力意志的无限挖掘,另一方面,面对日益癫狂的思维冒险,他开始认识到科学作为一种存在是如何廓大。他在《瞧,这个人》一书的个人回顾中,描述了同瓦格纳分离后的阶段:

> 我身体消瘦,形容憔悴,顾影自怜:在我的知识范围内正好缺乏现实性,而"理想"只适合魔鬼的口味!——一种正在燃烧的热望侵袭着我:从那时开始,实际上我只从事生理学、医学和自然科学方面的工作,——甚至只有当使命迫切地要求我时,我才重新回到原来的历史研究中来。[②]

精神的强大促使自己的思想走进了一个逼仄而有穿透力的世界之中,同时,拓展自身与外在世界之间的关系又会反过来影响精神世界的开拓。在尼采身上这种需要始终伴随着他,尤其是在他的身心极度分离,精神强大到"无"而身体脆弱到极致,从而影响到自己和身体以及与周围世界的关系之时。

对鲁迅而言,他的学术背景和他间歇性地投入的自然科学,也反过来成为他纾解与重建自我的一个办法。这可以从他整理的一系列中国古典文献,包括他的矿物、医学、植物学的考察之中找到端倪。例如,他所整理的《岭表录异》(1910—1911),是一个让人震惊的表情漠然的物象世界,如其两个短札《辛亥游录》(1911),执迷于花山野菰的描述,以及拟从《说郛》中抄校花木典籍。到了30年代,他仍然致力于植物药用价值的考察和翻译[③],这些都能够显示鲁迅在自然科学上所做出的努力。有意思的是,鲁迅的文学翻译对象,作者中有不少出身医家(契诃夫、望·蔼覃等),尤喜对自然世界的描述。

① "渊默"源出于《庄子》:"尸居而龙见,渊默而雷声。"关涉"渊默"与"鲁迅",最典型是鲁迅在早期创作和后人的评价中。例如,他在《摩罗诗力说》中称,"顾瞻人间,新声争起,无不以殊特雄丽之言,自振其精神而绍介其伟美于世界;若渊默而无动者,独前举天竺以下数古国而已"。可见借用"渊默"表达对"古国"悄无声息的表述,但又并非完全否定,而是一种"大国伏流"的气象感慨。而后有徐梵澄回忆为鲁迅在事功失败或休歇之后的一种道家或佛教的状态。(徐梵澄:《星花旧影——对鲁迅先生的一些回忆》,载《徐梵澄文集》第4卷,上海三联书店,2006,第388页。)本节中用此一说,完全是起于一种哲学上的直觉判断,鲁迅晚年思想体现在《故事新编》诸篇小说中,恰恰带有某种"渊默而雷声"的气象,然这种"气象"似乎并非表现在其中的义理思想上,而更是繁华之后淳厚的物质之气。

② 尼采:《瞧,这个人:尼采自传》,黄敬甫、李柳明译,团结出版社,2006,第100-101页。

③ 王云五、周建人编:《药用植物及其他》,乐文(鲁迅)等译,商务印书馆,1936年第2版。

在现代文学中，精确的纯物质性描写的介入似乎能够给读者带来更为复杂真实的百科全书式的感受。这从 20 世纪的很多经典中可以看出。例如，单纯的带有对古典文学精神破解性的美国文学中，麦尔维尔的《白鲸》就有大量的自然科学知识的铺陈，与其说这是为了衬托文学作品的真实性，毋宁说是一种哲学意义上的平衡。这种平衡使得作品中的情绪得到疏导，使一些疯狂的举动变得合理。林辰在《鲁迅传》中详细描述了鲁迅早年在科学和伦理学方面的兼顾的兴趣。他说："由于这时便早具有了丰富的自然科学的修养，又加以对于规范科学（如伦理学）也有极深的研究，所以对于一切事物，客观方面既能说明事实之所以然，主观方面又能判断其价值所在，使他后来在创作上和思想上才会达到那么的精密和正确。"[①] 随着对文学生活空间的开辟，旧有的伦理学逐渐成为其文学底色，而"丰富的自然科学的修养"在其中发挥出活泼的文学表象呈现的作用。《故事新编》尤能体现出这种"神性"（或"伦理学"）与物质性的完美结合。鲁迅也恰是在这些学科的影响之下，使得自己能够在相对虚空的文学世界里找到依托。而这种冷漠的依托方式一方面冲淡了情绪上的激昂；另一方面，也使得漠然的物质因素渗透到了作品之中。当然，不同于自然科学的冷酷无情，这种物质性将人放置在一种广阔的生存环境之中，更凸显出人的可悲怜。这在尼采的相对激越的精神之下，表现出一种"柔和"的色彩。

> 尼采想通过提升的注意力和一种柔韧的语言的帮助，让那共同作用的、共同震颤的冲动和表象的混杂，如同在一个放大镜下那样变得清晰可见。也就是说，牵涉到的不是解释和构思，而是形象化和直观。[②]

《故事新编》越到后期越是"形象化和直观"的。这种"形象化和直观"，体现在鲁迅作为写作者远远地隐藏在作品的背后，向外界推出一个似乎与讲述者完全无关的世界。这世界中的声音混杂、喧嚣，包括自然风貌的亘古飘渺、人情世故中的欢喜忧伤。《奔月》中的后羿理性仁厚，老婆都上了月亮，他还能吩咐佣人去弄些辣子鸡之类作为寻妻的备膳。和其他篇章一样，这里面，充斥着物物交换的原始色彩（大饼、黑母鸡、两柄锄头、三个纺锤之类），增加了故事的民间性、生动性和真实性。《非攻》中墨子最后在雨中淋了一个大风寒。《采薇》中伯夷、叔齐二兄弟饿死在山上。《起死》中汉子则不断地呼喊着代表他当下身份和行动指南的"二斤南枣，斤半白糖"。整个世界处在荒漠和烟尘飞扬之中，严峻

---

① 林辰：《鲁迅传》，福建人民出版社，2004，第 51 页。
② 吕迪格尔·萨弗兰斯基：《尼采思想传记》，卫茂平译，华东师范大学出版社，2010，第 236 页。

得让人唏嘘寒冷，同时又对人物体贴得无以复加。

鲁迅曾经在 1935 年评价狂飙社时总结说：

> 尼采教人们准备着"超人"的出现，倘不出现，那准备便是空虚。但尼采却自有其下场之法的：发狂和死。否则，就不免安于空虚，或者反抗这空虚，即使在孤独中毫无"末人"的希求温暖之心，也不过蔑视一切权威，收缩为虚无主义者（Nihilist）。巴扎罗夫（Bazarov）是相信科学的；他为医术而死，一到所蔑视的并非科学的权威而是科学本身，那就成为沙宁（Sanin）之徒，只要以一无所信为名，无所不为为实了。[①]

可见在这之中，鲁迅在对他从 20 世纪 20 年代至 30 年代所阅读、所翻译的欣赏对象，诸如阿尔志跋绥夫、尼采、屠格涅夫等人的观念试图做出调整。虽然这多少受到当时冯雪峰等所翻译的苏联左翼文艺理论的影响，但仍能够体现出他对自己在尼采"超人"哲学上的践行、体悟和新的反思，只不过，这种"反思"并不是绝对意义上对尼采哲学的弃绝，而是认识到"超人"哲学之于现实的局限性，并从科学的角度重建或平衡他和现实的信任关系。

意大利小说家卡尔维诺在《新千年文学备忘录》里谈及文学创作中的时间和死亡，并指出在这之中"离题"的意义："离题是一种用来延缓结局的策略，是一种使作品中的时间繁复化的方式，一种永远躲避和逃离的办法。逃离什么？当然是逃离死亡……"[②] 这里的"死亡"，即作品的死亡、故事的死亡，乃至作者思想的死亡。然而，在"死亡"之前的漫长时间之中，包括"离题"，填充的都是世界的表象，这世界看起来无聊而多余，但却能够给作品一种强大的物质载体，使之真实、广博而生动。在《故事新编》中，大多数角色身处行动或理念的矛盾或悖论之中，但这恰恰得以使他们具备了某种因为延迟而生成的活力。

> 伯夷怕冷，很不愿意这么早就起身，但他是非常友爱的，看见兄弟着急，只好把牙齿一咬，坐了起来，披上皮袍，在被窝里慢吞吞地穿裤子。

> 等到叔齐知道，怪他多嘴的时候，已经传播开去，没法挽救了。但也不敢埋怨他；只在心里想：父亲不肯把位传给他，可也不能不说很有些眼力。[③]

---

① 鲁迅：《〈中国新文学大系〉小说二集序》，载《鲁迅全集》第 6 卷，人民文学出版社，1981，第 254 页。
② 卡尔维诺：《新千年文学备忘录》，黄灿然译，译林出版社，2009，第 47 页。
③ 鲁迅：《采薇》，载《鲁迅全集》第 2 卷，人民文学出版社，1981，第 396 页。

甚至还有对那闲人"几乎无事"的描述：

> 走了六七十步路，听得远远地有人在叫喊：
>
> "您那！等一下！姜汤来哩！"望过去是一位年青的太太，手里端着一个瓦罐子，向这面跑来了，大约怕姜汤泼出去罢，她跑得不很快。
>
> 大家只好停住，等候她的到来。叔齐谢了她的好意。她看见伯夷已经自己醒来了，似乎很有些失望，但想了一想，就劝他仍旧喝下去，可以暖暖胃。然而伯夷怕辣，一定不肯喝。
>
> "这怎么办好呢？还是八年陈的老姜熬的呀。别人家还拿不出这样的东西来呢。我们的家里又没有爱吃辣的人……"她显然有点不高兴。①

这时候的伯夷被窝里穿棉裤与年轻的太太送姜汤，成为某种延迟故事时间的绝好材料，依照经典，《采薇》原本是一个因义士"不食周粟"而"迅速"饿死的故事，但却被鲁迅点化得十分繁复，甚至有的地方"偏离"文脉：那些富于戏谑和油滑色彩的细节：吃"苦，粗"的松子；发现薇草的过程、薇草的无数种吃法；村里人的观望；小丙君的诗论；直到他们的逻辑和信仰遭到了当头棒喝，于是兄弟二人饿死。这"迅速"在很久的延迟之后瞬间到达，而死后又以阿金"食鹿肉"的谣言泛起故事时间和意义上的泡沫。颇值得一提的是，这篇小说里有一个重要的"离题"要素，是食物。

> 走过去的都是一排一排的甲士，约有烙三百五十二张大饼的工夫，这才见别有许多兵丁，肩着九旒云罕旗，仿佛五色云一样。②
>
> 大约过了烙好一百零三四张大饼的工夫，现状并无变化，看客也渐渐的走散；又好久，才有两个老头子抬着一扇门板，一拐一拐的走进来，板上还铺着一层稻草：这还是文王定下来的敬老的老规矩。③

这在《故事新编》中实不乏见，它们形成某种"储蓄"起来的"经得起失去"的故事时间的效果，抽象的道德概念变成了物质运动的过程。与此相关，小说又用看起来无意义的"吃"来参与故事的表述，这在《故事新编》，尤其《采薇》中简直演绎到了极致的状态：

---

① 鲁迅：《采薇》，载《鲁迅全集》第2卷，人民文学出版社，1981，第398-399页。
② 同上，第397页。
③ 同上，第398页。

> 于是他勇猛的站了起来，摸出削刀，刮去了五株大松树皮，用吃剩的面包末屑和水研成浆，调了炭粉……但是凡有要看的人，得拿出十片嫩榆叶，如果住在木排上，就改给一贝壳鲜水苔。①

> 两人就笑嘻嘻的来尝烤薇菜；伯夷多吃了两撮，因为他是大哥。

> 他们从此天天采薇菜。先前是叔齐一个人去采，伯夷煮；后来伯夷觉得身体健壮了一些，也出去采了。做法也多起来：薇汤，薇羹，薇酱，清炖薇，原汤焖薇芽，生晒嫩薇叶……②

在这里，时间因为无聊而又合理必须的"吃"，在静静地毫无任何关系和意义地流动着。当然，这种对生存的强调，把古人拉到了朴素的现实生活之中，如：《理水》里洪荒之中各阶层人各异的食物获取与分配；《非攻》中墨子临行前行囊里"冒着热气"的大饼；《采薇》中时时给他们二兄弟力量同时给予讽刺性考验的各种食物（大饼、薇菜、鹿肉）；《起死》中象征着具体命运的"二斤南枣、斤半白糖"；等等。正是这些在鲁迅看起来不满的"油滑"部分撑起了《故事新编》庞大的物质世界，并充分延迟了"死亡"的到来。

晚年的鲁迅一方面希望能获得自由，创作出具有革新意义的作品，另一方面，为了生存的劳作又束缚着他。在1935年以后的书信中，他常常埋怨自己的"打杂"，让他更迫切地认识到"第一要生存"。

而《非攻》除了富于渊默的物质世界的表现之外，仍然延续了自我与民众的再次疏离，尤其是在战乱之中，这种疏离感所带来的痛苦更加明显。《非攻》里的"墨子"很少说话，秉承墨家"言无务多而务为智，无务为文而务为察"③，踽踽行于各国，去楚国之后，到处是满城唱着《下里巴人》歌的"下里巴人"。虽然看起来作品中的行动力和实践性贴近了研究者津津乐道的禹墨精神，但通读下来，其内部对群体性的无望或者保持沉默则表达了作为"士人"的真正的内部的孤独。与前期《故事新编》的某些小说相类，这篇漫游性质的文章总会让人想起查拉斯图特拉下山之后放浪在人间和自然中的昭告"正义"和寻找同路人的情形。在这其中，鲁迅一反过去20年代小说中的"遗世独立"的主体形象（也是故事中的主角）的描摹，而开始在沉默之中有了自己的同伴——学生。在公输般发现制胜的秘密是杀掉墨子之后，墨子回答说：

---

① 鲁迅：《理水》，载《鲁迅全集》第2卷，人民文学出版社，1981，第373页。
② 鲁迅：《采薇》，载《鲁迅全集》第2卷，人民文学出版社，1981，第407页。
③ 孙诒让：《墨子间诂》，孙启治点校，中华书局，1987，第10页。

"公输子的意思",墨子旋转身去,回答道,"不过想杀掉我,以为杀掉我,宋就没有人守,可以攻了。然而我的学生禽滑厘等三百人,已经拿了我的守御的器械,在宋城上,等候着楚国来的敌人。就是杀掉我,也还是攻不下的!"[①]

《墨子·公输》几乎和小说《非攻》的整个叙事线索一致。结尾墨子劝服了公输般、楚王之后,说:"子墨子归,过宋,天雨,庇其闾中,守闾者不内也。故曰:治于神者,众人不知其功;争于明者,众人知之。"[②]"治于神""争于明"虽未被鲁迅直接纳入小说之中,但恰恰反映了墨子在精神道德上的超越性。《非攻》之中,鲁迅将这种超越性的力量通过侧面描写出来,而且,作品中的气氛显然让人对墨子带有神明般力量的尊贵肃然起敬。在《墨子·鲁问》中有一段:

公输子削竹木为鹊,成而飞之,三日不下。公输子自以为至巧。子墨子谓公输子曰:"子之为鹊也,不如匠之为车辖。须臾刘三寸之木,而任五十石之重。故所为巧,利于人谓之巧,不利于人谓之拙。"[③]

结合着上面一段,一方面,在《非攻》之中的墨子是一个近于神明的道德家;另一方面,这种道德又仅仅应用在朴素物质世界的建立之中。这种建立显然是反对木鸢之类的"无用之美",但这种毫无色彩的木刻一般的劳动的神明形象,这种"士虽有学,而行为本焉"[④]的精神又表现出了无比的美感,或者借用一句时下流行话,这是一种"反美学的美学"。当然,如果硬要联系的话,这与马克思主义建立在劳动之上的美学精神也有几分相熟识的成分。《非攻》也正是藏着这样的哲学思维,才展开了作品的世界。

由此,我们不必严格按照传统的方式来划分鲁迅的思想,即二三十年代判然的差异性定见。连贯二者的,如尼采的在超人哲学之外的深厚的历史观以及对历史精神的本质认识。《故事新编》中所复活的历史,正可以体现这种历史观,它同样呼应了鲁迅早期在文学创作之前的对历史、文化及人心的议论。总之,它冲破了简单的科学的知识化的历史理念,使历史回到"不失其固有之血脉"的状态。而《故事新编》的书写的"混响性""混沌性",一方面来自鲁迅持续对自然科学

---

① 鲁迅:《非攻》,载《鲁迅全集》第2卷,人民文学出版社,1981,第462页。
② 孙诒让:《墨子间诂》,孙启治点校,中华书局,1987,第488-489页。
③ 同上,第480-482页。
④ 同上,第7页。

极为自觉的借用，一如在小说中许多精彩的比喻都来自他对植物的观察（"栗子式的老茧""豹皮上艾叶一样的花纹"，等等）；另一方面，它们也共同构成了"渊默而雷声"的民族精神的表象或物质世界。当然，与此相关的是，作为文学创作，离题或延宕时间的写作方法能够撑开小说更为廓大的物质空间。与其说，《故事新编》体现了鲁迅的历史观，毋宁说，鲁迅一直没有放弃以自己的方式面对传统，这正如上述绑在船帆上的奥德赛一样，因为探查历史是每一个知识分子或文人无法逃脱的迷人幻觉。在这之中，一切新的理念（包括马克思主义理论）与旧有的哲学（先秦诸子思想）只会被纳入思考与推敲的文学范畴，但绝不会成为其背后的单一指导原则。因为，对文学来说，这些也只"小"到仅仅是"表象"或渊默之物质世界的一部分。

第二节　从《齐物论释》到《起死》

新儒家牟宗三曾经在《水浒世界》中说："吾尝云：《红楼梦》是小乘，《金瓶梅》是大乘，《水浒传》是禅宗。"[①] 陈克艰据此阐发《金瓶梅》和大乘的关系，认为它"仿佛从高处云端俯视着芸芸众生在生死海冷热场中颠倒沉浮、起惑造业"，是"不住生死、不住涅槃"的大乘精神。[②] 以宗教来解文学是思想者独特视角的见解，《金瓶梅》全篇诸人陷入欲望不能自拔，或死或生或喜或悲，除杂以中国传统惩戒之刻板隐语外，笔走不着痕迹，真可算是佛家用冷峻目光观望的人世恶道。

《故事新编》诸篇亦各有其境界。从《补天》到《铸剑》，是自华丽渐趋刚进，《铸剑》中更已显黑色人之宗教式阴影，后出作品更在万象呈现上逐渐离了自我的窠臼而入超凡脱俗。且这一超凡脱俗并不是说作品中的具体人物事项，恰恰相反，是人物事项皆按照自己的本然理路轻快自由地发展，尤到了《起死》一篇，作者完全隐在了最深处。如果说前者带有小乘的积行修炼，那么后者则进入一种更悲悯的大乘视野中。

一、晚清诸子学的兴起及章周之关系

1905 年，章太炎在《民报》上以答复的方式总结了中国历代哲学思想之变迁，尤其谈到佛教的传入及流变，在他的一系列评述中，"依自不依他"反复出现，可见他对中国"德教"体系诸家虽各有不同，但同样"自贵其心"的判断，由此，

---

① 牟宗三：《生命的学问》，广西师范大学出版社，2005，第 187 页。
② 陈克艰：《牟宗三读〈水浒〉》，载《拾荒者言》，华东师范大学出版社，2001，第 134 页。

延伸到"民族",即民族的历史自足性,他批判公羊学派之罔顾历史沿革而"徒以三世三统大言相扇而视一切历史为刍狗"的情形,认为士大夫应当"有厚自尊贵之风","自信而非利己",这样才能"于中国前途有益"。[①]这种糅合了各家学说于一身,强调学说内核的自足性,并推延至"民族主义"的情形,是章太炎试图沟通中国学问与政治的思想体现。1908 年,赴日之后,章太炎开始给周氏兄弟等讲述《说文》《庄子》,会通音韵、文字、训诂,其中亦不乏以此推延的关涉国家民族的义理思想。例如,对于"叛"字的解释,在他当时的学生朱希祖、钱玄同、周树人的听讲笔记中,这样描述道:

> 半部　叛
>
> 朱(希祖):革命党可称反(自主),服从外国可称叛(依他)。
>
> 钱(玄同):有自主权而抗政府者曰反(革命党),服从外国而侵本国者曰叛(反,犯上也;叛,犯上而媚外也。) 言反于此而不反于彼,故从半反。
>
> 周(树人):有自主权而抗政府者曰反,借手外人而侵本国之土地者叛。[②]

这一解释,可谓以一"叛"字区分了暴乱中何谓"革命党"何谓"非革命党":"革命党"是"依自"而推行的反抗政府的暴行,而"叛党"则是假手外人来入侵本国领土的行为。然而,这一民族革命行为又并非狭隘的"民族主义",而是在保持"厚自尊贵"的基础上的根本性变革,正如其在《民报》报社简章中所倡导的"主义":"主张中国日本两国之国民的联合,要求世界列国赞成中国之革新事业","建设共和政体"。章太炎早期这种激奋的革命思想,背后的支撑是对中国历史政治文化思想正本清源的强烈愿望,他也指出了这种努力背后的可能性,那就是"依自不依他"的勇猛精进的"德教"线索。这种肯定中国历史政治实存,又凌驾以至高的道德理想的形式,是中国近代儒家在逐渐历经沧桑之后的自觉认知。这些似乎都在暗示着《齐物论释》便是这种尝试的努力。

对于晚清以来的诸子学,王汎森说:"从清代中晚期的各种著作中,可以看出一条脉络:治诸子学的风气逐渐兴起。……一、子书被引为经学考证之助;二、其义理价值被重新评估。"[③]尤其"义理价值被重新评估",可作为革新者的思想力量。罗检秋分析晚近的诸子学说:"如果说乾嘉学派还只是从学术门径中重视三

---

① 章太炎:《答铁铮》,《民报》1907 年第 14 号。

② 王宁主持整理:《章太炎说文解字授课笔记》,中华书局,2010,第 58 页。

③ 王汎森:《章太炎思想(1868—1919)及其对儒学传统的冲击》,时报文化出版事业有限公司,1985,第 26 页。

家（道、墨、法）著作（这也是对传统经学的偏离），不自觉地彰显了诸子学的价值，那么，晚清国粹学派和五四新文化健将则已自觉地阐扬了道、墨、法的思想价值和现代意义，并使之成为批判正统儒学的思想武器。"① 仅翻看《国粹学报》（1905—1912）可见，除了思想史的整理之外，注经、注诸子的活动同样重要。

1936年章太炎去世之后，庞俊总结其学术功绩说："清世朴学诸师，治经之余，旁及诸子。然其整理成绩，无过勘定文字，训诂名物而止。若夫九流之学，各有其微言奥义，无能相通，穷其原委，极其短长，则诸师犹未能逮也。"而章则通过一系列的韩非、荀卿、墨翟、庄周之学，"新知旧学，融合无间，左右逢源，灼然见文化之本"。② 与此相关的，思想变动之外，还有一脉络的文学活动，即稍晚时期文学者将诸子及其行状作为文学复活，这在相关的研究和论述之中已有所例举③。很显然，鲁迅也是其中较早的一位将古诸子神话等历史题材应用于文学创造的作家。也就是说，章、周二人分别在自己的领域内面对传统，运化先秦。

以墨学论，此说虽长于先秦，但真正作为普遍的学术解经模范，也是在晚清至20世纪后，有毕沅整理，俞樾亦据此曾作研究。1895年，俞樾曾为孙诒让撰《墨子间诂》作序：

> 窃尝推而论之，墨子惟兼爱是以尚同，惟尚同是以非攻，惟非攻是以讲求备御之法。近世西学中光学、重学，或言皆出于《墨子》，然其备梯、备突、备穴诸法，或即泰西机器之权舆乎？嗟乎！今天下一大战国也，以孟子反本一言为主，而以墨子之书辅之，倘足以安内而攘外乎。勿谓仲容之为此书，穷年兀兀，徒敝精神于无用也。④

由此可见章学之以解诂诸子经书推衍致用之学的前辈源流，实际上已经在更广阔的世界思潮（"天下一大战国"）的视野之下。章太炎在《訄书》《膏兰室札记》中即有不少的篇幅述墨乃至细致注墨的内容⑤。至于他与佛学、诸子学之间的微妙关系，也可先从清代以来的整个学术环境谈起。不独章太炎，依梁启超所说，佛学乃晚清思想一大"伏流"，今文学家多兼治佛学：

① 罗检秋：《近代诸子学与文化思潮》，中国社会科学出版社，1998，第5页。
② 庞俊：《章先生学术述略》，《制言》（半月刊）1936年8月第25期（太炎先生纪念专号）。
③ 见祝宇红《"故"事如何新"编"——论中国现代"重写型"小说》第一章《诸子的重写》，北京大学出版社，2010。
④ 俞樾：《俞序》，载孙诒让《墨子间诂》，孙启治点校，中华书局，1987。
⑤ 章太炎：《章太炎全集》第一卷，上海人民出版社，1982。

（杨）文会深通"法相"、"华严"两宗，而以"净土"教学者。学者渐敬信之。谭嗣同从之游一年，本其所得以著《仁学》，尤常鞭策其友梁启超。启超不能深造，顾亦好焉，其所著论，往往推挹佛教。康有为本好言宗教，往往以己意进退佛说。章炳麟亦好法相宗，有著述。故晚清所谓新学家者，殆无一不与佛学有关系，而凡有真信仰者率皈依文会。[①]

可见章太炎乃此"伏流"中涌出之一员，以释参道亦是自佛教传入以来之遗风。在 1910 年撰成《齐物论释》之前，章太炎对诸子和佛学的态度，最显见的理路在他 1936 年总结的《自述学术次第》中：

余少年独治经史通典诸书，旁及当代政书而已。不好宋学，尤无意于释氏。三十岁顷，与宋平子交，平子劝读佛书，始观《涅槃》、《维摩诘》、《起信论》、《华严》、《法华》诸书，渐近玄门，而未有所专精也。遭祸系狱，始专读《瑜伽师地论》及《因明论》、《唯识论》，乃知《瑜伽》为不可加。既东游日本，提倡改革，人事繁多，而暇辄读藏经。又取魏译《楞伽》及《密严》诵之，参以近代康德、萧宾诃尔之书，益信玄理无过《楞伽》、《瑜伽》者。少虽好周秦诸子，于老庄未得统要，最后终日读《齐物论》，知多与法相相涉，而郭象、成玄英诸家，悉含胡虚冗之言也。既为《齐物论释》，使庄生五千言，字字可解，日本诸沙门亦多慕之。[②]

由此可见章太炎从经史出发，经读唯识法相学之后，乃对其"少好"的周秦诸子尤其是老庄思想有了更为深邃的认识，并求力除前人"含胡虚冗"之言以《齐物论释》解答庄子乃至全部的哲学思想，可见佛理对章太炎进一步消化中国先秦思想所起到的促进作用。

"苏报案"之后，章太炎被羁系三年，读得在日本所购《瑜伽师地论》和金陵刻本《成唯识论》，"晨夜诵读，乃悟大乘义"[③]。出狱后，章太炎的很多政治思想背后都有一套佛学理念，1909 年《庄子解故》分期发表在《国粹学报》，署名"绛学"。其首志曰："若夫九流繁会，各于其党，命世哲人，莫若庄氏，《消摇》任万物之各适，《齐物》得彼是之环枢，以视孔墨，犹尘垢也；又况九渊、守仁之流，

① 梁启超：《清代学术概论》，上海古籍出版社，1998，第 99 页。
② 章太炎：《自述学术次第》，载姜义华编《中国近代思想家文库·章太炎卷》，中国人民大学出版社，2015，第 431 页。
③ 章炳麟：《章太炎先生自定年谱》，上海书店，1986 年影印本，第 92 页。

牵一理以宰万类者哉。微言幼眇，别为述义，非《解故》所具也。"① 可见他这时已经逐渐摒弃儒学之相对世故狭隘，到了《齐物论释》的撰成，可谓是将此一"微言幼眇"之思路阐发到了极致。章太炎对自己的这部作品也评价颇高，所谓"千六百年未有等匹"② 也。而这一层，可以从他和宗仰僧的交往中窥见一斑。③1916 年 3 月 30 日章太炎致信于他说：

> 近居忧患，颇读《老子》《周易》二书，初读不悟，久习乃知微文妙义，竟有契当佛法者。前此缙素高材，皆所未悟，乃自鄙人发之，心为之快。《庄子》中亦尚有多义，足与佛法相证。近刊笔记一册，一月后当可印毕也。究竟向上一关，千圣不异，而又非妄人所说三教同原者所可附会。唯《中庸》等书，实是天魔外道所论，不诚无物，诚即根本无明痴相，至诚可与天地参，则成就梵天王耳。此种书实与基督教伯仲，必不容其妄附佛法也。④

章太炎每每在羁旅忧患之中发书宗仰以求心解。也就是说，他于自身的忧患和学术环境之中，选择了佛学的研读和一种另类思想史的撰述，这也是他试图通过对自身困扰的疏解，来疏解他对国家民族命运方面的焦虑，时常，这两个方面又是相互难以剥离。

二、《齐物论释》之核心思想

近代以来，中国政治经济的大变革导致了知识分子或思想者对自身文化机制的怀疑和企望再次确认的焦虑心理。他们当中有相当一部分以深睿的辨识力，耽溺于唯识思想。如果按照佛学知识化的内部区分，其中自然也包含着类似于儒学中的今文经学和古文经学的差别。对于在训诂、经学等各个方面常常是崇尚古雅的章太炎来说，他自然会选择唯识宗作为自己的主攻对象。一方面，这是智识的考验，另一方面，正如之前引文中所说，在思想史的脉络里，释道有着深刻的因缘关系："向上一关，千圣不异"。于是，义理上的深邃的相关性决定了章太炎对其进行了一场思想史脉络上的愉悦碰撞和会通。这种愉悦性就体现在章太炎从少年时就已在自己谙熟的哲学思想之中发现了它能够以自己的方式融汇外来哲学。

---

① 章太炎：《庄子解故》，载《章太炎全集》第 6 卷，上海人民出版社，1986，第 127 页。
② 章太炎：《与龚宝铨》(1914 年 5 月 23 日)，载马勇编《章太炎书信集》，河北人民出版社，2003，第 586 页。
③ 沈潜：《清末民初章太炎与黄宗仰交谊述录》，载陈绛主编《近代中国》第 20 辑，上海社会科学院出版社，2010，第 205-226 页。
④ 马勇编：《章太炎书信集》，河北人民出版社，2003，第 93-94 页。

这种欣喜的发现是十分朴拙的，其方法也就像最早期的从外国哲学宗教之中发现自身的秘密一样，是通过对照和相互联系贯穿的方式。正是这种朴素的方式，使得他的阐释一方面石破天惊，另一方面，或许，也为古典传统为取得其"现代形态"表现出了过于激进的特质。

其中，《齐物论释》是他将佛教的唯识之学与庄子思想结合起来的作品。它提供的是一种新的视角，正如一开始，佛教传入之时，是以佛教底本为媒介，其中，不熟悉的词，便以中国思想中所习见的哲学词汇作津梁。在这本书中，章太炎将《齐物论》分作七个章节来讲述。他一方面青睐于庄子思想，另一方面又将舶来品中自认的精华，也就是他所读到的外来经典，作为一种内涵于固有传统思想的存在物。这无疑显示了他对道家思想的看重和他对中国哲学源流进行再次整理的野心。当然，在这个特殊时期，这样做的并非章太炎一例。他的别致之处，就在于他敢于翻出《齐物论》这一章作为千年哲学的渊薮与归宿。研究者姜义华将《齐物论释》总结为：

> "体非形器"的自由观和"理绝名言"的平等观，以及这种自由观、平等观作为一种社会政治哲学，在现实世界中应如何推广和施行。[1]

而在李泽厚的思想史脉络里，《齐物论释》的思想内核是"依自不依他"的"唯心论"。[2]汪荣祖在《康章合论》之中明晰地指出康（有为）章（太炎）之间最大的是文化观念上的差别：一者一元，一者多元。[3]在某种程度上，这些说法大同小异，那就是：各文化（或主体）自立独居而又多元。

有趣的是，新儒家牟宗三也有对《齐物论》的从佛学角度的专门解释，实亦暗合上意："《般若经》云：'所谓无相，即是如相。'此无相即是无有执之意；空空如也，不增不减，还其万物本来面目，就是无相。是以道家所云的真君、真宰，只是开决常识的习见，执见，无偏无滞，自然而然，静观万物的本相。"[4]

总之，《齐物论释》撰成之后，辛亥十月其友乌目山僧宗仰后序云：

> 太炎居士以明夷演《易》之会，撰《齐物论释》，成书七章，章比句栉，臚理秩然。以为《齐物》者，一往平等之谈，然非博爱大同能比傅，名相双遣，

① 姜义华：《章炳麟评传》，南京大学出版社，2002，第489页。
② 李泽厚：《中国近代思想史论》，生活·读书·新知三联书店，2008，第420页。
③ 汪荣祖：《康章合论》，中华书局，2008。
④ 牟宗三：《庄子〈齐物论〉义理演析》，陶国璋整构，书林出版有限公司，1999，第197页。

则分别自除，净染都忘，故一真不立。任其不齐，齐之至也。……可谓上涉圣涯，下宜民物，探赜而不可恶，索引而不可乱者也。……今太炎之书见世，将为二千年来儒墨九流破封执之局，引未来之的，新震旦众生知见，必有一变以至道者。①

章太炎自己在《齐物论释》序言上也说：

> 原夫《齐物》之用，将以内存寂照，外利有情，世情不齐，文野异尚，亦各安其贯利，无所慕往，飨海鸟以太牢，乐斥鹦以钟鼓，适令颠连取毙，斯亦众情之所恒知。然志存兼并者，外辞蚕食之名，而方言寄言高义，若云使彼野人，获与文化，斯则文野不齐之见，为桀跖之嚆矢明矣。②

以佛释道，或者以道释佛，体现了章太炎在整理国故和接受他国哲学思想上的策略和方式，同时也是会通各种思想，以糅合成一种更为精密和博大的哲学体系。章太炎从少年时期就受到老庄的影响，尤其是看起来绝弃一切事功的庄子，激发了他要求学术人格独立的志愿。对广大精深的唯识学的阅读，自然使他开始反思自我，用全新的角度以《齐物论》为核心综汇其他的哲学。尽管姜义华认为乌目山僧能够理解章太炎对于时代的感想和把握③，不过，很显然，令章太炎所骄傲的这部短短几千言的作品，并没有受到他当时所期待的重视。

三、《故事新编》与《齐物论释》

1915年《齐物论释》重印之后，鲁迅曾从章太炎的长婿龚宝铨那里获得一册④，在此之前，1912年，鲁迅曾经买过此书阅读，并将之寄给周作人。（见鲁迅1912年10月15日日记及壬子北行以后书账）想必他也认真阅读过这部作品。这期间，被袁世凯软禁中的章太炎曾送鲁迅一字幅，至今挂在北京鲁迅博物馆：

> 变化齐一，不主故常，在谷满谷，在坑满坑。涂郤守神，以物为量。书赠豫才。章炳麟。

---

① 宗仰：《〈齐物论释〉后序》，载《章太炎全集》第6卷，上海人民出版社，1986，第58页。
② 章太炎：《〈齐物论释〉序》，载《章太炎全集》第6卷，上海人民出版社，1986，第39页。
③ 姜义华：《章炳麟评传》，南京大学出版社，2002，第510页。
④ 1915年6月17日鲁迅日记："下午，许季市来，并持来章师书一轴，自所写与，又《齐物论释》一册，是新刻本，龚未生赠也。"《鲁迅全集》第14卷，人民文学出版社，1981，第168页。

本节文字选自《庄子·天运》,此篇开端于"北门成问于黄帝"有关音乐的故事。原文为:"帝张咸池之乐于洞庭之野,吾始闻之惧,复闻之怠,卒闻之而惑,荡荡默默,乃不自得。"于是黄帝根据北门成的这一音乐欣赏后的三个阶段,分别作解释。上述章太炎所录的这一段,本意为音乐的声音充塞天地之间,小到缝隙,大到山谷,充满万物,听者这时"闭心之孔邻,守凝寂之精神"①,是听音乐的第二个阶段,"怠",即"惧心退息"②"心意松弛"③。整个过程由第一个阶段的惊惧,到第二个阶段的放松,再到第三个阶段的"听之而无接"的圣人之"惑"的体道境界。这或许可以得见章太炎当时对自身的境遇的判断和感受:圣人之境不可得,然亦无有惊惧,乃至一息凝神,随天地运化。很有意思的是,鲁迅曾经在1931年2月避居时也赠过日本青年长尾景和一个字幅,不过内容是《道德经》的5、6、7章,即从"天地不仁"到"非以其无私耶,故能成其私"④。此三段甚为读者所熟识,大意仍如以上章太炎所录《天运》篇。由此可见,章周两人在危难之时的精神安慰同出于道家之凝神静气的无畏无为的精神。

而至于鲁迅的阅读佛经,许寿裳有另外一则回忆:

> 民三(一九一四年)以后,鲁迅开始看佛经,用功很猛,别人赶不上。他买了《瑜伽师地论》,见我后来也买了,劝我说道:"我们两人买经不必重复。"我赞成,从此以后就实行,例如他买了《翻译名义集》,我便不买它而买《阅藏知津》,少有再重复的了。他又对我说:"释迦牟尼真是大哲,我平常对人生有许多难以解决的问题,而他居然大部分早已明白启示了。真是大哲!"但是后来鲁迅说:"佛教和孔教一样,都已经死亡,永不会复活了。"所以他对于佛经只当作人类思想发达的史料看,借以研究其人生观罢了。别人读佛经,容易趋于消极,而他独不然,始终是积极的。他的信仰是在科学,不是在宗教。⑤

章太炎在东京留学欢迎会上的演说词即提出以宗教和国粹来救国,其中发挥佛教尤其是要用华严、法相二宗改良旧法⑥,"以勇猛无畏治怯懦心,以头陀净行

---

① 郭庆藩:《庄子集释》,中华书局,1961,第505页。
② 同上,第502页。
③ 曹础基:《庄子浅注》,中华书局,2000,第206页。
④ 长尾景和:《在上海"花园庄"我认识了鲁迅》,梅韬译,《文艺报》1956年第19号。
⑤ 许寿裳:《挚友的怀念——许寿裳忆鲁迅》,河北教育出版社,2000,第26页。
⑥ 章太炎:《东京欢迎会上的演说词》,《民报》1906年第6号。

治浮华心，以惟我独尊治猥贱心，以力戒诳语治诈伪心"[①]，且不论适时与否，其积极救国之心昭然可见。而在鲁迅 1914 年 4 月以后的日记及本年的书账中，也确实能够发现他常去"留黎厂有正书局"买佛经。同时，又与许季上、许寿裳、周作人在这方面互通有无，连带着的，还有购买大量注疏老庄墨经典的文献以及小学音韵学的资料，并访求章太炎的《文始》等作来阅读。

虽然如此，鲁迅藏经与读经似不如章太炎来得真切与深刻，故其对读经也当以思想上的消遣和感情上的释放与安慰，而且，观他所写诸种文字，很少有文章直接关涉佛学。至晚岁《我的第一个师父》一文，在释家看来，也是执著于有情，可谓"佞佛"之作。这样，在佛学的选择上，鲁迅并没有像他的老师那样，将厚深的唯识之学表现于为文、议论或者学术章句中，而似乎多是隐没在自己的胸怀默而识之。

章太炎在羁留之际对佛学的重新研读和考究，并参之以中国先秦思想，尤其是老庄思想，而鲁迅也是如此，只是两人通过不同的方式来实现其"上升"。这不同的方式，似乎也可以从他们很早时候的一场有关"文学"的争论谈起。在日本留学期间，鲁迅就听过章太炎讲解的《说文》《庄子》《楚辞》《尔雅》等。好友许寿裳回忆说：

> 鲁迅听讲，极少发言，只有一次，因为章先生问及文学的定义如何，鲁迅答道："文学和学说不同，学说所以启人思，文学所以增人感。"先生听了说：这样分法虽较胜于前人，然仍有不当。郭璞的《江赋》，木华的《海赋》，何尝能动人哀乐呢。鲁迅默默不服，退而和我说：先生诠释文学，范围过于宽泛，把有句读的和无句读的悉数归入文学。其实文字和文学固当有分别的，《江赋》、《海赋》之类，辞虽奥博，而其文学价值就很难说。这可见鲁迅治学"爱吾师尤爱真理"的态度！[②]

显然，这里，鲁迅是站在现代意义上的"文学"立场，"增人感"更多是强调文本中的情感、形象，这点在他后来写作的《汉文学史纲要》中作了详细的阐发[③]，而"启人思"无疑着力于理性与思辨。章太炎曾在专论中谈到，"文学者，以有文字著于竹帛，故谓之文。论其法式，谓之文学。凡文理、文学、文辞，皆称文"，"以文辞、学说为分者，得其大齐，审查之则不当"。[④]并将论说与文辞相

---

① 章太炎：《答梦庵》，《民报》1908 年第 21 号。
② 许寿裳：《挚友的怀念——许寿裳忆鲁迅》，河北教育出版社，2000，第 16 页。
③ 鲁迅：《鲁迅全集》第 9 卷，人民文学出版社，1981，第 345-346 页。
④ 章太炎：《国故论衡》中卷《文学七篇·文学总略》，上海古籍出版社，2003，第 49、53 页。

结合，"不主耦丽，亦不主散行。不分学说与文辞。其规摩至闳远。足以摧破一切狭见之言"。① 章太炎将论说和文辞结合，实强调文学之功用，更多地贴近中国古典文学理论中的义理辞章相糅合的特征；而此时鲁迅已经大量接触和阅读到了西方文学与日本文学，对文学作为一种现代体式的独立性深有体会。可见，鲁迅虽然在早期无论是为文，还是思想方面都受到章太炎之影响②，但两人仍各自保持着对文学功能不同的期待：鲁迅收紧了章太炎从传统意义上对于"文"与"文学"的"至闳远"定义，他要走的清醒独立的现代文学之途由此和老师的宏大学说建构之路判然分离。

（一）从《明独》到《铸剑》

鲁迅文学中常常出现的充满生涩、孤独、痛苦的气味，在 20 年代中期，弥漫开来，常常给人一种不可救药的抑郁之感。其中，《孤独者》里，有这样一段很有意思的"我"和魏连殳关于孩子的对话：

> "孩子总是好的。他们全是天真……。"他似乎也觉得我有些不耐烦了，有一天特地乘机对我说。
>
> "那也不尽然。"我只是随便回答他。
>
> "不。大人的坏脾气，在孩子们是没有的。后来的坏，如你平日所攻击的坏，那是环境教坏的。原来却并不坏，天真……。我以为中国的可以希望，只在这一点。"
>
> "不。如果孩子中没有坏根苗，大起来怎么会有坏花果？譬如一粒种子，正因为内中本含有枝叶花果的胚，长大时才能够发出这些东西来。何尝是无端……。"我因为闲着无事，便也如大人先生们一下野，就要吃素谈禅一样，正在看佛经。佛理自然是并不懂得的，但竟也不自检点，一味任意地说。③

《孤独者》写于 1925 年，时在鲁迅读经的第二次高潮。这段描述之中可以看出"我"阅读唯识思想的印记：前面谈"坏根苗"，后面说"坏环境"，均涉及唯识学中先天"种子识"、后天"熏习"的佛学理念。阿赖耶识，种子识，是佛学中人性的源头。"我"对魏连殳的旁观以及偶尔的慰安和刺激，都是与魏连殳共

---

① 庞俊：《章先生学术述略》，《制言》（半月刊）1936 年第 25 期（太炎先生纪念专号）。
② 如李国华《章太炎的"自性"与鲁迅留日时期的思想建构》，《现代文学研究丛刊》2009 年 1 期。
③ 鲁迅：《孤独者》，载《鲁迅全集》第 2 卷，人民文学出版社，1981，第 91-92 页。

生共存的方式，也可谓鲁迅精神世界的一体两面。如果真的如文中隐约出现的唯识佛理所议论的那样，既然一切究源"根苗"，善进化，恶亦进化，那么"魏连殳"的努力的意义就都消失了。继而，成为还是不成为一个勇猛的战士，对他来说也已经没有意义了。这种失落所带来的痛苦恰是"孤独者"对自己生活厌倦的原因，也是使他成为一个酷似现代抑郁症患者的理由。

有意思的是，早期，章太炎写有一篇《明独》，像其他的文章一样，作者用极为谙熟的中国古典的思想来解说对新时代的理解。《明独》主要探索个人和群体的关系，他积极地将个人置放到社会之中，认为这个"独"不是争夺是非的莽夫（"鸷夫"），也不是敝帚自珍的"严监生"（"啬夫"），更不是看起来容易与之相混淆的隐居者（"旷夫"），而真正的"独"，应该有其强大主体性，不刻意附会群体，也不敝帚自珍，这样才能在"群"中发挥作用，于是那句"大独必群，不群非独也"体现了十分激进的现代观念。文中，他用了一段异常华赡的文字表达了对"独"的赤诚理会：

> 大独必群，群必以独成。日红采而光于鼍，天下震动也；日柳色而光于夕，天下震动也；使日与五纬群，尚不能照寸壤，何暇及六合？海尝欲与江河群矣，群则成一渠，不群则百谷东流以注壑，其灌及天表。曰：与群而成独，不如独而为群王。王灵鼓之翁博，惟不与吹管群也，故能进众也。使嘉木与菀群，则莫荫其下，且安得远声香？凤之冯风也，小雏不能群，故卒从以万数。贞虫之无耦，便其独也，以是有君臣，其类泡盛。由是言之，小群，大群之贼也；大独，大群之母也。[①]

这种对"独"的光芒万丈的尊重，从而有效地丰富了"群"的思想，很容易让人想起鲁迅早期翻译的尼采在《查拉图斯特拉如是说》中的句子：

> 诚哉！人浊流尔。若其祈能受浊流，而无不净，维为海已。[②]
> 真的，人间是污秽的浪。人早该是海了，能容下这污秽的浪而没有不净。[③]

[①] 章炳麟：《明独》，载徐复注《訄书详注》，上海古籍出版社，2000，第487页。
[②] 尼采：《察罗堵斯德罗·绪言》，载北京鲁迅博物馆编《鲁迅译文全集》第8卷，福建教育出版社，2008，第75页。
[③] 尼采：《察拉图斯忒拉·序言》，载北京鲁迅博物馆编《鲁迅译文全集》第8卷，福建教育出版社，2008，第79页。

尼采的"超人"思想与章太炎的"独"的思想都在自己的文化语境中，得到了从复古的反刍到现代意义上的革新，"超人"是呼唤从腐朽的文明中生长出更具野性力量和深邃思维的超然个人，而章太炎的"独"也是在中国传统的知识分子的语境中寻找在变革时代的新的归宿。"大独"，恰恰是另一种意义上的"超人"，他身上不仅仅孕育着一种破坏的力量，更重要的是，肩负着某种来自历史的、道德的对于群体的责任感。

当然，在当时（1895）危急的国内外形势之中，章太炎并没有仅仅从知识者的角度来考量，而是从五个方面论述了"不迷于独"的五种传统身份，即"人君之独""大率（帅）之独""儒墨之独""卿大夫之独""父师之独"。章太炎将知识分子归纳到"儒墨之独"之中，他论述道：

> 用心不枝，孑然与精神往来，其立言，诵千人，和万人，儒墨之独也。[①]

章太炎以"立言"奉行着儒墨精神，《訄书》自然也是"儒墨之独"的体现。《明独》可见他在危难时局中对如何放置个体而进行的理性而热烈的思考。上述五种"独"也是在过去社会历史结构相对稳定情况下的存在方式，然而，如何在社会发生如此大的变革，并且这种结构因为外界面临相对破损的情况下，来探讨个体所处的位置？章太炎终于在自信的学问和笃定的精神选择之外，表现出了某种现代意味的焦虑：

> 余，越之贱氓也，生又羸弱，无骥骜之气，焦明之志，犹惜凄恻怛，悲世之不淑，耻不逮重华，而哀非吾徒者。窃闵夫志士之合而莫之为缀游也，其任侠者又吁群而失其人也，知不独行，不足以树大萃。虽然，吾又求独而不可得也。于斯时也，是天地闭、贤人隐之世也。吾不能为狂接舆之行吟，吾不能为逄子庆之戴盆，吾流污于后世、必矣。[②]

这里"独"之失"群"之后的惝恍迷离之感，似乎正可以作为《孤独者》绝好的注脚，无论是作为主人公的"我"，还是作为幕僚的"魏连殳"，都有一种极致的失落感，孤独感、疏离感。无论是作为儒墨的知识分子，还是作为乱世中的幕僚，抑或是游荡的文人，"孤独者"看似多重的身份，又什么都不是，他们在不能安于"是"

[①] 章炳麟：《明独》，载徐复注《訄书详注》，上海古籍出版社，2000，第489页。
[②] 同上，第496页。

的状态下，真正地感到了现代的"孤独"，也就成了小说中人们说的"独头茧"了。

在鲁迅藏书中，除了有关文字语言俗习之外（《新方言》），章太炎的论著均不多见，可见他很早就已经脱离了老师的路径，而转入科学乃至文学。章太炎在不断变化中亦可见不变者，如《明独》之于《齐物论释》，只是在另一种意义上，从"孤独"的处境走向了宽容旷达。"群"中之"独"，致力群之昌明；"独"中有群，以天地庶民为己任。论其职分，是儒家；论及"齐物"，是道家；论至于"主体"，是尼采。章太炎的哲学思辨恰恰体现在吸收众家的营养，他将这些学说抽象为一种独立自主的人格，到了极致，便免除事功，实际上也是回归或继承了中国哲学精神的传统。鲁迅在后来的极少的并且节制的文字中谈到了这位昔日的老师，谓之"有学问的革命家"，想是"革命"的部分更吸引他。他的学术偏离，更多是因为走上了文学的道路，而且是谓之"革命旗帜"的新文学道路。章太炎对他的"文学"的偏见，在多处都能够看到，虽然他本人就是一个文章高手，但对这类文学的思想和其中包含的事功性仍旧不以为然。例如，他在《学蠹》中就谈及文人对于学问政治的破坏。[①]但从本质意义上说，二人在骨骼深处多有相似之处。从《明独》到《孤独者》都可见他们在坎坷之境之中上下求索，以图"群"于世间的处境，亦均体现了前述"儒墨之独"的士人精神。

那么，从这里出发，又如何解决这种痛苦？到了《故事新编》是另外一种隐痛的纾解。《铸剑》中，"孤独者"很明显地转化到了"黑色人"，"魏连殳"还是选择了相信青年，为了青年的复仇殒身于"身外的青春"，那仅有的一点点的道德的自觉，在这里冲"茧"而亡。或许这种带有抗力的希望，成为鲁迅的一种不自觉的习惯，并且，也成为他文本中语言跌宕的来源。通过这种"殒身——起而复仇——再殒身"的气息和能量的不断地赡给，鲁迅终于在老道的自嘲之中找到了突破点，从《奔月》到《出关》，到各种历史题材的梦幻般的变种，逐渐显示出那种不再沉溺于一己之"独"的群像般的大欢喜或自由。

这种群像的描摹，被左翼称作革命的行动者，如前文所述，日本学者甚至从中看到了大众文学的影子；这种狂欢也被语言学论者称作自由的渴望和象征。但鲁迅还是在他自身的逻辑，《理水》是他思想纠结的落脚点，他努力地让自己相信，作为空谈无骨相的丑角的知识分子代表的小丙君，早就该让位于实力派的行动者墨家，然而，作为艺术家的鲁迅，最终还是对这一思想产生了游离和倦怠，正确的未必亲切，仇恨的未必不可爱，可爱的未必能够亲力亲为，于是《故事新编》滑入了谐谑的顶点。写完了《起死》，之后该怎么写，从语言创造方式上，没有终结；

---

① 章炳麟：《学蠹》，载徐复注《訄书详注》，上海古籍出版社，2000，第102-109页。

但从思想上，鲁迅又在匆匆地完结《故事新编》并交付催稿的青年巴金之后，有意识地走到了另一种渐渐饱含游戏感的尽头。

（二）从论荀、墨到《非攻》

正如上文对《齐物论释》的评释，此乃"上涉圣涯，下及民物"之作，是章在困境之中貌似抽离的作品。庄子睥睨万物的"不齐之齐"仍然能够在这里找到相对应的关于"平等"、关于"自足性"的"民物"样本的解释。实际上，有关"齐"与"不齐"，《尚书·吕刑》中也有表述，即"维齐非齐"①，其本意是指法律应该根据不同的情况有所变化，而不是"一刀切"。到了章太炎所推重的《荀子》，则有这样的议论：

> 先王恶其乱也，故制礼义以分之，使有富贵贫贱之等，足以相兼临者，是养天下之本也。书曰："维齐非齐"。此之谓也。（《王制》）②
>
> 万物同宇而异体，无宜而有用，为人，数也。人伦并处，同求而异道，同欲而异知，生也。……势同而知异，行私而无祸，纵欲而不穷，则民心奋而不可说也。（《富国》）③
>
> 人之生，不能无群，群而无分则争，争则乱，乱则穷矣。（《富国》）④

这两个部分，一个是谈制度，一个是谈人性。前者对《吕刑》的引用，显然是遵循《荀子》学说中一贯地将《诗》《书》中的具体的概念抽象化，作为经义上的普遍概念或总结之辞。"同求而异道"，或为求善，或为求恶，不相同一，这种差别性的强调，十分切合"民物"，很容易让人想起章太炎在《俱分进化论》中的基本思想。《王制》《富国》诸篇，强调人性和人群的分别，要求按照职分等其阶层，各安其道，相比较而言，荀子生于当时的乱离之世，试图用自己的严酷的学术思想来拯救当时的窘迫之境，其言苟，其情笃，同时希冀在此之上，设立一个"故百技所成，所以养一人"⑤的道德至善者。荀子的这种假设实际上沿袭了儒家学说，虽然强调人性善恶的自然存在，但仍是一种诗意的国家建构或设想。章太炎之思想学术也是在社会政治发生重大变革动荡之时产生，一方面《齐物论

---

① 章太炎:《太炎先生尚书说》，诸祖耿整理，中华书局，2013。
② 王先谦:《荀子集解》，中华书局，1988，第152页。
③ 同上，第175页。
④ 同上，第179页。
⑤ 同上，第177页。

释》是所谓"集大成者",另一方面,也是沿革了"不出三代"①的荀子的历史观,他察古知今,重点总结明清以来的思想学术,所采文献旁及其他国家,为我所用。从这个意义上说,章太炎的思想学说又在纯粹的儒家思想范畴之内,是对"民物"的切望之辞。

"下及民物"的儒学思想,基于对这种稳定的政治秩序的肯定和期许,表现在人性层次上,是对善恶俱分的清醒认识,到了"向上一关",即是庄子"不齐之齐"的道德境界,这种纵向的连贯性充分证明了中国传统思想中的诗意结构根本是一致的,无论是儒家、道家,还是在《齐物论释》中所表现出来的许多佛教中的唯识思想,这种强劲而有力的哲学线索,在章太炎身上表现得自然而明显。自《呐喊》以来,鲁迅的文学就强调主体性的建构,而主体建构的一个典型表现就是不损害"差等"的基础,到了《故事新编》更是读者所能见到的人群的"混响"。例如,虽然在《非攻》一文中,他表达出了对墨子及其行为的无限尊重,但是小说中墨子轨迹的孤独恰恰证明了他对于墨子"平等""兼爱"等思想的某种反思。诸子形象的书写不过正是先秦"不齐之齐"的华赡境界的呈现。

章太炎在《訄书》中曾经对儒学进行的变革性阐发,他对弥久以来的儒学尊贵之位表示不满,力求将其在诸子之间寻求平衡。在这再三删改的作品中,章太炎显示了对其他诸家批判的稳定性。例如,他对禹墨行状及其学说,表示了极为敬畏的态度。他指出墨学"苦身劳形以忧天下",其不足乃"以非乐为大"②,"乐"自古以来与人的动作气概有着密切的关系,"无乐"便"无舞"。包括征伐、生活,都离不开"舞",而无舞便形容枯槁,这也导致"六经"中之"乐经"也逐渐散佚。但章太炎对墨子的这种"腾驾塞驴""自毙以毙人"之严酷并不专事批驳,甚而反击了历代学人认为墨子的"尚俭"中体现了"无父无母"等是对墨子的污蔑,因墨沿禹而来,作为以天下为己任的知识者,现在的知识同道更应体会其苦衷。

章太炎深刻体会了墨子及其文本身上所体现出来的一种严酷乃至于悲凉、自屠之气,他引用张载的话"凡天下疲癃残疾、茕独鳏寡,皆吾兄弟之颠连而无告者也"(《西铭》),并说墨子与张载实际上是"理一分殊"③,这就整合了儒墨二家的极致统一的部分,这些议论也很容易让人想起鲁迅的那句看起来具有现代诗意气息的话,"无穷的远方,无数的人们,都和我有关"。《非攻》恰恰抓住了这种敬畏、肃穆、苦行之气,故而别有一种感人的力量。

---

① "道不过三代,法不二后王。道过三代谓之荡,法二后王谓之不雅。"王先谦:《荀子集解》,中华书局,1988,第158页。
② 章太炎:《儒墨》,载徐复注《訄书详注》,上海古籍出版社,2008,第54页。
③ 同上,第57页。

很有意思的是，如前所述，章太炎对于"增人感"的"狭隘"文学并不十分推崇，但对于墨学之"非乐"表达了某种不满，而这些在现代看来，都在艺术范畴，都是通过"增人感"来实现某种激越之力，虽然章太炎之"乐"是从最初在古老的历史层面的功用来论述的。鲁迅个人似乎对音乐没有多少研究和喜好，他更在乎视觉的力量。《非攻》中，有一段也跟音乐有关，显然是侧面描写。墨子身置于陌生的楚国，一片《下里巴人》合唱的欢乐声作为背景出现，又作为背景消失，他却背对着这片喧哗或繁华"苦身劳形"以止天下兵戈。它巧妙地化用了墨子"非乐"的主张，然而，在这里，他跟章太炎对于"乐"的抽象态度不同，鲁迅这个场面的描写很显然是有感于当时社会环境，战争即将到来，连赛湘灵这样的高级歌姬都开始演唱带有"大众化"气质的歌曲。这也暗示着一场新的时代"运动"。不过，鲁迅的态度已经很明显，如昔日所言，一篇文章吓不走封建军阀，一首庶民传唱的《下里巴人》自然也改变不了时局。章太炎从儒战的角度，指出墨子"非乐"的破坏性；鲁迅在时局混乱的情形下，指出"乐"的某种欺骗性。二者之间的差异颇值得玩味。

（三）《伯夷叔齐种族考》与《采薇》

有关夷齐故事，《论语》《孟子》乃至《庄子》《史记》等先后都有所记载。先行者大体对伯夷、叔齐志行高洁予以赞扬，当然，在不同的时期，故事内容也稍有出入。顾颉刚在 1926 年 1 月也对这一故事的演变作了具体分析：

> 我的惟一的宗旨，是要依据了各时代的时势来解释各时代的传说中的古史。上边写的题目，如疆域、信仰、学派、人才、时代的中心问题等，都是解决那时候古史观念的最好的工具。举一个例罢。比如伯夷，他的人究竟如何，是否孤竹君的儿子，我们已无从知道。但我们知道春秋时人是喜欢修养的，人格的陶冶以君子为标的，所以，《论语》中讲到他，便说不念旧恶，不肯降志辱身，我们又知道战国时的君相是专讲养士的，士人就是汲汲遑遑地寻求主人而为之用，所以《孟子》上说他听得文王有了势力，就兴起道："盍乎归来，吾闻西伯善养老者！"我们又知道，自秦皇统一之后，君臣之义无所逃于天地之间，忠君的观念大盛，所以《史记》上也就说他叩马谏武王，义不食周粟，饿死于首阳山了。汉以后，向来流动的故事因书籍的普及而凝固了，他的人格才没有因时势的迁流而改变。[①]

---

① 顾颉刚:《古史辨》自序，河北教育出版社，2000，第81页。

这里顾颉刚是从历史环境的角度对伯夷、叔齐的行状记述作了一番整理，对历史撰述的生成也给予了深刻透辟的考察。对于夷齐故事，章太炎则几乎在同一时期作了具体的历史地理方面的考察：

> 太史以伯夷与许由同论，周末如陈仲辈皆闻其风而悦之，此皆非有亡国之痛，直以清风洁行，蝉蜕贪浊之表而已矣。凡种类不同，礼俗素异之人，有能化及中原，永为世范者，自释迦以前，未有过于伯夷者也。①

同顾颉刚一样，这也是一条历史的考证。不过，其中蕴含着章太炎自己的思想，即夷齐虽是鲜卑族，但他们葆有自身的民族独立性。这篇文章写于1925年，此时中山逝世，整个国家陷于群龙无首的混乱局面，知识分子深感面临着被帝国主义强剥的危险。在章太炎看来，夷齐对儒家思想的服膺、追随，体现了"宁为自碎，不为瓦全"的独立精神。

> 故仆以为民族主义如稼穑然，要以史籍所载人物、制度、风俗之类为灌溉，则蔚然以兴矣。不然，徒知主义之可贵，而不知民族之可爱，吾恐其渐就萎黄矣。……原其根极，惟"依自不依他"一语。……然所谓我见者，是自信而非利己，犹有厚自尊贵之风。尼采所谓超人，庶几相近。排除生死，旁若无人，布衣麻鞵，径行独往，上无政党猥贱之操，下作懦夫奋矜之气，以此揭橥，庶于中国前途有益。②

很显然，章太炎有关夷齐的讨论实际仍在他"依自不依他"的理论底色之中。他在《五无论》（1907）中也强调民族之间要均等互爱："非吾族也，孰有圣哲旧邦而忍使其遗民陷为台隶？欲圆满民族主义者，则当推我赤心救彼同病，令得处完全独立之地。"③

而鲁迅所撰《采薇》，一方面有对伯夷、叔齐兄弟"儒学之风"的讽刺，另一方面，更多地是用一种悲悯的眼光去看待二者的存与毁。正如章太炎在《四惑论》中借用德人哲学所说："欲有志于道德者，必先弃捐躯体。……能断生命而不能有断其求有生命之心，求生命之心云何？即意志是。……是故欲免世界之苦者，

---

① 章太炎：《伯夷叔齐种族考》，载《章太炎全集》第5卷，《太炎文录续编》卷一，上海人民出版社，1985，第88页。

② 章太炎：《答铁铮》，《民报》1907年第14号。

③ 章太炎：《五无论》，载《太炎文录初编》，上海人民出版社，2014，第454页。

不在形体根器之消亡，而在自断其意志。"① 显然，在写作《采薇》时候，鲁迅并没有采用章太炎之《种族考》的成果，但最后两兄弟也是因为"率土之滨，莫非王土"而"速死"，这种"速死"是基于另外一种"依自不依他"的情形。

也就是说，当"不食周粟"上升为一种哲学意志时，就不再是令人捧腹的讽刺对象，而是一种自立的规则，这一规则伴随着他们的死亡，更显出意志之强烈。章太炎在《四惑论》中引用佛经《文殊师利问经·杂品问》说："杀自身无有罪，何以故？我身由我故。"② 他指出"自裁"之无过，"爱身之念，自我主之，不爱身之念，亦自我主之"。③ 并且认为，有志之士的"自裁"，乃因"颠连无告""愤世伤人"，因此他们的"杀身成仁"能够使人"高其风义，内省诸己，而知其过，负此志士，卒令发愤沉渊，则悔悟改良者众，其为益于社会亦巨矣"。④ 这很容易让人想到鲁迅在后来给许寿裳的信中提到要保存章在北京拘役时所写的"速死"二字⑤，也容易让人想起被鲁迅称作"老实到像火腿一般"的自沉的王国维。

章太炎说："凡种类不同，礼俗素异之人，有能化及中原，永为世范者，自释迦以前，未有过于夷齐者也。"将释迦与伯夷和叔齐相等，可见其用心者并非对恒常不变的儒家境界的推崇，而是从一己之自足性，走向更为广大的世相范围。他早年在《訄书》中借用叔本华所认为的宗教是"自己扩张的意志"⑥的说法，恰恰是对这种自足性的肯定。而民族自足的最终目的，也不是"高树宗教为旌旗，以相陵夺"，而是"但欲姬、汉之遗民，趣于自觉"。⑦ 鲁迅早年就很受章太炎的影响，认为当年许多看起来很时髦的思潮追求，都还停留在"眩惑失情，不由诚谛"的昏茫境地。例如，在《破恶声论》中，他就曾对一些外在的社会理念和政治思潮保持着警惕的心理。

不过，有趣的是，在徐梵澄的回忆文章中，曾经提到鲁迅引用章太炎的一则题词，表达对黑暗时局下生活处境的不安和焦灼：

> 及今想来，那时代以中国之大，任何比较安全的地方也没有，政局实是太黑暗了。及至我回国以后，那情形方体会到一点。而先生虽居租界，此后仍得一次又一次逃难。其间有《阻（郁）达夫移家杭州》一诗，可见先生对

---

① 章太炎：《四惑论》，载《太炎文录初编》，上海人民出版社，2014，第 473 页。
② 同上，第 473 页。
③ 同上，第 472 页。
④ 同上，第 473 页。
⑤ 1936 年 9 月 25 日致许寿裳信，载《鲁迅全集》第 13 卷，人民文学出版社，1981，第 431 页。
⑥ 小林武：《章炳麟与明治思潮——又一次近代》，研文出版社，2006，第 78 页。
⑦ 独角（章太炎）：《社说》，《教育今语杂志》1910 年第 1 册，第 183 页。

当时的局势是看得透彻的。另外某篇文章中还引了章太炎《〈庐山志〉题词》里几句话："人之情，求仕不获毋足悲，求隐而不得其地以自窜者，毋乃天下之至哀欤！"那悲愤，在先生也是大的。①

20世纪30年代，吴宗慈隐居庐山，《庐山志》为筑"松门别墅"所作，章太炎亦借此题词对时局感叹。鲁迅的引用，恰恰显示了时局的黑暗可恶以及自己的清醒选择。《采薇》或许在某种意义上是鲁迅对这一"悲愤"情调的真实呈现。

总之，集中阅读鲁迅晚年的最后几篇小说，可以说是做到了复活知识分子的生存真实，也可以说是他对自己生命历程的反诘与叹息。《采薇》正是在这种近乎偏执的精神内涵中实现了一个民族或知识分子自足性的书写，也是对章太炎早年有关民族乃至个体自足性和他者之间关系深刻反思的再解读。

（四）《起死》与《齐物论释》

《訄书》中呈现了章太炎有关诸子思想哲学的雏形，无论是对儒、墨、法的解读还是总而论之，均能显示在对外来思想的融汇时其强烈的个性色彩。早年《明独》一文见出他如何用传统的思想来奠定晚近以来知识分子精神世界的超越性基础，《平等难》又发现"平等"这一概念②，预示了后来在《齐物论释》驳杂的阐释中对多样存在丰富性的尊重。

章太炎在《齐物论释》中通过法相唯识等佛学术语来阐释和融汇诸子尤其是庄子思想。他竭力找出二者的相似之处，并利用佛学概念及其义理将诸子学对象化。而革命时期他的糅合庄佛思想亦正是为振奋国民精神，"吾所以主张佛教者，特欲发扬芳烈，使好之者轻去就而齐生死，非欲人人皆归兰若"。③他很得意于这样的努力，认为《齐物论释》让耽溺于生趣而惧死的东亚众生能够在沉浊的世界里重新审视自心④，而这样能够使庄子思想"寻绎微旨，阡陌始通，宝藏无尽，以诒后生"。⑤

在章太炎看来，音韵训诂是根基，而"周秦诸子为极"，"盖学问以语言为本质，古音韵训诂，其管龠也；以真理为归宿，故周、秦诸子，其堂奥也"。⑥鲁迅最早的喜用古字，亦是受章的影响，这些生僻字所在的文章体现出了一种贯通古典与小学的骄傲和开明。诸子研究方面，鲁迅只是在《汉文学史纲要》中谈到一

① 徐梵澄：《星花旧影——对鲁迅先生的一些回忆》，载《徐梵澄文集》第4卷，上海三联书店，2006，第372页。
② 章太炎：《訄书·平等难》，载《章太炎全集》，上海人民出版社，2014，第35页。
③ 章太炎：《与梦庵》，载马勇编《章太炎书信集》，河北人民出版社，2003，第232页。
④ 章太炎：《齐物论释定本》，载《章太炎全集》，上海人民出版社，2014，第142页。
⑤ 同上，第143页。
⑥ 章太炎：《与梦庵》，载马勇编《章太炎书信集》，河北人民出版社，2003，第236-237页。

点,从内容和观点都可以看出受章太炎的影响。而后者在解释庄子时:一方面,从纯文字学、音韵学的方式继承前人,包括他的老师俞樾的研究成果,成《庄子解故》;另一方面,他又单独写成《齐物论释》以实现义理上的开拓。这种考据、义理兼并的做法,鲁迅在晚期创作的杂感中,如先解释字义,然后铺染开来,似乎也很有乃师风范。

在为数不多的对于鲁迅与佛教关系的讨论之中,深谙佛教思想的徐梵澄的回忆文章似乎和许寿裳形成一内一外的呼应。在这里,他将鲁迅早期的经验乃至晚年的境界,归于老庄或佛教修养:

> 人生在世上,是"出"不到哪里去的。①
>
> 先生屡次和我说过,中国文化受到佛教的影响,实在太深了。②
>
> 先生在日本留学时,已研究佛学,揣想其佛学造诣,我至今仍不敢望尘。但先生能入乎佛学,亦能出乎佛学。……但先生却不然。是得力于那一长时期看佛经和抄古碑的修养呢,抑或是得力于道家的修养——因为先生深通老、庄——,胸襟达到了一极大的沉静境界,仿佛是无边的空虚寂寞,几乎要与人间绝缘。如诗所说:"心事茫茫连广宇",外表则冷静得可怕,尤其在晚年如此。往往我去拜访,值午睡方起,那时神寒气静,诚有如庄子所说"老聃新沐,方将被发而干,慹然似非人"。我便闹事似的讲话,过了些时,喜笑方回复了。③
>
> ——其冷静,"渊默",不能纯粹是对辛亥革命前后的许多事情的失望造成的,必亦是由于一长期的修养,即内中的省察存养而致。换言之,在自己下过绝大的功夫。显然,这必是受了佛经或老、庄的影响。这只偶尔在文字中透露一点。④

从徐梵澄的口气中可以看出来,鲁迅似乎继承了佛家、道家的思想并用之作为"省察存养""解剖自己"的工具。鲁迅 1927 年在《庆祝沪宁克复的那一边》中就说到佛教和个人修为的关系,认为大乘往往会被"居士"们利用,修为上也沦沦为零。⑤ 到了晚年,《我的第一个师父》中对佛教徒的书写则布满了俗世生活

---

① 徐梵澄:《星花旧影——对鲁迅先生的一些回忆》,载《徐梵澄文集》第 4 卷,上海三联书店,2006,第 374 页。
② 同上,第 386 页。
③ 同上,第 387 页。
④ 同上,第 388 页。
⑤ 鲁迅:《集外集拾遗补编》,载《鲁迅全集》第 8 卷,人民文学出版社,1981,第 163 页。

的温情。这些是他对世间宗教是否世俗化的明确分辨。相比较大众，对他来说，知识者对待佛教，还是在己心，在不"眩惑失情"。

《起死》写在鲁迅逝世前一年年末，是《故事新编》的最后一篇。这篇作品之后，严格意义上说，鲁迅的小说创作生涯结束了。很显然，这篇看似戏谑无度的作品和"庄子"是分不开的。小说在故事上取自《庄子·至乐》中的骷髅不愿复活的片段[①]；而在义理上则取自《齐物论》[②]。前者做了改动，改动的目的，正是强调后者，二者都在讲"复为""人间之劳"的困顿和尴尬。开首的庄子大梦，汉子起死回生，由睡而醒，一旦醒来，又无觉悟。接下来，鲁迅采取了惯用的对智识者的嘲讽：即通过对亘古不变的基本生存强调的办法来消解颓败了的庸俗化的"相对论"。汉子和庄子，在各自的生存逻辑里，王瓜茄子，两相争执。众生在世间的喧哗，各执其所而不可解决，真正的庄子思想将文学作品中相对化的人物"庄子"击败了。

章太炎曾在《齐物论释》中称这种争执是："人皆自证而莫知彼，岂不亦了他人有我。……夫其执有是非者，若无我觉，必不谓彼为非；若无彼觉，亦不谓我为是。所以者何？此皆比拟而成执见。"[③]因而，即使是《起死》中的"庄子"，也难以逃脱生命的尴尬处境。《齐物论》中说："梦饮酒者，旦而哭泣；梦哭泣者，旦而田猎。方其梦也，不知其梦也。"[④]此"梦"境正相对于章太炎所借助于佛教之"觉"之对象化的"是非"。而《起死》也正如无"觉"之大梦一般。章太炎还曾和他的学生吴承仕讨论过佛家有关梦境的理解："以现前见相对正觉，此即是梦；以现前见相对梦境，此犹是觉。"[⑤]这正说明《起死》可作为庄子大梦，作为佛家"我心变现"的"色相"。

《起死》正是在对这种"色相"的书写之中，让读者体味到了人生之苦楚和劳顿。它所暗示的，似乎已不再是某种深刻的革命或启蒙思想，而是一种对人的原本生活呈现的反智色彩。而且，在这种苍灰色的笔调中，又显示出一种"天下沉浊，不可与庄语"的诙谐。在这里，作者似乎已经放弃了《补天》《奔月》《铸剑》中华丽的英雄主义色彩的东西，转而进入较为朴素的静穆的风调，正如徐梵澄所讲的那种"神寒气静"。而章太炎之借助于《齐物论释》所要表达的，恰恰是这种"自他融合"的哲学姿态。[⑥]

---

① 郭庆藩：《庄子集释》，中华书局，1961，第617-619页。
② 同上，第43页。
③ 章太炎：《齐物论释定本》，载《章太炎全集》，上海人民出版社，2014，第91页。
④ 郭庆藩撰：《庄子集释》，中华书局，1961，第104页。
⑤ 章太炎：《致吴承仕》（1912年），载马勇编《章太炎书信集》，河北人民出版社，2003，第30页。
⑥ 小林武：《章炳麟与明治思潮——又一次近代》，研文出版社，2006，第159页。

对鲁迅来说,《起死》给了他一种创造的快感和纯粹文学(小说)上的休歇。但这并不意味着他在看待具体的世事上是一种超然的姿态。死前一段时间,他抱病连续写了两篇回忆自己曾经的老师的"二三事",竭力将章太炎塑造成一个与"当局"乃至学术界不同的"有学问的革命家"形象,这恰恰体现了他的将革命和事功应该包含在文章与学问之内的看待方式。就创作而言,鲁迅从早期在日本留学期间跟从章太炎学习诸子,写下一些文言的具有现代思维的唤醒民智和民族意识的文章,到了最后,他通过《故事新编》呈现着自己对于历史、对于民族的反刍和回归。这正可以说明,他们之间密不可分的语言体系和极为相似的人格特质。而《起死》一篇,正给人一种超脱庄子素材之外的庄学精神中带有佛学"正觉"意味的悲悯。

(五)《诸子学略说》与《奔月》《出关》

鲁迅怀人的文章常常写得十分恳切而浓烈,如《阿长与山海经》《范爱农》《忆刘半农君》之类,让人读来很容易为之大恸。1936年,他连续写了两篇回忆章太炎的文章,却显得相对冷峻。在此之前,1932年8月,鲁迅两次在给许寿裳的信中提及章太炎的《文始》,可见他对曾经的老师在学术乃至情感上的珍惜。[①]1933年6月18日,他致曹聚仁信说到和章太炎的因缘聚散,并议论道:"古之师道,实在也太尊,我对此颇有反感。我以为师如荒谬,不妨叛之,但师如非罪而遭怨,却不可乘机下石,以图快敌人之意而自救。"[②]由此可见,鲁迅对章太炎的敬重与对他晚年不能激进于"万物不主故常"的惋惜。1935年9月25日,55岁生日这天,鲁迅还在病中写信给许寿裳,谈及将章太炎的佚文、手迹印制成册愿望[③]。可见他对老师的挂念以及对其学问的敬重。

鲁迅在《关于太炎先生二三事》中还引用了章1903年在因《民报》案件被捕狱中所写的两首诗《狱中赠邹容》《狱中闻沈禹希见杀》,这两首诗所用是白话,结尾是大无畏的视死如归:"临命须掺手,乾坤只两头""中阴当待我,南北几新坟"。[④]而这两首被章太炎在后来文集整理时"刊落"的诗,正是在鲁迅看来作为"有学问的革命家"的明证。实际上,这篇文章,和在几个月之前,1936

① 1932年8月12日《致许寿裳》:"归途过大马路,见文明书局廉价出售旧书,进而一观,则见太炎先生手影写之《文始》四本,黯然垢污,在无聊之群书中,定价每本三角,为之慨然,得二本而出,兄不知有此书否,否则当以一部奉承,亦一纪念也。"1932年8月17日《致许寿裳》:"《文始》当于明日同此信一并寄出,价止三角,殊足黯然,近郭沫若手写《金文丛考》由文求堂出版,计四本,价乃至八元也。"《鲁迅全集》第12卷,人民文学出版社,1981,第101、107页。
② 鲁迅:《致曹聚仁》(1933年6月18日),载《鲁迅全集》第12卷,人民文学出版社,1981,第185页。
③ 鲁迅:《致许寿裳》(1935年9月25日),载《鲁迅全集》第13卷,人民文学出版社,1981,第431页。
④ 鲁迅:《关于太炎先生二三事》,载《鲁迅全集》第6卷,人民文学出版社,1981,第545页。

年6月章太炎死后,《制言》上"国学同仁"用文言写的表彰其学问的悼念文章相对峙①。《制言》作为"国学"刊物持反对白话的立场,而鲁迅这篇有关章太炎的白话诗和革命事迹的写作,乃至后来的那篇未能完稿的《因太炎先生想起的二三事》,也都是在全力恢复一个被时代和他自己有意无意淹没或遗忘了的具有"革命精神"的没有被"芟夷枝叶"的完整的章太炎。

这里有必要谈谈《诸子学略说》中涉及鲁迅的《故事新编》创作的部分,因后者算是鲁迅以文学的方式若隐若现地复活了章太炎的诸子思想。例如,《诸子学略说》中的"逄蒙"之说,采自《荀子》②《孟子》中的"逄蒙杀羿"③一典,后来,被鲁迅注意到,"敷衍"到了《奔月》中。在孟子看来,"逄蒙杀羿"的悲剧"是亦羿有罪焉"。④也即,羿除了交给逄蒙"技艺"之外,还应该交给他"仁义"。但在章太炎那里,逄蒙和羿,甚至老子和孔子,并不是一种"是非"或"仁"和"不仁"的二元对立。他借用《庄子》"有弟而兄啼"之说,指出老子和孔子的师承之间有一种人性内部心理的幽微。而鲁迅也在《出关》中直接化用章太炎这些因反感当时康有为诸人的"沽名钓誉"⑤而对孔子形象的"诋毁"的阐释段落⑥。尽管晚年章太炎因为"复归于儒"而对此说法进行刊改,然而,在鲁迅那里,章太炎这一带有批判性的对古典师承关系的阐释似乎更具表现力。而且,更重要的是,它打破了在这个譬喻之上的道德逻辑,而进入一个更深入人性也更加活泼、真实的世俗层面,把圣人们变成了人。所以在《奔月》中,我们也看到了这段被化用后的逄蒙杀羿的有趣情节,再结合鲁迅写作《奔月》的社会和生活的现实语境,这样的处理便愈发显得如代田智明所说的"亲昵"起来。

有意思的是,一方面,在撰成《齐物论释》之后,章太炎与弟子吴承仕又谈到了"有弟而兄啼",认为这种关系"即今自然淘汰之论"⑦。而如上所述,另一方面,在《诸子学略说》中他又从"恐发其覆"的角度谈到孔子(或逄蒙)的"进化"

---

① 《制言》(半月刊)1936年第25期(太炎先生纪念专号)。
② 《荀子集解·正论篇》:"羿,蠭门者,天下之善射者也"。王先谦:《荀子集解》,中华书局,1988,第337页。
③ 焦循《孟子正义》:"逄蒙学射于羿,尽羿之道,思天下惟羿为愈己,于是杀羿。"焦循:《孟子正义》,中华书局,1954,第341页。
④ 杨伯峻:《孟子译注》,中华书局,1960,第194页。
⑤ 章太炎:《致柳翼谋书》,载汤志钧编《章太炎政论选集》,中华书局,1977,第763页。
⑥ 章太炎《诸子学略说》:"老子以其权术授之孔子,而征藏故书,亦悉为孔子诈取。孔子之权术,乃有过于老子者。孔学本出于老,以儒道之形式有异,不欲崇奉以为本师,而惧老子发其覆也,于是说老子曰:乌雀孺,鱼傅沫,细要者化,有弟而兄啼。(庄子《天运》)意谓己述六经,学皆出于老子,吾书先成,子名将夺,无可如何也。老子胆怯,不得不曲从其请。逄蒙杀羿之事,又其所怵惕也。胸有不平,欲一举发,而孔氏之徒,遍布东夏,吾言朝出,首领可以夕断,于是西出函谷,知秦地之无儒,而孔氏之无如我何,则始著《道德经》以发其覆。"汤志钧编《章太炎政论选集》上册,中华书局,1977,第292页。
⑦ 章太炎:《与吴承仕》(1912),载马勇编《章太炎书信集》,河北人民出版社,2003,第297页。

有着不光彩的一面。实际上,这也暗示着章太炎即便抛却佛学思想(例如唯识论)的工具,也依然从诸子学内部找出瓦解"进化论"的哲学视角。更为重要地,对鲁迅来说,作为文学素材,它将这些历史人物"即凡"[①]地呈现,《奔月》《出关》中,也有对章太炎这一阐释的某一方面的化用,这两位古旧的形象从"英雄""圣智"的高台被拉下,进入一种"油滑"、诙谐与戏说的层面。而更进一步,这"油滑"与"戏说",与其说像有些研究者所认定的那样,是鲁迅对中国古典文化的总批判,不如说显示出一种"向上一关,千圣不异"的"亲昵",是对民族精神的"朝花夕拾"。在这里,悲悯与温存,要胜过站队与表态。这是那些倾向于将《故事新编》体系化、理论化的研究者,尤其需要警惕的事情。

四、小结

章太炎通过在革命时期的著作,思考、消化、融汇西洋近代思想,而后落脚传统文化,从而在庄学齐物思想的内部完成一个较为独立完整的建构。晚年的章太炎则复归于儒,更多地也是对他早年学术生命的复归,正所谓"始则转俗成真,终乃回真向俗"[②]。20年代后期,他似乎从对糅合佛学与诸子学的强烈的兴趣[③],转而开始研究他在革命时期所称的"非闭门十年,难与斠理,其门径虽可略说,而致力存乎其人,非口说之所能就"[④]的经学,并经由所熟识的音韵训诂之学而入典章制度、风俗礼仪等的考索。尽管这显示出章太炎在革命时期的学术愿望[⑤],但这一变化在鲁迅看来是开始不再呼应时代潮流的"渐入颓唐"。

而《故事新编》则以十分强大的内在生命力包涵一切可能复活于现代生命中的古旧形象。他仍像20世纪10年代前后的章太炎一样,不是孤立地对待传统,而是将之放置在对近代化的思考、消化、对抗、吸收和变革的进程中,从而再次确认古典思想与古典形象,也就是后来人所谓的"激活"。细心的读者,深谙30年代的中国与诸子精神内核,乃至鲁迅本身30年代的思想变化的读者,会懂得《故事新编》的良苦用心。尤其在最后的时光里,在一二月之间的工夫里写出最后几篇,反而有脱离名相的"转俗成真"的境界。

很显然,鲁迅通过《故事新编》实现他更高的哲学层次的探索,而且这种哲

---

① 借用"即凡而圣"概念,即从凡俗的视角看孔子作为圣者的一面。赫伯特·芬格莱特:《孔子:即凡而圣》,彭国翔译,江苏人民出版社,2002。
② 章太炎:《菿汉微言》,载汤志钧编《章太炎政论选集》下册,中华书局,1977,第736页。
③ 章太炎《致钱玄同》(1911年7月):"仆近思老、庄、荀、韩,真天民之秀,盖无一浮夸欺诞语,比日检此四种,能解《齐物论》矣。"马勇编《章太炎书信集》,河北人民出版社,2003,第139页。
④ 章太炎:《与国粹学报》(1909),载马勇编《章太炎书信集》,河北人民出版社,2003,第237页。
⑤ 1911年7月致钱玄同信:"作教员亦与官无异,欲遂本怀,惟退而讲学耳。"马勇编《章太炎书信集》,河北人民出版社,2003,第139页。

学思路已经落实到了现实社会和政治层面。鲁迅在"曼思故国，来日方长"（1904年10月8日致蒋抑卮信）的留日生活期间，强调民族主义与其置身的环境和目视之世界态势，将中国置于世界中讲其民族性，而归国后将国民置于本国中，自然揭其劣根性。鲁迅早期的几篇文言论文一再地显现他在个人意志、民族意志乃至世界意志上的立场和看法。这种"意志"是他"主体性"思想的弥散和发扬，围绕在它周围的那些概念，恰能够不断地通过内在的强度（诸如内曜、神思、灵台）的增加而得以不断修正。

在《故事新编》之中，鲁迅作为叙述者，又仿佛是一个穿梭在历史中的时间旅行者，他不再表达一个独异而圆满的观点，只是在历史（也即现实）的万象之中，静静地穿梭，从一个一个对历史（现实）的强力意志的执行者，变成俯瞰历史、俯瞰当下的时间老人。这时的对象世界，并不虚无脆弱，而是鲜活可观，伟人们也弥散在基本生活的物质世界之中。这是鲁迅早年挥斥方遒的呐喊和呼吁后的轻着陆，风格上也不再是早期文言中的强劲和用力的表达，而是四两拨千斤的辛辣叹息与微笑。

鲁迅在30年代的书信里时时抱怨自己没有足够的时间来写长篇的东西，就更不用说在资料不足的上海做学问了。[1]另外，鲁迅对于选择文学和学术事业有一个著名的不能两立的论断[2]。最后十年，他还是选择了前者。在最后的时光里，他预料到了死。所以他勇敢地谈到了死，并且做到了温情脉脉而又冷酷地反思和回忆。他渴望休歇，但又清醒地认识到现实的严峻，他早对徐梵澄说过"人生在世上，是'出'不到哪里去的"，于是将信佛与归隐一样，看作中国历史的大弊病，痛斥其中的虚伪和逃避。

从鲁迅晚年强调阶级对立及经济生存的必要性，就可以看出，他还从这个角度重新反思了知识分子自身所处的位置，但他的诠释显然又不单是"唯物论"，他从不利用它来简单地复制文学。所以，他似乎对《故事新编》的创作或者《故

---

[1] 1933年6月18日致曹聚仁信："中国学问，待重新整理者甚多，即如历史，就该另编一部。古人告诉我们唐如何盛，明如何佳，其实唐室大有胡气，明则无赖儿郎，此种物件，都须褫其华衮，示人本相，庶青年不再乌烟瘴气，莫名其妙。其他如社会史、艺术史、赌博史、娼妓史、文祸史……都未有人著手。然而又怎能著手？居今之世，纵使在决堤灌水，飞机掷弹范围之外，也难得数年粮食，一屋图书。我数年前，曾拟编中国字体变迁史及文学史稿各一部，先从作长篇入手，但即此长篇，已成难事，剪取软，无此许多书，赴图书馆抄录软，上海就没有图书馆，即有之，一人无此精力与时光，请书记又有欠薪之惧，所以直到现在，还是空谈。现在做人，似乎只能随时随手做点有益于人之事，倘其不能，就做些利己而不损人之事，又不能，则做些损人利己之事。只有损人而不利己的事，我是反对的，如强盗之放火是也。"《鲁迅全集》第12卷，人民文学出版社，1981，第184页。

[2] "做文章呢，还是教书？因为这两件事，是势不两立的。作文要热情，教书要冷静。兼做两样时，倘不认真，便两面都油滑浅薄，倘都认真，则一时使热血沸腾，一时使心平气和，精神便不胜困惫，结果也还是两面不讨好。"鲁迅、许广平：《鲁迅景宋通信集：〈两地书〉的原信》，湖南人民出版社，1984，第194页。

事新编》获得的读者反馈是缺乏自信的，至少他不认为读者能够读得太懂和喜欢。然而，鲁迅或许无意识地完成了最终的回归。正如章太炎试图集近代哲思于一身的《齐物论释》一样，鲁迅虽然没有像章太炎那么自信地宣示成果的价值，但《故事新编》的确混沌地呈现了作者想要整合自己所见的各种零星的确信与质疑。同样的是，他们的这种愿望太强大，以至于最终完成得如此笼统、自由，从而也更开放、热烈。新中国成立后，在林辰的《鲁迅事迹考》中有这样一段记载：

> 而在章太炎的一面，对鲁迅也极为关怀，他"最后一次到北平去，门徒们公宴席上，问起鲁迅先生，说'豫才现在如何？'答说现在上海，颇被一般人疑为左倾分子。太炎先生点头道：'他一向研究俄国文学，这误会一定从俄国文学而起。'"（孙伏园：《惜别》）他们师弟之间的情谊，真可谓数十年如一日，至死不衰，实在是极为难得的。[①]

在章太炎那里，对自己的弟子，除了担心之外，也许还有一种对他的文学事业上的隔膜。而在鲁迅那里，除了坚持地认为自己老师的"革命之志"才配得上"先哲"与"楷模"，似乎也有着另外意义上的对"太炎先生"晚年"渐入颓唐"的不满。20 余年前，章太炎在因时代环境而革命意志最为高涨之时，以庄学为主导，系之以其他同时期的学术思想为论据，试图在面临着国家、民族危亡和各种外来思想冲击时，从屈辱中找到其中尖锐和具有再生能量的能力，一方面"清算"自我的精神世界，另一方面，也在危机中整理民族文化。[②]而《故事新编》，正可以说是对"先生"早年为回应时代而进行的诸子教学与研究成果《齐物论释》的文学呼应。因此，连接在他们俩之间的，还有一种不变的东西，那就是中国近现代士人精神中的那种沉静、开明、无畏、独立的人格风范。

第三节 《故事新编》:"以庄化尼"？

有关《起死》，值得注意是竹内好的解读：

> 他曾经说过，在幼年时代，读得最多的是儒教书籍，不过没有给他什么

[①] 林辰：《鲁迅事迹考》，新文艺出版社，1955，第 19 页。
[②] 小林武：《章炳麟与明治思潮——又一次近代》，研文出版社，2006。

影响，但却深受庄子之毒。他彻底地憎恨作为统治者压制手段的儒教道德，但却尊敬作为人的孔子不屈服于失败的积极、主动的态度。相反，他厌恶老子的形而上学与庄子的达观哲学所象征的隐者的旁观、超脱的态度。所以他把自己最崇高的尊敬献给了墨子。但是尽管如此，庄子的超脱（化身）思想还是强烈地吸引了他（这也许与尼采也有关联）。正因为被它吸引，所以他才不能不憎恨它。这意味着他的矛盾（想要逃脱却逃脱不了）。之所以不把庄子戏剧化就写不了庄子，是因为那与他的痛苦紧密相连。①

在诸子行为和思想密集的《故事新编》之中，竹内好看到了鲁迅表现在其中的态度。这一说法似乎也很可以说明《起死》中庄子和汉子对峙的尴尬困苦之境下蕴含着某种"痛苦"。更有意思的是，日本学者包括山田敬三、木山英雄等，都认为鲁迅的现代思想、文学，乃至他对尼采、拜伦精神的称扬，都与他对章太炎思想学问、翻译②、行状的接受有着密切的关系。③这种将外来思想作为被整合和反刍的养料而进入现有的思想中去的路径，也是章太炎在自己的著述中长期坚持使用的"依自不依他"的办法。

而关于尼采与庄子思想之间的关系，很多专业的思想史研究者都曾进行过对比性的探析。例如，陈鼓应在很多著作中谈到过庄子与尼采甚至西方存在主义之间的关系。④张钊贻在《鲁迅：中国"温和"的尼采》中追溯了自勃兰兑斯以来对尼采的复杂阐释传统，理出了两条对立的线索："温和"与"暴力"的尼采。在"精神贵族激进主义"一节中，张指出其真正含义并不是外在的社会征伐，而是对个人精神的一种认可。⑤而将鲁迅归为"温和的尼采"，似乎未能完全回答鲁迅的内部力量和他所处的环境之间的复杂关系。一方面，强大的内在的精神世界的自我提升、调整与权力意志的发挥，显现在外力上，是一种独立的道德和理性，这也是

---

① 竹内好：《鲁迅入门》，载《从"绝望"开始》，靳丛林编译，生活·读书·新知三联书店，2013，第145页。
② 如章太炎译拜伦诗《赞大海》《去国行》《哀希腊》。章太炎：《译文集》，载《章太炎全集》，上海人民出版社，2015，第159页。
③ "鲁迅推崇拜伦或尼采时的作品中，就已有浓厚的章太炎思想影响。有的段落甚至令人感到，鲁迅的拜伦形象或尼采形象，或许就是章太炎的形象。"山田敬三：《鲁迅世界》，韩贞全、武殿勋译，山东人民出版社，1983，第92页。"周氏兄弟在章氏的直接熏陶下，与西方现代的思想、文学发生了强烈的共鸣，这无与伦比的体验，为即将到来的新文学准备了不可代替的基础。"木山英雄：《文学复古与文学革命——木山英雄中国现代文学思想论集》，赵京华编译，北京大学出版社，2004年，第209页。
④ 陈鼓应：《尼采哲学与庄子哲学的比较研究》，载郜元宝编《尼采在中国》，上海三联书店，2001，第676页。
⑤ 张钊贻：《鲁迅：中国"温和"的尼采》，北京大学出版社，2011。

鲁迅从 20 年代末期与革命文学乃至死前对左翼事业带有强烈的批判性的疏离态度的原因。因此，鲁迅的生命的强度是显而易见的。另一方面，与尼采相比，在态度上，鲁迅的力量足以达到一个思考人生者所能达到的顶点，并且能够不像尼采那样，为自己不小心走得太远道出了真相，表现出某种天才式的带有青春色彩的骄傲以及对自己所能抵达的世界的恐惧。尼采甚至被自己宣言一样诗的严正的语言的回声所恐吓，走向了精神的瓦解，而鲁迅尤其是在 30 年代之后，一方面乐于走到世界的尽头，带着严肃的思考，另一方面，又以嘲讽冷静的态度返观自己和周遭。他懂得收放自如，并将人生的命题半开玩笑，又直抵要害，之后带着某种力度上的回旋。在《故事新编》中，更能集中呈现这样的形式上的宛转变动。

如他在《无常》的描述中那样，他热爱那些"可爱而可怖"的鬼物，同时也喜欢这样的人生。可怖，或因死亡所产生的一切命题，或因可能无法把握的外在世界；可爱，或许因涵泳人生之中，为其中的现象、细节，如色彩、声调、神情（"她两肩微耸，四顾，倾听，似惊，似喜，似怒，终于发出悲哀的声音，慢慢地唱道：奴家本是杨家女，呵呀，苦呀，天哪！"《女吊》）① 等等。追随《无常》中混迹于生死、现代未来之际的生活状态，我们在《故事新编》之中也看到这样的典型。例如，最后两篇《采薇》《起死》，不是把人物写"死"了就是把人物写"活"了，这种颠倒生死的自由写法，正是鲁迅化解早期带有青春气质的主体愁闷（《补天》《奔月》《铸剑》等）的一个重要出口。

尼采不仅仅是需要考究的阅读文本，更是一种姿态和视角，一种强大的抛弃世界同时意图承担起整个世界的作为。竹内好、汪晖等人的鲁迅研究，完全可以追溯到尼采这种强大的更新能量（不论所谓个人、社会、文化、政治、启蒙）的启发，因它又涉及对传统的消化、反刍，以及面对外来危机将之对象化并再次确认自我的过程。这时候，西方主体哲学又将"内圣"之意义充实化，由此它便不是"超然"的，而是意志的、积极的，这是对庄子哲学内涵具体化的某种有益补充。

因此，庄子和尼采给人的启示是一种精神状态，好比一个婴儿在用新奇而充满生命力的眼睛去看望这个世界。一切现象被赋予了被照看的光彩。鲁迅的文体上的变化实际上是一棵树上生长的枝叶和结出的果实，它们同呼吸，共命运，或

① 鲁迅：《女吊》，载《鲁迅全集》第 6 卷，人民文学出版社，1981，第 618 页。

甜或苦，或浓或淡，或显或隐，共同显示了鲁迅精神的内在力量。鲁迅正是从传统中找到了这样的更新力量，也是那些将鲁迅完全"现代性"或"反现代性"对立化看法的研究者所不能体味到的传统底色。这种力量之下构筑的世界，它"稳定地烛照着一切"①。

---

① 唐弢:《〈故事新编〉的革命现实主义》:"在《故事新编》里，不仅消弭了类似《彷徨》那样不断求索的痕迹，同时，曾经闪烁于《呐喊》各篇中的明天的亮光，却有了更大的发扬，形成一种信念，稳定地烛照着一切。这使鲁迅的现实主义增进了革命的因素，出现了新的理想的光芒。"见《中国现代文学研究丛刊》1979 年第 1 期。

第五章

结　语

在研究和阅读鲁迅的过程中，伴随着我的是对其语言千岩万壑的变化的惊叹以及对他深切的痛苦和欢欣的体会。鲁迅和他的文学首先是置放在历史之中的（但这并非是说要直接将鲁迅的文学当作历史或政治与思想事件来处理）。而《故事新编》这个绵延了前后 13 年的作品，更加是在历史的演进中完成。鲁迅责任感、保护欲很强，这就造成了他推己及家人及他人的关心和温情，同时，也造就了他性格和文学上的某种先在的控制欲。他的文学中充斥着这种源自道德与美学上的不自觉控制。

作为一个道德上高度自觉的个体，他会过分地理解他人的痛苦，并在常人看来，过分地夸大这一痛苦，而对他自身的痛苦来说，由于无法被感同身受，而缺乏被关心和被理解，对此他会尽量避免直接呈现，而是采取一种不经意的诙谐的方式表达出来。对鲁迅来说，其痛苦的根源，常常是因为处在转折期的中国的万般复杂而岌岌可危的现状，他把自己放在这种现状之中，一丝也不逃离，随之而来的是，他内心的游移、沉静、恐惧、泰然、希望、失望，等等，都构成创作的重要部分。他的品格认真而有力，正如他所推崇的木刻艺术一般，无论是世俗的道德力量还是自由的审美欲求，都不能够一语道破这位真诚的作家身上的精髓。

竹内好曾经在鲁迅的内面中，发现某种罪或者道德的"自觉"，而称其核心为"无"，甚至将其上升到某种宗教的境地。或者，我们不需要借用西方的视野，而只需看到他身上的这种源自东方的力量。道家有一名言，"三十辐共一毂"，而此"辐"之坚韧的滚动力量，恰发源于那毂中的空有世界。《故事新编》的演进，也逐渐从这"辐"的车轮的外缘走到了中心，这"灵魂的荒凉与粗糙"①虽无指向，

---

① 鲁迅：《〈华盖集〉题记》，载《鲁迅全集》第 3 卷，人民文学出版社，1981，第 5 页。

但也包蕴着强大的力量和丰富性的迸发，鲁迅终在晚年停止了这"肩住黑暗的闸门"的车轮的滚动，而复归于自我与世界浑然的大境地之中。鲁迅曾经称道家思想是"体无以见有"的，这或也可看出他身上的中国式智慧。当然，这都不过是文学性的譬喻和表象，无法为严谨的研究者所理解。

很显然，道德和审美构成鲁迅文学的主要内容。从艺术的一般规律上看来，过分的道德伤害审美，而鲁迅的道德意识与他的审美欲求一样的强烈。从他儿童时期自暗淡的表叔公处看到的《花镜》《山海经》之类的形象世界起，一直到他死前所凭吊的家乡陈礼旧俗，均可呈现鲁迅一贯的对美与力所带来的活泼存在的自觉追求。同时，自"小康入困顿"的社会考辨到"一个也不宽恕"的挣扎和痛切，又是鲁迅自觉的时代承担与坚守。正是这两种交绕的力量构成了鲁迅文学的全部。

第一章中，鲁迅的翻译工作实际上映照着《故事新编》大体上在语言气质上的三个不同类型，它们看似处于同一体例，但又有着细微的差异。笼统地说，20 年代的三篇作品（《不周山》《奔月》《铸剑》）为第一个序列，它们共同呈现作者态度的"主体介入"，虽有油滑，但仍保留着前面两部小说集中的某些严肃性和紧张性。第二个序列的《非攻》《理水》，带有早期尼采式"精神贵族"的"曲高和寡"般的难于被理解又难于启蒙的特性，多少仍然展现了某种与"下里巴人"相对应的"阳春白雪"的士子形象，但很显然，这里鲁迅将"主体"逐渐弱化了，甚而带有某种自我消解的意味；到了《理水》文中的喧闹的成分增加，大禹的形象与周围的关系氛围较为造作和僵硬，但和《非攻》一样，它们多少带有左翼文艺及其理论框架下的宽泛视野。这第三个序列（《出关》《采薇》《起死》）用竹内好的话来说，"写得很随便"，在我看来，反而呈现了自由、从容、静穆的色调。以上序列上的三种划分，实际上对应了诸种译作：从延续《彷徨》精神以来的主体寂寞式样的阿尔志跋绥夫的作品，到左翼色彩的文学中良好的带有禹、墨"正面形象"类型的《解放了的董·吉诃德》与《毁灭》，最后，鲁迅与果戈理因缘20 年，《死魂灵》的翻译，让他最终将自己的文学生活回归到这个大的文艺家的格局之中，这也是我们理解最后三篇小说的重要参考。

总之，鲁迅通过翻译使之转化为语言开拓的重要努力，一方面，喜欢"于中国有益"这一"总账"的他通过译介给当时贫瘠的中国文坛带来丰富的资源；另一方面，作为一个作家，对外来文本的阅读、揣摩、逐字逐句翻译、推敲，为其新的汉语的文学创作提供了更为富有营养的（19—20 世纪）文学空间。当然，可以推想另一种可能，鲁迅晚年的"打杂"[①] 生活也使得他缺少稳定的写作空间，

---

① 鲁迅《致萧军萧红》(1935 年 1 月 29 日)："忽而作序文，忽而作评论，忽而译外国文。脑子就永是乱七八糟，我恐怕不放笔，就无药可救。"《鲁迅全集》第 13 卷，人民文学出版社，1981，第 38 页。

从这个意义上说，他的翻译或许又挤压了他后期的小说写作。

就文体变迁而言，鲁迅深邃而委曲的思想性格及其带有反讽气质的语言特质，给了他在开头实验的新诗创作上以很大障碍。在他的早期新诗中就能够看到这种"伤害性"因素，而后他在新尝试中寻找到代替这种表达的重要文体，这让新诗写作也彻底成为文学革新运动中的"边鼓"。虽然，在形式上，我们看到《野草》中的那种强烈的主体体验的诗意感受，但是真正切入更深广的现实的诗的气氛的是小说。现代小说的含蓄与曲折本身就笼罩着诗的气氛，无论是《呐喊》还是《彷徨》都具有某种主体意味的诗意。而《故事新编》则带有强烈的史诗气质，鲁迅之前的文体所惯用的几种（知识分子、文人、农民、大众，等等）身份角色，逐渐有着稳定性和完整性。除此之外，鲁迅在后期自觉地放弃了在今天看来左翼文学中严谨的史的态度和创作手段，从而将小说所能容纳的世界逐渐打开，形成了对上述线性的矢量性的探索的放弃，走向了多面的呈现。在这"面"的世界里，呈现的不仅是鲁迅一贯的文体革新，更是作家最后铺写"历史"的格局和雄心。

而与此密切相关的思想层面，鲁迅正是参合了两个文化变革中的人物（尼采、章太炎）的内质。鲁迅特殊的命运与善思，并且在思之中愁苦的秉性使他与西哲诗人尼采十分接近。无论其语言的表现形态如何，我们都能看出某种主体的焦虑，至纯的道德性和强烈的自由探寻相互为一，不可分离。这种情形总能在作品中找到相对应的人物及其气氛，尤其是 20 年代创作的《故事新编》中的小说及其他作品。正如给尼采带来慰藉性的物质世界，也在鲁迅那里不断地被重新发现，他将自己陷入对这些生物、自然科学的整理乃至翻译和写作中，从而达到了某种思想意义上的平衡。这种带有混沌力量的化解，显然有着中国道家思想所带来的救助和放松。到了 30 年代的小说创作，尽管糅纳了之前许多"身内""身外"的焦灼主题，但均被作品内在的强大氛围冲淡了，其"油滑"的成分逐次增加，一种"不齐为齐""一往平等"的世界在作品中呈现出来，自由之笔，落纸开花，舒卷自如。与其说，这是一种后现代的"消解"，毋宁说是一种思维世界里的矛盾运动后的愉悦结果。鲁迅的笔触滑入自己曾经的老师章太炎的思想史整理的大格局的构建之中。它们共同呈现的是中国传统思想和美学世界在面临着巨大的时代颠荡之时的哲学和文学上的剧烈突进。

日本学者代田智明曾称《故事新编》体现"前现代""后现代"的质素，似有过分勾连概念之嫌，如果这样，果戈理、《金瓶梅》的语言又是哪一种"现代"？理论阐释显然会损害和忽略掉文本的细节和"缺陷"。另外，纳博科夫在谈到果戈理的小说时，十分不屑于那种认为他的小说的价值呈现在道德上的批判和讽刺力量的评价，他认为如果这样，那太低估了作家丰富的创造力。① 他进而认为作品并非着意于传达"信息",而是在看似嘈杂的世象之中,"人物的种种特性有助于它们以球面的方式扩散到书中最遥远的地方"。纳博科夫甚至对果戈理后期写作中常常耿耿于怀于自己作品中的"道德缺陷"辩解,乃至他对《死魂灵》第二部的痛苦写作,都给予了一种反思,他说,"这在超尘绝俗的艺术层面,文学当然不关心同情弱者或谴责强者之类的事,它诉诸人类灵魂的隐秘深处,彼岸世界的影子仿佛无名又无声的航船的影子一样从那里驶过"②。这里并非重新讨论别一个作家,而是为了更清晰地了解鲁迅晚期作品中所传达的政治(道德)信息背后的更为广大的意义。

在 30 年代,鲁迅也曾借助于萧伯纳,谈到自己对于所谓"讽刺"之看法:

> 人们的讲话,也大抵包着绸缎以至草叶子的,假如将这撕去了,人们就也爱听,也怕听。因为爱,所以围拢来,因为怕,就特地给它起了一个对于自己们可以减少力量的名目,曰:"讽刺",称说这类的话的人曰:"讽刺家"。③

《故事新编》中恰恰复活了他在 20 年代小说集中的典型人物,但并未继续再以他们为主体(知识分子)或批判对象(农民),而是将他们纷纷置入更为广大的空间之中,成为同样与某些异己力量共生平等的成熟表象。鲁迅虽然按照历史与研究者的逻辑,将文学事业诉诸革命事业这一强大的背景底色之中,然而《故事新编》也展现了一种"裂缝"似的不确定的历史的真实,即所谓"想象的事实"④。

鲁迅一方面面对着批评的喧闹(正如果戈理曾辩解过《钦差大臣》中的正面性一样)做了甚至有些恼怒的回应(如对《出关》),而另一方面,他自己又丝毫不为外界所动,从容地滑入了更容易使人误解,而且数十年来仍然继续被"误读"的文学想象的空间。显然,这也与其杂文的"战斗性"相暧昧、疏离,鲁迅利用生活中这些丰富的"斗争"中的复杂的万花筒似的元素,像建立城堡一样,将之建立在自己设计的奇崛的古代文化山顶之上。

有意思的是,在鲁迅死后,大量纪念文章铺天盖地地发表在各大文艺刊物上。其中有一篇发表在《小说家》上的专门谈论《故事新编》的"读后记",作者指出,

---

① 弗拉基米尔·纳博科夫:《尼古拉·果戈理》,刘佳林译,广西师范大学出版社,2011,第 41 页。

② 同上,第 159 页。

③ 鲁迅:《萧伯纳在上海·序言》,载乐雯(瞿秋白)编译《萧伯纳在上海》,上海书店,1933。

④ 纳博科夫在谈论果戈理《死魂灵》后期的写作困境时说,"因为他处在一个作家所能处的最糟糕的境地:他已经丧失了想象事实的天赋,进而认为事实会自存"。弗拉基米尔·纳博科夫:《尼古拉·果戈理》,刘佳林译,广西师范大学出版社,2010,第 119-120 页。

许多人认为《故事新编》脱离了大众，实际上是拿"阶级要求"来搪塞自己的浅薄无知，读者需要这样有营养的作品，且"所可贵者并不在这故事的本身，而在由于这故事所唤起的——亦即在这故事里装饰着的物品，如死的圣诞树上点燃着火一样，但这火却一朵朵都是活的，明亮的"。[1]

回到本书最初引用的《三闲集·怎么写》，鲁迅说：

> 莫非这就是一点"世界苦恼"么？我有时想。然而大约又不是的，这不过是淡淡的哀愁，中间还带些愉快。我想接近它，但我愈想，它却愈渺茫了，几乎就要发见仅只我独自倚着石栏，此外一无所有。必须待到我忘了努力，才又感到淡淡的哀愁。[2]

在这些句子中，我们都能够发现他所散播的"野草"一样的人生哲学，他的语言甚至有些纠缠、夹杂，回环往复，甚至有时不坚定、自我消解。但是恰是这样的思维中吐透着他的写作的秘密。他不断地面临着时代和生活体验带给他的挤压和逼促，同时也保有着一个作家持续的创造本能和文学兴趣。"作为表象的鲁迅"从来都是沿着这样的思路前进。《故事新编》这个跨越了几乎鲁迅整个写作期的集子，恰体现了他在小说写作上新的尝试和开拓，用他自己的话说，是逐渐"忘了努力"的尝试和开拓。

他的杂文恰是这样"努力"的成果。这一点他显然做得十分合格，甚至相当出色，但是，作为相对"忘了努力"的《故事新编》，恰能够展现出鲁迅所表达的真正的"淡淡的哀愁"，这个哀愁并不仅仅是承载着某一个阶级或身份的悲苦或自屠，而是走向了更为抽象的"世界苦恼"的境界，这种境界，连带着的是鲁迅对于自身数十年的反顾甚至是马上要面临的死亡的感怀。反顾虽不妥协，但也悲悯而豁达。

整体看来，《故事新编》体现了思想与文学者的鲁迅在化用史料上是如此得练达圆融，所以竹内好认为："虽然他们基本上是忠实地遵循文献（以文献以外的东西评论文献的治学方法与鲁迅无关）而行动，但又由此而摆脱了拘束。如果说感到历史和作品的矛盾，在试图调和这种矛盾时，会产生各种形式的历史小说，鲁迅却不存在这种矛盾"。[3]很显然，《故事新编》在某种程度上也是"教授小说"，但它却可以被"自由点染"，且并不面目可憎，不过，大概只有中国的知识分子

---

[1]　东平：《〈故事新编〉读后记》，《小说家》（月刊）1936年第1卷第2期。

[2]　鲁迅：《怎么写——夜记之一》，载《鲁迅全集》第4卷，人民文学出版社，1981，第19页。

[3]　竹内好：《鲁迅入门》（之七），靳丛林等译，《上海鲁迅研究》2008年春季号，第220页。

才能读懂附着在这些掌故上的需要不断参透醒悟的现代思想。

鲁迅本人是不赞成拿自己和别人做比较的，"因为彼此的环境先不相同"。他在 1935 年 8 月 24 日给萧军写信的时候，就深刻地剖析了自己的家世和所谓阶级属性：

> ……我的祖父是做官的，到父亲才穷下来，所以我其实是"破落户子弟"，不过我很感谢我父亲的穷下来（他不会赚钱），使我因此明白了许多事情。因为我自己是这样的出身，明白底细，所以别的破落户子弟的装腔作势，和暴发户子弟之自鸣风雅，给我一解剖，他们便弄得一败涂地，我好像一个"战士"了。使我自己说，我大约也还是一个破落户，不过思想较新，也时常想到别人和将来，因此也比较的不十分自私自利而已。[①]

鲁迅认为自己是"破落户子弟"，所以知道那些所谓"贵族"子女的生活常态，正因为自己经历过这种上下的迥然之境，才能够穿透他们的生活，看到更广远更真实的世界，这显示了鲁迅跳脱己身的豁达。在前面的分析中，可以看到鲁迅在审美上的高度赏趣，甚至归结到底，如张钊贻所言，是一种"精神贵族"的体现。然而，鲁迅却知此不是人类进趋的静态，"沙聚之邦，转为人国"实为他痛彻心骨的家国愿力。一方面，这使他有着强烈的自知之明；另一方面，蕴藏在中国文人思想中的兼济情怀，使其致力于平民的运动和改革。在现代激进的文化政治革新运动中，这又是他一脉贯穿的文人品性。然而，在甫一"看到世人的真面目"的觉醒之后的短短几十年里，他经历了太多的人生颠荡和政治变迁，所谓"维新"之路太过艰辛，乃至使他一度陷入阿尔志跋绥夫式的苦恼境地之中。在这困顿之中，有一种清醒的愁苦，便是，文化的革新，全体的进步，这一切必须且只能依靠政治的助力和民族抗争的外围保障，来实现最终反政治的文化和民族的自立。这也是晚年鲁迅毅然走向与在野的政党或与其建立同盟关系的政治生活的根本原因。一方面，《故事新编》显示了鲁迅的独异的文艺追求；另一方面，在政治思想上，他也希望在其中通过破坏"文化山"（《理水》）上的山民思想体系来构建更为清新有力的群体及其文化。而与此相关的，最根本的，是激起属于中国的掌故序列的民族自存的内在活力。在 30 年代，鲁迅没有具体地、完全地、纯粹地主张过什么样的政治文艺理论，但是任何一个现代中国的阅读者，只要低头观望一下这一部亲切动人的小说集，似乎能够说明一切。

---

① 鲁迅：《致萧军》（1935 年 8 月 24 日），载《鲁迅全集》第 13 卷，人民文学出版社，1981，第 196 页。

　　无论如何，最后，用日本作家武田泰淳的话来直观地还原一下《故事新编》吧：

　　　　鲁迅是老练的苦工，是缜密的学者，抱有激烈的憎恶，冷静而且多思，他将超越那种种现象的凹凸不平，试图用一种远大的视角，并且自己是这样转来转去，想要创造一种属于自己的宇宙的带有孩子般热忱的所有者。这多种要素密集在一起，组成了《故事新编》。①

---

① 代田智明：《解读鲁迅——不可思议的小说 10 篇之谜》，东京大学出版会，2006，第 233 页。

鲁迅的契诃夫译介及其他

一、《坏孩子和别的奇闻》及其"悲观气息"

概言之，鲁迅和俄国文学之间关系相当密切，他翻译过大量俄罗斯、苏联作品。这种行为一直持续到他的晚年。20 世纪 30 年代，鲁迅集中翻译了大部头的《死魂灵》《毁灭》，还翻译了契诃夫的早期短篇小说集《坏孩子和别的奇闻》。1935 年，鲁迅在给叶紫的小说集写序时，又强调了相比于雨果，他对契诃夫的喜爱；相比于《水浒传》《三国演义》，他对《儒林外史》的喜爱。因为后者都更"接近现实"。① 可见，他对俄罗斯文学的"写实性"充满了一种坚定的偏好。

在日本留学期间，鲁迅就和弟弟周作人翻译过两册《域外小说集》，重点介绍了俄国以及东欧、北欧等弱小民族国家的作品。其中周作人译了契诃夫的两个短篇《戚施》《塞外》②，并且对契诃夫做了简单介绍③。这两个短篇都是契诃夫后期小说，一则重批判，另一则重写实，都具有很强的"批判现实主义色彩"。④ 与此并行，中国对契诃夫的翻译从 1907 年《黑衣教士》到逐渐由耿济之、耿勉

① "伟大的文学是永久的，许多学者们这么说。对啦，也许是永久的罢。但我自己，却与其看薄凯契阿，雨果的书，宁可看契诃夫，高尔基的书，因为它更新，和我们的世界更接近。中国确也盛行着《三国演义》和《水浒传》，但这是为了社会还有三国气和水浒气的缘故。《儒林外史》作者的手段何尝在罗贯中下，然而留学生漫天塞地以来，这部书就好像不永久，也不伟大了。伟大也要有人懂。"鲁迅：《且介亭杂文二集·叶紫作〈丰收〉序》（1935 年 1 月），载《鲁迅全集》第 6 卷，人民文学出版社，1981，第219 页。

② 《域外小说集》，东京神田印刷所印刷，1909 年 3 月 2 日。上署"周作人译述"，从选文、译述到编排，两人应有共同商讨。

③ "契诃夫卒业大学，为医师。多阅世故，又得科学思想之益，理解力极明敏。著戏剧数种，及短篇小说百余篇，写当时反动时代人心颓丧之状，艺术精美，论者比之摩波商。唯契诃夫悲观现世，而于未来犹怀希望，非如自然派之人生观，以决定论为本也。"

④ 《戚施》写于 1894 年，讲述了一趋炎附势的老地主外号叫作"癞蛤蟆"的故事；《塞外》写于 1892 年，应是根据 1890 年的萨哈林经验而写的一个流放犯老谢苗的故事。

之、郑振铎、曹靖华等译者参与，作品体例也变得丰富，例如《套中人》《第六病室》以及一些经典的剧作《伊凡诺夫》《万尼亚舅舅》《海鸥》《樱桃园》等。[①]契诃夫逝世25周年（1929）时，鲁迅还翻译了苏联文艺家罗迦契夫斯基（Lvov-Rogachevski）的《契诃夫与新文艺》，这篇评论较为完整，堪比之前赵景深翻译的苏联著名的文学史家米尔斯基的《契诃夫小说的新认识》[②]。接着，他在1934年末到1935年上半年陆续从德文翻译了契诃夫的八个短篇在《译文》上发表（《波斯勋章》一度被禁），后来以此结集出版《坏孩子和别的奇闻》（单行本于1936年由上海联华书局初版印行）。不同于以上提及的大部分契诃夫的影响更为深远的作品，这些多是契诃夫以"契洪德"[③]为笔名创作的早期小说，多为轻松幽默的讽刺小品。鲁迅介绍说，这八篇小说虽然"不能说是契诃夫较好的作品"，但因着有作《未名丛刊》中《十二个》的插画家玛修丁（V. N. Massiutin）的"木刻"，所以才起意翻译。[④]

翻看北京鲁迅博物馆的藏书目录，德语契诃夫作品有《女巫及其他短篇/中篇小说》《在黄昏》（手稿与故事）、《海鸥》（四幕剧）、《波斯勋章和别的奇闻》《决斗》等和日语版的全集（《契诃夫全集》，中村白叶译，东京金星堂，18册，精装卷）等。[⑤]可知，《坏孩子和别的奇闻》应译于《波斯勋章和别的奇闻》的德文版。[⑥]

在《坏孩子和别的奇闻》"前记"中，鲁迅说，他在耿济之的译文《契诃夫的纪念》[⑦]中读到契诃夫1904年回顾自己早期作品为"小笑话"。但鲁迅一方面说自己"并不在严肃的绍介契诃夫的作品"，目的首在木刻画画（这和他为了《死魂灵》而印《百图死魂灵》[⑧]有着微妙的差异）；另一方面，他又肯定这些"小笑话"并非"一笑了之"，而是暴露出了"病"，是"生瘤的化妆""蹩脚的跳舞"。[⑨]

通读这八篇小说，大多数暴露了当时俄罗斯不同人群内在的畸形：虚伪的贵

---

① 戈宝权：《契诃夫与中国》，《文学评论》1960年第1期。

② 米尔斯基：《契诃夫小说的新认识》，赵景深译，《北新周刊》1928年第20期。

③ "契洪德"是契诃夫早期在《闹钟》《蝉》（应为《蜻蜓》）等刊物发表小短篇的主要笔名，除此之外，还有"无脾脏的人""我兄弟的哥哥""尤里斯""安托沙"等。亨利·特罗亚：《契诃夫传》，侯贵信等译，世界知识出版社，1992，第40页。

④ 鲁迅：《〈坏孩子和别的奇闻〉译者后记》，载北京鲁迅博物馆编《鲁迅译文全集》第7卷，福建教育出版社，2008，第354-356页。

⑤ 北京鲁迅博物馆编《鲁迅手迹和藏书目录》（一），日文部分第39页，德文部分第29页。（内部资料，1959）

⑥ 之所以改名"坏孩子"，或因《波斯勋章》翻译后在刊物发表时之一度被禁，见后文。

⑦ 司基塔列慈：《契诃夫的纪念》，耿济之译，《译文》1935年第2卷第5期。

⑧ 俄国画家阿庚于1847年完成，培尔那斯基刻版。鲁迅于1936年7月以三闲书屋名义自费印行。

⑨ 鲁迅：《〈坏孩子和别的奇闻〉前记》，载北京鲁迅博物馆编《鲁迅译文全集》第7卷，福建教育出版社，2008，第315-316页。

妇和医生、狡黠的农民、深陷工具与贪婪的公务员、无力的知识分子、无聊的待嫁少女、充满阴谋的政客，等等，的确如鲁迅所说，"中国普通之所谓'趣闻'，却又截然两样"。1935年2月，鲁迅在《译文》第6期登出的《暴躁人》《坏孩子》的译后记中这样说：

> 就作品而论，《暴躁人》是一八八七年作；据批评家说，这时已是作者的经历更加丰富，观察更加广博，但思想也日见阴郁，倾于悲观的时候了。诚然，《暴躁人》除写着暴躁人的其实并不敢暴躁外，也分明的表现了那时的闺秀们的鄙陋，结婚之不易和无聊；然而一八八三年作的大家当作滑稽小品看的《坏孩子》，悲观气息还要沉重，因为看那结末的叙述，已经是在说：报复之乐，胜于恋爱了。[1]

契诃夫1880年前后即开始创作，1887年进入了创作较为成熟时期的说法，已经在当时被翻译过来的"批评家"不断提及。例如，米尔斯基就认为契诃夫的小说以1886年为界[2]。但通过阅读小说，我们却可发现，写于1887年的《暴躁人》仍然带有很强烈的轻喜剧色彩。契诃夫在其中塑造了一个致力于文学创作却很懦弱的年轻人。他总是因"女人们"浪费时间，内心愤懑"其实不敢暴躁"，最终还莫名其妙被送上了和自己不爱的人的婚礼。写于1883年的《坏孩子》，讲述一对年轻的男女偷偷地约会，被女方的弟弟发现，于是后者经常要挟他们，索要一些钱财之类，等到他们正大光明结婚的时候，男方终于得偿所愿地"拉住了这坏孩子的耳朵"令他讨饶。通读下来，这两篇小说在气质上并没有特别大的差异，都充满了诙谐、幽默的生活气息，前者甚至有一丝荒诞色彩。所谓"1886分野"并没有在这两个小说之中明显体现出来。然而，鲁迅却说，《坏孩子》"悲观气息却还要沉重，因为看那结末的叙述，已经是在说：报复之乐，胜于恋爱了"。那么，我们就来看一下这"结末的叙述"：

> 两个人后来说，他们俩秘密的相爱了这么久，能像在扯住这坏孩子的耳

---

① 鲁迅：《〈坏孩子和别的奇闻〉译者后记》，载北京鲁迅博物馆编《鲁迅译文全集》第7卷，福建教育出版社，2008，第355页。

② 米尔斯基《契诃夫小说的新认识》（赵景深译）："他在社会上的地位一改变，跟着作风就变了——他抛弃了滑稽的作品，努力发展他自己的个性。这种改变在一八八六——一八八七年之间所写的小说是很显然的。……契诃夫小说的经过可以显然的分为两个时期：一八八六年以前和以后。英文的读者和俄国懂得文学的人，都知道他的后期作品，但大多数俄国读者只知道他早年的滑稽小说，而不知道《我的生涯》和《三姊妹》。"见《北新周刊》1928年第2卷第20期。

朵的一瞬息中，所感到的那样的幸福，那样的透不过气来的大欢喜，是从来没有的。①

　　一个皆大欢喜的爱情故事中的"恶作剧插曲"，哪里有"沉重"的"悲观气息"？是鲁迅言之过甚了吗？而将鲁迅的译本与现在较为通行的汝龙译本比较，我们会发现，无论是《坏孩子》还是《暴躁人》（汝龙译为《摘自脾气暴躁人的札记》）都有非常明显的风格上的不同：汝龙的译笔很轻快、幽默，似乎重在"小品"；鲁迅的翻译则相对严肃、滞重一些，似重在"讽刺"。试举两段译文为例：

《坏孩子》（1883）节选（开头）

　　伊凡·伊凡诺维支·拉普庚是一个风采可观的青年，安娜·绥米诺夫娜·山勃列支凯耶是一个尖鼻子的少女，走下峻急的河岸来，坐在长椅上面了。长椅摆在水边，在茂密的新柳丛子里。这是一个好地方。如果坐在那里罢，就躲开了全世界，看见的只有鱼儿和水面上飞跑的水蜘蛛了。这青年们是用钓竿，网兜，蚯蚓罐子以及别的捕鱼家伙武装起来了的。他们一坐下，立刻来钓鱼。（鲁迅译文）②

　　相貌好看的青年男子伊凡·伊凡内奇·拉普金和生着小翘鼻子的年轻姑娘安娜·谢敏诺夫娜·扎木勃里茨卡雅，顺着高陡的岸坡走下去，在长椅上坐下。长椅放在新生的而且茂密的柳丛中间，紧靠着河水。好一个美妙的所在！您一坐到这儿，就同外界隔绝了，只有鱼和水面上像闪电跑来跑去的水蜘蛛才能看见您。两个青年人带着钓鱼竿、捞鱼网、装着蚯蚓的罐子和别的捕鱼工具。他们坐下，立刻动手钓鱼。（汝龙译文）③

《暴躁人》（1887）节选（日食片段）

　　然而一块黑斑，跑到太阳上面来了。到处的混乱。母牛、绵羊和马，就翘起了尾巴，怕得大叫着，在平野上奔跑。狗嗥起来。臭虫以为夜已经开头了，就从它的缝隙里爬出，来咬还在睡觉的人。恰恰运着王瓜回去的助祭，就跳下车子，躲到桥下，他的马却把车子拉进了别人的院子里，王瓜都给猪吃去了。一个税务官员，是不在家里，却在避暑女客那里过夜的，只穿一件小衫，

---

①　契诃夫:《坏孩子》,载北京鲁迅博物馆编《鲁迅译文全集》第7卷,福建教育出版社,2008,第319页。
②　同上，第317页。
③　契诃夫:《契诃夫小说全集》第2卷,汝龙译,人民文学出版社,2016,第192页。

从房子里跳出，奔进群众里面去，还放声大叫道："逃命呀！你们！"（鲁迅译文）①

可是这时候一块黑斑移到太阳上去了。于是天下大乱。牛啦，羊啦，马啦，都竖起尾巴，大声叫起来，吓得在田野上乱跑。狗汪汪地吠。臭虫以为夜晚来了，从缝隙里爬出来，开始咬那些睡熟的人。助祭正从菜园里把黄瓜运回家去，这时候吃了一惊，从大车上跳下来，躲到桥底去了。他的马拉着大车闯进别人的院子，黄瓜被猪吃掉了。有一个收税员没有在自己家过夜，睡在一个住别墅的女人家里，这时候只穿着内衣跑出来，冲进人群，扯开嗓子喊道："谁能保住自己的命，就管自逃生吧！"（汝龙译文）②

以上分别截取了《坏孩子》开头一对青年幽会钓鱼以及《暴躁人》中所渲染的日食片段，可以看出，汝龙的纯白话译本更能体现出批评家口中契诃夫早期短篇小说中的幽默活泼的"小笑话"特质。而在鲁迅的译本中，意思都没有什么大的区别，但在意蕴的传达上，较前者，显得没有那么轻巧。除了鲁迅的翻译语言和汝龙的纯白话的区别外，自然和他们所采用的译本也多少有些关联。③尽管鲁迅多次强调这些"小笑话"，"没有一篇是可以一笑就了的"④，但诸如以上愉快而幽默的叙述与渲染是小说很重要的底色，或者说，更体现一种裹挟了所谓"批判"在内的整体的热情、天真和悲悯。米尔斯基就曾经谈到契诃夫讽刺艺术的独特性："别人是轻蔑人类的软弱和愚蠢的，而契诃夫对于人类却有深切的同情，这只有锐利的批评家才能够辨别得出来。"⑤或许，这时候的鲁迅，更倾向于一个"锐利的"读者或批评家。

而一个"小笑话"被鲁迅的阐释引申为"复仇之乐，胜于恋爱"的悲哀，则更显得激烈而持重。或许，除读者的"锐利"之外，鲁迅还有一种更为深重的悲哀，尤其当时处在"御用诗官的施威"⑥的高压下。或可以说，鲁迅对《坏孩子》近乎用力过猛般的"误读"，应是当时恶劣的言论环境使然。他一方面将契诃夫的前期作品，这些所谓的"小笑话"区别于当时国内之所谓"趣闻"；另一方面，他又时常会努力化解评论家、读者包括他自己对契诃夫前后期作品的区别，强调

---

① 契诃夫：《暴躁人》，载北京鲁迅博物馆编《鲁迅译文全集》第7卷，福建教育出版社，2008，第345页。
② 契诃夫：《契诃夫小说全集》第6卷，汝龙译，人民文学出版社，2016，第304页。
③ 鲁迅用德文译本，参日译文。而汝龙主要采用英译本，"文革"期间参考俄译本全面校对。后者见汝企和：《思念父亲汝龙先生》，《文艺报》1996年8月16日。
④ 米尔斯基：《前记》，载北京鲁迅博物馆编《鲁迅译文全集》第7卷，福建教育出版社，2008，第316页。
⑤ 米尔斯基：《契诃夫小说的新认识》，赵景深译，《北新周刊》1928年第2卷第20期。
⑥ 鲁迅：《〈坏孩子和别的奇闻〉译者后记》，载北京鲁迅博物馆编《鲁迅译文全集》第7卷，福建教育出版社，2008，第356页。

契诃夫创作"严肃""悲观"与"深广"的整体一致性。鲁迅绍介外来文艺作品时常有一个写作习惯,先是考索原有的评论家如何说,然后通过自己的主体经验和理解,发抒自己的独见,这"独见"往往为一种新的对接于当下的思考所建构。通常情况下,他的判断都能自洽。但在《坏孩子》的"悲观气息"的"重"上,这回无论如何都显得有些牵强。

也许,我们还可以尝试从另外一处译文的细节中寻找答案,小说中"坏孩子"发现了姐姐和年轻男人偷偷约会:

> "嗳哈……你们亲嘴。"他说。"好!我告诉妈妈去。"
>
> "我希望您要做正人君子……"拉普庚红着脸,吃吃的说。"偷看是下流的,告发可是卑劣,讨厌,胡闹的……我看您是高尚的正人君子……"
>
> "您给我一个卢布,我就不说了!"那正人君子回答道。"要是,不,我去说出来。"①

或许,在这里,"正人君子""告发"之类的词汇使用(汝龙译文为"正派人"②),可以说明鲁迅的态度,因为"正人君子"是鲁迅有关知识分子的论证文中重要的关键词。原本很轻巧的一个玩笑故事,在鲁迅眼睛里成了"卑劣"和向"卑劣""复仇"的严肃关系,这也许更加说明了鲁迅对契诃夫前期"小笑话"的判断是渗透了自己的处境的。

二、未尝遗忘的《决斗》《草原》《谷间》

周作人曾经在1936年11月披露了鲁迅曾经想要翻译《决斗》而"未及译"。③《决斗》写于契诃夫从萨哈林回来后,与《第六病室》《在流放中》这类取材于萨哈林经验的讨论个体和环境关系的小说大约产生于同一个时期。当时契诃夫将每周的写作时间分成两段:周一至周三用来写《萨哈林》,其他时间用来写小说《决斗》。④《决斗》是1901年契诃夫从萨哈林返回之后的第一篇较长的小说,他似乎要下死力气去解剖知识分子,甚至在作品中直接引用了托尔斯泰、屠格涅夫、莱蒙托夫和普希金。一向崇尚简洁的契诃夫甚至在小说中直接引用了一长串

---

① 契诃夫:《坏孩子》,载北京鲁迅博物馆编《鲁迅译文全集》第7卷,福建教育出版社,2008,第318页。
② 契诃夫:《坏孩子》,载《契诃夫小说全集》第2卷,汝龙译,人民文学出版社,2016,第193页。
③ 周作人:《关于鲁迅之二》(1936年11月7日),《宇宙风》1936年第30期。
④ 亨利·特罗亚:《契诃夫传》,侯贵信等译,世界知识出版社,1992,第140页。

普希金的诗①。小说中那个为了爱情和追求意欲逃走的公务员,用了中世纪的这种唤醒自尊的传统方法（决斗）,通过一次对生命的失而复得而焕发生机:最终被决斗的枪声警醒,重新开始选择生活。而鲁迅之想要译契诃夫的《决斗》,也许恰恰正是从中发现了他后来读到的契诃夫身上的某种本质:"将在俄国社会的黄昏时,静静地扬了声音的这诗人。"②但之所以"未及译",想是因为它太长（分作20个部分,汉译近120余页）,在篇幅上与《域外小说集》中的其他小说并不"和谐",并且,鲁迅也无法在当时经济窘迫的环境下有更从容的时间来翻译。后来,这个"很长"的中篇小说被契诃夫翻译者朱信翻译进来③,之后,他再也没有提及翻译《决斗》的事。

1929年年底,鲁迅在《奔流》编校后记中写道,为纪念契诃夫逝世25周年,他自己也翻译了一篇在他看来较为"平允的论文"（即《契诃夫与新文艺》）,同期刊物上,接着这篇译文的,是契诃夫的另外两个作品《爱》《熊》的译文④。鲁迅感叹说:"倘再有《草原》和《谷间》,就更好了,然而,都太长,只得作罢。"⑤可见他对于契诃夫这些作品的熟悉和喜爱。

而鲁迅在这里提到的两个同样较长的"中篇"小说《草原》和《谷间》,则是契诃夫非常具有代表性的作品。《草原》写于1888年,翻译过来,中文接近9万字（参汝龙译本）。它结构松散而富于诗意,是一个以小孩子为媒介的漫游小说。小孩内心的平静、害羞、恼怒、委屈、孤独等情绪,真实地受着周边环境的变化而变化,所遇到的那烈烈夏日下的马车和商队、孤独的旷野、寂寞的河边、无所事事的被爱情冲昏了头脑的猎人、穷苦的为了钱的犹太旅馆老板夫妇、母亲小时候的闺蜜等等,仿佛一个个来自"但丁《神曲》中的地狱中的幽灵"⑥。作品读来令人感到,俄罗斯民族性里的忧郁似乎不会因为任何外在的变化而失去其混沌本质。小说整体风格唯美而忧伤,其幽深的民族性和自然风貌让人想起鲁迅翻

---

① "……在我那愁闷苦恼的心中,/涌现许多沉痛的思想;/回忆在我的面前,/默默地展开它那冗长的篇章。/我回顾我的生活而感到厌弃,/我诅咒,我战栗,/我伤心抱怨,流下辛酸的眼泪,/然而我并不能抹掉这些悲哀的记忆。"契诃夫:《决斗》,载《契诃夫小说全集》第8卷,汝龙译,人民文学出版社,2016,第149页。

② 罗迦契夫斯基:《契诃夫与新文艺》,载北京鲁迅博物馆编《鲁迅译文全集》第8卷,福建教育出版社,2008,第334页。

③ 契诃夫:《决斗》,载《契诃夫短篇小说集》,张友松、朱信译（其中《决斗》由朱译出）,北新书局,1929,第153-390页。

④ 王余杞译《爱》,杨骚译《熊》,见《奔流》1929年第2卷第5期。

⑤ 鲁迅:《集外集·〈奔流〉编校后记（十二）》（1928年12月）,载《鲁迅全集》第7卷,人民文学出版社,1981,第190页。

⑥ "这些奇特而无用的人物——对他们的外表描写,只不过是一种说明而已,就像放在博物馆陈列品旁边的说明书一样——他们一个个行动诡秘,神秘莫测。他们像但丁在地狱里看到的那些受着种种折磨的鬼魂。"毛姆:《毛姆读书心得》,刘文荣译,文汇出版社,2011,第209页。

译的《死魂灵》和《毁灭》。米尔斯基曾经在文学史中这样称《草原》："简直是一首抒情诗，其质地是灰色阴暗的生活。……这种单调而又平凡的旅行写了一千余面，成了一种疲倦、和谐而又可怕的催眠歌。契诃夫光明的抒情诗是《复活节的前夜》。"[1] 其中有儿童"如诗一般的英明和'自然的'态度"，成年人却"对一切渺小、无谓和凌辱性的东西已经习以为常，认为这些东西是生活和人性关系的不可避免的习惯形式"[2]。他的文学上的前辈列斯科夫在读了这部"苦儿流浪记"之后，称他为"真正的天才"。《新时报》评论家布列宁读后，也将他比作果戈理和托尔斯泰。[3] 契诃夫自己也称这部小说是一部俄罗斯草原的"百科全书"[4]。据说，在契诃夫弥留之际，曾经得到他鼓励的年轻诗人圭利亚罗夫斯基前来看望他，向他讲述自己最近的一次草原之行以及与哥萨克人一起生活的情况，这时契诃夫大概是回忆起了自己的童年的草原经验。

> 契诃夫感叹道："啊！草原！草原！你真幸福！那里是诗情画意的王国和力量的天地。草原到处是黑黝黝的，跟我们这里截然不同！"随后契诃夫又靠到枕头上，紧闭双眼，脸上露出纯真的微笑。[5]

或许，晚年的鲁迅，也正是因为看到了契诃夫弥留之际希冀在草原中再次体会到的逃离世俗而陷入的广阔的黑黝黝的审美世界而主张翻译。

《在峡谷里》（即鲁迅所说《谷间》）写于 1900 年，同样是"太长"的小说，它讲述一个坐落在峡谷间的村子里新搬来的一家小市民齐布金家族的故事。小说中丽巴这个人物塑造得非常动人。她天真、纯洁，随着习惯和本能生活，尽管时常被家族中的人侮辱和伤害（她唯一的小孩甚至被残忍地杀害），却能保有一种对残酷命运的"钝感力"，"对一切渺小、无谓和凌辱性的东西习以为常"。最后，故事整体陷入混沌的悲伤，或者悲伤的混沌之中。丽巴问路上一个赶车的老人，为什么她的小孩临死之前要受那样大的苦，老人的回答，催人泪下：

> "不要紧……"他又说一遍，"你的苦恼算不得顶厉害的苦恼。人寿是长的，往后还会有好日子，有坏日子，什么事都会来的。俄罗斯母亲真大呀！"他说，

---

① 米尔斯基：《契诃夫小说的新认识》，赵景深译，《北新周刊》1928 年第 2 卷第 20 期。
② 比亚雷：《契诃夫》，载格·彼·别尔德尼科夫：《安·巴·契诃夫思想和创作探索》，朱逸森译，华东师范大学出版社，2015，第 55 页。
③ 亨利·特罗亚：《契诃夫传》，侯贵信等译，世界知识出版社，1992，第 88 页。
④ 同上，第 87 页。
⑤ 同上，第 340 页。

往左右两边看了一看，"我走遍了俄罗斯，什么都见识过，你相信我的话吧，好孩子。……早先我走着到西伯利亚去，到过黑龙江，到过阿尔泰山，在西伯利亚住过，在那儿垦过地，后来想念俄罗斯母亲，就回到家乡来了。我们走着回到俄罗斯来，我记得我们有一回坐渡船，我啊，要多瘦有多瘦，穿得破破烂烂，光着脚，冻得发僵，啃着面包皮。渡船上有一位过路的老爷——要是他下世了，那就祝他升天堂——怜悯地瞧着我，流下眼泪。'唉'，他说，'你的面包是黑的，你的日子也是黑的……'等我到了家，正好应了那句俗话：家徒四壁。……眼下我却还不想死，好孩子，我还想再活上二十年呢。这样说来，还是好日子多。我们的俄罗斯母亲真大哟！"①

读这部小说的时候，会让人想起鲁迅的《祥林嫂》《阿 Q 正传》等，主人公都是生活在蒙昧之中的受难者。他们的悲剧因为不自知而更显得动人和伤感。鲁迅在阅读这部小说的时候，应该会感到一种别样的力量。米尔斯基认为这部小说和《我的一生》构成契诃夫小说贴近托尔斯泰的地方，同时又带有一种梅特林克式的象征意味②，可以说，《草原》《谷间》都在一种浑茫的氛围营造中回望了俄罗斯的民族性，这些和《死魂灵》气息相投的伟大作品，一定也感染了鲁迅。

因此，从早期的参与《域外小说集》，到后来的翻译契诃夫作品的相关评论、编校连载契诃夫小说译文以及他亲自捉刀的翻译，还有未能译出的以上三个"太长"作品的遗憾，等等，可以看出，鲁迅对契诃夫有着持续而深入地关注。对鲁迅来说，这些小说均带有很强的吸引力。而其中更令人沉醉的，是 19 世纪俄罗斯文学的民族性中的某种"黑色——自然力的、混沌的、蒙昧的、狂醉的东西"，一如《死魂灵》所展开的世界，是"一种黑色的非理性的东西"，"只是外表被官僚所遮掩了，穿上了欧洲的常礼服和燕尾服而已。在俄罗斯，存在着文化与黑色自然力的悲剧性冲突"。③

早在 1926 年，鲁迅就在一次访谈中谈到了俄罗斯和中国民族性中某些相通的东西，认为"文化和经验"有某种"共同的关系"，同时又将 19 世纪俄罗斯的伟大作家罗列出来，他认为契诃夫和果戈理是他比较喜欢的作家，并称"柴可夫是我顶喜欢的作者"，"中国现时社会里的奋斗，正是以前俄国小说家所遇着的奋

① 契诃夫：《在峡谷里》，载《契诃夫小说全集》第 10 卷，汝龙译，人民文学出版社，2016，第 387 页。
② 米尔斯基：《契诃夫小说的新认识》，赵景深译，《北新周刊》1928 年第 2 卷第 20 期。
③ 别尔嘉耶夫：《俄罗斯的命运》，汪剑钊译，云南人民出版社，1999，第 46 页。

斗"。[1] 首列契诃夫，其次是果戈理（"哥可儿"），正契合了他晚年不遗余力地翻译《坏孩子和别的奇闻》《死魂灵》。

三、相向而行：基于现实与文学关系的两个创作主体

以上所谈，是鲁迅与契诃夫之间的直接的文本的关系，如果让我们退得更远一些，将鲁迅和契诃夫作为两个文学创作主体进行比较观察，会发现很多有意思的事情。当然，这里并不打算用那种分门别类的办法对鲁迅和契诃夫的创作内容进行细致比较[2]。每当我们读到契诃夫后期作品（如《黑修士》《伊凡诺夫》《海鸥》，等等），往往会想到鲁迅早期的作品，如《在酒楼上》《孤独者》《伤逝》之类。这些作品异常严肃、悲情，带有对现实社会沉重的讨伐，更带有对于主体困境的无望般的宣告。而且，更有意味的是，作品中的主要人物都对自己的痛苦有着一种近乎自恋的反刍。但这似乎是晚年的鲁迅文学创作所逐渐抛弃的。此点尤其体现在《故事新编》这个几乎蔓延了鲁迅大半个创作时期的小说集中。从《补天》《奔月》《铸剑》，到《非攻》以至于《起死》，这期间鲁迅的小说创作数量整体越来越少，但他似乎也在更为深广的观察中，超脱了主体的泥潭，"从极具个性而又到悬浮不安，最后从容遁入某种内敛与沉静"。[3] 而契诃夫，却似乎从小说特质上和鲁迅相向而行：他从一个超然的善于观察生活的滑稽的讽刺短篇作家，变成了一个陷入更广大的带有散文诗气质的严肃作家，尽管他常常会说《樱桃园》之类的作品应被署以"四幕喜剧"，但后期作品仍然能够让人感受到以一人之力承担着的某种"世纪末的"哀愁的负重感，仿佛鲁迅口中那个舔舐自己伤口的狼。作为生活在连接 19 世纪俄罗斯文学高峰和新世纪拂晓的压抑与希望并存的文艺时代的艺术家，契诃夫渐渐摆脱了 19 世纪的古典辉煌，在作品中点染了带有某种预言色彩的"现代性"意味，尽管他还并不确定未来等待他的将是什么。很显然，后于契诃夫 21 年的鲁迅，要面对的已经浮出古典水面的现代中国处境更为复杂。鲁迅承继着契诃夫的这种"现代性"的普遍语境，又被他的那些更具有俄罗斯宏阔气质的作品吸引，而后，他一边通过翻译进行"战斗"，又在这一"战斗"行为内部获得一种审美上的休憩。与之相并行，或可堪媲美的，恰恰是他在偷闲或者匆促下写下的那几篇同样来自古老民族的中国故事。

他们两个人的轻盈和沉重交错的路径似乎说明着什么，鲁迅晚年一边"一个也不宽容"地用杂文、随笔或者各类的翻译"题记"，来旗帜鲜明地指向他所认

---

① 巴特莱特：《新中国思想界领袖鲁迅——关于鲁迅和我》，石孚译，《当代》1927 年第 1 卷第 1 编。
② 赵景深：《鲁迅与柴霍甫——在复旦大学讲演》，《文学周报》1929 年第 8 卷第 19 期。
③ 张芬：《鲁迅的翻译〈死魂灵〉与〈故事新编〉的讽刺》，《中国现代文学研究丛刊》2011 年第 1 期。

为的时代的"敌人",另一边,他又转向了《毁灭》《死魂灵》,转向了他没来得及沉浸于中的《草原》《谷间》的翻译行为。一方面,我们能够在后期写作的《故事新编》的小说中看到和这些小说相通的"浑茫"的质素;另一方面,我们也渐渐地感觉到,鲁迅将自己的直接的批判逐渐离析出来,变成一种以杂文为主体的另外的文体世界。或许,《起死》有多么的超然,《坏孩子》的翻译题记就有多么的"偏执"。

不仅是契诃夫,鲁迅甚至在解读自己作品方面,也表现出一种带有"批判意味"的掌控欲,尽管他这一做法可能违背了文学作品的独立性。例如,《出关》发表之后,他参与的那个著名的有关《出关》中对老子的态度的著名讨论[①],正可以说明鲁迅在现实和艺术面前的某种摇曳态度。作为在时代中的带有强烈气息的思考者,一方面,他绝不让步于自己所做出的道德努力;另一方面,他的创作,却渐渐地脱离这种道德的枷锁,从现代性的愁苦中,遁入一种带有古老民族特点的游戏空间。我们在后来的《故事新编》的作品中,逐渐看到的不是挣扎,而是一种自由的气息。与其说,这是鲁迅晚年仅有的几篇少得可怜的"纯文学"作品,不如说,这是他用来平衡自己枯燥、纷乱,而坚韧不止的"战斗生活"的作为文学家的自尊与惯性。

四、余论 道德质询

无论是鲁迅还是契诃夫都分别与"革命者"的思想家和文学家接近,如前者与瞿秋白,后者与高尔基,但他们同时似乎坚持用自己的方式捍卫文学。鲁迅晚年曾讨论过自己作为"小资产阶级"的局限性,即只能写自己的所感所想,并认为这也是一种"革命"的方法[②]。契诃夫在高尔基家里朗诵《新娘》的时候,曾经与魏列萨耶夫发生过小小的争执,"那样的姑娘是不会参加革命的",针对后者如此问难,契诃夫回答说:"参加革命的道路是各种各样的。"[③]他们也许都体会到自己的写作面临着瓶颈的局面,但他们并没有屈就于外在的文学思潮,而是沿着自己的文学理路前进,这也许是他们都作为成熟而独立的文学家的共同的职业本能。

---

① 鲁迅:《〈出关〉的"关"》,《作家》1936年第1卷第2期。文中鲁迅对邱韵铎发表在1936年2月《时事新报》上的《〈海燕〉读后记》中认为《出关》带有对老子的同情态度加以批判,他认为《出关》实际上是批判老子这样"徒作大言的空谈家"。

② 鲁迅:《上海文艺之一瞥——八月十二日在社会科学院研究会讲》(1931),载《鲁迅全集》第4卷,人民文学出版社,1981,第301页。

③ 魏列萨耶夫:《安·巴·契诃夫》,载谢·尼·戈鲁勃夫等编《同时代人回忆契诃夫》,倪亮等译,广西师范大学出版社,2016,第599页。

　　有意思的是，在鲁迅和契诃夫的身后，由于历史时代的原因，都曾经出现过许多对两人的早逝表示遗憾的看法。他们都希冀一种借用政治和道德面对文学的明朗的解决之道。1960 年，张守慎在《契诃夫传》后记中这样说道："事实上，'审判官'的契诃夫和'旁证人'的契诃夫始终结合在一起，而且，随着革命风暴的临近，随着契诃夫世界观的逐渐明朗，随着他对革命行动的愿望的增强，那深藏在他作品'潜流'里的'审判官'的声音也一年比一年变得严峻、响亮，大有突破'旁证人'的局限，直接发出战斗号召的趋势了。"① 这种明亮的表达，很显然并不能诚实地体现契诃夫整体而微妙的文学品格，同样，也不适用于对文学创作极度诚实的鲁迅。

---

① 张守慎:《〈契诃夫传〉后记》，载叶尔米洛夫《契诃夫传》，张守慎译，人民文学出版社，1960，第 468 页。

附录二

“苦”的政治与“生”的脱嵌:《死火》一解

一、缘起

《野草》共 23 篇,写作于 1924 年 9 月—1926 年 4 月间,加上《题辞》(1927),一共是 24 篇。它们大部分是作者“在非常宁静的深夜里,进行深沉的艺术思考的结果”。[①] 从思想内核上看,《野草》打破了基于现实的道德、政治、社会、文化的明确认证,而从一个更为广阔深邃的视角看自己和周围的世界,其中的自我不断处于犹疑和矛盾带来的悖论之中。因此,除 1926 年 4 月最后两篇《淡淡的血痕中》《一觉》中明确的现实方向感外(木山英雄称之“实质上已经接近散文”,而非之前的“诗”[②]),之前其他诸篇大多在叙述结构上有着极为紧密的相似性,且都呈现了一种暧昧而迷人的悖论色彩。这一时期是鲁迅人生的低潮时期,也是他灵魂上不断自我审视、自我叩问的时期,从表达、生活到精神的内面,都给人一种岌岌可危之感。而正是在这种意象世界的不断游弋和反复练习之中,作者的精神逐渐得到了化解和奋发。

从文体上说,鲁迅也经历了从五四的新诗到《自言自语》再到 20 世纪 20 年代中期散文诗《野草》的逐渐演变的过程。写于 1919 年的《火的冰》可谓是一篇博物学的想象,充满了绘画般的美感。六年之后,当鲁迅以散文诗的形式“重写”它时,从一个画面的静态描摹转向梦境或故事的讲述(《死火》),呈现了一个小型的戏剧冲突。《死火》写于鲁迅生命中最艰难阶段,从时间上属于《野草》的“后期”,是以“我梦见”开头的第一篇。这个“梦”里,有了行动者“我”和环

---

① 孙玉石:《现实的与哲学的——鲁迅〈野草〉重释》,上海书店,2001,第 121 页。

② 木山英雄:《〈野草〉主体构建的逻辑及其方法》,赵京华编译,载《文学复古与文学革命——木山英雄中国现代文学思想论集》,北京大学出版社,2004,第 49 页。

境之间的关系,"火"从"火的冰"被提到了主词的位置,在其前加上了"死"字,构成了一种悖论的关系。其实,在写作《死火》之前,鲁迅在《在酒楼上》《雪》中就反复演练了这种"凝结",他说,"雪是死掉了的雨",而非"雨是死掉了的雪",都是表达凝固的动态,一种鲜艳的灵魂的冻结和停滞。《死火》中的色彩、物质的相关性与裂变,也让人想起同样带有斑斓色彩的《腊叶》。腊叶为蛀孔所侵蚀,"镶着乌黑的花边",像"死火"一样残缺、闪耀。而如果将《死火》放置在更大的环境范畴,我们能够看到它更多扎实的联结点,大致同一时期,鲁迅与青年李秉中的关系及其文本中的佛学意象,可作为审视其思想内涵的新尝试。但我并不期待这种联结点成为解读《野草》思想力度的障碍,而是增强其真实性和深度,在实证和反实证之间完成这种"尝试"。

二、"灵魂里的毒气和鬼气":与青年李秉中

李秉中字庸倩,1902 年生,四川彭山县人,1922 年从四川来到北京求学。鲁迅在北大讲小说史时,李秉中是旁听学生,而后两人经常往来。从鲁迅的日记和书信可知,1924 年年初到 1936 年鲁迅去世之前,二人都有着密切交往。据统计,鲁迅给李秉中写了 28 封信,而李秉中给鲁迅写了 52 封信。目前留存下来的,李秉中给鲁迅的只有 8 封,而收录在全集中的鲁迅给李秉中的有 21 封。[1] 在书信中,鲁迅与这位比自己小 20 多岁的青年之间的谈话似乎毫无芥蒂,从灵魂"毒气",说到时局变化,从对婚恋态度说到生育及日常生活。

通过书信,我们似乎也可以从李秉中这样的交流者的文字中认识鲁迅。现存李秉中写给鲁迅的书信,最密集的时期,主要在 1924—1925 年的阶段,以及在此之后的 20 世纪 30 年代。大致来看,这恰好对应着鲁迅陷入精神危机或生命危机的阶段。前一阶段,譬如从 1924 年 9 月到 1925 年 7 月,这一年不到的时间里鲁迅就写了《野草》中的 18 篇。

1924 年 9 月 15 日,鲁迅开始写作《野草》中的第一篇《秋夜》,这篇文章以极为悲悯的笔调讲述了秋夜氛围下周遭生命的顽抗。紧接着,一周左右后,他接连写了《影的告别》《求乞者》两篇心思极为颓唐而孤独的作品。有趣的是,这天晚上鲁迅还写了一封信。这封信可谓毫无保留的内心剖白,也常被研究者引用,其中他谈到自己"喜欢寂寞,又憎恶寂寞","憎恶自己",甚至想到要"自杀,也常想杀人",并自陈这些都是他"灵魂里"的"毒气"和"鬼气","想除去他,

---

[1]　廖斌:《鲁迅与青年学生李秉中》,《文史杂志》1991 年第 3 期。

而不能"。① 鲁迅写完这封信之后，从接下来给李秉中的另一封信可知道后者读到上述这封信之后"一夜不睡"，鲁迅断定这是受到他的"毒气"传染的缘故。② 可见此信对于当时 22 岁的李秉中来说是何等的震撼。

同样地，1924—1925 年这段时间是李秉中精神和物质生活困苦时期，也是他造访鲁迅最为频繁的时期。而留存下来的他给鲁迅的信，密集于他离开北京到黄埔军校后的这段时间。他在信中念叨着血与火的战争的到来，期许着鲁迅继续给他回信，给他寄爱读的《语丝》。③ 而正是在那几封信④ 不久，鲁迅写下了《死火》。

1925 年 1 月 23 日，在黄埔已经作为战士的李秉中，给鲁迅的信中表示已收到两封信（现已散失），并言自己内心也有着说不出的颓唐：

> 先生常说欲啸聚绿林而难于可适宜之地，我看黄埔要算是最好的了，因为处在珠江中流，岛上山势起伏，汊港萦回，凡有炮垒十数座……先生如有意南来聚义，生愿执干戈以隶麾下……
>
> ……如此我南来目的达，而我的一切问题都迎刃而解——我南来欲于不平安中求一有趣味的丧失生命之法，此言不知先生知之否？⑤

对年轻的李秉中来说，他的这种带有虚无色彩的思想很难说不受鲁迅的影响。这里提到的"啸聚绿林"想必是鲁迅之前和他交谈或去信时的想法。有趣的是，这个愿望似乎在小他 20 我岁的李身上实现了，而鲁迅继续生活在"寂寞"的境地。信中提到的"不平安"似乎也是回应或改变了鲁迅在《希望》中表达的"然而青年们很平安"的失望或寂寥状态。这种停滞和延宕的痛苦，在《野草》中构成了一种精神的强度，或者说促成了《野草》的创作。

1925 年年初，鲁迅已经写下了《希望》《雪》等篇目。这几篇作品能够体现出鲁迅对外在环境的怀疑，即以希望的虚妄来进击绝望的心情，并极尽自剖之能事。有趣的是，1925 年 1 月 30 日，李秉中进一步表达了他的这种"鬼气"。信中，他说"将要出发去东江""杀陈炯明"，甚至交代了后事。他还说此行"与其说我是革命"，"不如说我是伙着恨的较轻的人去杀恨得重的人"。⑥ 有研究者因此称李

---

① 鲁迅：《致李秉中》（1924 年 9 月 24 日），载《鲁迅全集》第 11 卷，人民文学出版社，1981，第 430 页。
② 同上，第 431 页。
③ 《李秉中致鲁迅》（1925 年 4 月 9 日），载周海婴编《鲁迅、许广平所藏书信选》，北京鲁迅博物馆注释，湖南文艺出版社，1987，第 55 页。
④ 见李秉中 1925 年 1 月 23 日、1 月 30 日、2 月 18 日、4 月 9 日致鲁迅信。周海婴编《鲁迅、许广平所藏书信选》，北京鲁迅博物馆注释，湖南文艺出版社，1987，第 49、52、53、55 页。
⑤ 周海婴编《鲁迅、许广平所藏书信选》，北京鲁迅博物馆注释，湖南文艺出版社，1987，第 50-51 页。
⑥ 同上，第 52 页。

秉中为"萨宁式的人物"①不无道理。"萨宁"是鲁迅在 20 年代初的译作阿尔志跋绥夫的《工人绥惠略夫》中的主人公。对此,李秉中大概并不陌生的吧? 1925年 3 月,鲁迅就写信给许广平说萨宁本要救治群众,结果为后者所害,以至于"仇视一切,对谁都开枪,自己也归于毁灭"。②同年 2 月 18 日,李秉中又记叙了自己在战争环境下的体验:

> 三日来行万山中,峰回境穷,佳处尽多,旭日朝阳,夜月辰星,山鸟山花,山泉山石,在在引人入胜,可惜我已不是所谓文人,诗兴欲发而发不出,惟抚枪自叹耳! ③

这封信是接续了上一封信中野外经验的反刍,虽都是写野地风景,但是这时候的情绪已经完全不同:大自然不再是文人个体融入的对象。李秉中的军人身份在此完成,可谓彻底和鲁迅的文人状态割裂开来。但此情此景,对于小了 20 多岁的李秉中来说,自己的行状似乎是鲁迅身外的"青春"。(《希望》)他践行着鲁迅当时身上可能无法实现的抱负和理想。但通过鲁迅同许广平之后的通信可知,他对这个学生的未来也持有一种清醒的悲观(无论被"同化"还是不被"同化"都不会有好的未来)④,也许,这是因为他想起了 20 年前自己的处境及后来?

在勇猛作战胜利之后,4 月份,李秉中在给鲁迅的信中表达了另外的苦闷:"甚愿告假入京,重理旧业,非慑于死,实又厌苦此种生活矣"。⑤这里的旧业,应指之前所欲的抄写、翻译或为文,但他的"厌苦",想必也携带着鲁迅当时因为穷途而陷入的危机和厌倦的影响。两日之后,4 月 11 日,他还说到了战后休息时日的空虚和苦恼。就在这里,《死火》中那个熟悉的意象出现了。

> 先生,先生,人世总不能自由,无怪昔人谓三界无安,比之火宅也。
> 往者我亦谈主义,说牺牲,然我乃为我的欲望而牺牲,非为主义而牺牲也,谈主义以餍我之欲望耳。……至于佩服中山则诚,心悦而诚服之,非虚也。
> 先生,先生,世网弥张,触处皆令人痛苦无极。恨战场番番弹雨,总不

---

① 臧杰、薛原主编《闲话 12 潮起潮落》,青岛出版社,2011,第 102 页。
② 鲁迅:《致许广平》(1925 年 3 月 18 日),载《鲁迅全集》第 11 卷,人民文学出版社,1981,第 20 页。
③ 周海婴编《鲁迅、许广平所藏书信选》,北京鲁迅博物馆注释,湖南文艺出版社,1987,第 53-54 页。
④ 鲁迅:《致许广平》(1925 年 3 月 31 日),载《鲁迅全集》第 11 卷,人民文学出版社,1981,第 31 页。
⑤ 《李秉中致鲁迅》(1925 年 4 月 9 日),载周海婴编《鲁迅、许广平所藏书信选》,北京鲁迅博物馆注释,湖南文艺出版社,1987,第 55 页。

着我一点。……①

在这封信中，李秉中以带有呼告的口吻倾诉了自己战场生活的大苦恼，并且第一次提到令人"三界无安"的"火宅"。强烈的虚无感让他想要尽快自毁，而只有"佩服中山"非虚。李秉中的"至于佩服孙中山则诚"恰恰应和了3月底鲁迅在《战士和苍蝇》中将"中山先生和民国元年前后殉国而受奴才们讥笑糟蹋的先烈"比作战士的陈词。②十余天后，1924年4月22日，他在与许广平的信中谈道："当群众的心中并无可以燃烧的东西时，投火之无聊至于如此。别的事情也一样的。"③第二天，鲁迅写下了《死火》。

在这样一种从1924年鲁迅思想的痛苦时期（没有留存李秉中给他的信，散失）到1925年的李秉中的苦闷时期（没有留存鲁迅给他的信件）中，我们看到了二者在精神上的互相映照，即对当下现状的"厌苦"，对自我毁灭和变革并存的渴望。从这个意义上说，这一时期，"不平安"的青年李秉中仿佛是呈现鲁迅精神状态的另一种镜像。

三、佛学视角："如从火宅中出"的"死火"

《死火》是《野草》中六篇"我梦见"开头的第一篇。这六个"梦"从4月份一直做到7月份，其中有些和现实梦境很像，有些又带有极强的隐喻性。不管怎样，这第一篇很显然为六篇的结构定下了基调，并且《死火》的内容也真的像是经过现实的梦境写成。在写作《死火》同一天，鲁迅还写出了《狗的驳诘》，相比较《死火》，《狗的驳诘》更写实地描绘了社会的"分别心"，它与《死火》故事的抽象和象征性形成鲜明的对比。

根据全集注释，《死火》中的佛学用语，有"火宅""大石车""无量数"等。日本学者丸尾常喜认为其中的"大石车""火宅"诸词都来自《法华经》。鲁迅自己虽然未明确记载阅读过《法华经》，但可知这部佛学经典是他所熟稔的：他曾于1916年在书市上购得唐人写《法华经》残卷，在《中国小说史略》中也谈到《法华经》俗讲本之于中国小说文体发展的意义。

木山英雄亦认为《死火》中的这些词语显示着作品"缠绕"着"带有佛教色

---

① 《李秉中致鲁迅》(1925年4月11日)，载周海婴编《鲁迅、许广平所藏书信选》，北京鲁迅博物馆注释，湖南文艺出版社，1987，第56-57页。

② 鲁迅：《这是这么一个意思》，载王世家、止庵编《鲁迅著译编年全集》第6卷，人民出版社，2009，第149页。

③ 鲁迅：《致许广平》(1925年4月22日)，载鲁迅、许广平《鲁迅景宋通信集：〈两地书〉的原信》，湖南人民出版社，1984，第44-45页。

彩"的"历史问题"。① 丸尾常喜更进一步解释说,"我"将"死火"带回"火宅"而受罚,所以会被"大石车碾死",而"大石车"的跌入深谷,说明"似有作为惩罚给与'大石车'更为巨大的某物存在"。进而,丸尾常喜认为它("大石车")是"几千年的旧习"及带来个体生命危机的"社会制裁"。② 这种说法似乎继承了以往研究中中国学者的看法。但鉴于《野草》整体上的内视(内省)性要超越对外在世界的观察和反应,这个看法,似乎和他认为"大石车"与《法华经》中提及的"三乘方便"等同的观点相矛盾。

何谓"三乘方便"?《法华经·譬喻经》这样说:

> "众生没在其中,欢喜游戏,不觉不知,不惊不怖,亦不生厌,不求解脱,于此三界火宅东西驰走,虽遭大苦不以为患。……"③

> "舍利弗,如彼长者初以三车诱引诸子,然后但与大车宝物庄严安隐第一。……初说三乘引导众生,然后但以大乘而度脱之。……舍利弗,以是因缘,当知诸佛方便力故,于一佛乘分别说三。"④

《死火》是如何化用这些带有佛学意象色彩的词语的?

首先,"我梦见"的写法也很受到之前鲁迅翻译的《苦闷的象征》的影响:《苦闷的象征》将梦境、潜意识等对于艺术创作的意义做了详尽的阐发,多少应该激发并鼓励了鲁迅这样的解剖内心的写法。⑤ 而且,《苦闷的象征》强调艺术和道德并非正向的关系,⑥ 这使鲁迅在《野草》中更进一步开拓了内面世界的书写空间:从《复仇》到《死火》显示出人的内在生命力和深层次的精神向度。

而在大乘佛学视角下,"梦"通常有独特的意涵:梦是心造的幻影,人生也如梦。因此,这里可以说,《死火》中的"我梦见"中的"我"与"死火"和做梦的"我"构成紧密而统一的关系。也可以说,这些都是"我"。"死火"是"火

---

① 木山英雄:《〈野草〉主体构建的逻辑及其方法》,赵京华编译,载《文学复古与文学革命——木山英雄中国现代文学思想论集》,北京大学出版社,2004,第43页。

② 丸尾常喜:《耻辱与恢复——〈呐喊〉与〈野草〉》,秦弓、孙丽华编译,北京大学出版社,2009,第253-254页。

③ 王彬译注:《法华经》,中华书局,2010,第119页。

④ 同上,第121页。

⑤ "鲁迅写作《野草》之前,翻译了日本厨川白村的《苦闷的象征》一书,并以此作为他在北京大学讲授文学理论课的讲义。对于这本书中的一些观点,鲁迅是赞同并有所共鸣的。其中厨川白村所讲的'生命的哲学'的思想,对于《野草》一些篇章的写作,很可能有直接的影响。"孙玉石:《现实的与哲学的——鲁迅〈野草〉重释》,北京大学出版社,2010,第136页。

⑥ "梦又如艺术一样,是一个超越了利害道德等一切的估价的世界。"厨川白村:《苦闷的象征》,载北京鲁迅博物馆编《鲁迅译文全集》第2卷,福建教育出版社,2008,第240页。

宅"的一部分，"我"作为"三界之苦"的承受者，在人间是同"火宅"相互对应又相互依存。

孙歌在《绝望与希望之外》中认为，《死火》是"另一种情境下的'影的告别'"。[1]但与《影的告别》的徘徊于明暗之间终被黑暗吞没相比，《死火》的结构更为紧张。我被大石车碾压，使"大石车"坠入冰谷，按照佛教说法，"宝物大车"是引渡者，拯救"死的火宅"之中的"我"，但在这里，宝车变成了"大石车"，更具尘世之感，在梦境与现实的挣扎中，它给我的迫压类似一种"鬼压床"。[2]

但从佛学的语境中，也可以解读为作者是不愿意自我升华式的超脱，是面对欲望与罪恶骗局的冷静和牺牲（或毁灭）。由此，"死火"便是引燃我之存在常态或处境的"火"，点燃"我"而使"我"能够离开冰谷，使"我"成为"我"。那么，离开冰谷去哪里呢？按照这个逻辑，"死火"原本来自"火宅"，它亦应在"火宅"中烧尽，因此，他们原本是打算走进人间的"大火宅"的吧？既然"火宅"如此之苦，为什么还要存于其中呢？这就是"我"的选择。按《法华经》解释，"大车"即譬喻中的"宝物大车"，是解脱之道，也即"三乘方便"。这样的话，"大石车"理应是给"我"嬉戏并引渡"我"出离三界苦恼的所在。然而，"大石车"却把我碾死之后，掉进了深谷，似乎说明"引渡"失败。于是，"我"无法获得解脱，但这正合"我"的意思："我"和"红彗星"一样燃烧殆尽的"死火"一同消失。因此，文中说，"仿佛就愿意这样似的"。可见"我""愿意"的"这样"是，拒绝所谓引渡、解脱与超脱。也许，在鲁迅看来，前文提到的李秉中在战争中的血与火的锤炼乃至"焚烧"，恰恰是最为切实而极致舒适的状态，尽管后者对生命本身的疾苦充满了"厌离"之感。

而这里，"大石车"原本是佛教譬喻（"宝物大车"）中引渡"我"出离三界之苦的方便力，但因为它是由各种布满人类欲望所在的物质所构成，那么就更加给了"我"一种强力，让我认识到"大石车"的危险和重压。因此，与其说它是丸尾常喜所说的"制度的制裁"，不如说是人类欲望或恶与诱惑的集合：它实际上并未能像佛教所说的那样带领"我"走出烦恼世界，而是与"我"一起陨灭，或同归于尽。可见其本意是，在"火宅"中的烧尽自己，以当下的状态来解决当下，而非期许被"引渡"，"大石车"的使用也将这一经典的佛教譬喻进行了文学意义上的转化。

---

[1] 孙歌：《绝望与希望之外——鲁迅〈野草〉细读》，生活·读书·新知三联书店，2020，第89-90页。

[2] 也许我们可以借鉴阿甘本的看法，在《野草》中有不少"凝固体"，这些"凝固体"恰恰可以是阿甘本所认为的"姿势"。"姿势"的"不动"和"停滞是充满了张力的"。"其不动的姿势将先前和之后要发出的动作都凝聚在其中"。这正对应着作者所说的将"姿势"作为"无目的的手段性的展示"。阿甘本：《姿势的本体论与政治学》（前言），载《业：简论行动、过错和姿势》，潘震译，上海社会科学院出版社，2021。

而这里的复杂性在于，前引李秉中的书信呈现了他不断的辗转奋战，一方面这完成了中年鲁迅的某一种内在追求的可能性，另一方面，它们各自又都表达了对当下状态的苦恼以及对所处人世间的某种不得出离和解决的"憎恶"与"厌倦"。如果从佛学的角度来解释的话，这正是一种敏感的"厌离"之心，而鲁迅身上的"鬼气""毒气""游戏气""虚无气"等等，和这种"厌离之心"是相关的。反过来，它们又成为促使他自我勇猛精进的"方便法"。这种"厌离"同时也是将自我和外部世界充分对象化的过程，即在厌离之心的前提之下，他们当时都选择了从文字到行动的人道的或革命的行为。

另外，正如上文所说，不同于《火的冰》，《死火》建立的一种"我""死火""大石车"三者关系的"戏剧冲突"，这似乎成为鲁迅后来继续采取战斗姿态的故事缩影。《铸剑》中，我们能够看到黑色人、眉间尺、王三者这样的关系，尤其是小说最后的大鼎里三个头颅相互追逐厮杀、须臾不可分的同归于尽的场景，和《死火》中的上述三者建立了某种奇特的同构性。这样一来，《铸剑》结尾的"于是现出灵车，上载金棺，棺里面藏着三个头和一个身体"的意味就更加好玩起来：这里的"王"也可作为诱惑与欲望的象征，如"大石车"，集合了人类之"恶"，从而构成"我"和我的"复燃之火"共同面向的敌人。从佛学的角度，"王"也是恶浊之世中"我"的一部分。我们相互依存，以这三种力量的平衡归于"无"为结尾。但这个"无"，不再是虚无，是勇者的战斗，是牺牲换来的平静、斗争换来的空寂，否则，就是被反向吞噬，失去平衡和空寂。

值得指出的是，鲁迅在 1925 年年底写的各类的序跋中，亦能呈现这种思想的变化，即由厌离出发，但不归于宗教状态，而是宁愿选择立足于现实的行动。例如，他在 9 月 30 日写给许钦文的信中对李霁野受其影响而翻译的安德烈耶夫《往星中》这样评价：

> 我以为人们大抵住于这两个相反的世界（即"无限的宇宙"与"有限的人间"）中，各以自己为是，但从我听来，觉得天文学家的声音虽然远大，却有些空虚的。[①]

在广大与有限、宇宙与人间之间，鲁迅关注生活本身。而实际上，在这部 1906 年的剧作中，安德烈耶夫借助天文学家之口说出了和这一时期的鲁迅关系密切的话：

---

① 鲁迅：《致许钦文》（1925 年 9 月 30 日），载《鲁迅全集》第 11 卷，人民文学出版社，1981，第 458 页。

> 是的，一个人要只想着自己的生死，他的生活便要异常恐怖并且异常苦闷……为着要充实起可怕的虚空，他幻造出许多美丽的健强的虚象……①

这段话的犀利之处在于，它和鲁迅的清醒的现实主义之间建立了某种互相阐释的关系。死亡与超脱的话题，在鲁迅那里，尤其是写作《野草》的这段时间，是他深陷其中的，我们甚至可以揣测它们是一度令鲁迅感到富于吸引力的。然而，随着北京时局的动荡以及接踵而来的政治事件，他体会到了外在紧迫性，与学生之间的反对军阀的斗争和南方的革命军形成了呼应的形势，李秉中尤其给了他更多对南方的想象空间。1926 年，他在《华盖集》序言中说：

> 我知道伟大的人物能洞见三世，观照一切，历大苦恼，尝大欢喜，发大慈悲。……我幼时虽梦想飞空，但至今还在地上，救小创伤尚且来不及……。
> 这病痛的根柢就在我活在人间，又是一个常人，能够交着"华盖运"。②

序言落款为"写于绿林书屋"，想必多少也与上述李秉中谈及的"啸聚绿林"的愿望有关，只不过这里的"绿林"仍然是文字或艺术的武器场罢了。

实际上，到 1925 年年底，《野草》几乎就要结篇了。而且，他不必再以隐晦的笔调来祛除内心的"毒气"和"鬼气"，而是将之化为一种当下的勇猛。"三·一八"惨案之后，《野草》篇章中已经出现了"猛士"或"勇士"，而到了《题辞》，则给予读者一种更加昂扬或者与过去告别的色彩。比较有趣的是，其间呼唤"猛士"的《淡淡的血痕中》，依然带有很强的佛学色彩，生与死，过去与现在、未来，都被纳入他的对怯弱者的愤激、讨伐和对猛士的呼吁之中。文字间带有很强的悲悯情怀，带着对人类未来趋向更进步的热望，结尾和之前的篇章相比也显得更加明媚起来："造物主，怯弱者，羞惭了，于是伏藏。天地在猛士的眼中于是变色。"③ 至此，鲁迅用佛学思想宽慰自己，或为影，或为鬼气，或为看穿生死的时空开拓，然而终于还是用力于当下。

1926 年 6 月 17 日，鲁迅写给在莫斯科学习的李秉中的一封信，似乎是《野草》"终结"之后的心照。在信中，鲁迅一反过去的"鬼气"缠身，转而劝慰李秉中：

> 因为我近来忽然还想活下去了。为什么呢？说起来或者有些可笑，一，

---

① 安特列夫：《往星中》，李霁野译，北新书局，1926，第 117 页。
② 鲁迅：《〈华盖集〉题记》，载《鲁迅全集》第 3 卷，人民文学出版社，1981，第 3 页。
③ 鲁迅：《淡淡的血痕中》，载《鲁迅全集》第 2 卷，人民文学出版社，1981，第 222 页。

是世上还有几个人希望我活下去，二，是自己还要发点议论，印点关于文学的书。

……

……我近来的思想，倒比先前乐观些，并不怎样颓唐。你如有工夫，望常给我消息。①

鲁迅渐渐地从"颓唐"中，活转了过来，从一个寂寞的影响他人的被安慰者，变成了积极的安慰者。这些都暗示着：此世间的问题，在此世间解决。对于个体来说，所要做的就是明确的战斗，从速在人间的"火宅"中灭亡，即便是死后的肉身，也以一种决绝而鲜明的方式消亡：

> 庄生以为"在上为乌鸢食，在下为蝼蚁食"，死后的身体，大可随便处置，因为横竖结果都一样。
>
> 我却没有这么旷达，假使我的血肉该喂动物，我情愿喂狮虎鹰隼，却一点也不给癞皮狗们吃。②

这是晚年鲁迅在 1936 年的《半夏小集》中说的，可见他此时的决绝：人生之弦绷紧，绝不弛懈。王风在其《野草》研究中发现了鲁迅这种内观式的书写（"肉薄虚妄"）在他生命过程中并不是阶段性的，即如晚年他拟编订的《夜记》集子，除了《半夏小集》之外，《怎么写》《在钟楼上》《"这也是生活"……》《死》等篇是他继《野草》之后的另一种沉思，但却因为他的去世而中断。③不过，不同的是，《夜记》之于《野草》更多了一层直接的"人间气味"，精神的强度也柔和了很多。从这个意义上说，我们无法认为《夜记》是鲁迅的"后期《野草》"。

四、"师父"和"先生"：两位老师与两重佛教

鲁迅 1936 年 4 月 1 日写作的《我的第一个师父》也提及"《妙法莲华经》或《大乘起信论》"。这是在 3 月其大病一场之后，稍有康复时所作的文章，他对死亡又有了新的体验，却在文中舒展了生的温情。（几日之后，他在给王冶秋的信中就说："我以为要死了，倒也坦然，但终经医师注射，逐渐安静，卧床多日，渐渐

---

① 鲁迅：《致李秉中》（1926 年 6 月 17 日），载《鲁迅全集》第 11 卷，人民文学出版社，1981，第 468 页。

② 鲁迅：《因太炎先生而想起的二三事》，载王世家、止庵编《鲁迅著译编年全集》第 20 卷，人民出版社，2009，第 299 页。

③ 王风：《〈野草〉：意义的黑洞与"肉薄"虚妄》，《学术月刊》2022 年第 1 期。

起来……"①，）文中带着无穷的悲悯和对"宗教许诺"的不信任。和《死火》中所体现出来的刚劲的情绪相比，这篇写得很自由、放松，显得舒卷自如得多。更有趣的是，如果说《死火》是从《法华经》的譬喻意象而展开，《我的第一个师父》则将《法华经》《大乘起信论》的阅读和修习完全放在寻常的生活的对立面中来：

> 然而我的师父究竟道力高深，他不说戒律，不谈教理，只在当天大清早，叫了我的三师兄去，厉声吩咐道："拼命熬住，不许哭，不许叫，要不然，脑袋就炸开，死了！"这一种大喝，实在比什么《妙法莲华经》或《大乘起信论》还有力，谁高兴死呢，于是仪式很庄严的进行，虽然两眼比平时水汪汪，但到两排艾绒在头顶上烧完，的确一声也不出。②

宗教、死亡的话题，由此在两种阶段（20 年代、30 年代）构成一种"广大"与"人间"、"生命"与"生活"呼应关系。正如木山英雄所说，鲁迅对社会人生"有一种'肉体的痛感'"。③ 在《死火》在内的《野草》诸篇章中，鲁迅用散文诗的方式演练了无数次的梦境一般的死亡（《墓碣文》《死后》《复仇》等），他这时候的"痛感"是真实而颓唐的。而在真正面临确信的生命终结时，他却在这种带有宗教悲悯和笑噱色彩的纾解感中，获得了解脱。是疾病让他意识到了死亡，也是肉体的痛苦让他获得了精神的解脱。童年的短暂的佛寺生活经验再一次被唤醒，但却是一种突破佛学的抽象，回到人间的释然。

颇有意味的是，在这篇回忆文章中，还有一个师父的儿子，也就是"我的大师兄"，文中说，"他们孤僻，冷酷，看不起人，好像总是郁郁不乐，他们的一把扇或一本书，你一动他就不高兴，令人不敢亲近他"。明明只有一位大师兄，为什么是"他们"？这形象很容易让人想起，鲁迅在给李秉中的书信中谈到的独身可能面临的精神和身体"得病"的处境④，也似乎暗示或符合上述《野草》的集中写作阶段的精神处境，一如《孤独者》《在酒楼上》形影相吊的孤傲的知识分子。因此，这里对几位师兄（孤傲者）的描写，也许是鲁迅对逝去的自我的一种调适、理解甚至带有放松意味的自嘲吧？

1936 年 10 月，鲁迅在重病中还回顾了自己学问上的老师章太炎，文中他对

---

① 1936 年 4 月 5 日致王冶秋信，载《鲁迅全集》第 13 卷，人民文学出版社，1981，第 349 页。
② 鲁迅：《我的第一个师父》，载王世家、止庵编《鲁迅著译编年全集》第 20 卷，人民出版社，2009，第 107 页。
③ 王风：《游离与独在——木山英雄学术思想研讨会实录》，《现代中文学刊》2018 年第 4 期。
④ 1928 年 4 月 9 日致李秉中信，载《鲁迅全集》第 11 卷，人民文学出版社，1981，第 619 页。

死亡、对知识者怎样生活的问题进行了深入的探索。从两篇文章看来，鲁迅对"第一个师父"是如此的宽容，而对自己学问的导师是如此的"苛责"。他称后者"既离民众，渐入颓唐"，而这里的"民众"应包含其带有很强的人间味的"第一个师父"。[①] 这里的"颓唐"虽然不是指之前给李秉中书信时所在的状态，但也仍然是一种知识者的陷入封闭（儒学）的状态。1936 年 10 月 17 日，在去世前两天，他对"太炎先生"又进行了持续性的书写，在这最后的残章中，他对老师的思想和行为进行了迥异于当时国学领域纪念活动的整体评估，似乎也算是对自己人生道路的回应。其中，他不允许轻易的"宽恕"："张勋来也好，段祺瑞来也好，我真自愧远不及有些士君子的大度。"[②] 也许正是通过书写自己的学问上的老师（相较在民间的"我的第一个师父"，和自己更为近似），给他带有和同时代人不同的"补白式的墓志铭"（即"不及有些士君子的大度"的革命精神的补写），借此来反顾自己的人生，包括那段《野草》时期。他似乎有些不赞成后者这样的活法，所以同萧军写信说"技术并不坏，但心情太颓唐了"。[③] 而当时，他也像自己的老师一样，有佛典纾解厌离、自毁之心，但终究未能因此渡己渡人。

当然，这层对他"颓唐"的诘难当中，也包括早年老师章太炎曾经试图想要通过佛教来发起群众的宗教心和民族性，从而达到救国的作用。[④] 到这时候，这种愿望的切实性则显得更加渺茫起来了。在 1927 年的《庆祝沪宁克复的那一边》中，鲁迅表达了对于佛教，尤其是大乘佛教的反思：

> 我对于佛教先有一种偏见，以为坚苦的小乘教倒是佛教，待到饮酒食肉的阔人富翁，只要吃一餐素，便可以称为居士，算作信徒，虽然美其名曰大乘，流播也更广远，然而这教却因为容易信奉，因而变为浮滑，或者竟等于零了。……这样的人们一多，革命的精神反而会从浮滑、稀薄，以至于消亡，再下去是复旧。[⑤]

这也是他放弃逗留在这种思想的"鬼气"，而转向行动的明证。大乘往往是流于浮滑的，那么大乘就是生活的，也谈不上和宗教戒律有什么特别深刻的关系

① 鲁迅：《关于太炎先生二三事》，载王世家、止庵编《鲁迅著译编年全集》第 20 卷，人民出版社，2009，第 285 页。
② 鲁迅：《因太炎先生而想起的二三事》，载王世家、止庵编《鲁迅著译编年全集》第 20 卷，人民出版社，2009，第 305 页。
③ 1934 年 10 月 9 日致萧军信，载《鲁迅全集》第 12 卷，人民文学出版社，1981，第 532 页。
④ 许寿裳：《章太炎传》，百花文艺出版社，2004，第 134 页。
⑤ 鲁迅：《集外集拾遗补编》，载《鲁迅全集》第 8 卷，1981，第 163 页。

了，对于知识者来说，所要做的就是明确的战斗，而非无条件的宽容。鲁迅在1927年给许广平的信中说，"我爱对头，我反抗他们"[①]，即是来自这样的并非无可无不可的相对主义的态度。他要将此世间的问题，在此世间解决，用自己的明辨是非的方式。

有趣的是，中华民国诞生之际，在绍兴的鲁迅和越社成员办了迎接新时代而反抗旧军阀旧制度的《越铎日报》，创办伊始，1912年1月的连续两篇署名"独应"的文章《望越篇》（据说是周作人撰）[②]《望华国篇》，似乎成为从地域和国家的角度呼吁抗争和新生的姊妹篇。在两人没有明确的思想分野之前，其内容都与鲁迅之前在日本写的几篇文言论文遥相呼应。而且，这两篇作品中借用了"种业""种姓""罪恶"等佛学概念。《望越篇》指出，过往的一切蒙昧都可能成为当下因循的"种业"，"自恨坐绍其业，而收其果，为善为恶，无所撰别，遗传之可畏，有如是也"。[③]《望华国篇》中则说："近古史书，历历皆罪恶之迹，而历历皆耻辱之痕也。"最后同样呼吁"宁保灵明而死，毋循物欲以生也。先哲有言：惟有坟墓处，始有复活，望之始也"。[④] 如果将这一思想放在鲁迅的整个生命轨迹中，对《死火》的意蕴的理解，则又可以从个体生命的突进走向民族的隐喻：鲁迅之对于死亡、坟墓的反复书写（包括杂文集《坟》）甚至期许，恰恰是期待通过反抗来结束这样的将民族背负在自己身上的带有宿命色彩的"罪"与"耻"，从而生出希望的萌蘖来，尽管他始终对希望抱持着深沉的怀疑态度。当然，鲁迅的这种对于过去"种业"的罪感和连带自己生命所作为其中一环的焦虑感，也加强了他赶快消耗生命的"中间物"式的自我牺牲精神。与之伴随的，还有一种很强的因为对现实世界不满而产生的急切的破坏欲，并且在切实的行动上，也达到了这样的一种结果。

五、结语

《野草》中的宗教元素很多，而这里，由佛学话题引申出人类的厌苦、炼狱、救赎，最终仍然要返回人间，在尘世内部来面对和解决。这样，它就指向了一种"苦"的文化政治，拓展了生的强度和力度，形成切实而坚韧的生活态度。那么，既然满身"鬼气"，有"厌离"乃至自毁之心，为什么鲁迅不像萨宁一样选择绝对破坏而选择道德式的行动？也许这恰恰是现代知识分子的底色：即便被现实的

---

① 1927年1月11日致许广平信，载《鲁迅全集》第11卷，人民文学出版社，1981，第274页。
② 周作人自说该文是他亲撰，并经鲁迅修改。周作人：《知堂回想录》（上），安徽教育出版社，2008，第183页。
③ 周作人：《知堂回想录》（上），安徽教育出版社，2008，第183页。
④ 鲁迅：《望华国篇》，《鲁迅学刊》1981年第2期。

剧变不断碾压,也仍然要在这种冲突之间寻找更大的突围与生存和斗争的空间。这种"嵌入—脱嵌"的循环往复,对鲁迅这样一个饱受民族屈辱和自身使命感催逼的文人知识分子来说尤其鲜明。

如上所说,《野草》中的焦灼感,不仅仅是来自时代的压力,更包括人到中年的鲁迅内在的急迫。《野草》也可谓鲁迅彼时文字、生活和精神三重中年危机的体现。但是,在《野草》中,心情虽然"颓唐",然而却是"于无所希望中得救"的。《野草》的内在脉络呈现为对此危机的渐次摆脱,尤其《死火》,表征了鲁迅抵抗因现实的无可救而生发的无治主义式的颓唐和佛学所催生的广大之感,在观念上从生命表象的超脱、慰藉走向现世的完全燃烧。此种颓唐与广大,超脱与慰藉,既是我们理解《野草》象征性书写的路标,又在鲁迅的创作中成为其跃迁到现世行动的作用力来源。而这时,鲁迅早年寻找的民族文化"固有之血脉",渐渐地在自身之中建塑起来,这种面对现实的血性,成为支撑着他的生活政治。直到死去,他似乎再也没有像《野草》中这样"颓唐"过。

2022 年 2—4 月

美学上的大胆杂糅与国民性荒原的铺陈

——重评林兆华的戏剧作品《故事新编》

　　无论那浸染着童年天真气息的"社戏"生活还是死前都不忘反顾的《女吊》；无论是最早所接触的开启市民社会问题的易卜生，还是后来生活在一起的盲诗人爱罗先珂，都在戏剧方面给过鲁迅亲切感。鲁迅翻译或辅助翻译的《桃色的云》《小约翰》《解放了的董·吉诃德》之类，本身就是多幕剧。他所翻译的日俄文学，如菊池宽的作品，很多都具有强烈而浓郁的戏剧色调。在这种文学环境的笼罩之下，他的有些作品内部也散布着戏剧特质。

　　如果摈弃形式不谈，戏剧一般更强调冲突（无论是性格的冲突还是命运的冲突），要求在集中的时间和空间内，完成个体的挣扎和各个角色之间的博弈。相比鲁迅其他小说作品，《故事新编》更多地被用来研究，而不是直接搬上舞台。比如，《起死》本身就是以戏剧为体式，目前却没有较为经典的戏剧改编。其中较多演出的，还是那个包裹着古典掌故"三王冢"的《铸剑》。20 世纪 90 年代以来，有关《铸剑》的小剧场演出也开始试图将这个故事搬上舞台[1]，而真正将《故事新编》其他作品完整呈现的较少。

　　在当代戏剧舞台上，我们至少有一大部分都是在照搬国外的戏剧样式，似乎对于中国历史文化传统中非常优秀的戏剧或文学缺少创造性转换。现代戏剧仍然是直接受到西方戏剧传统的影响，跟我们的传统的附着着陈旧的伦理、思想元素和唯美泼辣的戏剧风格有着相当大的差别。这种"转换"，不应该是后者依附于前者，而是相互渗透，建构自己的艺术个性。

　　关于《故事新编》的整体的戏剧改编，如在第一章中提到的，20 世纪

---

[1]　宋毅锋：《〈眉间尺〉的设计阐述及制作心得》，《戏剧文学》2004 年第 7 期；丁如如：《在画面上"留白"——小剧场话剧〈眉间尺〉导演创作笔记》，《戏剧》2003 年第 4 期。

美学上的大胆杂糅与国民性荒原的铺陈——重评林兆华的戏剧作品《故事新编》

五六十年代日本的花田清辉等人曾经做出努力。[①]而在中国，目前所能见到的有当代戏剧导演林兆华、深圳戏剧导演吴熙为代表的改编。

改革开放之后，林兆华这位从体制内走出的戏剧人，因在形式上敢于尝试和大胆突破所展示出的戏剧生命力至今仍未衰竭[②]。他和那位颇受争议的诺贝尔文学奖获得者高行健合作的《绝对信号》(1982)、《野人》(1985)，等等，给文化环境刚刚解禁下的中国观众以巨大的冲击。这一方面与高行健等人对西方戏剧的谙熟有关，另一方面，也是中国思想文化在面临冲击时自立的表现。早在1983年，林兆华就曾将鲁迅的《过客》搬上北京人艺剧场。2003年，保利剧院上演了他执导的歌剧《狂人日记》。[③]2000年，在北京南城的一个废旧工厂，林兆华带领着演员在煤堆上演绎了《故事新编》。据说观众是内部招揽，演员也是即兴发挥了一场"无文本的戏"[④]。(后来又演出过数次，林兆华认为他的排戏方式是60%是自己脑子里的风格，40%靠演员自由发挥[⑤]，这种方式使表演空间变得丰富，但同时如果一个导演风格不稳定的话，也极有可能形成看似丰富、实则混杂的效果。)根据当年的演出录像，舞台呈现的是以一个老者讲述《铸剑》文本故事为主线，穿插着《故事新编》的其他小说的部分内容。林兆华早期的创作中就有文本交叠的编排特质，如他的《三姐妹·等待戈多》(1998)，就是建立在对契诃夫、贝克特表现出来的某种相似主题的基础之上的戏剧拼贴。而在这一个作品中，林兆华似乎想沿着《故事新编》的故事脉络来展现另一种意义上的国民性题材。[⑥]除了作为主线讲述的《铸剑》之外，《理水》《采薇》所占的比重较大。《出关》方面则只重复了孔子和老子对话中的那句"牙齿舌头"的哲学譬喻。《奔月》主要体现嫦娥对乌鸦炸酱面不满。其艺术处理很滑稽，其中有一个场面是：一个抽着烟的女人跷着二郎腿坐在热气球上准备飞升。这些内容的比重可能更多地依照现代生活元素考虑的，并带有极强的悖论色彩。

为体现内在的自由，演出还加入了中国传统戏曲元素[⑦]，有在煤堆上一招一式

---

① 小泽信男等:《戏曲〈故事新编〉》，河出书房新社，1975。

② "只要我能排戏，我就尽最大的努力去创造，虽然我不知道我得到的是赞扬还是谩骂，但我知道必须用行动去创造新的戏剧因素，为自己建立第二个世界——心灵世界的想象力和创造力会冲破一切"。林兆华:《"狗窝"独白》，《读书》1998年第7期。

③ 张弛:《林兆华戏剧创作年谱》，载《论林兆华的导演艺术特色及其成因》，硕士学位论文，中国艺术研究院，2007，第63页。

④ 林兆华、张弛:《林兆华访谈录》，《戏剧文学》2003年第8期。

⑤ 林兆华:《林兆华自白》，《天涯》2001年第4期。

⑥ "就是让人感觉到鲁迅对国民性的思索也是当今人继续思考的问题，从总的感觉上，也就是这个。"林兆华、张弛:《林兆华访谈录》，《戏剧文学》2003年第8期。

⑦ "戏曲在创作上给我一个精神的自由，《野人》就是戏曲给我的"。林兆华、张弛:《林兆华访谈录》，《戏剧文学》2003年第8期。

地表演舞剑之类的武生，还有唱功良好的小生，《铸剑》中那两首《哈哈爱兮歌》，也呈现出强烈的表现力。戏剧中《采薇》的部分，主要通过呐喊的方式重复了薇草的许多种做法，又念到了小丙君的嘲讽和议论。《理水》则若隐若现地展现了下民、看客、官场、被嘲讽的大禹等等。这些都是《故事新编》中较为强烈的富于表现性的部分。另外，废墟上还设置了现代双人舞蹈，整体构成了混杂的舞台效应。更为离奇的是，在舞台的后方，有一个特大的录像，多半展示当下人们的普通的衣食住用的生活。

场景选择从虚拟的舞台到真正的煤堆上，有着某种象征意义。《故事新编》本身是采用中国最古老的神话历史题材，可以说，多半都是先秦素材，所以煤堆在这里恰好暗示了荒原与远古的历史沉淀感；煤堆是一种结晶，也象征着虽然黑暗，但其中所包含的火热的生命力，这种力量在现代若隐若现。

但是，作为戏剧，《故事新编》给人的感觉缺乏准确的节奏感和清晰度。从美学的角度来讲，它太琐屑吵闹了。虽然各行其是的杂语空间混合起来，具备某种"复调"的效应，但是作为戏剧，它应该在展现复杂性的同时，具有强大的自律性。编剧刘春曾这样回忆林兆华的《故事新编》：

> 大导那时偏爱暗色调，属于他的伦勃朗时期，一束束如监狱探照灯般雪亮的光，打在纯黑的背景上，对比极其强烈，……
>
> 而大导还嫌不够黑似的，往地上堆了厚厚一层煤渣。在这样天上、地下、四周都异乎寻常的平庸黑暗之中，嫦娥吐的烟圈、黑衣人的剑气，清晰可辨。戏的最后，一张张脸被炉火映照，发出暗红色的光，给人一种微茫的希望。全剧充满了原创的天才，全然来自于我们的本土经验。大导所有的戏中我最为推崇它，虽然我不明白老头到底想表达什么。它就像我们中国人司空见惯的那个存在本体，含混、复杂、艰困，各种可能性相生相克。①

这样的话，选择《铸剑》作为主线来维系作品中其他的混杂的语言系统，是否是一种对戏剧形式的丰富性不自信的表现？林兆华在解释这部作品的意义时这样说：

> 也许你会说《故事新编》弄完了都没主题，但我坦率地说就这么做起来的。极传统的京戏和极现代的现代舞碰撞后的结果是什么，我感觉到可以出

---

① 刘春：《第三世界的大师——林兆华和他的戏剧》，《新世纪周刊》2011 年第 42 期。

新的东西。这些演员在一个特殊的空间里，把他们对小说心灵的感受展示出来。……《铸剑》呢是为了迎合让观众能听懂一些内容，所以能全部听完整了。你要我交待真实思想，就是这点儿。①

显然，林兆华就没想让观众看懂，他更看重的是戏剧元素碰撞之后的化学反应。而将《铸剑》作为主线，恰恰是为了迎合观众，"让观众能听懂一些内容"。有评论者对此作品两年之后的重演做出这样分析：

> 选择《铸剑》而不是选择小说集里那些有可能更接近于林兆华一直所张扬的前卫戏剧观念的篇什作为这部话剧新作的中心，这对于林兆华的创作历程是颇具讽刺性的，正如它在舞台上昭示了一个对于林兆华而言可能是很无奈的事实——一部完整且具戏剧性的舞台作品真正需要的不是那些观念性的内涵，而恰恰是《铸剑》拥有的更能够体现传统内涵的故事的情节性和表演上的动作性。②

作者评价了艺术家的个人创作和"主题先行"的民众作品之间的相互关系，这关涉艺术大众化的问题，鲁迅晚年的文学创作可能比林兆华更要面临着这样的处境。不过，作品似乎在一件事上是不会含糊的，那就是展现历史以及历史中的思想和人。戏剧作品表现了复杂的国民性：百无聊赖、日复一日之劳作、愚昧、灾难、食物，乃至旁观者心态、觉醒者的复仇等等。除了形式是自由的、现代的，他所动用的艺术手段和内容都是最中国的，观众仿佛通过这场演出能够看到《故事新编》所表现的亘古不变的喧闹的人民性。

林兆华在戏剧的实验性方面始终具有胆量和能力，从《野人》到《故事新编》都具有某种对于荒芜感的召唤和迷恋，只不过前者更为清晰，后者更为嘈杂。要么选择当代重大的题材，要么选择具有现实意义的历史题材，林的豁达风格让他的戏剧总有些出其不意。然而，这种自由随意的拆解和镶嵌，似乎会让未读过小说文本的人手足无措。反而，鲁迅《故事新编》中唯一一篇剧作《起死》，似乎未能启用在剧场表演中。正如研究者批评的那样，"这种统筹思维上散点式的状态，往往令人只见树木不见森林"③。

---

① 林兆华、张弛：《林兆华访谈录》，《戏剧文学》2003 年第 8 期。
② 傅谨：《"故事新编"与"万家灯火"》，载《读书》杂志编《逼视的眼神》，生活·读书·新知三联书店，2007，第 46-47 页。
③ 张弛：《摘要》，载《论林兆华的导演艺术特色及其成因》，硕士学位论文，中国艺术研究院，2007。

不过，虽然具有丰富的剧场经验，林兆华仍然对导演经验从来不轻信：

> 不知为什么，我总觉得艺术创造的经验是总结不得的，更是不能推广的，每一部作品只能是这一个的创作冲动。……艺术家创作的每部作品，都应该是一次涅槃。我迷恋禅宗的思维方式，更相信"顿悟"说，我们之所以搞不出大作品，可能与艺术的悟性太少，杂性太多有关。①

作为一个从过去时代的政治话语浓厚的艺术氛围里走出来的剧作家，林兆华看过中国的解放后的艺术成长，同时也观摩过外国丰富的艺术现场，这让他更加认为这种"悟性"所造就的创造性实验的合理性。林兆华仍然保持在这样一种不懈的解放和突破之中，而一个艺术家的个性不仅仅体现在他的大胆上，而且还体现在他非常稳定的创作风格上。从《故事新编》的排演到今天所看到他的其他作品，我们似乎都始终能够发现，林兆华身上的这种矛盾怪异、迷人又让人不快的地方。

---

① 林兆华：《涅槃》，《文艺研究》1988 年第 1 期。